麻六的城

航宇◎著

三辰影库音像出版社

责任编辑：朱　江

图书在版编目（CIP）数据

麻六的城 / 航宇著. -- 北京 : 三辰影库电子音像出版社，2018.2
ISBN 978-7-83000-311-1

Ⅰ. ①麻… Ⅱ. ①航… Ⅲ. ①长篇小说—中国—当代 Ⅳ. ① I247.5

中国版本图书馆 CIP 数据核字（2017）第 289562 号

书　　名	麻六的城
作　　者	航　宇
出 版 人	王六一
出版发行	三辰影库音像出版社
社　　址	北京市朝阳区北苑路媒体村天畅园 4 号 1306 室
网　　址	http://www.sunchime.cn
印　　制	北京市玖仁伟业印刷有限公司
开　　本	710 毫米 ×1000 毫米　1/16
印　　张	18.5
字　　数	342 千字
版　　次	2018 年 2 月第 1 版
印　　次	2018 年 2 月第 1 次印刷
书　　号	ISBN 978-7-83000-311-1
定　　价	42.00 元

目录

Catalogue

故事纯属虚构，

请勿对号入座；

情节如有雷同，

纯属是种巧合。

——作者郑重声明

第一章

如水的月光温柔地行走在西京的大街上。

忽然，太阳就像孩子可爱的笑脸，兴高采烈地挂在天边。这时，街道上便有身着各色服装的俊男靓女成群结队匆匆地从人群中风样般划过。节令已经完全进入了盛夏，那些亭亭玉立的妙龄美女们，手里撑着色彩鲜艳的太阳伞，鼻梁上架着款式时尚的太阳镜，高昂着自信的头颅，脸上绽放着甜美的微笑，迈开那修长的双腿，踏着轻盈而欢快的脚步，潇洒干练、气度非凡地行走在这个城市繁华热闹的大街，霎时街道上便形成了一道迷人而亮丽的风景。

一环套着一环，环环相套起来的一座城里，布满了鳞次栉比的高楼大厦和蛛网般交错的一条条大街、一道道胡同，楼与楼之间的街道上那犹如潮水一般涌动的车流和人流。那些操着不同口音肤色各异的男人女人老人和孩子，就在这样拥挤不堪的环境和骚动不安的心境中苟延残喘地生活着。同时，为了生活而不断地穿梭着、忙碌着、苦苦地挣扎着。

然而，居住在环环相扣、层层环绕的大城市里的人们多么想走出去，站在视野开阔的塬上，伸着疲惫的懒腰，舒展地长长出上几口气，那是一种多么美好的享受啊！而城外的人又钻头觅缝地想冲进来，以为大城市就像他们梦想中的人间天堂一样，这不正是钱钟书大师小说《围城》里所描述的情景吗？那么麻六在这样的城市里到底得到了什么而又失去了什么呢？

麻六曾无数次痛苦不堪地思索这一切。

这一切对于常常徘徊在城市边缘地带的麻六来说，是多么不堪回首又痛不堪言，他仿佛就像做着一场惊魂不定的噩梦一样……

这是一个没有星星的夜晚，天黑得什么也看不见。在这样黑漆漆的夜里，听不到任何的声响，就连常常在夜深人静里爱吵叫的猫头鹰，也不知跑到什么地方去了，给这个平静的夜晚增添了几分静默和恐惧。此时，在西京闯荡了十几个年头的麻谷岔村民麻六，一脸愁容地回到生他养他的麻谷岔，呆呆地站在村头那棵歪脖子老槐树下，两只眼睛死鱼般地望着远处起伏连绵的黄土山，时不时吭一吭快要流到嘴里的鼻涕，嘴里还不停地呢喃着这样一句话：我现在怎就变成了这副模样……

麻六说不上来自己此时此刻心里到底有多么痛苦多么难受。回想那时候，他是多么风光地一路欢歌离开麻谷岔，走进了举世瞩目的大城市，在一个让村里多少人向往的大型建筑工程公司当上了工人。十几个年头的热热闹闹、风风火火就这样行云流水般地过去了，在他生命如日中天的时候，由于单位进行体制改革，他无可奈何地告别了机器轰鸣而又红火热闹的建筑工程公司，灰头土脸地回家了。

刚没工作那会儿，麻六的口袋里多多少少还有一点敲狗脑的碎钱，可是现在连那点碎钱也所剩无几了，这就意味着他必须毫无选择地面对现实，重新寻找适合自己生存的一条路。

麻六苦苦地寻找过，但都被拒之门外。无处可去的麻六，只好眼含泪水地返回他的老家麻谷岔。

快回到家的时候，麻六害怕村子里的人看见他现在这个样子，便在村子外的一条荒野山沟里磨蹭了老半天时间，等天完全黑下来，路上再碰不到什么人了，他才沮丧地朝麻谷岔村子里走去。

麻六漫不经心地走到村头，站在他小时候常常玩耍的那棵歪脖子老槐树下，回想和感受着生活给他带来的无比艰辛和巨大灾难，深深体会到人是如此渺小又是这么不可思议，命运似乎跟他开了一个不大不小的玩笑。

“我还是回来了……”

麻六站在村头那棵歪脖子老槐树下不知怎地泪流满面。

此时此刻，麻六挎着他那破旧的黄色帆布挎包，像小偷一样从村头拐峁的地方绕过去，悄悄地从他家那道坡里爬上来，趺跤马趴地从他家门里溜进去，还没等他在脚地上站稳，猛然听见多年没叫的猫头鹰站在他家对面山峁的土圪尖上，发出几声惨唳的叫。

嘿呼！一声。

嘿呼！又是一声。

这时候，父亲正仰躺在他家窑洞里下炕的铺盖卷上一口接一口地抽烟，一双皱巴巴的眼睛微微闭着。

母亲盘腿坐在他家那盘光板土炕上，她的头深深地埋在自己的胸前，一副低眉瞌睡的模样。

老两口看见儿子突然从门里走进来，感到又惊又喜。惊的是儿子这么晚怎么灰头土脸地回来了，是不是这小子在外边出了什么事？喜的是儿子终究没忘记老两口，老远跑回来看他们来了。仔细算一算，儿子已经有好几年没有回过家了，甚至给他们写回来的信也越来越少。如果儿子不这样还好，他越是这样没心没肺，老两口心里越是不踏实地对他牵肠挂肚。

父亲看见儿子从老远的西京市回来了，忙探着身子在炕棱石上把手里那支劣质的带把把烟一灭，赶紧溜下炕棱，手忙脚乱地从儿子肩胛上接下了那个破烂的黄色帆布挎包，嘴张了几张，好像想问儿子几句什么话，但他又激动得什么话都没能说出来。

母亲这时候也从炕棱上溜到了脚地，颤微微地走到儿子跟前，不停地在儿子浑身上下拍打着，并喊叫着让麻六的父亲赶快到院子里去搂柴，她那心爱的儿子肯定现在还没有吃饭。

麻六痴呆呆地站在脚地上，眼含泪水，他从进得家门到现在，几乎什么话也没给父母说一声，就像从西京市里回来突然变成了一个哑巴。

麻六看着父亲从门里出去搂柴，母亲忙着走到灶台跟前，拿起马勺就往锅里舀水。他却灰着一副脸，倚在炕棱石上，眼睛看着窑顶上吊着的那个微微泛黄的电灯泡，不紧不慢地对母亲说："妈，你别做饭了，我不饿。"

父亲费劲马趴地搂着一捆柴走到灶台跟前，听见麻六说这话，木愣愣地站着。

母亲看着倚在炕棱石上面无表情的儿子，再扭头看看搂着柴愣在灶台跟前的她男人，不明白儿子今天回来到底是怎么了？

夜是很静的，仿佛能听到两位老人此时此刻站在灶台旁心跳的咚咚声响。

老两口都僵硬地站在灶台跟前，愣愣地看着倚在炕棱石上的麻六，不知道在这时候究竟该给他儿子说句什么话。

"小六子呀，妈问你，你是不是跟你媳妇闹架了？"母亲趔趄着走到麻六跟前，身子不由地抖动了几下。

"没有……"麻六心不在焉地对他母亲说。

"那是人家单位上批评你了？"父亲放下搂抱着的柴禾，站在后脚地里问麻六。

"没有。"麻六说话的声音有气无力。

"那你到底是怎么了？"老两口几乎同声问麻六。

唉！麻六呀你个麻六，你可从来不是这样，也从来没有像今晚上回来这么垂头丧气过。以前你每次从那个西京市里回来，人还没进得门，声音就先传进来了，不是亲热地问妈长妈短，就是关心地问爸的身体怎样，还给我们已经快要入土的人带回来不少好衣裳好吃喝，都是大城市里正时兴的那些稀罕东西。

显然，今天儿子从西京市里回来一定是有什么大事发生了，不然他绝对不会是这个样子。

你看他满脸愁容的那个样，脸上一点笑影影也看不见。父亲扑闪了几下一对皱巴巴的眼睛，拖着沉重的脚步，呼沓呼沓地走到麻六跟前，手在衣服口袋里摸了一阵，着急得也没摸到什么，便用一只皱巴巴的手搁在麻六的腿上，万般焦急地问："小六子，到底出什么事了？你快给爸说呀。"

麻六的头直直地朝窑顶上吊着的电灯泡那个方向歪着，也不敢用正眼看父亲和母亲一眼，两只眼睛里含满了泪水，但他硬撑着没让它流出来。老半天，他才转过脸，看着父亲和母亲说："我让人家给打发了。"

什么？老两口显然没有听明白麻六说的话，但他们一定知道那不是什么好消息，不然怎会把麻六变成这个样子。

麻六知道老两口没听明白他说的话的意思，便用同样的口气对他父母说："我现在没工作了……"

"你这是怎弄的呀……"父亲眉头皱了几皱，焦急地问麻六。

"是人家不要你了？这可怎么办呀……"母亲急得浑身抖个不停，而且还不高不低地哭起来。

"你不是干得好好的吗？怎么说不要就不要了，是不是你犯什么法了？"父亲十分不安地又往麻六跟前挪了挪，着急地追问麻六到底是怎么一回事。

当然，这不是简简单单麻六一个人没有工作了，更重要的是关系到在西京城市里他那婆姨娃娃将来怎么办的问题，这可是一家子的大事情。

如果麻六没工作还可以回到麻谷岔种地或者干一些别的事情，可他在西京城里的婆姨娃娃愿意回到这山沟沟里来生活吗？

现在，麻六被老两口追问得实在有些招架不住了，而他又一时半会儿给他们解释不清楚，便连鞋也没脱就从炕棱爬上去，躺在父亲的那个铺盖卷上，闭上眼睛，老两口再问他什么话，他都不吭声了。

老两口在这时候就像两根木头一样立在脚地上，焦急而不安地眨巴着眼睛，然后都把目光齐刷刷地投向躺在铺盖卷上的麻六。

土钵钵窑洞里一下子很静，静得几乎什么声音都没有了，只有他家窑对面的土圪尖上站着的那只猫头鹰，过一会儿就声音沙哑地号叫几声。

嘿呼！一声。

嘿呼！又是一声。

父亲扭过头，看着电灯泡映照着的白花花的窗户，心里难受得几乎快要死了的光景。他现在连支劣质纸烟也顾不得抽一口，两只手不知道该放在什么地方比较合适。此时，他听见那只该死的猫头鹰的号叫，心里就有些慌乱，真想从门里跑出去，一把抓住那只猫头鹰，把它的嘴巴捏成烂泥。

“你他妈现在给我凑什么热闹！”父亲在心里恶狠狠地骂着对面土圪尖上那只该死的猫头鹰。

麻六把头沉沉地搁在铺盖卷上，竭尽全力地不让眼泪流出来。母亲慌得不知该怎么办，在脚地上拧了一阵，然后把鞋脱在炕棱根，爬上了炕，盘腿坐在麻六跟前，不断用她那干巴巴的手揩眼泪。

对面土圪尖上的那只猫头鹰号叫了一阵，便静下来了。窑里什么声音也没有。父亲看了看躺在铺盖卷上的麻六，又看了看坐在麻六跟前泪流满面的老伴，便一扑沓蹲在门跟前，双手抱住头，也支支吾吾地哭起来了。

应该说，这是麻六家有史以来所遭受到最沉重的一次打击。麻家人老三辈都在黄土里扑腾吃食，好不容易麻六有这样的机会，抬头挺胸地走进了西京这样的大城市，成为麻家有史以来第一个走出农门的人，这是麻家至高无上的荣耀啊！而朴实善良的父亲和母亲，从来就没指望儿子能给他们挣回多少钱，只要麻六能够亮亮堂堂过上大城市里人的那种幸福生活,并且一辈子不出什么事，老两口就心满意足了。

那时候母亲常常会得意地在村子里的人面前炫耀，我家还有出门人，而这个出门人不是在乡里县里，是在红火热闹的地方——西京市。说不定再过上几年，她那宝贝儿子还能在西京这样大的城市里谋个一官半职，到时候他们老两口就是死了，也会死得高高兴兴、风风光光。

可是你看现在，他们的儿子不仅没能在西京那样的大城市里好好呆下去，而且狼狈不堪地又回到了麻谷岔，这怎能不让老两口伤心落泪呢?

父亲想到这里，支支吾吾的呜咽变成了号啕大哭。“啊呀，我的老天呀，你为什么要这么整造人哩。啊，嘿嘿嘿……”

麻六听见父亲和母亲越哭越上劲，便一闪从铺盖边坐起来，瞪起两只可怕的眼睛吼叫说：“你们哭什么哭，我又不是死了？我就不信这辈子再没一条路可走了，还不信活人能让尿给憋死不成。”

麻六这一吼，一下就把他的父母吼得不哭了。老两口睁大眼睛，眼巴巴地看着麻六，不知道他小子还有什么日天的本事。

事实上，麻六现在还能有什么办法呢。他被西京的那个建筑工程公司宣布打发回家的那阵子，说什么也想不通，憋在家里睡了好几天，心里烦得要命，便想回老家散散心，等心里完全平静下来，再好好考虑该怎么办。其实，他心里明白，公司精简人员那是大势所趋，并不是一个人两个人的事情，而是企业体制改革中的一项重大举措，更何况他是合同工身份。虽然他被公司打发这事心里一时半刻接受不了，但冷静下来再想想，这样的结果总比挤在一起看着公司一天天倒下去要客观理智一些。现在公司确实不景气，市场竞争那么激烈，单位经营日渐亏损，领导之间驴踢狗咬，一线工人人心涣散。麻六想，把他打发了也好，长痛不如短痛，月月在公司里领那可怜巴巴的一点生活费，还不如腾出身子自己另干点别的事情。

当然不是说麻六现在思想觉悟有多么高，他心里也十分不痛快，也曾站在公司的大门口骂过几回娘。可他又一想，他还有力气，得好好谋划着干点实事。麻六在铺盖跟前坐了一会儿，便从炕棱上溜到脚地，把父亲从门跟前扶起来，让父亲坐到炕上，他很想在这时候到院子里去散一散心。

父亲看见麻六要从门里往出走，一把拉住他，死活不让他到外边去。

母亲看见麻六这阵势，慌忙爬到前炕，祈心祷告地拉住麻六的另一条胳膊说："好，我的娃娃呀，你可要听妈的话，一定要把事情想开些，你可千万不要有什么想不开呀……"

"我又不是去寻死。"麻六看着拉他的父母说。

"天这么黑了，你干什么去呀？"母亲死死地拉着麻六不放手。

"你要想出去，也要等天亮了以后，你愿意到什么地方去都行，今晚上就是不让你出去。"父亲接住母亲的话劝着麻六。

麻六被两位老人拉得立在炕棱根，几乎动弹不得。其实他现在就是想出去走走，甚至到对面的山峁上无拘无束地跑上一阵，再声嘶力竭地吼上几声。他觉得现在家里的气氛太压抑了，连喘口气他都感到有些困难，几乎快要把他闷死在窑里了。

母亲拉着麻六胳膊的手不停地抖动，急得几乎快要爬在炕上给他磕头的光景。

父亲把麻六的胳膊抓得很紧，生怕他跑了一样，而且连哭的功夫也没有了，眼睛死死地盯着他的脸，满脸的惊慌。

麻六看见父母这样，也不再强求要到哪里去，只是对父母说："你们别拉我行不？我哪儿也不去了。"

两位老人拉麻六胳膊的手这才慢慢松开，但他俩仍然不放心地在麻六身边一左一右守着，仿佛麻六只要走出门，就会彻底在他们老两口面前消失掉，他们再也不可能见上儿子一面一样地死活挡着。

对于麻六的父亲来说，这是他人生中最为不幸的一件事情，他一辈子本本份份地在土地上劳作，也没什么大喜大悲，就是麻六到西京市去当工人，他也没有过分高兴过，反而觉得儿子不在他身边，多少有些不安然，尽管别人羡慕他，说他生了个有出息的好儿子，到西京给他赚大钱了，但他不知因为什么总是高兴不起来。虽然说他现在种的地不多，可他一人一手的，好多活路都得求人帮忙。在那个时候，他也曾萌生过这样的念头，想让儿子回来跟他一块种地。但他很快又把这个念头给打消了，觉得他的这些想法根本不现实，儿子好不容易走出去了，怎能再把他叫回来呢？再说，现在儿子回来也吃不下这苦。儿子在大城市里生活惯了，适应了城市里的那种生活，不像在麻谷岔，一出门就要爬山，想不到刚刚过去十几年时间，他那儿子不用他往回叫，就让人家给打发回来了。

现在父亲绝对不是怕人家把儿子打发回来，他害怕的是儿子在西京的家还能不能保住，你总不能让人家城里人也跟着他农村的儿子回到麻谷岔一块种地吧。

父亲想，说不定他儿子在西京的那个家马上就要完蛋了。

麻六看见两位老人可怜巴巴地一直站在他跟前，便把两只鞋脱到炕棱根底下，扭身从土炕里爬上去。两位老人这才放心地从炕棱里爬上去，坐在麻六跟前。

此时，窑里什么声音也听不见，就连爱号叫的猫头鹰也不知跑到什么地方去了。

父亲看见麻六安静地躺在铺盖卷上，便手忙脚乱地在衣服口袋里摸了一阵，但他什么也没摸到。其实，他在寻找他的那盒劣质烟，那盒劣质烟就在炕棱石上放着，只是他心里紧张，一时半刻找不上。

这时候，母亲凑到麻六跟前，看着麻六的脸，结结巴巴地对麻六说："你一天还没吃饭，想吃什么？妈去给你做……"

母亲直至现在还把他当小孩一样看待。

"哎呀，我的妈，你再别让我吃了，我实在不饿。"麻六愁眉苦脸地说。

"不吃就算了。"父亲苦口婆心地对麻六说，"麻六呀，我可实话告诉你，你小子现在也不小了，千万不能遇到一点事情就这样消沉下去，你晚上给我好好睡上一觉，也别想那么多，没工作就没工作，没什么大不了的事情，你在老子这里工作不就行了，世界上劳动的人一层哩，老子一辈子在土疙瘩里扑腾不是照样过来了。不过依我看，你在西京没那个工作并不一定是什么坏事，外面的那些大城市，都是些花花世界，太可怕了，没有在咱农村老家这么实在。在老子这里，你小子想动弹就多动弹一会儿，不想动弹就陪你妈在家里乖乖呆着，山里那点地，老子一个人都能种了……就是……就是……"父亲想说什么话却又没有说出来地突然打住了。

可麻六心里非常明白父亲想给他说什么话，父亲不就是担心他在西京的那个家嘛……

其实，麻六在西京的那个家早就名存实亡了，只是他没有给他的父母亲说这一切的根由罢了。而事实上，即便他给父母亲说了又能起什么作用呢？应该说什么作用也不起，反而还会给父母亲带来不该有的烦恼甚至更多的痛苦。他想，与其这样，还不如什么也不给他们说。因此有关西京市他家里那些难以启齿的事情，他就根本没有让他的父母亲知道，权且当作什么事情也没有发生过一样。

然而，麻六心里是这样想了，但毕竟不是什么高兴的事情。现在他也不知道他以后的路怎么走。是留在西京，还是回到麻谷岔，他心里一点数也没有，不知道该怎么办。此时，再让他想起这些痛苦不堪的事情，他实在有些控制不住自己内心无限悲伤的情绪，不由地呐喊了一声：

“我的家呀，可让我把你给毁了。”

麻六转身趴在土炕的铺盖卷上，哭得像没奶吃的孩子一样。

第二章

麻六至今都想不起来昨晚上他是怎么睡着的。

当麻六醒来的时候，太阳已经把白花花的细碎光点潇洒地洒在了他们家雪白的窗户纸上。

麻六一直就这样直挺挺地躺在炕上，屎尿实在憋不住了的时候，他趴在家门口，看看院子里有没有人，然后像小偷一样鬼头鬼脑地跑到院子墙崖根那个茅厕，以迅雷不及掩耳之势处理完屎尿，慌乱地手提着裤腰，风一样跑回家。好像他做了一件什么见不得人的事情一样，害怕让村里的人知道。

父亲在麻六醒来前，就已经到山里劳动去了。临走的时候，父亲还给母亲安顿说："儿子这两天心里不畅快，你多开导开导他，他想吃什么，你就给他做得吃去……"

在父亲眼里，麻六是永远长不大的孩子，他听到父母说这些话，心里非常难过，索性把被子蒙在头上，任眼泪默默地尽情流淌。

哭了好久的麻六再也睡不着了，他很快从被窝里爬起来，刚要穿衣服，就看见母亲眼泪汪汪地坐在他的跟前。

母亲看见麻六从被窝里爬起来了，忙揩了一把眼泪，看了看麻六，什么话也没敢说。其实不是母亲不敢跟他说话，而是她也不知道该说些什么。她老人家知道，被人家打发回家这件事对儿子的打击绝不比对他们老两口的打击小，儿子没经历过这么大的折腾，如果当初想到会是今天这样的结果，老两口说什么也不会让他到西京去的。其实西京有什么好，不就是楼高、车多、地方大、人多吗？还能再有什么呢？唉，当初怎么就没想到这些事情呢？

看着麻六快穿好了衣服，母亲忙溜到脚地，走到灶台跟前，很快往锅里舀进了水，一扑沓坐在灶台下给他烧洗脸水。

麻六扣着纽扣对烧水的母亲说："妈，你别烧水了，我用凉水洗脸就可以了，在西京我常用凉水洗脸。”

“凉水洗下病怎能得了。”母亲说着，仍然往灶火口里塞着柴，柴火把母亲的脸烤得红扑扑的。

麻六不由得想哭，觉得自己太不像话了，回来不仅给父母帮不上一点忙，还让两位老人跟他担惊受怕。因此麻六连扣子也没扣就跳下炕棱，急忙跑到灶台旁，一把扶起给他烧洗脸水的母亲，自己坐在灶边添起了柴火。

母亲看见麻六再不像昨晚上那个样子，皱巴巴的脸上也舒展了很多。她老人家心里想，不管穷富贵贱，只要儿子能够天天活得好好的，就比什么都好。母亲这样想的时候，便问麻六：“你想吃什么？洗完脸妈就给你做得吃。”

麻六低着头一个劲地烧火，母亲给他说话，他压根儿就没听见，因此他就没有做出一点反应。

水已经烧开了，开水的热蒸汽在满窑里乱蹿，但麻六仍然没有停止烧火的意思。

“憨娃娃，再不敢烧了，现在都烧成开水了，你还烧……”母亲舒展的眉头又紧皱了起来。

当然母亲并不是在责备麻六，她看见麻六傻呆的样子，心里就感到非常难受。

麻六承认自己完全陷入被打发回家的事情上难以自拔，觉得自己连不识字的父母都不如，不能正确面对现实，觉得被打发回家就是给父母丢脸了。因此母亲这么一说，他只能给母亲强挤出一点微笑。其实麻六的笑完全是装出来的，他一点也不高兴，全是为了安慰母亲才露出那么一点欢喜的微笑表情。

此时麻六从灶台旁站起来，揭开锅盖，看着开水在锅里欢快地跳跃，他扭身在后脚地寻了一只洗脸盆，用马勺在锅里使劲地搅了几搅，然后舀了一马勺开水，又把凉水掺和了一些，觉得不烫了，便把他的头全部泡在温水盆子里。

锅台上的洗脸盆里，就像放着一颗刚从屠宰场捡回来的猪头，麻六稀疏的头发在洗脸盆的温水里漂浮着，细细的水蒸汽在麻六瘦长的脖子间游荡。麻六两只手撑在锅台面子上，仿佛只要他把手松开，那颗头就会沉入盆底再也浮不起来。

母亲站在一旁静静地看着麻六。

麻六紧闭着双眼，把他的头放在热水盆里静静地浸泡着。

母亲站着站着就有些站不住了，一把扳住麻六的肩膀，硬把麻六的头从脸盆里拉出来。麻六头上的水便像瓢泼大雨一般往下流，急得母亲动声动气地对麻六说：“傻小子，你要急死妈呀？”

麻六说：“我把头在水里泡一会儿舒服。”

“憨娃娃，你要再这么折磨自己，妈就不活了。”母亲吓唬麻六说。

麻六再不敢跟他妈犟了，拿了块干毛巾，几下把头擦干，再把脸洗了洗，就打算到院子里去走走。他已经意识到自己太不像话了，他回来不仅没给两位老人带来一点喜悦，反而还给他们增添了无数的烦恼。再说，现在村里还没人知道他回来，如果知道他回来清闲的连门也不出地待在家里，让父亲一个人在山里劳动，让他母亲在家里侍候他吃喝，肯定会说他变成个好吃懒做的大少爷了。

麻六悲痛地想，我再不能这样了，生活本来就是残酷无情的，我必须面对现实，忘掉自己曾经是有工作的人，忘掉自己曾经生活在红火热闹的大城市里，我现在什么也不是，就是一个地地道道的农民。

麻六这样想的时候，便迈着他那并不轻松的双腿，慢腾腾地刚要从门里往出走时，突然看见父亲从大门里进来了，跟父亲一块从大门里进来的还有他从小很要好的朋友麻子胜。

麻子胜是麻谷岔村子里有头有脸的人物，早年曾在村上当支书，虽然文化程度不高，只有初中文化水平，但他这个人很有悟性，能说会道，村里那些弯弯套套的事情，谁也不如他精通，别看他平时不多说话，可是一旦让他说起话来，句句都很有分量，让人很难相信他是仅有初中文化水平的农村人，就是有些城里人也没他这么精能。

“嘿呀，你回来还不给老哥说一声，现在是不是又官位高升了？”麻子胜进得门，便朝他微笑着，然后跟他说了这句半认真半玩笑的话。

“唉，还官位高升哩，饭碗也给砸了。”麻六唉声叹气地说。

“砸了饭碗自有饭碗在，人常说人挪活树挪死，砸了铁饭碗，说不定还有一个金饭碗在等着你呢。”麻子胜仍然面带着微笑，站在麻六跟前笑着说。

麻六再没接麻子胜的话说什么。

现在母亲已经把炒好的南瓜籽放在炕上。

父亲颤悠悠地从口袋里摸出一支劣质的带把烟，双手递给麻子胜，并在麻子胜的胳膊上拉了拉，让麻子胜坐到炕上去。

麻子胜仍然倚在炕棱石上，脸上的笑容从门里进来到现在一直没有消失。他把麻六父亲给他的那支劣质带把烟在炕棱石上蹾了蹾，用一次性打火机点着，猛猛地吸了一口。

显然，麻子胜是父亲请到家里给麻六当说客来的，这一点麻六心里非常清楚。

父亲看见麻六忧伤的样子，心里比谁都着急。昨天晚上，他看见儿子和老伴都睡着了，可他老汉怎么都睡不着，想来想去，想不出什么好办法能让他那宝贝儿子从忧伤中解脱出来。尽管他儿子的那个建筑工程公司濒临破产，有时候两三个月才能领到一点可怜巴巴的生活费，但他儿子毕竟还是正儿八经吃公家饭的工人。他们老两口省吃俭用，一年也就能积攒一两千块钱，全给了儿子，他知道他儿子在西京花费大，什么都要钱，过去他以为儿子在西京一定过着幸福的生活，可他听村里的人从西京回来说，他儿子现在的生活还比不上农村，几乎连肉也不敢吃，也不敢买好一点的菜，光买那些人家卖剩的菜帮子和土豆，可大城市里的土豆也贵得吓人，一斤就要好几块钱。老两口听到这些话，急得就像滚油浇心一般，他儿子在西京的生活怎么就变成了这样。那时候，他儿子光景不好是不好，但还没到了连饭碗也没有的地步。可是这次儿子带回这样不幸的消息，老两口仿佛感觉到他们亲爱的儿子让人提到半空中又重重地摔下来，他们却连一点招架的能力也没有，只知道钻在那些没人的地方偷着哭。

父亲知道，光他们老两口是无法安慰得了儿子的，儿子的性格倔强，也从没经受过这样致命的打击。因此父亲天不亮就爬起来，到山里磨蹭了一阵，便想到把麻子胜请到家里，让麻子胜好好开导开导麻六。

麻六觉得自己脸上没一点光彩，特别是在亲人和朋友面前。

当然，麻六完全能够理解两位老人的用心良苦，父母是想方设法为他好，因此他很不自在地走到后窑掌，在泥囤盖上放着的他那破旧的黄帆布挎包里掏出一盒“中南海”牌香烟，转身走到麻子胜跟前，拆开外层的塑料纸，把它放在麻子胜跟前的炕楞上。

麻子胜的心里并不轻松，他是受命于麻六的父亲来给麻六做思想工作的，但他看到窑洞里这种压抑的气氛，确实感到没有什么更好的语言能让麻六从不快中尽快振作起来。

母亲趴在炕楞上，不停地让麻子胜嗑南瓜籽，并且从黑老碗里抓了一大把，硬塞给呆呆地站在脚地上愁眉苦脸的麻六。

麻六探着身子把母亲给他的南瓜籽放回碗里，顺手从烟盒里掏出一支烟，面对着麻子胜坐在炕楞上，打着火点烟抽了起来。

母亲不知道儿子什么时候学会抽烟的毛病，看样子烟瘾还很大，几大口下去，一根烟就成半根了，而且儿子鼻子口里的白烟直冒，要是放在往常，母亲非制止他不可，可今天她没有。当然不是因为有麻子胜在家，而是因为儿子现在的心情不好。

麻六坐在炕楞石上吸了几大口烟，看了看坐在他对面炕楞石上的麻子胜问：“你最近怎样？”

“一般。”麻子胜微笑着对麻六说，“发不了大财，也饿不死人。”

“能过得去就行了。”麻六说话有气无力。

麻子胜当然不会像麻六心性那么高，他大半辈子在这块土地上扑腾，生活上也没什么大起大落，虽然经济上不是那么宽裕，可也能凑合，因此他心里比较满足。不像麻六，一下子让他从西京那样的大城市里再回到农村，他思想上肯定接受不了。假如一直在农村里呆着，那他就会像他一样心平气和地在这块土地上劳动一辈子，问题是他已经从农村走出去了，现在再让他回来，这很不现实。因此让他安慰麻六几句还可以，但从根本上解决不了他的实际问题。

麻子胜默默地抽了一阵烟，看了看跄蹴在门跟前抽烟的麻六父亲，再看看坐在他对面炕棱石上的麻六说："好兄弟，事情我都知道，你也别有什么思想负担，大路朝天，路还得靠自己走，不就是没工作了吗，没什么大不了的事情，我听说坐办公室的国家干部也要开始分流，你说那些干部一天也没劳动过，按月花着国家的钱，一下子让他们自谋职业，他们肯定跟你一样思想上转不过弯，可转过来转不过来都得转，我不懂国家那些政策，但我在电视上看到国家领导人的口气很强硬，非把那些富余人员减下来不可，因此我看早打发比晚打发好。你是有文化的人，脑子也聪明，再谋划干个别的事，说不定比那个建筑工程公司还要强好多……"

父亲把烟屁股放在脚地上踩灭，抬起了头，扑闪了几下眼睛说："你子胜哥说得对着哩，咱再谋划做点别的事情，人活着，总不能在一棵树上吊死。其实那个烂建筑工程公司，也没有什么留恋头，虽然不像咱农村人在土地上劳动，可跟咱农村人也没什么两样，不是照样在工地上出力流汗嘛。"

麻六一直低着头听，一连抽了好几根烟。

母亲坐在麻六的身边，看见他一支接一支地抽烟，有些心疼地对他说："儿子，你别抽了，那不是什么好东西，歇会儿再抽。"

母亲只会心疼儿子，再没什么好的办法。

麻六想不到农村人比城里人觉悟还高。应该说论文化，城里人的文化水平不比咱农村人差，可是论觉悟，城里人在某种程度上还比不上农村人。当然有些事农村人还不知道，就说下岗，谁能像农村人那样想得通？刚开始的时候，有人仅仅是跑在单位上闹，可是在单位上闹上一阵眼看没什么大的希望了，就纷纷跑到市里，甚至跑到省政府，把政府的大门也给堵死了，而且还打着"我们要吃饭，我们要生存"的横幅，闹得天塌下来的光景，非要省长或者市长出来给解决问题不可，别的人劝说解释都不顶事，反正他们是豁出去了。在这时候有些头头也许是害怕影响，不闹则罢，这么一闹，忙着就给想办法，先把这些人的生活问题解决了再说，让这些人堵住机关大门影响工作人员进出公务不说，而且太难看了，并且会产生很坏的影响，让上面的领导知道这种事情，还会狠狠挨一顿批评。这样一来，别的上访人也就效仿。停水了，去政府大门口静坐；没电了，上街堵塞交通，好像只有这样，政府才能给他们解决问题。问题是这样做也给城里一些人惯下了毛病，好像政府害怕他们或者是欠他们的什么一样。麻六虽然被打发回家了，心里当然也不怎么畅快，但他不这样胡闹，他觉得那样做不像好人而像流氓干的事情，因此他没有向任何人讲就回老家里来了。

麻六也知道在西京这样的城市里混下去确实再没什么意思了，便想先回他老家学上一些手艺，然后再去城市里找个比较安稳的工作。农村的老家里他肯定是呆不住，呆在老家里能干什么？老家就那么一点地，还尽是荒山秃岭，有些荒山上别说种庄稼了，就连草也不长几根，不是红胶泥土地，就是陡坡沟洼地形。何况他现在还很健壮，光守在农村这块土地上能干出什么大事？说实在的，他一点也不歧视农民，他觉得农民在土地上的劳动和城里人在单位的劳动本质上没什么差别，都是通过自己的劳动挣饭吃。他认为应该把这种劳动留给家乡更多的农民，自己另外寻找一条适合自己走的路。

麻六的思想有了新的认识和改变，情绪也就不像刚回家时那样低沉落寞，话也显得多了起来。

母亲看见麻六有点高兴的样子，麻利从麻六的身后凑到炕中间，在炕中间放的那只黑老碗里抓了一把南瓜籽，执拗地塞到麻子胜的手里。

此时父亲脸上也有了笑影，忙从门跟前站起来，拉了一把麻子胜的胳膊，让麻子胜赶快坐到他家的炕上。

麻子胜看见麻六一家欢欢喜喜的样子，也就高兴地坐在麻六家炕上嗑了一阵瓜子，并吃了麻六他妈做的一顿好饭，在白花花的太阳把麻谷岔村照得一片雪亮的时候，他告别了麻六和麻六的父母，悠闲地回家去了。

麻六仍然在家里呆着，直到晚上，村子里的人都吃过晚饭并准备睡觉时，他独自从家门里走出去，看着满天繁星，不紧不慢地朝村头那棵歪脖子老槐树方向走去。

歪脖子老槐树边很静，听不到有什么声响。麻六站在那棵歪脖子老槐树下，仰头望着天上闪烁的星星，思绪就像无数匹飞驰的野马般漫天驰骋。

这时候的夜相当的宁静，那只猫头鹰在他回来的那天夜里惨唳地号叫了一夜后，就再也听不到它的号叫声了。

麻六默默地在村头那棵歪脖子老槐树下站立了好长时间，回想起往事，他的眼角里便溢出一串串忧伤的泪水。就在这时，他忽然听到有一种轻巧而尖细的脚步声朝他站立的地方飘来。

咣！咣！咣！咣！几声高跟鞋踩在干板土路上的清脆声响。

咣！咣！咣！咣！又是响亮的几声。

麻六不知道朝他走来的人会是谁？于是他很快用拇指弹去眼角的泪水，慢慢扭过头，朝夜幕下的脚步声望去。

脚步声渐渐朝他跟前接近了。

麻六看不清朝他跟前走过来的人是谁，但他听到那脚步声格外熟悉。这时候，刚刚从西京回来的、已经没有了工作的麻六心头一惊，脑子里很快闪出了这样一个人的身影：圆圆的脸蛋，大大的眼睛，长长的睫毛，樱桃小口，苗条身材。虽然说在麻六脑子里闪现出的这位姑娘并不是多么漂亮，但也是方圆几十里村子里出了名的俊女人。

她就是麻谷岔村刘天胜家大女儿刘兰花。

麻六不知道兰花这么晚到这里来干什么，他害怕兰花看见他因此急忙地躲到树背后，悄悄地等兰花从这里尽快走过去。

可是麻六没想到兰花走到村头这棵歪脖子老槐树底下却站住了，好像要在这里寻找什么东西似的前后左右地不停打量着。

麻六尽量把身子贴在歪脖子老槐树的树干上，心跳突然加快了起来。他想，是不是兰花知道他在西京没工作了回到麻谷岔，如果真是这样，那他的脸真的就没地方放了。要知道在他离开麻谷村时，两人还不明不白地有过一段小插曲。事实上他那时候还是很喜欢兰花的，日夜谋算着想把兰花弄到他手里，有事没事地跟兰花套近乎。而那时候刘兰花也觉得麻六人不错，挺能干的，因此兰花便和麻六没有公开地好上了。可是好景不长，麻六在一次偶然的机会被人介绍到让全村人谁听了都羡慕的大城市——西京工作。那些日子里，刘兰花既怕麻六从麻谷岔离开而又想让他离开，最终她还是支持了麻六。在麻六走的前一天夜里，两人就在这棵歪脖子老槐树下，手拉着手，肩挨着肩，头枕着头，亲亲热热，难舍难分地说了大半夜悄悄话。纯真而善良的农家姑娘刘兰花拉着麻六的手，把头枕在麻六的肩膀上，含情脉脉地对麻六说：“你到了大城市，可千万别把我给忘了。”

麻六说：“我怎能忘了你，你可是我的心肝肝。”

刘兰花说：“西京漂亮女人多，你去了可不能花心。”

麻六说：“我的心在你的身上拴着。”

那天的夜很短，刘兰花真希望夜能够永远这样一直黑下去。

快到半夜的时候，麻六才恋恋不舍地送刘兰花回了家，他又在那棵歪脖子老槐树下转了好一阵。那时候他真想把刘兰花也带到西京。

麻六带着刘兰花的一片痴情和刘兰花从家里拿来的二百块钱依依不舍地去了西京。开始的时候，麻六隔三差五给刘兰花写一封信。刘兰花也是同样，她把一切希望全寄托在了麻六的身上，盼麻六突然有那么一天，真的回到麻谷岔，把她接到西京城。可是在麻六走后第二年年的最后一天，刘兰花正急切地盼望她的心上人从西京回来跟她共度美好的团圆年时，仿佛晴天一声霹雳，她没有等回麻六，却等回一封跟她断交的绝情书。那时刘兰花说什么都不相信拿在她手里的那封信是麻六给她写的，看着信笺上那熟悉的字迹，大滴大滴的泪水顿时如雨而下。泪水浸湿了兰花的前胸，也浸湿了她手中那张仅有半页纸的信笺。

刘兰花在绝望之中还不相信这会是真的。她借着家人睡去的时机，含着泪水偷偷给在西京的麻六写了一封长长的信，倾诉了她两年之中的相思。信寄出后，如泥牛入海，毫无音讯，麻六从此再也没有书信给她了。那些日子里，刘兰花度日如年，可她把悲伤深深埋在心底，不仅没有把这事告诉家里人，甚至连麻六的父亲麻爷也不知道为什么常常来他家的刘兰花，怎么好长时间都不进他家的门了。麻爷总以为刘兰花心有所变，想找机会把兰花叫到他家里，问她究竟发生了什么事。

起先,刘兰花什么话也不说,直至麻爷追问得实在不行了,她才说出了实情。

麻爷气得几乎要在脚地上跳起来的光景，不停地骂麻六鬼小子不是东西，刚去了西京几天，良心就让狗吃了。

麻六的母亲拉着兰花的手，只是一个劲地哭。兰花哭着还劝说两位老人："你们别骂他，我知道，大城市里不同咱农村，城里人有城里人的活法，你就是强迫让麻六娶了我，我和麻六未必能够幸福。我和麻六现在已经有了一定的差距，再不像在麻谷岔那时候一样了……"

刘兰花说的是不是真心话，只有刘兰花自己心里清楚。

然而刘兰花的这一番话使两位老人更是舍不得失去这样的好姑娘，但现实毕竟和两位老人想的差距太遥远。

虽然刘兰花默认了曾经在村头那棵歪脖子老槐树下和麻六共同许下的婚约彻底破灭，但她没法把麻六忘掉，她再没有找对象。刘兰花经历了她感情上最危难的时刻，曾经有段时间，她几乎山门不出，河坡不下，因此村里人在背地里风一阵雨一阵地说兰花是嫁不出去的老姑娘。也有人说兰花心比天高，命比纸薄。这些话很快传到兰花的耳朵里，但她根本没把这些话放在心上，仍然默默地惦记着曾经在她面前山盟海誓而又抛弃了她的那个男人。

说归说，可提亲的人几乎快把刘兰花家门槛踏烂。但刘兰花谁也没看上，不是说那些小伙子不怎样，而是兰花觉得自己从此再不会爱一个人，至于那些山盟海誓般的甜言蜜语，只是一句信口开河的玩笑。从此，她再也不会相信那些男人用来骗小姑娘的花言巧语的鬼话了。

熬过了无数个难眠之夜，刘兰花心里仍然在想着，总会有那么一天，麻六会回到麻谷岔，而且她坚信麻六一定会回到她的身边。

几年后，麻六回了一趟麻谷岔看父母。

麻六回麻谷岔时虽然没有带他西京城里的媳妇一块回来，但他很害怕看见刘兰花，好几天没敢出门。刘兰花把想找麻六的想法偷偷告诉给她父亲，她父亲一听，凶恨恨地骂兰花不要脸，人家不要你了，你还死皮赖脸地找那坏小子干什么？

父亲的一顿臭骂使兰花放弃了找麻六的想法，痛苦地守在家里，直到麻六离开麻谷岔。

后来，刘兰花打听到麻六在西京城里的那个家过得并不怎么样，心里便有种说不出来的高兴。再后来，刘兰花又得知，麻六没有了工作，而且在西京城里的那个家也岌岌可危，几乎到了破碎的边缘，刘兰花便是高兴得像变了一个人似的。因此这次麻六回到麻谷岔的第二天晚上，虽然没有任何人告诉刘兰花，但兰花知道麻六回来了。这回，刘兰花什么话也没敢和家里父母说，晚饭吃完不一会儿，她就从家里偷偷地溜出来，害怕人看见地悄悄站在硷畔上，默默地看着麻六家的那孔土钵钵窑。

微风轻轻地刮着，不时刮起她那一头乌黑的秀发。

村子里很静，就连爱打闹的那些顽皮孩子，也被大人们吆喝着回家睡觉去了。

麻六家土钵钵窑里的灯一直亮着。

刘兰花站在硷畔上，站得腿也有些酸困。

这时候的刘兰花有些失望，觉得麻六很可能不会从他家里走出来。她几乎想亲自去麻六家一趟时，忽然看见麻六家的门开了，紧接着走出了一个人，那个人正是她日思夜想的麻六。

麻六走到硷畔上站住脚，点上一根烟，然后漫无目的地从坡里那条土路上走下去了。

刘兰花知道麻六要到什么地方去，这一发现使她险些激动地喊出声来。

刘兰花尽量掩饰着内心的无比激动，默默地注视着麻六的一举一动。

麻六一直朝村头走去。

刘兰花看着麻六乘着夜色往村头那棵歪脖子老槐树跟前走去的时候，也匆匆地从她家硷畔上的那条土路上走下去，不远不近地跟在麻六的身后。

麻六并不知道这么晚会有人跟踪他。

夜色蒙胧中，麻六坦然地来到了村头那棵歪脖子老槐树下，回想着过去的往事……

往事又浮现在眼前，不堪回首。

刘兰花明明看见麻六走到了村头的那棵歪脖子老槐树跟前，可是她到了那棵歪脖子老槐树下，却怎么也找不见麻六的人影子。

他哪里去了呢？刘兰花站在树下焦急地想。

钻在歪脖子老槐树下的麻六清楚地看见了刘兰花。怎么？她怎会来这儿？是不是她已经知道我回来了。应该说不会吧，我回来的时候谁也不知道，只有父亲告诉给麻子胜，是不是麻子胜又告诉了兰花。但是麻六不相信麻子胜会这样做。麻子胜在他家走的时候，他特别告诉麻子胜不要给任何人说，这几天他的心情不太好，不想见人，难道麻子胜背着他给兰花说了，因为他最怕见到的就是兰花。

麻六圪蹴在那棵歪脖子老槐树下，像条狗一样，两只眼睛偷偷地窥视着刘兰花。

刘兰花找不见麻六，急得快要哭起来了。她想，她看见的难道不是麻六而是鬼？不然怎会在歪脖子老槐树下就消失了，是不是钻在地下去了呢？刘兰花想，即便麻六钻到地下，她也要把他等出来。

现在,麻六吓得出了一身汗,他仿佛看见的并不是兰花,而是一个妖魔鬼怪。

夜静得有些出奇,刘兰花在歪脖子老槐树下的光板土路上踩出的清脆声响,像踩在麻六的心上一样。

麻六的眼睛有些蒙眬了，用手轻轻地擦着额头上的汗水时，刘兰花忽然从树前面转到树背后来了。

想要躲避已经来不及了，麻六装作什么也没看见地低着头，心慌慌地跳个不停。

刘兰花看见钻在歪脖子老槐树下的麻六，便很快走到麻六跟前，故意用脚踢了踢麻六的腿。但她踢得很轻，并且自言自语道：“这是什么东西？”说着，她急忙退到一边，并吓唬麻六说：“你是人是鬼？快说，不然我挖起石头砸哩？”

刘兰花弯下腰，真的在地上挖起了一块老石头。麻六害怕地说：“兰花，别砸，是我。”

“你是谁？”刘兰花问。

“我是麻六。”麻六不好意思地给刘兰花说。

“噢,是麻六,你一个人钻在老槐树下干什么？是不是在树下挖元宝哩？”刘兰花有些嘲讽麻六。

“我……我……”麻六一时不知说什么好,吞吞吐吐地说,“我是想尿尿。”

“不会吧。”刘兰花开玩笑说，“黑天半夜的，你跑这地方尿尿，谁能相信，你是不是有什么事怕人看见？”

“不是的。”麻六赶紧说。

麻六看见刘兰花站在他不远处不走，觉得再钻在老槐树下也没什么意思了，便没好气地说：“好兰花哩，你再别糟践我了，行不。”

“是我糟践你？”刘兰花说，“我又不知道你回来，更不知道你会在这里，如果我知道的话，那我就不来了，免得你这样躲躲闪闪。”

麻六尴尬地站起来，搓着双手走到刘兰花跟前问：“这么晚了，你怎来这儿？”

“这又不是你家的，我怎不能来？”刘兰花话中完全有种挑衅的味道。

“嘿嘿！”麻六笑了笑说：“兰花，好几年没见面了，你还是原来的性格。”

“我不会像有些人变得那么快。”刘兰花针锋相对地对麻六说。

其实，麻六最怕见到的就是刘兰花，可是往往怕处有鬼，偏偏今晚上在村头的歪脖子老槐树下让他给碰上了，就好像是两人约好的一样。此时麻六觉得有些难堪，曾经不可一世的那种大男人强悍势头，在刘兰花面前，已经荡然无存了。他只好听着刘兰花对他说那些刻薄的话，惭愧地低下了头。

刘兰花也觉得自己有些过分，要知道她一听说麻六被打发回家的消息，就再也坐不住地想见麻六。

刘兰花想见麻六并不是要当着麻六的面挖苦他几句，而是她很想跟麻六说会话，安慰安慰他，不论过去发生过什么不愉快的事，过去的已经过去了，现在说也没啥意思。因此兰花朝麻六跟前走了一步，当面给麻六承认了她的不是，不管怎样，还是朋友，麻六应该谅解她。

麻六看见刘兰花给了他个台阶，他也就强装出几分笑地说：“没什么，我曾经也伤害过你，即使你骂我几句也是应该的。”

两个人这样说着，就一同坐在村头那棵歪脖子老槐树的树根上，随便说了一些不上串串的话。

眼看时间不早了，黑黑的夜里，只有天上的那些星星在闪烁。

风微微地吹拂着，没有声响，夜很宁静。

麻六在歪脖子老槐树下坐了一会儿就想走了，因为他走的时候没跟两位老人打招呼，两位老人见他这么长时间还不回来，一定心焦坏了。因此麻六从歪脖子老槐树下站起身，拍了拍屁股上的土，看了眼仍然坐着的兰花说：“兰花，时间不早了，你也赶快回去，不然你家里老人们会心焦的。”

刘兰花仰头看了看站在她身边可怜巴巴的麻六，站起来问他：“你打算什么时候去西京？”

“去什么西京？”麻六说，“西京那地方我去不成了。”

“为什么？”刘兰花惊讶地问。

“人家把我给打发了。”麻六说。

刘兰花纯粹是明知故问，虽然麻六滴水不漏地偷偷回到麻谷岔，根本不想让村里人很快知道他被打发回家的事，但是没过几天时间，这消息就在全村风一样传开了。村里人不知道内情，便纷纷猜测，有的说麻六是犯了错误被单位开除了，有的说麻六作风上有了问题被单位打发的，有的说得就更玄乎了，说什么麻六是偷了西京建筑工程公司的钢材被公安局抓去坐牢了，他是偷偷跑回来的……当然这些风言风语麻六现在还不知道。

麻六总以为，如果麻子胜不给人说，谁也不会知道他从西京回来，要知道他白天几乎连家门都没出，也没有人到他家里来，直到天很黑了，他才偷偷来到这里散心的。

麻六没想到他会在这个地方又和刘兰花相遇了。麻六想走的时候，刘兰花根本没有要走的意思。

麻六也不好丢下兰花自己回家。但他确实很沮丧，特别在兰花面前，他简直无地自容，要是换成别人，要是眼前这位姑娘不是兰花，也许他会和她好好说一阵话的，问题是他俩曾经有过一段秘密的恋爱关系，因此麻六现在才会这样难堪甚至尴尬。

刘兰花现在也不看麻六把头扭向一边，也不给麻六说什么地走到路畔上，面对着寂静的山沟和空旷的田野，陷入无比沉重的思索之中。

麻六看到他昔日的恋人现在这个样子，很不安地走到刘兰花的跟前，想对兰花说几句安慰的话，但他又实在无话可说。

沉默是一件相当可怕的事情。

麻六不知道刘兰花是怎么知道他来到村头这棵歪脖子老槐树下的，是她偶然来这儿散步凑巧碰见了他，还是她早就知道他要来这个地方？

这一切，麻六觉得就像谜一样。

此时没有月亮的夜还是很黑的，麻六没法看清站在路畔上的刘兰花脸上究竟是什么表情，但他分明感觉到兰花此时此刻内心很痛苦。

“你回去吧。”麻六不紧不慢地走到刘兰花跟前，轻轻地对她说，“要不我送你，行不？”

“没那个必要。”刘兰花的回答冷冰冰的。

“那你是不是有什么话还要对我说？”

“没有。”刘兰花说，“你走你的，别管我。”

刘兰花虽然这样对麻六说了，但麻六能走吗？他现在当然不能走。尽管他没有能够同兰花牵手走在一起，可他心里还是非常爱兰花的。当他听说兰花在他离开家乡以后，直至现在还没有找对象嫁人，由一个小姑娘变成现在这样一个老姑娘的时候，他心里非常明白一个姑娘所承受的巨大的精神压力。这种压力来自多方面的，首先是来自家庭的压力，而更多的是社会上人们对她的误解。无论是家人的责备，还是社会上的流言蜚语，她都得一个人默默承受。想到这一切，麻六心里很不是滋味，并暗暗责备自己，是他把兰花害成现在这个这样……此时麻六痛苦地圪蹴在路畔上，双手抱住头，长长地唉叹了一声。

活人，怎就这么难呀！

第三章

那天，麻六很晚才回到家。

父亲和母亲一直坐在炕上焦急地等他。现在，老两口看见儿子这么晚才回来，想问他到什么地方去了又没敢问，因为老两口看见儿子从门里进来的时侯，满脸不高兴。

麻六能有什么高兴的呢？他本来想在夜深人静的时候到村头那棵歪脖子老槐树下好好地冷静思考一番，可他万万没有想到会在那个地方碰上刘兰花，使他刚刚平静了一会儿的心再次掀起了波澜。

此时父亲赤脚打片地坐在前炕上，扑闪了几下他那一对皱巴巴的眼睛，看了几眼从门里进来的麻六，什么话也不说，光是抽烟。

母亲慌忙从炕上溜到脚地，拍了拍麻六身上的尘土问他："你饿不？饿得话妈给你做得吃？"

"不饿。"麻六说，"你们怎还没睡？"

"没。"母亲说，"妈不知你上哪去了？这么晚还不回来，把人心焦的。"

"我又不是小娃娃，丢不了。"

父亲把烟在炕棱石上掐灭，转身又坐在炕上，扑闪着眼睛看着麻六说："明天崔家湾遇集，你想赶集的话，就去一趟。"

麻六坐在炕棱石上，先向他父亲要了一支烟，点着抽了几口。可是烟呛得他咳嗽了老半天，过了一会儿，他才对父亲说："那我明天赶一回集。"

"那好。"老两口几乎同声说。

赶集，对于一个农村人来说，就像城市里人过星期天一样，虽然要走好几十里的山路，但他们根本不嫌累，跟村里的几个人一块相跟上，路上说说笑笑的，费不了多少时间就到了。更何况赶集是农村人聚会、访亲、交友抑或交易的一个好机会，无论是老年人，还是年轻后生，不管是刚过门的媳妇，还是那些没找下对象的姑娘，一群一伙的，梳洗打扮，穿戴整齐，欢天喜地地上路了。

麻六到崔家湾去赶集，并不是有什么买卖，纯粹是想到集市上去散心。从他离开麻谷岔，好多年没到这个集市上去了。在集市上，他觉得有种无法形容的冲动和激情。看着那些不同层次不同目的赶集的人，把一切的烦恼和忧愁都忘得一干二净地大声说笑，他就突然有种超脱的感觉。因此麻六做出这样的决定后，便早早爬上炕，同两位老人一块睡觉去了。

天还不亮，麻六就听见拉风箱的声音。

麻六知道是母亲早早起来忙着给他做早饭。

麻六睁开瞌睡的眼睛，翻了下身，看着坐在灶台边烧火做饭的母亲说："妈，你怎这么早就起来了？"

母亲往灶火里塞着柴，头也不抬地回答说："你早些吃了早些去，完了早些回来。"

父亲不知什么时候也醒了，听见麻六和他妈说话，就爬起身，摸出一支烟，悄悄地钻在被窝里抽开了。这几天，母亲没空跟他老伴磨牙斗嘴，要是在往常，父亲非挨他老伴一顿训斥不可。

现在母亲没闲功夫，因此父亲也就少了好多约束地放纵着自己，他爬在炕棱上抽着烟还对母亲说："你动静也不轻点声，好让娃多睡一会儿觉。"

"就你会关心。"母亲白了父亲一眼，故意使劲地拉了几下风箱。

父亲落了一鼻子灰，便不吭声地把烟在炕棱石上掐灭，又钻在被窝里睡觉去了。

麻六再也睡不着了，感觉到躺在炕上相当难受。于是他从被窝里爬起来，穿好衣服，拉开门到院子里去了。

院子里还有些黑，只是星星稀疏了很多。麻六在靠墙崖根的厕所里撒了一泡尿，转身来到硷畔上，静静地看着蒙眬中的麻谷岔村。

现在麻六对他被公司打发回家的事想的并不那么多了，从昨天晚上到现在，他心里一直在考虑的是刘兰花。兰花的突然出现，令他相当头疼。他知道兰花并不是偶然出现在村头那棵歪脖子老槐树下的，很可能是知道他回来了而一直在监视、跟踪着他，不然他俩怎能那么巧地遇到一块……唉，这成什么事了，一件事也够他头疼的了，现在又遇上这号事，他现在还有什么心情儿女情长地谈情说爱呢，更何况他早已经结了婚，又是这么一大把年纪了。

麻六站在硷畔上一会儿抽了父亲的好几根劣质带把烟，愁肠得真想去自杀。

这时候，麻六听见门吱地响了一声，看见是他母亲把饭做好叫他回来吃饭。他现在根本吃不下去饭，满脑子是他丢了工作又和兰花相遇，两件事交织缠绕在一起，折磨得他哭笑不得。他母亲还不知道他昨天晚上回来那么晚是见了兰花，他母亲要是真知道了这事，说不定还会高兴呢？因为兰花是本村里的人，母亲对她知根知底，觉得人家姑娘本份，对他们家也好，尽管他和兰花后来断绝了那层关系，但兰花仍然像过去一样，见了他母亲十分亲热，让他母亲心里很感动。那时候他母亲一听说他和兰花分手了，没少哭过。可是他去了大城市西京，母亲也拿他没办法，但他母亲见一回兰花哭一回鼻子，并自言自语地说："这么好的姑娘，打上灯笼也找不到呀。"麻六慢慢也有些后悔，可他没有勇气承认这个事实。几年前麻六回来也想见见兰花，却不知怎么没见上。这回，他倒是不想见她，可不知怎么就这么巧地碰到一块了。

麻六不想的事都想了，越想越烦躁，因此就把所有的烦躁全发泄在那盒劣质纸烟上。

母亲走到麻六跟前，看见他一支接一支地抽烟，便劝他别抽了，回去吃饭。麻六吃不上公家饭了，可吃他母亲的饭他还是有一手的，而且还要他母亲做好后一次又一次地催他，他才去吃。

麻六跟着母亲回到窑洞里，刚坐到炕棱上，母亲就给他把饭端上来了，是白面点鸡蛋。

麻六刚准备端碗，便看见父亲起床了，于是麻六就把碗端着放在父亲跟前，让父亲先吃。

可是母亲绝对不答应。

母亲说："你父亲又不赶集，他这时候吃什么饭。"

父亲忙打圆场说："你先吃，吃了背上一些黑豆在集上卖了，然后给你买条好烟。"

麻六听了感到有些难过，觉得自己现在活成什么样子了，连抽烟的钱都没有，还要把家里的粮食卖了买烟抽。因此他强忍着没敢让含在自己眼眶那痛苦的泪水流出来，慌忙端起他母亲放在炕棱石上那碗白面点鸡蛋。

母亲心疼他，小小的碗里光荷包蛋就放了四颗，怪不得母亲不让父亲吃。

麻六有些吃不下去地光想哭。

然而麻六这时候连哭的那点勇气都没有了。

是呐，麻六有什么理由在父母跟前哭呢？在他从西京回来以后，父母不仅没指责过他一句，还想方设法让他吃好喝好，他还哭什么呢？因此麻六挣扎着吃了一颗荷包蛋，捞得吃了碗里的几片揪面片，就从炕棱上溜到脚地，走到锅台跟前，把碗里的三颗荷包蛋分开放在另外两只老碗里，然后又分别在锅里捞了一些揪面片，一碗端给母亲，一碗端给父亲。

父亲和母亲看着他，脸上一点笑影影也没有。

"怎么，不好吃？"母亲看着麻六，焦急地问。

麻六摇了摇头。

"给你再调上点芝麻。"母亲又说。

麻六还是摇着头。

父亲看见他这样，什么话也不想说地在炕上呆坐着，烟也不抽了，沮丧地扑闪着他那一对干巴巴的眼睛看他。

麻六并不想让两位老人为他而着急，可有时候由不了自己。他的情绪一来，哪怕跟前坐着的是省长，他都懒得跟他搭话，仿佛有种清高的样子。可他清高什么呢？工作也没有了，吃的是父母，还要父母跟着他愁眉苦脸，难道他就不能给父母带来一点欢乐吗？麻六这样一想，马上就把那些不高兴的事忘到一边去了，脸上露出了一些好看的微笑，对着愣在炕上不知如何是好的父母说："黑豆就别卖了，咱家粮也不多，我有的是钱。"

"你有个屁。"父亲说，"你还能有个钱？"

"真的。"麻六对父亲说，"我不至于穷到连买烟的钱也没有。"

母亲看见麻六再不像刚才那么愁眉苦脸，便在土炕上挪了挪身子说："咱家里不缺那点粮，你赶紧去，卖的几个算几个，卖不了就背回来。"

说话间，天渐渐亮了，他家硷畔下的土路上，时不时走过毛驴踩在土路上的哒哒声，雄鸡在这时候也亮开嗓门叫起来，谁家婆姨站在硷畔上拉开细声地叫狗舔屎，农村就在这样一种独特的热烈气氛中开始了新的一天。

麻六背着父亲给他准备好的黑豆从家门里走出来，母亲紧紧跟在他身后，就像他当年回家探亲要走一样地一直把他送到硷畔上。

麻六没有约村里的任何人和他结伴去崔家湾赶集，他觉得他现在这个样子完全成了一个地地道道的农民，整天操心的是家里的油盐酱醋，这种场面很悲惨。因此他连扭头看一眼站在硷畔上送他的父亲和母亲的勇气也没有，低着头，无限悲伤地从村子那条土路上一直朝崔家湾走去。

到集市上卖粮食对于一个农民来说，完全是举手之劳的事情，而对于麻六来说，意义就不一样了，仿佛他背上背着的并不是黑豆，而是压得他弯腰勾背甚至连气都快喘不上来的一块巨石，因为那里面凝结着父亲辛勤的汗水，他对不起父亲，麻六心里在暗暗责备着自己。

太阳还远远没有露脸的清晨，山沟里刮起一阵阵窜沟的风，一些出山的农民，不得不把手插入袖管里。但麻六还没走几步，额头上就渗出了细细的汗水珠子。他从麻谷岔村中的那条土路上走着，几乎连头也不敢往起抬，感觉仿佛有无数双眼睛正在仇恨地注视着他并嘲弄他："看，那不是麻爷家那小子，不在城市里好好呆着，怎么背着毛线口袋赶集去了。"

麻六的脸就像被火烤一样难受，额头上细细的汗水顿时变得像正下着的一场雨，他的眼睛有些蒙眬，几乎连脚下的路也看不清楚了。

麻六急匆匆地走出麻谷岔，在村头拐弯的地方，他看了看前后没人，这才把毛线口袋放在路旁的土台子上，用袖子揩了揩脸上流出的汗，无限深情地长出了几口气。

我这是在做什么呢?

麻六现在感觉到有些后悔，根本就不应该答应父母去赶集，虽然好心的父母借着让他赶集而缓解他烦躁不安的心情，可是无形中增添了他的思想负担。

集上，麻六会碰上许多人，朋友、亲戚、甚至还有同学，他们看到昔日穿着时髦衣服的从西京回来的人怎么突然背着毛线口袋去赶集，他们会用一种什么样的心态和目光看待他呢?更何况他背那些黑豆是去卖的，而不是去展览。从来没有到集市上做过任何买卖的麻六，到了崔家湾的粮食自由市场上，将会面对怎样一种尴尬的局面。

麻六不到集上去不可能，一直呆在这个拐弯处不现实，说不定村里赶集的人马上就会从这里经过。

生活呀，你为什么要这么折磨人呢?

麻六不敢在这个拐弯处久呆，毫无选择地又背起装着黑豆的毛线口袋，硬着头皮朝前走去。

这时候，太阳把细碎的光点洒在这块土地上。

现在通往崔家湾集镇的土路上赶集的人明显多了起来，有拉驴挑担的，牵羊赶猪的，有怀抱母鸡的老婆婆，有肩扛搭裢的老爷爷，有花枝招展的年轻姑娘，还有欢蹦乱跳的小伙子……他们纷纷朝集市走去，身后卷起了一阵阵黄尘。

麻六不想汇集在这股潮水般的人流之中，漫不经心地低着头走着，时不时耸一耸背上的黑豆，很沉重的样子。

穿过无定河上那座石桥，再走不长时间的路，崔家湾镇就到了。

麻六没有直接到粮食市场，害怕碰见中学时候的同学。他中学时候的同学大都在农村，没有什么经济来源，家里的油盐酱醋，全靠卖点粮食来支撑。因此他把那黑豆一直背到镇上肉食门市部的背巷，这里人少，一般赶集的人不上这儿来，他想等太阳快落山的时侯，集市上的人基本快散光的时候再到粮食市场，看能不能把他那黑豆给卖了。

可怜的麻六把黑豆背进背巷，在靠猪圈的石台上放下，双手抱着头，痛苦地圪蹴在猪圈跟前，可怜的就像没娘的孩子一样。

背巷里零星地走出走进一两个上街的人，他们看见痛苦地圪蹴在猪圈跟前的麻六，以为麻六的钱在集上让小偷给偷了，因此也没有人搭理他，只是看上他一眼，然后就从他身边急急忙忙地走了。

麻六一会儿圪蹴在猪圈旁，一会儿又坐在猪圈旁边的石头上，想抽烟，可口袋里又没有，就这样一直磨蹭到中午太阳很红的时候，他才从猪圈旁边站起来，刚准备背上他那装有黑豆的毛线口袋到粮食交易市场去，突然感觉到有个人站在他跟前。

麻六吓得把头往过一扭，突然看见是刘兰花站在他跟前："你……"

"你没想到吧！"刘兰花笑着说，"你以为你钻在这里就没人知道你了？"

麻六顿时觉得脸烧得难受，不知刘兰花是怎么知道他在这里的，这不是故意让他丢人嘛。麻六害羞得连头也抬不起来，恨不得地上裂开一条缝，他就会毫不犹豫地马上钻进去。

刘兰花看见麻六害羞的样子，觉得麻六真没出息，还在西京待了那么多年，不像个男人的样子，这有个啥，又不是偷人抢人，躲闪什么。因此她也不开麻六玩笑地问："你赶集来了，怎么一整天在这里呆着？"

麻六偷偷看了刘兰花一眼说："你怎么知道我来赶集的？"

"我怎就不能知道了？"

"是我妈给你说的？"

"是我看见的。"

刘兰花说的是实话，是她看见麻六赶集的，而且还背着毛线口袋。其实兰花并没有准备到集市上去，她想村里人都赶集走了，好去找麻六。可天刚蒙蒙亮，兰花往厕所里倒尿时，看见麻六家硷畔上站着他的父亲和母亲，而且他家坡里的土路上正往下走一个人。兰花连尿也没顾上倒，把整个身子探在厕所的破墙上，清楚地看见麻六家坡底下土路上走的人是麻六。她感觉到麻六是去赶集。于是她慌忙把尿盆里的尿倒掉，跑回家，连手也没顾上洗，就从箱子里翻出了见人时才穿的新衣服，急忙舀了半盆冷水，胡乱洗了把脸，给家里人招呼也没打一声就追麻六去了。

麻六在路上走得并不快，但是刘兰花没追上，快到崔家湾的无定河那座桥上时，兰花才看见混夹在赶集人群中的麻六。本来她想喊他几声，但人多眼杂，她又没敢喊，一直隔那么一段距离地跟着。

然而到了集市上，刘兰花就再也找不到麻六了。刘兰花总以为麻六去了粮食交易市场，看他背的那个毛线口袋，就可以断定他是卖黑豆去了。农村人没什么经济来源，黑豆的价格还可以，而且卖粮是农村人唯一的经济来源。因此兰花心平气静地先在街道上转了一圈，然后就去了粮食交易市场。

可是在粮食交易市场，刘兰花连麻六的鬼影子也没见到，不知道他上哪儿卖他那几颗黑豆去了。这下，兰花着急了，她前街窜到后街，上街窜到下街，不知窜了多少个来回，几乎把她认为麻六能去的地方都找遍了，也没找见他的人影子。

整整大半天时间，刘兰花就在这种盲目的寻找中度过的，她急得几乎要在这人稠广众面前大喊大叫了。

人在最急躁的时候就想尿尿，刘兰花也一样，她在这时候突然觉得尿憋得小肚子疼，因此她想赶紧尿上一泡。可是街上又没有可尿的地方，兰花皱着眉头急急地钻进了一条背巷，突然看见背巷里麻六正抱着头圪蹴在猪圈跟前。

刘兰花连尿也不急着尿了，想狠狠骂一顿麻六。你他妈钻在这里，让老娘寻了老半天寻不上。

然而刘兰花还是没有骂出来，只是站在背巷口愣愣地把麻六看了一阵。但当时麻六确实不知道兰花站在他跟前，他正要背上那条装黑豆的毛线口袋时，兰花出现在了他的身边。

看着麻六一脸沮丧的样子，刘兰花连埋怨麻六几句的话也没有了，而是心疼地一把将麻六掀到一边，干脆把那条毛线口袋抱在自己的怀里。

麻六面对从天而降般的刘兰花顿感面红耳赤，真想上去把抱在兰花怀里的毛线口袋抢回来，却害怕他跟兰花在这里拉拉扯扯让人看见笑话。因此他站在一边，祈神祷告地让兰花快给他放下，把他的黑豆抱在自己怀里，像什么样子。

刘兰花才不管这些，有些赌气地抱上麻六那黑豆就要从背巷里往出走。

麻六一把拉住刘兰花，几乎要给兰花下跪地对她说："好兰花哩，这可不行，到街上让咱村里人看见，不是让人家说咱们嘛。"

"谁想说什么让说去。"刘兰花执拗地说，"我不怕。"

"你不怕我怕。"

"你怕你别回麻谷岔。"

麻六笨嘴笨舌地说不过刘兰花，便圪蹴在背巷里，死死地挡住兰花不让走。

刘兰花看见麻六现在的样子感到很可笑，亏得他在大城市里待了那么多年，连爱的勇气也没有，白活了那么几十岁。你看现在的年轻人，走在街上还手拉着手呢。可他，封建成这样，难怪人家不让他工作，思想还这么落后，不打发他打发谁呢。

麻六和刘兰花一个圪蹴一个站着，谁也不让步地僵持在背巷里，两人也不说一句话，这阵势持续了不短的时间，幸亏背巷里再没有人。

太阳不紧不慢地往下落，眼看天快要黑了，赶集的人渐渐开始散了。麻六心里想，他那黑豆只能往回背了，刘兰花把黑豆抱在怀里，绝不会轻易给他。再说，他怎有脸跟在兰花身后到粮食交易市场去卖黑豆呢？兰花现在是他什么人？又不是他婆姨，这样让人看见，不笑掉大牙才怪呢。

看来刘兰花是豁出去了，根本不怕人说长道短。她就是爱麻六，要不然她也不会成为麻谷岔村子里嫁不出去的老姑娘。但是嫁出去嫁不出去是她的事，关别人屁事呢。

麻六实在拿刘兰花没办法，只好从背巷里站起来，看着兰花，用商量的口气说："兰花，你把毛线口袋给我，咱俩一块走。"

"那也行。"刘兰花对麻六这一建议挺满意。

麻六走上去，从兰花怀里接过他的毛线口袋，挎在肩上，有些不悦地从背巷里往大街上走。刚走了两步，兰花急匆匆地跑到麻六跟前，一把板住麻六的肩胛，也不看旁边有人没人，就在麻六汗渍渍的毛脸上美美亲了几口。

刘兰花的这一举动，险些把麻六吓死。

麻六呆立在背巷，红着脸，害羞地看了看巷口，埋怨刘兰花说："你就不怕人看见？"

"看见怎么了？"刘兰花说。

"咱又不是那些少男少女。"麻六说。

"亲个嘴也不是那些少男少女的专利。"刘兰花的道理还蛮多的。

麻六再不跟刘兰花说什么了，觉得兰花精神有些不正常，毛手毛脚的，也不看看这是什么地方，因此对于兰花这种举动，他真有些受不了。

刘兰花完全沉醉在狂热的爱恋之中不顾一切，仿佛这个世界只有她和麻六，再没有别人。

走出背巷，来到大街。大街上人头涌动，一片喧哗。此时的麻六头也不敢往起抬，径直朝西街里往过走。刘兰花紧跟在麻六的身后，喋喋不休地不知给麻六说什么，但麻六几乎连一句也没听进去，脑子里乱哄哄的，不知想些什么，也搞不清他要去什么地方。然而刚刚走到百货商店门口，麻六就碰上熟人了，是他中学同学王雄。其实麻六最害怕的就是见到像王雄这样的人，可是现在却让他碰上了，他想躲也来不及了，王雄已经看见了他，并且热情地给他打招呼。麻六也就不能不跟王雄说几句话。

王雄现在的样子完全是个地道的农民，脸上黑胡巴茬的，肩膀上搭一条盘起来的麻绳，胳膊弯里搭着一条毛线口袋，一条深灰色裤子卷在半腿上，一笑就露出了两排肮脏的黄板大牙。王雄的不堪入目之相，深深地刺激着麻六的心，他想不到曾经爱干净的王雄让生活折腾成了这副模样。

"你是什么时候回来的？"王雄握着麻六的手，看着麻六问。

麻六说："回来几天了。"

"什么时候走？"王雄又问麻六。

"不走了。"麻六说。

"瞎说。"王雄说，"不走干啥呀？"

麻六说："回家当农民。"

"嘿嘿。"王雄笑着说，"你还能受下这罪？"

两人站在街道上说了一会儿话，麻六想走，因为刘兰花站在他跟前，他害怕王雄问他兰花是谁？他怎么去回答。因此他礼貌地握着王雄的手，正要告辞，王雄却看着兰花问麻六："你也不介绍介绍，她是你婆姨？"

"不是。"麻六的脸顿时红得像猪肝，忙撒谎说，"是我的一个亲戚。"

刘兰花微笑着给王雄点着头。

王雄知道，麻六和他头一回见面的这位姑娘在给他演戏，现在的亲戚淡的和水一样，怎还会一起相跟上逛街，除非哄那些穿开裆裤的吃奶娃娃。

王雄也不是那种好事的人，他俩是什么关系，与他关系不大，演戏就演戏吧。因此他和麻六说了几句话，就分手了。

麻六这时候犯上了心病，非让刘兰花一个人到街上逛去不可，他要去卖他那点黑豆，免得他再见到熟人还要解释半老天。

然而刘兰花是个犟女子，偏偏不吃麻六这一套，她很不高兴地扭头看着麻六说："咋，你害怕了？害怕就别到集上来，钻在家里谁也看不见。你以为你背点黑豆就了不得了，我又不偷不抢。再说，我在集市上也没碍你什么事，你急什么？我看你是心里有鬼。"

麻六根本说不过刘兰花，只好低下头，跟在兰花身后往前走。

走到粮食交易市场，时间已经不早了，路远一点的粮食贩子们已经骑着自行车或开上拖拉机走了，只有几个路途比较近的粮贩子们圪蹴在水渠边的土台子上抽烟，看能不能赶天黑再拣点便宜货。

麻六从来没做过这种营生，因此就不敢大声喊叫，也不会跟他们讨价还价，只好站在水渠边土台上抽烟的那几个老汉不远处，提着他的黑豆，怯生生地愣着。

刘兰花虽然是个姑娘，可她做这些营生是轻车熟路。她走到麻六站着的地方，一把从麻六手里拿过毛线口袋，走到正抽烟的那几个老汉跟前，弯下腰问他们："你们谁要黑豆？"

这几位老汉扭过头，看见是一位姑娘，觉得像有块肉递到了嘴边，便看也不看一下黑豆，就问刘兰花："什么价钱？"

刘兰花说："当然是老行情。"

"那不行。"一个老汉扑闪了一下眼睛说。

"怎不行？"刘兰花问。

"现在黑豆跌价了。"另一个老汉插话说。

刘兰花说："你觉得是跌到老沟里了，还是在畔畔上哩？"

几个老汉突然不吭声了，其中一个老汉伸过一条胳膊，迅速把手伸进兰花提着的毛线口袋里，抓起一把黑豆，往嘴里扔了一颗，然后把其他黑豆摊在自己手掌上，仔细地辨别着。

刘兰花真想骂这几个老汉几句，秃子头上寻虱子哩，故意要拣些毛病，好把价格压下去。果不然，那个老汉把嘴里的黑豆吐到地上，挑出毛病来了，说这黑豆成色不好，水份又大，给不上价。然后斜着眼睛仔细地看兰花。

刘兰花知道这几根老油条是怎么回事，专在分分厘厘上计较呢。于是她把毛线口袋咚地扔在那几个老汉跟前，皱着眉头问："要不要，痛快些。"

"当然要！肯定要！"这几个老汉一连说了好几个要字，便从水渠边的土台子上站起来，拍着身上的尘土，就和刘兰花讨价还价开了。

麻六看着刘兰花和那几个老汉讨价还价的样子，心里酸酸的。唉，他觉得自己真没出息，这号事本来是他干的，却让兰花为他干了，他真觉得有些对不起兰花，如果不是兰花帮他的忙，恐怕他真的又要往回背他那些黑豆了。

刘兰花一会儿就和那几个老汉把生意做成了，她很熟练地数着手里那几张钞票，笑盈盈地跑到麻六跟前，双手将钱递给麻六，让麻六再数上一遍，看她算的对不对。

麻六还有什么脸去数钱呢，他接住钱就装在他的上衣口袋里，有些感激地对刘兰花说："你真行，要不然我就要往回背了。"

"这有什么。"刘兰花听了麻六表扬她的话，满不在乎地说，"在家里，我隔几天就做一回这种营生，以后如果再卖黑豆，你就别去了，让我去。"

麻六没给刘兰花回答，心里感到很痛苦。

第四章

傍晚时分，麻六和刘兰花并排走在回家的路上。

路上，麻六和刘兰花没有碰到村里任何人，黑乎乎的深山窄沟里显得极为宁静，偶尔会有几只蝙蝠在陡峭的山壁间扑闪着翅膀飞过，并发出几声啼叫，再就什么声音也听不到了。

麻六走在深山窄沟的土路上，也不跟刘兰花说话，好像兰花得罪了他一样。他虽然在心里非常感激兰花，但却有一种难以言语的负罪感死死缠绕着他，他不知道该如何处理他和兰花之间这种说不清又道不明的复杂关系。

应该说，麻六和刘兰花之间早就没有任何关系了，仅仅是老乡。兰花心里也应该知道，虽然麻六已经被打发回家了，但他在西京还有一个家，还有婆姨娃娃，尽管他称不上是一个好丈夫好父亲，可他要为他那个家负责呀。

然而刘兰花根本就顾不了这些，她觉得麻六本来就应该属于她，只不过她把麻六的离开当作是一次长时间的旅行，认为他迟早会回到她身边的。因此她不认为麻六有一个圆满而幸福的家，认为麻六仍然是她爱的那个人。

两个人就这样默默地走了一阵，临快到黑山峁的时候，刘兰花叫住了只顾低头走路的麻六问："你为什么不跟我说话？"

"我累了。"麻六说。

"累了咱在这儿歇一会儿。"刘兰花说着，就把麻六拉到一个麦地洼上，看着麻六问，"你好像有什么心事？"

麻六觉得现在跟刘兰花谈话是最好的机会，周围又没有人，哪怕他俩在麦地洼上吵上一架也没人知道，反正回家迟了，他也顾不得两位老人在家里等得心焦，便认认真真地对兰花说："兰花，咱再不能这样，你也知道，我有老婆孩子，这样和你偷着来往，对你太不公平。过去的事就让它过去，谁也再别胡想，权且当作是一场游戏。我知道你对我一往情深，我很感激，但现实不允许我们继续这样下去。就算我现在没有了工作，但这只是暂时的，我不可能在麻谷岔一辈子待下去。我这次回来就是想调整一下自己的情绪，然后寻找一点适合自己干的事情，至于被公司打发回家的事，那是大势所趋，我不在乎。虽然我当时有些想不通，但过段时间就会调整过来，我们不敢再藕断丝连，这样对你很残酷，我一想起这些就感到有种犯罪感，对咱两个人都是严重的精神摧残。”

夜空下的麦地里，刘兰花手撑着下巴，坐在麻六的身旁，静静地听着麻六的这些长篇大论，眼里早已满含泪水，但她尽量控制着自己，不让自己哭出声来。山里开始刮起了二毛毛风，二毛毛风刮过了头道道圪梁梁二道道圪梁梁，一直从他俩坐的麦地洼上刮过去，像羽毛刷刷在他俩的脸上一样舒服。

麻六说了这么久，而刘兰花自始至终没说一句话，静静地坐在麦地洼上看着远处黑乎乎的山，手不停地在麦地里抠着土，眼泪滴在麦叶上，麦叶上就像有几颗珍珠般的露水珠儿。

麻六看出刘兰花不高兴的样子，就用手拉了拉兰花的胳膊，问兰花怎么不说话。

刘兰花说：“不怎。”说着，她把头扭向一边，连看也不看麻六一眼。

麻六说：“天不早了，咱走。”

“你走。”刘兰花说，“我想在这儿多停一会儿。”

“你怎能这样？”麻六焦急地看着刘兰花。当然兰花不走，他也不敢离开，在这荒山野岭里，而且又是在黑夜，如果出点什么事，麻烦可就大了。因此麻六用婉转的口气对兰花说：“事情有事情在，现在不说了，咱们还是先去，家里人到现在还不见咱回来，肯定会担心死的。”

刘兰花的话语显然要比刚才少多了，本来她打算在荒无人烟的黑山峁，好好跟麻六说说她心里话，可是真有了这样的机会，她又说不出话了。

麻六看见刘兰花不说话光哭，就从麦地洼上站起来，把身上的黄尘拍了拍，拉着兰花的胳膊，劝她赶快走。

刘兰花被麻六拉着站起来，兰花静静地看着他，突然扑在他的怀里，在他没有丝毫思想准备的情况下，兰花在他粗糙的脸上美美亲了几口。

麻六的精神堤坝让刘兰花的一阵狂吻击得昏天黑地，他呆呆地站着，慢慢闭上了眼睛，心甘情愿地接受着兰花对他如此的狂轰滥炸，并且本能地紧紧抱住了兰花的细腰，热情地把他的两片滚烫的嘴唇递到了兰花嘴上。

刘兰花和麻六正在那块麦地洼里热吻得天昏地暗并还要继续深入下去时，突然间耳边传来一阵有说话和脚步的声响。麻六知道有人来了，一把推开紧抱着他的兰花，在麦地洼上拣起他的毛线口袋，拉上兰花的手，挣命似地从麦地洼里跑下去。一直跑到黑山峁下的那条拐沟，麻六和兰花已经累得上气不接下气了，但他俩还没停下来地又在深沟里跑了一阵，确信前后没人时，麻六和兰花才一扑沓坐在深沟里的一块矸石头上，两个人嗯嗞嗯嗞地喘着粗气。

空旷的拐沟里，只有夜游的鸟在他俩的头顶上空飞来飞去，两边的土崖像两道黑色的屏幕，黑压压地挡住了他俩的视线。刘兰花坐在麻六身边的矸石头上，看着麻六惊慌的样子，突然大笑了起来。

刘兰花的笑在寂静的深沟里格外响亮。

麻六看着刘兰花傻笑的样子，掀了掀兰花说："你笑什么哩？"

刘兰花停了笑，眨巴眨巴眼睛说："看把你吓得。""你不吓？"麻六说，"让那些人知道传出去，怕咱就见不得人了。"

"我才不怕。"刘兰花的胆大麻六是知道的，即便兰花的父母在兰花跟前，兰花也敢亲麻六的嘴。

两人在矸石头上坐着说了会儿话，就站起往回走。刘兰花不赞成麻六那些观点，但她对今晚上的一切很满足。她并没希望能够得到什么，能有这样单独和麻六在一起的机会和激情，她就知足了。她觉得以前曾经失去的一切，今晚上全给补偿回来了……

麻六和刘兰花手拉着手肩并肩走在那条深沟里，一弯明月悠悠地升在半空。月光把山峁沟洼照得如同白昼，小小的蝙蝠在深沟里欢快地飞翔着，清水河的流水声在寂静的夜里显得格外响亮。而麻谷岔从庙峁一拐过去就能够看见，那么他俩再不能这样手拉着手相跟上回家了。

快走到村口时，刘兰花站在路上，从她的挎包里掏出两盒饼干，装在麻六的黄帆布挎包里，低着头，压低嗓门对麻六说："你再亲我一下。"

麻六无法拒绝现在看来显得有些苍白的刘兰花这个可怜的要求，把毛线口袋扔在脚底的土路上，一把抱住兰花，在兰花的脸蛋上很响亮地亲了几口，然后偷声缓气地对兰花说："你回去家里人问你跟谁相跟着，千万不能说和我在一起，记住了没？"

刘兰花笑着给麻六点头说："你把我当猴娃娃了。""那你赶紧回去，家里人问你为什么这么晚才回来，你怎给他们说？"

"我就说集市上碰上了几个同学。"

麻六满意地点着头，从脚底下的土路上拣起那条毛线口袋，按了按刘兰花给他黄帆布挎包里装的两盒饼干，悄悄地从村中走去。

刘兰花也从村头的另一道土坡里爬上去了。

麻六抱住刘兰花亲她那白格生生脸蛋的时候什么也没想，现在他突然感到有些后悔，觉得自己不该那么冲动，无形中又伤害了一回善良的兰花。现在他并不是那号热血青年，而是有妇之夫，虽说他那个家濒临破碎的边缘，可这样偷鸡摸狗式的行为，实在是不道德，不管那时候他是自愿的还是被人强迫的，从根本上讲都是一种过错。麻六这样想着，昏头昏脑地从他家硷畔底下那条土路上往上走时，突然看见父亲和母亲正站在硷畔上焦急地等他。显然，两位老人在硷畔上等了他好长时间了。父亲见他从坡里上来，趔趄着朝硷畔上走了几步说："你怎这么晚才回来？能把人急死。"

母亲听父亲这样训斥儿子，不满地扭头瞪了几眼，动声动气地说："晚回来就晚回来，你喊叫什么。"

麻六上了硷畔，跟着父亲和母亲回到家里。母亲把麻六手里的毛线口袋接住放在前炕，就拿笤帚给麻六身上扫开了。顿时，窑里尘土飞扬，麻六赶紧侧身把门打开。

晚饭还在锅里放着，很明显老两口在他没回来之前还没有动碗筷。母亲给他浑身上下打扫了一阵，然后把笤帚扔到炕上，便到锅台跟前给他舀饭去了。

父亲坐在前炕棱边，手里依旧拿着一支劣质带把烟，见麻六坐在炕棱上，扑闪了几下他那一双皱巴巴的眼睛问："黑豆卖了？"

"卖了。"麻六说，"集上碰上几个同学，好歹走不了，要不是粮市有几个买粮的老汉没走，恐怕我要背回来了。"麻六说着，把口袋里的钱掏得递给父亲。

父亲把那支冒着烟的纸烟搁在炕棱石上，手指头在嘴里沾了几沾就数开了钱。父亲数着钱连头也不抬，认真地数完钱以后问麻六："你没给自己买条好烟？"

"没有买。"麻六说，"我以后不抽烟了。"

"不抽烟好。"母亲在灶台边给麻六舀着饭，插嘴说。

麻六溜下炕棱，走到锅台跟前，把黄帆布挎包里的两盒饼干放在锅台上，对母亲说："我在集上什么也没买，就买了两盒饼干。"

母亲说："你买那些干什么，快到炕上去，看把你一天熬的。"

麻六转身来到前脚地，把鞋脱到墙根，爬到炕上，看着母亲把饭端上来，一阵吃了两碗，就把身子重重地靠在铺盖卷上。

一家人吃完饭，时间就不早了。

母亲麻利地拾掇完碗筷，爬上炕就忙着扫炕铺褥子，嘴里还不断地给麻六唠叨着："熬了，你早些睡觉。"

麻六没说什么，看着母亲把褥子给他铺好，他就脱掉衣服钻在被窝里睡觉去了。

那夜里，麻六想着心事翻来复去地怎么也睡不着。

第五章

这几天，刘兰花几乎不像麻谷岔村子里的那个刘兰花了。往常，村子里很少有人看见她的人影，她常常一个人钻在家里，几乎连门都不出。可是忽然间，她就像变了一个人似的，不是拉一筐衣服到河里去洗，就是跟上她父亲到山里去劳动，而且见了村里的人，也是有说有笑的，见了年龄大的，一口一个大叔大婶，非常亲热，而见了跟她年龄相仿的，也是大哥大嫂不离口，显得相当有礼貌。

麻谷岔村里的人都觉得有些奇怪，私下里早就议论成一缝水了，谁也整不明白这女子到底有什么好事降临到了她的头上。

“是不是找下对象了？看把她日能的，一下就成个人样子了。”

“唉，这号老女人，谁还敢要，除非那些二道毛后生，女人那东西么，到用的时候就要用哩，不用的话怕生锈得棍也撬不开……”

“呵呵，女大十八一朵花，过了三十豆腐渣。”

“哎呀，你们不知道，兰花这几天得意得快尿到天上的了，看她那圆溜溜的屁股蛋子，一扭一扭的，不知想勾引谁哩……”

对于这个封闭而落后的麻谷岔村子来说，三十大几的姑娘还没有嫁人地养在家里，难免就会有这一连串的种种说法。

刘兰花才不管村里人说她长短，她什么也不怕，心里头高兴么，怎能叫她装着别高兴呢。她为能够天天见上麻六那么一回面，什么风言风语都能听得进去，根本不当一回事。

这天早上，太阳刚刚露出了可爱的笑脸，刘兰花就在家里搂了一筐脏衣服，拉开门，风一样地跑到沟底下的清水河里洗衣服去了。

清早马趴洗衣服不是有什么村规民约限制说不行，问题是不知什么事把刘兰花忙乱成这个样子，她又不是有几个吃奶娃娃拖累着。

当然，刘兰花不怕村里人对她这样风言风语，她走到清水河滩里，把那筐脏衣服往河沿上一放，一屁股坐在河沿边一块冰冷的石头上，袖子裤腿挽了老高，很快从筐里拉出几件衣服泡在了清清的河水里，开始很有节奏地洗开了。

这时候，碰巧有几个出山耕地的村民从河滩里往过走，突然看见清早马趴在河里洗衣服的刘兰花，觉得这女子有了什么毛病，早上什么事不能做，非要到河里洗衣服不可。因此他们步子走得极慢，到了兰花不远处便停下来，眼睛死鱼般地看着一晃一晃搓衣服的刘兰花。

刘兰花把两条白格生生的小腿伸在冰凉的河水里，两只手也冰冷得有些泛红，但她不管这些，也不看站在她不远处看她的那几个出山劳动的村民，眼睛却死瞅着麻六家硷畔。

这几个人不停地指手划脚，窃窃私语，不知是说刘兰花的腿肚白，还是说兰花的胳膊嫩，兰花早就听见有人在她背后议论。她想扭头嘲骂他们几句井子里的蛤蟆没见过大天，但她又没有。她把湿手在筐里的干衣服上擦了擦，故意把裤腿又往高挽了几下，让这几个多事人想怎么看就怎么看。

山里劳动的人这时候大都从家门里出来了，他们看见清水河滩里有几个早起的人站着看刘兰花，不知道兰花出了什么事地也跑过来，问站着的那几个人，“兰花怎么了？”

然而谁也不说话，都在神情专注地看着刘天胜家这个快要疯了的宝贝女儿。

此时刘天胜正圪蹴在厕所里拉屎，并不知道刘兰花清早马趴就到清水河里洗衣服去了。当他拉完屎从厕所里站起来，裤腰子还在屁股蛋子上吊着时，忽然听见河滩里吵成一疙瘩。于是他边往起提裤子，边往硷畔上走，想看看河滩里到底发生什么事了。然而当他刚走到硷畔上，就看见村里好些人正站在兰花不远处指指点点地说笑。

刘天胜早就想给他女儿难堪的脸色，这死女子饭碗一丢，就不知道跑到什么地方寻魂去了，连她的人影子也捉不住。就是在昨天集上，她什么置买的东西也没有，村里赶集的人都回来了，可她还不知在什么地方钻着，直等得他瞌睡地睡了一觉才看见她从门里溜进来。

刘天胜昨天晚上就想质问刘兰花这么晚回来干什么去了，回来时跟谁相跟着，但他又没问，他觉得女子三十大几的人了，连个婆家也没瞅下，说不定谁又给她说了对象，晚回来就晚回来。可是他现在不说也不行了，死女子可以不要脸，他这张老脸往什么地方搁呀。

刘天胜恼汹汹地回到窑里，转身又从窑里走出来，站在硷畔上，扯着嗓子呐喊起来：“噢，兰花，你快给老子往回走。”

刘兰花看见她父亲站在硷畔上让她回家，忙停下手里正洗的衣服，扭过头对喊叫她的父亲说："你喊什么喊，我连衣服也不能洗了？"

"洗你妈的腿把子。"刘天胜破口大骂开了。

刘兰花对她父亲还有几分怯火，她听见父亲站在硷畔上骂她，赌气地把洗了的和没洗的衣服全塞在筐子里，放下裤腿和袖子，水格淋淋地提上就往家里走。在往回走的路上，她还不失时机地朝麻六家硷畔上看了几眼，但她什么也没看见。

刘兰花走着还在想，可能麻六昨晚上睡得太迟，现在还没起来。因此她只好灰沓沓地上了她家硷畔。然而她刚走到家门口，父亲就再也忍不住了地朝她后脑勺上狠狠掮了一巴掌。

刘兰花活了这么大还从来没挨过人打，父亲大天白日这样打她，那就是让她在众人面前丢人哩。于是她一把将那筐衣服扔到门口，哭叫着说："你就往死打，我总不想活了，你打死……"

"我就要打死你这个不要脸的东西。"刘天胜骂着，又一巴掌上去了。

刘兰花的母亲在窑里听见女儿和她老汉在大门口吵架，几乎连鞋也没顾上穿，急忙跑到院子，看见她老汉正在打女儿，急忙跑上去，一把抱住她男人，哭声嗲气地对女儿说："你还不快跑？"

父亲见来了拉架的母亲，就想吓唬吓唬刘兰花地从墙上拣了一块不大不小的石头，探着身子，绕过了他老婆的脑袋，使劲地扔到了兰花的脚下。

石头当然不会砸在兰花的身上，他只想告诉刘兰花一个道理：你惹恼了老子，老子什么东西也敢往你身上搁哩。

刘兰花也不是松手货，母亲抱住父亲让她跑时，她却背站在碾道里大声哭，就是不肯走，几乎让父亲下不了台。而父亲也骂骂咧咧扭着头，口口声声说要砸断她的一条腿不可。

母亲连搡带送地把父亲推进窑里，可父亲气得圪蹴在灶火角落里抱着头痛苦地号哭起来。

母亲转身走到院子，拉着刘兰花的手说："你别哭了，哭什么哭？清早马趴跑到河滩里洗衣服，你就不怕村里人说你是疯女子……"

"谁愿说什么哩。"刘兰花哭着说，"我总没脸活人了。我赶回集都赶下问题了，你看看昨天晚上我回来你们的那脸，拉得那么长，好像我不是赶集而是嫁汉去了……"兰花说着，竟然连哭也不哭了，越说越上劲地想说什么就说什么。

母亲听刘兰花憨声圪塌说那些丢人害羞的话，吓得干巴巴的眼皮直闪地朝门口看了又看，看见没人，这才责怪地对女儿说："你再别自己给自己头上扣屎盆子了。"

“不是我给自己头上扣屎盆子，你看我爸，我去洗洗衣服，就不知有什么问题了，谁规定说早上连个衣服也不能洗。”

“好了，好了。”母亲说，“你爸也是为你好，他怕人家说你闲话。”

“我就不怕他们说，他们愿意放什么臭屁。”

娘儿俩在窑里说了这么一阵，也没说出谁对谁错，但兰花这两天的言行举动，当娘的是看得一清二楚的，女儿肯定是有什么事了。可女儿一直瞒着老两口，好像根本没有要给老两口说的意思。

母亲安咐了一阵女儿，就从空窑里走出来，走到正窑里，对还圪蹴在门跟前抱着头的她老汉说：“女儿这么大了，有什么话你就不能慢慢说，非要挡在硷畔上打她，娃还再有没有脸面出门见人了？”

“这都是你给惯得！”

“我怎么了？”母亲站在锅台跟前质问她男人。“看你把她惯成什么样子了？这么大的女子，难道就不怕人家仄起尻子笑话？”

“她又没拉下没嫁下，笑话她什么？”母亲生气地跟父亲吵架开了。

刘兰花也不管父亲母亲怎么吵架，她在空窑的前炕棱上呆呆地坐着。自从昨天晚上她和麻六在一起以后，她现在真有些离不开他了，而且还特别想念，恨不得今天崔家湾再遇集，让麻六再背上二升黑豆到集市上去卖，那样她就又有机会和麻六在一起了。看来今天她要见到麻六的希望不大，父亲在硷畔上当着村里的人面搧了她那几巴掌，虽然疼倒不是那么太疼，但那是打她的脸，她现在没脸再拉上一筐脏衣服跑到河里去洗了，因此她也就不可能看见麻六。

刘兰花仍然穿着那件赶集时穿的碎花花衬衫，把她的长头发用粉红色的纱巾挽结了一个蝴蝶结，便从窑洞走到院子里。

折腾了这么一阵，眼看快到吃中午饭的时候，红红的太阳把麻谷岔照得一片鲜亮，几只鸡正在院子里寻食，一只红冠公鸡站在墙头上，伸长脖子叫了几声，顿时村子里传出一片公鸡的叫鸣声。

刘兰花在院子里愣愣地站着，老两口仍然在空窑里争执，而圈里的猪还没来得及喂，饿得把头探在猪圈的墙头上直叫唤。

刘兰花在家里待不住，就想到山里去。于是她转身推开空窑的门，走进去。

老两口一下子谁也不言声地看着刘兰花，不知她走进来要干什么地有些惊慌。

刘兰花告诉母亲：“我到山里给猪拔些猪草。”兰花说着，便从门跟前提了一把小镢头就要从门里往出走。父亲觉得事情有些不对，忙给她老婆眨眼睛，意思让她老婆把兰花挡住，万一兰花走到山里想不开出上点什么事，那他后悔也来不及了！

其实，即使父亲不这样暗示母亲，母亲都会拦她的。因此还没等刘兰花把门拉开，母亲就跌跤马趴地跑到她跟前，一把拉住她，还没说话，先就哭起来了。

“你哭什么？”刘兰花扭头对母亲说，“我又不是去寻无常。”

“娃呀，你可要想开些，万万不敢胡思乱想。”

“你放心，我还没到了那一步。”

“那你连饭也不吃？”

“我就不吃了。”

刘兰花强硬地扯开了母亲拉她的胳膊，提着一把小镢头，走到院子里，在院子旁边的草窑里拿了一只筐，挎在肩胛上，好像什么事也没发生过一样地从垴畔山那条土路里走上去了！

刘兰花上得垴畔，站在那条土路边的土圪尖上，就可以清楚地看见麻六家院子里跑的鸡，卧着的猪，还有麻六的母亲在院子里倒泔水的一举一动。但她要看到的那个人一直没有出现，这就使她感到有些奇怪，难道麻六一早上连尿也不尿一泡，现在到什么时候了，太阳早就照到屁股门子上了，他还在睡觉？

刘兰花根本没心思在山里给她家那头老母猪寻猪草，哪怕把老母猪饿死，她都不着急，她着急的是见不上麻六的面。

刘兰花像个憨女子一样一扑沓坐在土圪尖上，无聊地用小镢头在山畔畔上乱掏挖，眼睛却直勾勾地盯着麻六家的院子。

麻六家院子里景色依旧，刘兰花看不见麻六的影子闪现，只能看见麻六的父亲母亲在院子里走出走进。她真想骂这两个死老妖精几句，还不快些到窑里让你儿子出来，我要看哩。但她等到太阳爬上半山腰还没见上麻六，只好灰溜溜地从土圪尖上站起身，到梯田里寻了一些苦菜苜蓿黄蒿之类的猪草，失望地回了家。

麻六赶集回家吃完饭就躺倒在炕上一点也睡不着地胡思乱想，直到窗户上微微泛白了，他才迷迷糊糊地睡着。

父亲母亲总以为麻六赶集劳累了，就心疼得不想打搅他，想让他好好睡上一觉，即使到了吃午饭时，老两口宁肯挨饿，都没敢叫醒他，一直在院子里磨蹭着。

看样子麻六闭着眼睛沉沉地在炕上睡得天昏地暗，其实他早就醒了，只是懒得起床，心里一直默默地想着他和刘兰花那种说不清道不明的事情。那么，他到底是该待在麻谷岔呢？还是离开家乡再出门寻找一种适合他做的事情呢？不想还糊里糊涂，一想起来他就坐卧不安。当然他寻一般的活做做不是不可以，生活肯定能过得去。再说他那在西京的建筑工程公司，名义上是一个大型企业，其实经营得不怎么样，现在市场竞争激烈，到处都在抢饭吃，有你的就没有他的，而麻六所处的建筑工程公司的领导之间争权夺利，他们把心思放在谋私利上，没几个为公司的前途着想，因此工程揽不上，全钻在公司里玩牌。然而对于麻谷岔村民们来说，麻六是生活在大城市里的人，但在西京的城市人眼里，建筑工程公司的工人算老几，就连城郊的菜农也不把建筑工程公司的工人当人看。

现在这些人都惨了，下岗的下岗，失业的失业，流浪的流浪，早觉悟的还好，不等不靠地蹬上三轮车走街串巷做些小本生意养家糊口。可有的自作清高地死要面子，窝在家里生闲气，对眼下市场激烈竞争尤为不满，牢骚满腹，结伙闹事落了些臭名不算，生活还没着落。麻六也同样钻在西京那间简易的小平房里跟媳妇从早到晚地怄气，实在是走投无路了，才赌气地跑回麻谷岔。到底还是家，虽然不像城市那般热闹那般红火那般逍遥，却没有是非，有吃有喝，安然自在，无比舒坦。他真有些后悔当初西京来人招工时就压根儿不该去，当时觉得走出山村就进了天堂般地不知天高地厚，其实是天堂也是地狱，使他现在城里混不下去，农村又不想待地整天忧心忡忡愁眉不展。如果那时候他不去西京，一直待在农村并娶兰花为妻，说不定小日子会过得十分美满。可现在，虽然刘兰花仍然像过去那样爱着他，但这根本不可能，爱是一回事，能结合在一起又是另一回事。因为他在西京的那家还没有彻底破碎。他已经伤害了兰花一回，使兰花这么大年龄还没有嫁人地独守闺房，难道他还要再去伤害她一回吗？不能。他再不能犯第二次错误了，现在他唯一的办法就是尽快离开麻谷岔去别的地方，起初准备回家承包村里的那几条荒沟种草种树的念头，已经荡然无存了。

母亲拿着簸箕从门里走进来的时候，麻六才睁开眼睛，有些不好意思地说："妈，我睡的时间太长了。"

"你不睡的话起来洗脸，妈给你做饭。"母亲把簸箕搁在前炕上，爬到麻六跟前说。

麻六怎好意思仍不起来地钻到被窝里睡觉呢？村里人早上出去劳动，现在都快回来了，可他还躺在炕上。于是他一骨碌爬起来，手脚麻利地穿好衣服，先忙着上了一回厕所。

麻六撒完尿，从厕所里出来，一抬起头，便看见对面坡上兰花提着一个筐静静地站着看他。他有些害怕地回到窑洞里，好长时间没敢再到院子里来。

母亲快把饭做好的时候，麻六再不能停在家里什么事也不干，便担了水桶，到井子里给家里担水去了。

麻六回来这几天，基本上什么活也没帮家里做。父亲那么大一把年纪了，还早早起来提着小桶到井子里提水，而他却还在被窝里躺着。他知道村里人一定在背后骂他是二货，刚出去这么几年，就娇气得吃不下苦了，连回水都不给家里担。他是太不像话了，父亲母亲白养了他一回，这么大的后生，就不会心疼人。麻六不能再这样让村里人指着后脑勺骂他了。

麻六担着水桶从他家那条坡路走下去，很快就到了井子边。井子边担水的人不多，大都刚吃了午饭正在午睡，因此井子边就显得冷清寂静。他有好几年没担水了，往常担水并不是什么难事，站在井沿上，扁担不离肩就能够挑上两桶水。而现在不行，他试着用过去的办法打水，刚把盛满的水桶往上一提，还没提另一只水桶，盛满的这只水桶一斜，半桶水便灌进了他的裤腿和鞋里，他像栽到河里一样浑身湿淋淋。然而他还害怕人看见笑话，把灌进鞋里的水一倒，连湿湿的裤腿也没拧一把，急忙把水桶舀满，仓惶逃回家里。

显然麻六已经力不从心了，扁担压在他的肩膀上，仿佛两块巨石压着一样，使他满脸通红，气喘吁吁，汗水唰唰地从他的额头上往下淌，肩膀也生疼生疼的，像针刺一样。但他并没松劲，一连担了四回水，把家里能放水的缸锅盆碗全盛满了，仿佛从今以后，麻谷岔要彻底断水的光景。

父亲阻止了麻六几回，他却好像跟父亲赌气一样，直至两只水桶里也装满了水，这才停下来。

“小六子可能憨了。”母亲笑着说。

“水把咱家快淹了。”父亲也笑着这样说。

父亲和母亲的这些说笑，麻六一点也感不到好笑，特别是当他看见兰花站在对面的坡上默默地看他的那一刹那，他就有种无法解脱的负罪感。他在心里上万遍地祈求兰花能够对他宽容一点，谅解他一时的冲动。家里存放的水再三天不担一回都不会有什么问题了。麻六在这时候心神不安地在脚地上走来走去，也不跟父亲和母亲说几句话，心情变得很坏，动不动就想发火。

母亲已经做好饭端在炕上。麻六借吃午饭的机会给父亲和母亲说：“我想走，得到外边寻点事干……”

“你要去哪里？”母亲听麻六这么一说，惊奇地看着他问，“你不是说回来准备在村里承包那几条没人要的荒沟种树么，怎么又要走？”

父亲放下碗筷，颤抖着手从口袋里摸出一支带把把烟，手抖得连火都打不着，老半天才打着点上，扑闪着他那一双皱巴巴的眼睛说：“外边你也不是没去过，那可不容易呢，我看你回来那个想法还行，况且我的腿脚还灵便，栽树种草的事没问题，大的忙我帮不上，看看树锄锄草，总还可以。人常说，好出门不如赖在家，在家里有个人照应，出去单人独马的，难呐！”

对于父亲和母亲苦口婆心的劝阻，麻六根本无法听进去，关键是因为他和刘兰花之间的那种感情纠葛。如果他再不走，兰花和他之间的事情就会很快浮出水面地没完没了，两家的生活也不会再安宁。因此他对父亲和母亲说：“原来我是准备这么干，看来事情不像我想象的那样，首先需要一大笔资金的投入，可是钱从哪里来？那不是简简单单一句话的事，所以我放弃了原来的想法，先出去挣一些钱再说。”

麻六的翅膀的确已经硬了，老两口根本没有充足的理由能够说服了他。再说麻六真的在麻谷岔的荒山荒沟里栽树种草，意味着麻六真的成了一个地地道道的农民，那么他西京城里的媳妇会跟他回山村来当农民么？这是一个很现实的问题。

那顿饭全家人吃得都很不是滋味。

麻六看见两位老人心里这么难过，心里也不好受，但是他没有更好的两全其美的办法。最终两位老人还是同意了麻六的意见，走就让他尽早走吧，免得夜长梦多。

这是一个多么难熬的夜晚，天阴沉沉的，时不时会响几声炸雷。

深沉的夜里，麻六睁着一双血红的眼睛，想了很多很多。他不敢把他要走的事告诉兰花，准备一个人悄悄离开麻谷岔，就像他当年回家探亲一样，匆匆地回来，又匆匆地离开了。

第六章

夜里，一场突如其来的倾盆大雨猝不及防地降临到麻谷岔村子。

突然间，天就像裂开了一条大口子一样，雨水像瀑布一般在天幕上倾泻下来；轰隆隆的雷声惊天动地，闪电像无数条火蛇般拼命地在窗户上扑闪着。顷刻间，人们都从睡梦中被吼雷闪电惊醒，孩子们被雷声夹杂的闪电吓得钻在大人的怀里号哇哭叫，就连那些好吃懒做的二流子也被这惊天动地的雷电惊吓得坐在了炕崖根，扑闪着惊慌的眼睛，看着雷鸣电闪间隙变得黑如锅底的窗户静静地发呆。

雷声一声接着一声，像一颗颗炮弹在院子里不停地炸响。

闪电一道接着一道，像无数条火蛇在天地间不断地挥舞。

麻六被经久不息的闪电吼雷震得头昏脑胀,他呆呆地围着被子坐在炕崖根，两只死鱼般的眼睛瞅着窗户。一道刺眼的闪电之后又是一声炸雷响起，他的整个身子不由自主地抖动了几下。

父亲和母亲在响头一声炸雷的时候就已经坐了起来，两位老人的表情相当沉重，像要生离死别一样焦急不安地看着闪电过后黑乎乎的窗户又看看麻六。

“不好了，可要遭灾呀。”父亲颤抖着用手拉了拉被角，仰靠在下炕崖根。

麻六从来没有经历过像今晚这么猛烈的狂风暴雨和揪人心肺的雷鸣闪电。他有些害怕，那一声接着一声的响雷像要把天给劈开个大口子一样，倾盆大雨川流而下，所有的坡道和沟洼上的山洪，卷着稀柴烂草和枯木烂叶，呼啸着朝沟口涌去。

暴雨一直持续到天亮，仍然没有停息的迹象，麻谷岔村子里的人们度过了一个非常恐怖的夜晚，纷纷爬在门上和窗户上，视线穿过白茫茫的雨幕，根本看不见山上的庄稼，光秃秃的几乎什么东西也没有了。上了年纪的那些人哭天喊地烧香祈祷，都无法阻挡这突如其来的暴雨所造成的巨大灾难。

麻六打开门，看着白花花的雨点不知所措。

父亲一把推开他，什么话也不说，脸色紫青。他两眼盯着雨幕，浑身颤抖地扑嗵一声跪在脚地，泪流满面地哭叫道："这可咋办呀，我那杀人的老天爷呐……"

"爸！你这是怎了？"麻六急忙去拉父亲起来。

父亲甩开麻六，嘴里仍然重复着刚才那句话。

这时侯不知谁家的一只白狗从大门口跑进来，像刚从河里捞上来似地站在父亲跟前像筛糠一样颤抖，身上的雨水直溜溜地滴在脚地上，像条流水的小河。麻六去撵这条站在父亲跟前的白狗，可白狗朝他呲着牙，嘴里发出呜呜的怪叫。他就不敢去撵白狗了，只能站在脚地上看着父亲和白狗一样不停地抖动。

门外的白雨像绸缎一样借着风飘来飘去。

母亲不知什么时候从后窑掌里拿出一叠黄裱纸，在锅台上裁得整整齐齐，颤悠悠地拿到门跟前，站在父亲身边，另一只手里端着一碗水，什么话也不说就跪在父亲跟前，在前脚地门口的泥地上划了一个圆圈，父亲便从衣服口袋里摸出了火柴。由于父亲的手抖得厉害，好几次都没有划着。麻六见父亲艰难的样子，就去帮父亲。父亲没让他帮，抖着双手划着火柴，那虔诚的样子像朝圣的信徒，使他有些想笑，但他又没敢笑出声地站在一边。

那条被雨水淋得水格淋淋的白狗站在父亲和母亲的身后不动，蓝幽幽的眼睛望着连绵不断的白雨。

父亲用划着的火柴点燃了捏在母亲手里的黄裱纸，然后把它放在他俩面前划的那个圆圈中，快要燃烧完的时候，母亲扭过头探着身子把站在身边的麻六拉了一把，让麻六也跪下。麻六不知道这是什么阵势，老两口怎么神经兮兮地跪在门口烧纸，这是为什么？他正准备开口问，一声炸雷就像从他家门口爆炸的一颗炸弹，把他家人全部炸翻在地。

白狗被那声惊雷吓得站在脚地尿了一地。

麻六也被那声突然而来的炸雷炸倒在地上。

白雨又一次席卷了麻谷岔，几乎连天地也分不清了，阴沉沉一片。

父亲仍然在前脚地那块干燥的地方呆呆地跪着，耷拉着脑袋，嘴里不知念叨了几句什么，麻六一句也没有听清楚。

母亲侧过身，有些生气地看着站在她跟前的麻六，使劲地在他的裤腿上拉了一把，也不说什么话，脸色和父亲的脸色一样难看。

麻六再不想让父亲和母亲伤心了，他看着父母那副虔诚的样了，只好违心地在父母的身后跪下了。

父亲支吾念叨了一阵，便磕起了头。

母亲也在磕头。

麻六也跟着父亲和母亲在磕头。

白雨一阵也没停地下着，叭哒叭哒的白雨点撞击在地上的声响，像鸣炮一样经久不息。家门里已经燃烧尽的黄裱纸让溅进门的雨水浸湿了，不一会儿功夫，便冲刷地往后脚地上流淌。

麻六腿脚麻利地先从脚地上站起来，然后拉起了父亲和母亲。

母亲趔趄了几下，便扶住炕棱到后窑掌里去了。

父亲站在炕棱边，眼睛直直地朝门外边望。

打雷下雨那是自然现象，但父亲看作这是老天对人类的一种惩罚，肯定是农村里有人作了孽，天才降白雨，给人类带来灾难和不幸，只有烧香磕头，才能免遭灾难。但父亲和母亲都这样做了，白雨仍然没有停下来的样子。

快到吃午饭的时候，白雨终于停了，可是天空中仍有大团大团的黑云像飞马一样从头顶上空疾驰。此时麻谷岔村家家户户的硷畔上站满了人，有老婆老汉，婆姨女子，后生娃娃，他们的脸色都很难看，好像一群调皮的小孩把羊群赶在他们的庄稼地里糟蹋了一回的样式。沟槽里涌满了黄沫沫的洪水，把沿沟的园子冲得一塌糊涂。有些农家的猪圈厕所被白雨冲塌了，几条大肥猪被死死压在了乱石泥流中，怎么拉都拉不出来，急得放声大哭，幸亏是在夜里，还没死人，但他们心里像死了人一样难受。

麻六圪蹴在硷畔上，眼睛直直地看着沟槽里涌动的洪水，心里翻腾得厉害。他是这个村子里文化程度最高的人，知道暴雨造成大量水土流失的一个很重要原因就是村民们一代又一代急功近利地乱砍滥伐、破坏植被所造成的，如果再不加紧对山坡沟洼进行综合治理，后果会更不堪设想，而且会导致这个地方的环境更加恶化。

刚刚准备离开的麻六突然间又萌生了不想走的念头。他知道要让水土不流失不是一朝一夕的事情，那得几辈子人的艰苦奋斗，但是倘若现在还不去治理，往后的几辈子人仍然要受穷挨饿。因此他又不忍心离开地想留下来。

留下来的日子会相当漫长，同时他也会很贫穷。你想想，麻六在麻谷岔的山峁沟洼上种上几年树，肯定需要有一笔不小的资金投入，而且几年内绝对不会有分文回报。

就在这去留的十字路口上徘徊了好长时间的麻六，还是毅然决定要从这里离开了。他那些雄才大略在这里根本无法施展，要施展是要有先决条件的——那就是钱。虽然父亲是头一个站出来支持他的人，让他别怕，有什么困难有他去帮忙解决，只要能把荒山秃岭治理好，他什么也可以不要，并心甘情愿为麻六充当忠实的护林人。

麻六知道那是父亲一时的感情用事。父亲年迈体衰又是农民，别说是还能为他解决什么困难，就是让他担得给小树浇一回水这么简单的事情，他都办不到。

天渐渐放晴了，可是没有完全出太阳，太阳偶尔从云层里露一下脸，转眼又像捉迷藏一样隐到云层里去了。

村里人没法到山里去劳动，只要一脚下去就会把腿深深地陷进泥地里，而且山坡沟洼被山洪冲得支离破碎，每走一步都极为困难，只好从窑洞里走到硷畔，再从硷畔上走回窑洞里。

麻六在硷畔上站立了一阵，便跟着母亲回到窑洞里，看着父亲和母亲焦急不安的神色，什么话也没有说。事实上也没什么好说的，土地被暴雨冲刷成了这个样子。农民嘛，靠的就是土地，一旦他们所拥有的土地失去了，那就意味着失去了生存的基本条件，因此他们那种焦急不安的心情是完全可以理解的。

母亲再不会像前几天那样爬在他跟前问他想吃什么想喝什么。而父亲跟母亲一样，脸上布满了痴呆的表情，拿烟的手不停地抖动，好像根本无法控制自己。他回到窑里就坐到了前炕边，仿佛让一群调皮的碎脑娃娃把他家谷地里一片黑油油的谷苗抽了心般的痛苦不堪。麻六在这时候想找人说会儿话，窑洞里的气氛太压抑了，就像家里发生了不幸的大事一样。

窑里窑外什么声音也没有，异常宁静。

麻六觉得母亲应该去做午饭了，但母亲没有一点要做饭的意思，她盘腿坐在炕上，愁眉苦脸的。麻六知道这场暴雨给这里的农民打击太大了，他们几乎失去了生活的勇气和信心。

就在这时侯，麻六听到院子里有人踩在泥地里的那种扑沓声朝他家门里走来。他不知道是谁到他家里来了？刚准备到家门口去看，麻子胜就从他家门里进来了。

麻子胜站在他家门口，看了看麻六和他的父亲母亲问："吃饭了没？"

"还没吃。"母亲抬起头，抢先给麻子胜作了回答，然后让麻子胜到炕上去坐。

麻子胜满身泥巴巴的，像刚从泥窝里拽出来一样，脸上也溅了花花点点的泥点，裤腿挽到半腿把子上，半腿把子和他的那对赤脚片全被泥巴裹着。他在家里呆不住，又没有什么好去的地方，所以在家里喝了两碗拌汤后就跑到麻六家来了。他在路过拐峁时，看见山里就像人被刮了皮般地袒露着瘆人的白生生的骨架，根本没办法种庄稼了。

"唉！这可怎办呀！"

"去西京不知能不能揽下什么活？"麻子胜从前脚地走到炕棱边，把一条腿倚在炕棱上问麻六，“我不图挣钱，只想寻口饭吃。”

“唉！”麻六叹了口气说，“现在情况不怎么好，听说机关干部要分流，工厂工人都在下岗自谋生路，到处人满为患，咱们就是有力也出不上，做些笨重活还得寻路子，而且挣钱又少，怕连口也糊不住。”

“那咱总不能待在家里等死。”麻子胜说。

“那当然。”麻六说，“树挪死人挪活，挪动挪动，总比待在家里强。我回来时也曾有过打算，把村里的那些荒山荒沟承包下来搞畜牧和种植业。可那是一项长期的浩大工程，从人力和财力方面，都要有很大的投入，而且三五年内无利可图。所以要干这事困难很大，真正进入实际操作阶段，事情恐怕就更不像想象的那么简单了。看来这个设想暂时条件还不成熟，要是能够引进外资就好了。然而哪个外商愿意把资金投在咱们这些贫穷落后的山沟沟里呢？自然条件就把咱给限制死了。”

“咱吃亏就吃在乱砍滥伐上。”父亲坐在炕头，眨巴着眼睛接着说，“过去咱这山沟里到处是草和树，打我记事起，只要走出家门，就可以看到满山遍野都是树，夏天到处绿茵茵的，花开得红艳艳的，老虎、狼、狐狸这样的野兽常常出没，各种野雀山鸡到处飞，风景实在好。可是，不知什么时候，刮了一股说是开荒种地，实际上是乱砍滥伐的风，才几十年的时间，山里的树一天天变少了，还根本没人站出来制止。你们想，栽一棵树有多么艰难，可砍一棵树就容易多了，几十年下来，村子里就成了这副样子。唉！我们都是有罪的人……”

“现在说那些也没用。”麻子胜接住父亲的话说，“农村人的眼光短浅，看不到长远，现在后悔也晚了。”

母亲听着他们在前炕上说话，她在炕上坐了一阵就下地做饭去了。她老人家不懂长远不长远，关键是眼前，儿子工作没了，家里又遭了大灾，这日子可怎么过呀。

人只要还能有一口气，就必须要为生计不停地奔波。

刘兰花家里呈现出的气氛大抵和村里其他人家差不多。她家也举行了类似麻六家那样隆重而又愚昧的祈祷老天保佑平安的仪式后，都急得连饭也不想吃地守在家里唉声叹气，唯有兰花对这种事情考虑的并不那么多。她和所有同龄人一样没有经历过大灾大难，因此对天降暴雨这种灾难不屑一顾，光想的是她怎样才能和麻六相好如初恋时一样，甚至能够组成一个圆满幸福的家庭。

其实，刘兰花的心曾经死过一次，可麻六这次回来又让它活过来了。她要抓住这次千载难逢的机会，不惜一切地把麻六控制在她的手里。她多次向知道麻六情况的人侧面打探过，麻六虽然在西京城里有个家，实质上那个家已经死了，只是有个家的概念罢了。

刘兰花不想让麻六再跟别的女人来往，即使和跟麻六结了婚的那个女人也一样，麻六早就应该是她的，麻六和那个女人结婚的事，她只把他看作是自己家的一只羊跑到另一户人家的羊圈里转了一回，是她的终究还是她的，那是迟早的事情。

刘兰花也不想让麻六再次离开麻谷岔，离开了她就管不住麻六了。现在的女人不像过去那么保守，那种大胆和勇敢令有些男人都不能相比，而且一个女人太容易改变一个男人的意志了，因此她就得想办法让麻六不走，跟她一块在山里劳动。

一场灾难般的大暴雨并没有把刘兰花要和麻六和好的欲火扑灭。早上起来，她同样走到硷畔上，在看沟里的巨大山洪时，眼睛却死死地瞅着麻六家的院子，可是所有人家的硷畔上都站着很多人，她不敢像昨天早上那样大胆和放纵。

父亲和母亲对她那种近乎疯狂的举动已经无法容忍，村里那些长舌婆也在纷纷议论刘兰花是寻不下男人撒野哩，刘家养了这么一个宝贝女儿，尽给家里丢人现眼，这让她父亲和母亲几乎连头也抬不起来。如果硷畔上别站那么多的人，说上定她就跑到麻六家硷畔上了。她现在一阵不见麻六就心里发慌，甚至到了连饭也吃不下去的光景。

刘兰花是看见麻六转身回家时才走回她家的。

刘兰花回到家里就躺在炕上，连午饭都不帮她母亲做。父亲现在基本上跟她不说话，母亲也不敢说她，知道女儿这么大还没成家心里一定不舒坦，谁也不能怪她，人家给她女儿介绍过几个小伙子，可就是没她看上的，不知是怎么回事？好几次她想问一问兰花，可话到嘴边就又咽回去了。

中午的饭，刘兰花没做也没吃，睡了一会儿爬起来就从家里走出去。母亲一看见兰花这样就心跳起来，连紧走两步的劲气也没有，急不可待地挪动了几步问：“兰花，你上哪儿去呀？”

刘兰花从家门里往出走时给母亲甩回一句：“我到玲玲家转转。”

刘兰花根本没去玲玲家，而是绕了几个弯，绕到了麻六家的硷畔，她听见麻六家窑洞里说话的声音。兰花不知道麻子胜在麻六家，其实她也不在乎谁在麻六家地就从门里走进去。

麻六家里人对刘兰花十分热情，见兰花从门里进来，母亲慌忙放下正吃饭的碗，笑嘻嘻地问兰花吃饭了没？如果没吃，她去给兰花舀一碗。

刘兰花笑着撒慌说：“吃了，你们赶紧吃，操心饭凉了。”说着，她看了一眼麻六。

麻六在兰花进家门时看了一眼就把头低下了，心里跳得像揣了只兔子一样，脸不知怎么也红了。

兰花没在意麻六地看着坐在前炕棱上的麻子胜说：“你也在这里。”

麻子胜给刘兰花应承着，脸上荡漾着微笑，他不知道这两家在什么时候黏糊在一搭里的。自从麻六离开麻谷岔，两家大人很少往来，几乎见面连话也不说一句，倒是兰花比大人们显得宽容和大度，时不时地去麻六家一回。当然兰花来去都是偷偷摸摸，不光是怕父亲和母亲知道了骂她不要脸，人家不要了，还厚着脸皮往人家家里跑，去讨好人家老人。更重要的是怕村里人看见。村里人说什么话的都有，况且能随意夸大事实，说兰花天天跑到麻六家里，完全像麻六的二房女人，还把麻六的父亲母亲叫爸叫妈哩。

有那么一段时间，忽然传出说刘兰花的肚子一天天大起来了，谁也说不清兰花肚子里的孩子是麻六的还是村里哪个年轻后生给弄上的，眼看兰花就要在麻六家炕上生娃了。可是后来不知怎么没见兰花把娃生下来，肚子也再没往大长，谣传的这种话也就慢慢消失了。

那时候麻子胜并不相信这些话，觉得完全是捕风捉影搬弄是非。可这一回麻子胜亲眼看见刘兰花从麻六家门里进来，一点胆怯也没有，就像走进自己家门一样自在和坦然。

麻六的母亲一阵手忙脚乱地把炕上的饭碗饭盆端到锅台上，拿了笤帚扫完炕，就招呼兰花到炕上去坐。刘兰花不客气地坐在麻子胜不远处的后炕棱上，可能是有麻子胜在的缘故，兰花没话找话地笑着跟麻子胜说话。说话的内容是昨夜里那场百年不遇的大暴雨，听说冲塌了几家的猪圈和羊圈，也压死了圈里不少猪和羊。麻子胜证实了兰花说的话，幸亏死了些羊和猪没死人，如果死了人的话，恐怕村里就不会像现在这么安宁了。

父亲坐在前炕不停地吃着烟，干巴巴的眼睛一眨一眨地不知在想着什么。但他不说，光听刘兰花和麻子胜说笑，只是在兰花从家门里进来时，礼节性地给兰花打了招呼，再不吭声地成了一个冷静的旁观者。麻六就觉得有些恐慌和不安了，脸上的红晕已经退去，但心里很不舒畅地有些难受。他听着刘兰花和麻子胜对坐在炕棱上说话，声音不高不低，语气不冷不热不紧不慢，他真想骂兰花几句，你他娘怎这么胆大，怎敢跑到他家来，难道就不怕你父亲母亲知道把你坏女子的腿给打断……

麻六觉得这下刘兰花的脸丢没丢可把他的脸给丢尽了，麻子胜肯定认为他是那种不正经的男人，明明在西京有婆姨有儿子，还吃着碗里的看着锅里的，城里的丢不起乡里的也怕耽误，一只脚踩在两条船上，就不怕把你跌进河里淹死。现在不同过去，过去哪怕再过分一点，人都能接受和理解，可现在就不一样了，从某种程度上说，他就像个十足的感情骗子，责任在他并不在兰花，他是结了婚的男人，而兰花还是姑娘。但她仍然执迷于往日那段恋情，竟然勇敢地走上门看麻六来了。

麻子胜和刘兰花倚在炕棱边上说了一阵话就想走了。他想兰花来麻六家一定是有什么事，因此他就溜下炕棱，赤着两只泥脚站在脚地上，笑着对麻六说："你们在，我回去了。"

"这样的天气你还着急回去做什么？"麻六抬起头，看着站在前脚地上的麻子胜，不想让他走地说，"你等一会儿，让我妈烧点热水，把你脚上的泥洗一洗，然后坐到炕上，回去还不是闲着。"

麻子胜仍然微笑着看了看坐在后炕棱上不动声色的刘兰花。

正在灶台边洗锅的母亲也说："回去什么也做不成，就在我家陪麻六说会话，你走了他闲着心烦。"

刘兰花也只好说让麻子胜别走，说不定天还要下雨，在家里没事干还心慌，在这里说说闲话时间就过去了。

母亲一阵把碗筷洗完就烧了些热水，盛在猪食盆里，端过来放在前脚地，又转身走到灶台旁给麻子胜拿了一个小板凳，让麻子胜坐在小板凳上把腿和脚上的泥巴洗掉。

麻子胜不知道走好还是不走好，看见麻六母亲把水烧好放在了脚地上，不好拒绝她那一片热心地坐在小板凳上洗了腿和脚上的泥，麻六的母亲就把一双烂凉鞋递过来，让麻子胜穿上，她就要端那盆脏水往院子里倒。

麻子胜慌忙制止住了要端那盆脏水的麻六的母亲。这事怎能让他老人家去做呢，等他把凉鞋穿好，再去端脏水时，刘兰花已经从炕上溜到脚地，端着脏水泼到了院子里。

刘兰花的举动让麻子胜感到十分不安。虽然这种不安始终装在心里没有说出口，但麻六家里人已经看出来了。在兰花端着他的洗脚水从门里往出走的那一瞬间，麻子胜的眉头就皱了拳头大的一颗疙瘩。当然不是说兰花给麻子胜倒倒洗脚水就怎么了，问题是这不是在兰花家，而是在麻六家。你知道麻六和家里的人会怎样看待这个事情，你兰花又不是这个家里的主人，逞什么能哩。因此麻子胜就有些不高兴地想走。他是很要脸面的人，在村里好歹还是个头头，他不想让人在背地议论他长短。可是麻六母亲把洗脚水都给他烧好了，他再要走，恐怕面子上就有些说不过去了。麻子胜最看不惯刘兰花这种疯疯癫癫的样子。他对兰花殷勤地给他倒洗脚水并没说一言半语感谢的话，低着头坐在小板凳上把麻六母亲递给他的烂凉鞋穿上，站起身走到炕棱跟前，但他没有要上炕的意思。麻六害怕麻子胜走，死强活祷地让麻子胜快到炕上来。如果麻子胜不在光有他父母，他肯定不会有好脸色给刘兰花看的，说不定还会跟兰花吵一架。

麻子胜在麻六一家极力而热情的挽留下才上到炕上的。这样刘兰花就有些不高兴了，觉得麻子胜故意在她和麻六之间插一条腿，使她有些话没法当着麻六的面说。但麻子胜不走她也不走地再没应麻六家任何人招呼就脱鞋上炕坐到了麻六的母亲跟前，也不管麻六家欢迎不欢迎，看来她这次要和麻子胜奉陪到底了。天一会儿阴一会儿晴，晴的时候太阳还偷偷露一下脸，但时间极短，还没等人感受到太阳的温暖，就又钻进云层不见了，大部分时间天都阴着，阴得人有些难受，就像有块黑布遮在人的眼前一样，仿佛突然感觉失去了光明。

麻六家那盘炕上，以麻六为中心，左边坐着他的父亲和麻子胜，右边坐着他母亲和刘兰花。

刘兰花几乎跟麻六说不上什么话，只能跟麻六的母亲说说家常。但她和麻六母亲说话的兴趣不大，仄愣着耳朵听麻六和麻子胜在说些什么。

刘兰花不识眼色地坐在了麻六家炕上，麻六想撵她走又不能撵。人都有个脸面，兰花可能连脸面都不要了，不然她看见麻子胜在，一定会借故走开的。可她没有。她不仅没有马上走，而且还稳稳地坐在了炕上，就像是这家里名正言顺的一个女主人。

麻六就有些反感起刘兰花，觉得她不仅幼稚而且还有些愚蠢，让她这么一弄，肯定瞒哄不住人了，难道她不寻男人就是等着他吗？

麻六真对刘兰花感到有些头痛。

其实，麻六并不想让刘兰花知道他回来还要走，而且他也没给兰花说这样的话。然而刘兰花只知道麻六没有工作了，并且准备回来承包村里的那些荒山荒沟，便觉得这事对她来说并不是什么坏事，只要麻六不离开麻谷岔，那她就有机会和麻六实实在在捆绑在一起,因此她才大着胆子厚着脸皮走到麻六家里。

麻六的父亲和母亲也不知道这到底是怎么回事，按理说刘兰花知道麻六回来，怕请也请不到家，绝对把麻六当仇人一样对待，甚至看也不想看他一眼。可是事情并不是这么简单，看样子兰花分明是冲着麻六来的。麻六不在家的时候，兰花倒是没把他们两位老人当仇人看，时不时地来看看，但坐一坐就走了，然而她今天到他家来，根本不可能一时半刻离开，那肯定是有什么事情。

麻六无法撵刘兰花走，但他绝对不跟兰花多说一句话，而且故意把他马上要走的意图告诉了麻子胜，其用意就是让兰花知道。

此时麻子胜坐在麻六家炕上感到非常不自在，这不是让他给麻六和兰花当灯泡嘛！因此他觉得很不舒服。但不舒服也要装的什么事也没有一样，对麻六刚才说的话，只是笑着说："现在年轻人都往外边跑哩，你到外边寻思干点事也好，咱这地方什么事也干不成。干不好，说咱没本事，干好了，人们又嫉妒，如果你在外边干成大事了，给我说一声，我也跟你干。”

“行嘛，”麻六满口应承道，“只要我有饭吃，你别怕吃不上。”

“那你准备什么时候走？”麻子胜问麻六。

麻六说：“我打算过了明天，路上干燥一些就动身。”

刘兰花在这时候再也顾不上跟麻六的母亲说话了，眼巴巴地看着麻六，口张了又合，合了又张，好像想问麻六什么话，但她又没有说出来。看得出兰花此时有些心神不安了，她坐在炕上就像坐着针毡似地挪动着屁股，而且手不停地在炕上乱摸乱抓。

麻子胜知道他再不能在麻六家待下去了，因此他跟麻六说着话，便溜下炕棱，说他还有点事，先走了。

送走麻子胜，麻六回到窑里，看着四平八稳仍然坐在他家炕上的刘兰花，十分气恼地质问兰花：“你来做什么呢？”

刘兰花不气不恼地回答麻六：“不做什么我就不能到你家来了？你家又不是总统府，我怎不能来？”

麻六被刘兰花呛得够呛，但他又不能太过分，炕上还坐着他的父亲和母亲。父亲和母亲还一直蒙在鼓里，总以为麻六和兰花早没那回事了，可是看他俩现在那架势，一定还好着哩。你听他俩说话的口气，老两口绝对能够听得出来。因此老两口也不好说什么，只是眨巴着眼睛看他俩。

麻六觉得他在老人面前丢尽了脸，两位老人虽然什么话也没说，但他知道老人们的心里是怎么想的，一定认为他是那种不正经的男人，明明自己有婆姨娃娃，还偷鸡摸狗地勾引人家刘兰花，不然兰花怎么会这时候还不嫁人，这成什么事情了。

麻六这样想了以后便不再理睬刘兰花了，赌气地从门里走出去，一个人跑到黄土峁上散心去了。

此时黄山峁上美美刮了一阵老黄风。

第 七 章

麻六直到天快黑的时候才从黄土峁上走下来，刚好刘兰花从他家离开。

麻六不知道怎样向他的父母亲解释这一切。

母亲是个急性子人，她见麻六从家门里进来，还没等他站稳脚跟，就急不可待地问他：“你俩这到底是怎么一回事？”

“什么怎么一回事？”麻六看着母亲，一脸不高兴。

“还什么怎么回事？”母亲说，“你和兰花！”

“我和兰花什么事也没有。”麻六平静地对母亲说。

“我不信。”母亲说，“你还说什么事也没有？没什么事她迟不来早不来，你刚回来她就来了？我们不清楚，你还不清楚？”

“那你为什么不去问她？”麻六不高兴地顶撞了他母亲几句。

父亲一直坐在热炕上，从吃完午饭到现在，他几乎连地方也没挪动一下。他抽着烟，听着麻六和他母亲拉锯式的对话，先一声也不吭，也许他实在忍不住了，便眨巴了几下眼睛，在炕棱石上把烟捏灭，看着麻六说：“麻六，你也不小了，有些事不该我说，但是我现在不说也不行了，你这样下去实在不好，你知道不？你是有家的人，为什么还要粘粘挖挖，这样不仅害了人家兰花，怕连你自己也给害了。幸好你媳妇现在还不知道这事，如果让人家知道了，非跟你闹得天塌下来不可。你可不要由着性子，儿子，老子实话告诉你，你快拉倒吧，这号事咱做不得……”

父亲把麻六狠狠地教育了一顿，连语调都变得声嘶力竭，甚至咬牙切齿了，幸亏麻六已经是大人，而且又刚从西京回来，如果他还是个小伙子，非挨他老子一顿打不可。你看像话不，他小子能回来几天就这么拈花惹草，世上的漂亮女人多着哩。

母亲看见父亲来气了，就忙着说她那男人：“没你什么事，你别这么训斥孩子了，孩子回来才这么几天，心里不畅快，你还这样训他，都是那个兰花。”

父亲白了几眼母亲，也再不吭声了。

麻六不怪父亲，是自己有责任，他就不该这样和刘兰花好。但他确实拿兰花没办法，兰花什么也不怕了，还能害怕丢脸吗？都怨他没有痛快地拒绝兰花才惹下这么多的麻烦，现在他有些后悔了。

晚上，麻六连饭也不想吃就去睡觉了，原准备过两天走的想法让父亲这一阵训斥，他真想立马从麻谷岔离开。他想不到明天起来村里又会传出怎样的风言风语。当然他可以一走就什么事都不管了，可父亲和母亲能听得见呀，父亲和母亲眼睛里揉不进去半粒沙子一辈子了，怎能受得了让人家背后说长道短。但他没法把人家的嘴捂住，只能为父亲和母亲担心，他再无能为力了。

父亲给麻六生了一阵气就从门里出去了。

母亲走到麻六跟前，拉了一把他的衣角问：“你怎又跟人家兰花好上了？”

“妈，我没跟她好。”麻六实话对母亲说。

“没好人家怎么到咱家来了？”

“我不知道。”麻六说，“你不是说她经常来咱家吗，那女子也是不要脸，还把人给缠住不放。”

“她缠你那是她的事，你可不能粘她，粘上了可不得了。”母亲有些担心害怕地对麻六说。

“别说那些了，妈。”麻六看着母亲说，“我在家里再待不下去了，我明天就想走。”

“不是说好过几天走吗？”母亲吃惊地看着麻六。

麻六说：“早走一天就少一天的麻烦，不然尽给你们添乱。”

母亲再没说什么地看着麻六，有些舍不得让麻六走又有些想让他早些走，这种矛盾心理是刘兰花的突然光顾他家而产生的。说实在的，她老人家是爱她儿子的。因为爱得过分，所以害怕儿子有丝毫的闪失，特别是有别的女人缠住她儿子的时候，她不仅不能接受，而且也不能容忍。虽然她没有见过什么大世面，但她老人家总是希望自己的儿子能够本本分分、安安然然地过自己的光景，绝不能让别人在中间瞎掺和。为此她赞成儿子明天就走，尽管她很不情愿，但她害怕儿子住的时间长了跟兰花惹出什么事情来，那她不仅承受不了这一切，也再没脸面见人了。

吃完晚饭，麻六再没敢出门地一直呆在家里，父亲和母亲也因刘兰花的出现，很少跟他说什么话了，显得极为沉默。晚饭后，父亲和母亲早早就爬上炕睡觉去了，只有麻六静静地躺在炕上，说什么也睡不着地想着心事。此时此刻，他不再为自己该到什么地方去干什么事而伤脑筋，主要想的是兰花。虽然他对兰花的有些做法极为不满，但他在骨子里还是喜欢兰花的。然而这个喜欢，只能深深地埋在他的心底，实在难以给人诉说。

夜很深了，父亲和母亲都已经睡得鼾声如雷了，但麻六一点睡意也没有地大睁着眼睛。

一颗星星爬在麻六家那格破窗格上静静地看他，仿佛在对他说：麻六，睡吧，你还想什么，明天走了就什么事也没有了，你还愁什么？可是麻六无法轻松入睡是因他想的太多太多了。他不仅想到了他在西京的那个濒临破碎的家，也想到仍对他纠缠不休的刘兰花，而且还想到了他回到西京去干什么？当然兰花难缠倒是有几分难缠，可他悄悄一走，兰花一定也会死了那份心。关键是他在西京的那个家，那可是受法律保护的呀，他总不能一走了事，更何况还有他可爱的儿子怎么办？尽管说他的家已经到了破碎的边缘，但毕竟还是一个家，现在还没有彻底解体。难呀，怎么这些吃狗屎的事都碰在他一个人头上了。

麻六在这时候很想爬起来，到村头那棵老槐树下静静梳理一下自己乱麻一般的思绪，但他又害怕碰见刘兰花，仿佛兰花跟他有一种难以说清的心灵感应，怕碰见怕碰见却偏偏地给碰见了。因此他想，如果那天在那棵老槐树下别碰见兰花，或者他碰见兰花相互间又像不认识那样各走各的路，那么是不是他就不用离开麻谷岔，真的把村里那几条荒山荒沟承包下来，搞起植树造林，去治理荒山荒坡呢？然而这一切都将成为过去，甚至他在麻谷岔村子里几乎连一天也待不下去，完全是因为兰花。他甚至想，说不定天一亮，满村子的人什么事情都不干，都在议论他和兰花的事，而且还会有人指着他的鼻子骂他不要脸，甚至说他小子明明在西京有老婆孩子，还跑回来勾引人家兰花，让兰花再次经受感情上的沉痛折磨。

然而麻六怎能向人们解释清楚这一切呢？

当然麻六解释不清楚，这种事情他是根本无法解释清楚的。

麻六再不敢往下想这些事情了，因此他强迫自己闭上眼睛，什么也不再去想地好好睡觉。

可是麻六能睡得着吗？

一夜就这样昏昏沉沉地过去了。

天还没亮，麻六就从炕上悄悄爬起来，他害怕穿衣服的响动吵醒正在睡觉的父亲和母亲，而事实上父亲和母亲也和他一样，虽然一晚上闭着眼睛，但是一直醒着。此时父亲和母亲看见他穿衣服，慌忙从炕上爬起来，看着麻六因睡眠不足而红肿的眼睛，什么话也没有说，显得有些恐慌和不安。

“你们别起来。”麻六说，“我现在就走呀。”

“什么？”母亲放下正叠的被子，睁大眼睛看着已经站在脚地上的麻六说，

“你连饭也不吃一口？”

“不吃。”麻六说，“我吃不下。”

父亲坐在前炕上看着麻六，手不停地摸他的赤脚片子，好像想说什么话，但他又什么话也没说出来。母亲有些着急，忙从炕上溜到脚地，颤抖着双手走到麻六跟前，拉了麻六一把说：“你连饭也不吃就走，妈心里怎能放心得下。”

“妈，不是我不吃，我现在实在是吃不下。”

麻六拒绝让母亲给他做饭，拿了他那个破旧的黄帆布挎包就要出门。现在天上虽然不像昨天那样乌云翻滚，但还是阴沉沉的，院子里一片模模糊糊。他从门里往出走的时候，父亲和母亲都紧紧跟在他的身后，始终没说一句话，看样子心里很沉重。他们一起走到硷畔上，麻六才转过身，看着父亲和母亲说：“你们回去，我走了。”

母亲已经泪流满面，不停地用手擦着眼睛。

父亲呆呆地站在硷畔上，眉头皱得很深，只是给麻六点了点头，然后圪蹴在硷畔上一个劲地抽烟。

黎明的村子很静，就是早起的麻雀也还在窝里睡觉，偶尔听见谁家的孩子哭叫几声，再就什么声音也听不到了。

麻六从他家坡底下的土路上朝沟里走进去，再连扭头看父亲和母亲一眼的勇气也没有。就在他从他家坡里往下走的时候，他隐隐听见站在硷畔上的母亲哭的声音，虽然哭的声音不是很大，但他听得很清楚。此时他也眼泪汪汪的，很想扭身给父亲和母亲说几句话，但他知道那样他就会控制不住情绪地一时走不了。因此他硬着头皮，满含泪水地朝西北方向走去。

麻六走到赶集峁的山顶上时，天已经彻底亮了。

麻六回头瞭望，看见麻谷岔村的山山峁峁、沟沟岔岔都在他的眼前浮现，偶尔他还能听到村子里传来的鸡鸣狗叫声，甚至他还可以清楚地看到站在他家硷畔上的那两个人，那一定是他的父亲和母亲。

也许这时候父母早就看不见他了，但两位老人仍然呆呆地站着，仿佛他并没有走一样，而是到村子沟底下的井子里担水去了。

此时此刻的麻六，真想对着父亲和母亲忏悔地说几声，爸，妈，我实在对不起你们……

第 八 章

太阳从山谷里慢慢升起来的时候，把耀眼的光点洒在这块光鲜亮丽的土地上。

山风微微地吹着，不时惊动起钻在路边草丛里的百灵鸟，扑棱棱地飞向对面的山崖或树梢上。

麻六不紧不慢地在通往小镇的土路上走着，心里别提有多么难受。几天前他从西京回到麻谷岔村时，也正是这种心情，但不像今天这么沉重和压抑。他回家时的那种雄心勃勃地要大干一场的劲头突然间一扫而光，仅剩下现在的这副垂头丧气。

麻六用了近两个小时的时间，来到了店子沟。

这是一个小镇，镇上的店铺还没有开门。

庄稼人现在都已经出山劳动去了，镇子上便显得格外冷清，偶见从简易的公路上走过一两个行路的人，脚步迈得并不轻松，偶尔抬头看他一眼，然后又很快低着头走了。

麻六已经来到小镇供销社大门外的马路上，把他肩胛上的黄帆布挎包往路边的台阶上一放，便在马路上焦急地来回走动着。

现在距县城开来的班车还有一段时间，他只能耐心地等待。在乡下的小镇上等车，可不同于县城，往往要等上好长时间，还不一定能够等上，虽然说现在交通发达了，但农村的条件仍然很差，小镇上的班车依然少得可怜。

当然不仅是车少，而是流动的人有限，现在农村里的年轻人都到外边打工去了，基本上没有太多的人往返县城，而留在农村的都是些老弱病残的人，他们很少出门。因此从县城到店子沟镇上的班车一天只发一趟，就这一趟车有时候也很难拉到几个客人，况且这条路破破烂烂，而班车又状况很差，说不准今天还会不会来，因为昨天那场大暴雨，极容易冲坏这一段公路。

麻六祈祷着：希望老天保佑我，让我顺利赶到县城。

麻六知道，只要他到了县城就什么也不怕了，通往西京的长途汽车隔几小时就有一趟，只要他想走，随时就会有车可乘，但他现在毕竟是在小镇上。

小镇和城市就有这样的区别。

现在麻六着急也没办法，他在供销社大门外那条马路上走来走去，眼看快到吃午饭的时候了，连班车的影子都没看见。

此时农村劳动的那些农民摇三慢二地往回走了，有吆牛拉驴的，扛犁挑担的，三三两两地从他旁边经过，一副无精打采的样子。麻六全然不知自己今天能不能如愿赶到县城，如果公路真的被暴雨冲断的话，那他可能就要困在小镇上了。

中午的店子沟小镇鸡鸣犬吠人欢马叫的，要比早晨热闹一些。那条简易的公路上，行人也多了起来，但大都是镇子上的一些老人，偶尔也有附近村子里的人来买日用杂品。

麻六，早早站在这里，就这样被冷落在小镇上，饭也不想去吃，忍饥挨饿地死等着车从公路的那头开来。然而，他那一次次希望，全被失望化为泡影。

然而麻六现在要返回麻谷岔，也是根本不可能的事情，那么靠他的两条腿步行走到县城，又不太现实。要知道这里距县城还有九十多里的路程，而且这几年一直在城市里生活的麻六，也惯下了不爱走路的毛病，走二三十里路还可以，要他走九十多里的路程，那是根本办不到的事情。

唉！也许这就是他的命。

命运对他来说就是这样的残酷无情。

中午十二点左右，麻六正急得不知如何是好时，忽然听见一阵拖拉机的轰鸣声。

麻六闻声望去，看见从东边的公路上一辆小四轮拖拉机像甲虫一样，在大山之间的那条似白布带子般的公路上，朝县城的方向飞奔而来。

麻六这时候哪里还顾得上交通工具的好坏，只要能到县城，哪怕是辆自行车，他都觉得相当满足了。

就在麻六万般惊喜之中，小四轮拖拉机拖着一股浓浓的黑烟，发出刺耳的轰鸣，在供销社大门外比较宽畅一点的公路边停下来了。

小四轮拖拉机的车厢里坐着四个人，三个中年人和一个孩子，他们身上被车轮翻起的泥浆溅得点点花花，像一个个刚刚出土的文物。他们的手紧紧地抓着小四轮车厢的护栏，像在滚滚洪流中抓到救命稻草一样，死死不放。看样子他们受到了惊吓，脸惨白惨白的，那个小孩钻在车厢里坐着的中年妇女怀里，睁着一双惊恐的眼睛，两只手狠命似的抓着中年妇女的衣服，仿佛一松手，就会永远失去一样。

麻六根本顾不得考虑那么多地提上放在公路边台阶上的那只破旧的黄帆布挎包，走到停着的小四轮拖拉机跟前，看着小四轮拖拉机上坐着的那些人，问正在给小四轮拖拉机加水的年轻小伙子，是不是去县城。

小伙子正在给拖拉机加水，头也不抬起看麻六一眼地说："你去县城？"

"嗯。"麻六说，"我去城里。"

"那你快上。"小伙子说。

"多少钱？"麻六多了一个心眼。

"二百块钱。"小伙子说，你坐不坐？

"二百块钱太多了。"麻六说，"能不能少点？"

"二百块钱你还嫌多？那你就在这里等着吧，让你在这里呆上几天你看多不多。"小伙子给小四轮拖拉机加满了水，往机子上挂了一个小水桶，然后抬起头看着麻六说。

麻六这次又失败了。

麻六看见他再没法跟开小四轮拖拉机的小伙子把价谈下去了，把钱掏给小伙子，也就不管三七二十一地爬进车厢里，小四轮拖拉机便冒着一股浓浓的黑烟朝县城的方向驶去。

简易的公路早已被暴雨冲刷得支离破碎，本来就非常颠簸的小四轮拖拉机，这时候颠得更厉害了。坐在车厢里的乘客，什么话也不说，用手死死地抓着车帮，丝毫不敢松开。好几次，小四轮拖拉机的两个轮子腾空而起，险些把他们从车厢里甩出去，惊得坐在车厢里抓着他妈妈衣角的小孩大哭不止。而麻六也感觉到他的五脏六腑好像也要被甩出来了。

麻六有些害怕，心里格外紧张，害怕小四轮拖拉机从某个地方失控地栽到沟底里，那他再后悔也不顶事了。因为他走的时候压根儿就没想到路上会遇到什么麻烦，完全是凭着感情冲动而一意孤行的，尽管父亲和母亲极力相劝，让他改日再走，但谁也无法改变他已经决定了的主意。

当然并不是麻六有什么紧要事非急着走不可，完全是因为他过去的恋人刘兰花。

麻六对刘兰花既爱又恨。

其实麻六心里比谁都清楚，刘兰花深深地爱着自己，而他也深深地爱着兰花，但在爱和家庭这个天秤上，他倾斜了。他觉得只有他离开兰花，才能使自己的内心少些痛苦和麻烦。

现在，麻六坐在上蹿下跳的小四轮拖拉机上，真不知道他还能不能安全地抵达县城。是的，现在的公路几乎不像公路的样子了，原来就不宽畅的公路已经被洪水冲刷得不堪入目，有些地方被洪水彻底冲断了，人们只好从车厢里下来，由开小四轮拖拉机的小伙子把握着方向，众人一齐连推带拉才好不容易才过去，至于别处公路到底会不会是这个样子，他们就根本不知道了。

这时候的公路上别说是有其他车了，就是行人也少得可怜，如果没有什么重要事情，他们是绝对不会轻易上路的。

麻六坐在小四轮拖拉机车厢靠后的车帮上，背上已经让车轮翻起的泥浆溅得点点花花，就连他的后脑勺，也溅了不少的泥点子。他顾不得躲闪这些溅在身上和头上的污泥，两只手像焊接在车帮上一样，随着小四轮拖拉机的颠簸奔窜，不停地喊叫着让开小四轮拖拉机的小伙子小心一点再小心一点。

艰难而惊险地翻过了一座土黄岭山，小四轮拖拉机总算左拐右绕地开到山根底下的石子路上。路显然要比山上好多了，但仍然很难走，速度一点也提不上来，就是那辆小四轮拖拉机也气喘吁吁地像在公路上爬行的一只甲虫。

麻六不在乎小四轮拖拉机的缓慢。现在对他来说，有拖拉机可坐，已经很不错了，虽然慢些，但总比他两条腿走路快好多。因此他很知足，也不顾后脑勺和背上被拖拉机轮子翻起的泥浆溅得泥迹斑斑，想到用不了多久就可以到县城，心里还是很高兴的。

大约走了三个多钟头的时间，如果路上再没有大的麻烦，估计在晚上八点左右，就可以到达县城。

可是就在小四轮拖拉机将要从军家屯山上翻过去的时候，前边公路上出现了大面积的塌方，彻底地把他们阻止在了公路的一边。

塌方确实很严重，几乎半座山都压了下来，把一段公路完全给掩埋住了，小四轮拖拉机根本无法从这里通过，而附近又没有别的路可走。

此时坐在车厢里的乘客们纷纷从拖拉机上下来，喊爹骂娘地站在路畔上，眼巴巴地看着阻挡他们前往县城的那段塌方。

这个意外的灾害，让他们一个个哭笑不得。

麻六站在路畔的乘客中间，一句话也不说地紧皱着眉头，希望瞬时被这特大的塌方击得粉碎，喊爹骂娘没有任何意义，唯一能做的就是抓紧时间从塌方的附近绕过去，只能靠他的两条腿往县城走了。

麻六想找个伴跟他一块去县城，问路畔上的乘客有没有人愿意跟他一块走。但没有人回答他，却听见有人向开小四轮拖拉机的人讨要车费。

开小四轮拖拉机的年轻小伙子向讨要车费的小伙子辩解着：“这又不是我不拉你们，而是因为塌方，这怪不得我。”

可是讨要车费的小伙子不这样认为：“反正是你没有把我拉到县城，而是拉在了半路上，因此你就得给我退一半的车费。”

麻六对争得面红耳赤的这两个小伙子的观点都赞同，因此他就没有参加讨要车费的行列，而是在路畔上折了一根没有成活了的柳树杆，独自从对面的陡坡上过去，默默地上路了。

这时候，麻六便听见背后有人骂他是叛徒，既然小四轮拖拉机没有把他们顺利地拉到县城，就应该集体起来向开小四轮拖拉机的小伙子讨要车费，这完全合乎情理。

麻六顾不得那点可怜巴巴的车费是想争取一些时间，时间现在对他来说比讨要车费更重要，即使讨要到车费，那又能怎样，仍然无法坐上车顺利走进县城。因为在这破烂不堪的公路上，你别想见到车的影子，就是行走的人也很少，唯一的就是靠自已想办法。

然而，麻六的行为并没有感染别的坐车的人，他们围着那个开小四轮拖拉机的年轻人，为那一半车费而据理力争。他们不像他那样，不怕因讨要车费而耽误时间，仿佛不争取到那一半车费，就是受到极大的损失和耻辱一样。

麻六管不了别人，竭尽全力地走他的路。路在这时候根本不存在了，荒坡陡洼上，因为刚刚下了一场大暴雨，走起来相当吃力，稍不操心，就有滑到沟底的危险。所以他走得相当吃力而缓慢，说是走还不如说是抓着草在爬，两只脚上沾满了泥巴，但他一时也没有停下来地想尽快从那面塌方边绕过去。

麻六费了九牛二虎之力，很不容易地从那面塌方边绕过去，顺着一条羊肠小道，来到了用石子铺成的公路上。公路上依然很少有人走动，偶尔会碰到一两个赤身裸体的小男孩，睁着一对惊慌的眼睛看他，然后便敞开双腿，箭一般地跑远了。

麻六不知道他碰见的赤身裸体的小男孩为什么怕他？是他样子太可怕还是他在什么地方吓着了小男孩？他不知道。他不想再去想那些烦人的问题了，在暴雨冲刷的石子路面上艰难地行走着。

天很快就暗下来了，天空中不时有星星往出跳，样子很逗。

麻六一点不敢怠慢，也不想在半路上投宿，起码走到县城，他就放心了。可是他刚刚从一个叫小岔子村子里往过走时，不知从什么地方扔来的一块稀泥，端端扣在了他的头上。尽管稀泥扔到他头上并不是过分疼痛，却着实把他吓了一大跳，他几乎连身子也不敢往起直，手抓着那块稀泥，稍微扭着头，斜着眼睛朝村子上边看，搜寻是谁故意用稀泥打他。

麻六搜寻了好一阵，才看见夜幕下小岔子村中的硷畔上，有两个赤着身的小孩，正撅着屁股挖泥，并不时一个往一个身上乱抹。旁边再寻找不到别的人。因此他判定扔在他头上的那块稀泥一定是这两个小孩中的一个干的。也许是他们无意，但无意也不能往他头上扔。于是麻六挺直了腰板，瞪起了眼睛，手抓着稀泥，站在村子底下的公路上，朝那两个小孩大声喊："喂，我造你娘的，想把老子打死是不是？"

两个正玩得起劲的小孩听见这一声喊叫，吓得扭过身，看见沟底下的公路上站着的那个人，不知是一种什么阵候地撒腿就跑。

麻六看见给他头上扔了稀泥的小孩跑了，也跑了两步吓唬说："别跑，看老子上来把你揍死揍不死。"

麻六只是这样喊叫，喊叫几声吓跑小孩也就没什么事了。

可是麻六根本没有想到，他的喊叫声引出了几个正在院子里端着饭碗吃饭的年轻人。他们急忙走到硷畔上，看见公路上有个年轻人咋咋唬唬地说要打死小孩。因此他们没问青红皂白，张口就骂麻六是谁的一颗儿，这么厉害。

麻六觉得有麻烦了，这几个年轻后生也不是省油的灯。所以他极力争辩，说是那两个小孩把稀泥扔到了他的头上，险些砸伤他的眼睛。

此时有个年轻后生，突然把碗放在硷畔上，几乎要从硷畔上跳下来的架势骂他说："给你小子头上扔稀泥怎么了？扔泡狗屎你小子都得受，还敢给老子嘴硬。"

"哎，你们怎这么不讲理？"

"讲你娘的个腿。"那年轻后生大声骂着，眼看就要从硷畔上跳下来打麻六了。

麻六看见势头不妙，骂了句我造你先人，然后拔腿就跑。

挨了麻六骂的年轻后生，嘴里不知骂着麻六什么话地从硷畔上一纵跳下来，在坡上捡了块砖头，追撵着麻六。但他和麻六已经拉开了不短的一段距离，要追上麻六，也不是件容易的事情。

足足追了一华里的路程，年轻后生眼看追不上麻六了，便停下来，把手里拿的那半块砖头扔出去，但他没有打上麻六。

麻六拼命地跑着，像被狼撵上一样，脸胀得通红，汗水直淌，什么泥水狗屎都顾不上躲闪，像只飞奔的鹿，跨过了沟坎，绕过了山弯，已经累得他上气不接下气，心脏砰砰跳个不停，眼看他快跑不动了，便大叫了一声，扑嗵一声栽倒在公路边，像死了一样地闭上眼睛再也爬不起来了。

麻六觉得他这下可不得活了，不是累死就是被那个年轻后生打死，现在他没一点招架之力，因此他栽倒在公路边上再动也没动一下地一直躺着，只等待有块砖头狠狠地砸在他的头上。

此时，在这幽暗的夜里，有只猫头鹰站在对面山畔上在凄惨的唳叫。夜风从他身上刮过，他觉得身上有些冷，但他并没有蜷缩身体，他知道他现在虽然活着，也等于死了。

下过雨的地上又湿又凉，麻六狂跳不止的心逐渐平静下来，思维又开始活跃起来。不对吧，他明明看见有个壮实的年轻后生从小岔子村里那道坡上下来追着他，怎么现在不见人了？刚才他还好像听到身后有急促的脚步声，甚至他感觉到那个壮实的年轻后生一把揪住了他，就像揪了一株稀柴烂草一样把他扔在了公路畔上，他才闭上眼睛，等着那人两砖头把他砸死，扔在沟底下完事。

麻六想，在这样沉静的夜里，就是有人把他打死，也不会被人发现，他死也是白死。可是对于这样的厄运，他似乎躺在公路畔上等了好久，却始终没有感觉到有人对他下手。这是不是他的一种幻觉呢？那个壮实的年轻后生只是从坡里下来，根本就没有追赶他，只是像他吓唬那两个扔稀泥的小孩那样吓唬吓唬一下他吗？

麻六不知道。

麻六也不知道自己到底是活着还是死了，因此他试探性地在自己的大腿上狠狠地拧了一把，感觉到很疼，这证明他还活着。于是他慢慢地把头从湿地上抬起来，朝天空中望了望，天空中有几颗星星如灯泡一样闪烁。

麻六的身子这时候很沉重，像刚刚从泥潭里拉出来的泥人一样，头上和身上沾满了厚厚的泥巴，两只鞋窝里灌满了泥水，泥水在他往起坐时，全涌进了他的裤管，他的裤管仿佛成了泥水沟了。

麻六也顾不上他的裤管里已经变成了泥水沟，从湿地上艰难地站起来，看了看他身边的那条模糊的公路。公路上看不到人影，更没有人走动的声响，只有细毛毛风轻轻地从他的身边刮过，然后便是死寂般的沉静。

麻六现在根本不知道自己到了什么地方，夜黑漆漆的，没有月亮，就连爱号叫的猫头鹰这时候也一声不吭。

路上的种种不幸并没有使麻六有丝毫的退缩，反而更加坚定了他非赶到县城不可的信心。

忘却了刚才被人追赶的狼狈，忘却了疲劳和饥饿，麻六站直了身子，在身子上用了点劲，刚准备迈步上路的时候，他才感觉到腿疼得厉害，疼得他几乎挪不动半步。

麻六不知道他的腿怎么了？弯下腰，用手去摸了摸，手上黏黏糊糊的，凑在鼻子上闻了闻，什么味也没闻到。于是他把黏糊糊的手凑到眼前，但因天黑，他又看不见粘在手上的是什么东西。手上粘着什么东西对他来说并不重要，重要的是他的腿。

腿不能走路，麻六怎能到的了县城？

麻六感到有些头疼。

麻六不能就这样在公路边呆上一夜，附近又没有村庄，如果在这附近有户人家就好了，他可以在那户人家借宿一晚，天亮后再去县城。可是现在这一切完全不可能。

沮丧的麻六在公路边站了一阵，再准备迈步时，钻心的疼痛使他几乎栽倒在地。于是他不得不坐在泥地上，慢慢卷起了裤腿。

当麻六把裤腿卷到膝盖位置再也卷不上去的时候，他的手一触到膝盖的部位，就觉得钻心的疼痛。他这才明白，他的腿受伤了，膝盖几乎被碰碎，粘在手上黏糊糊的东西，正是流出来的血和泥水掺和在一起。顿时，他冷汗直冒，不知所措。

麻六觉得他要死在这个地方了。

麻六想，他在小岔子压根儿就不需要那么快地跑，还不如让那个壮实的年轻后生儿砖头把他打死，说不定还比现在好受一些。

麻六现在走又走不成，去又没处去，呆呆地坐在路畔上，只能泪流满面地等死。

其实死对于一个人来说，也不是件容易的事情，仅仅磕破了膝盖的麻六想死的时候，死神却离他远去，他焦急而疼痛地在公路畔上呆坐着。

在公路畔上呆坐了好久的麻六，也想了好久。他知道这样待下去并不是办法，便强支撑起身子，一瘸一拐地挪动了几步，借着夜里的星星，在公路畔上摸到了刚栽上没几天时间的柳树杆，用劲折了一根，拄在手上，然后一个人在黑乎乎的夜里，朝县城方向慢慢挪动。

麻六不知道他走了多长时间，距离秀延县城还有多远，按他原来的估计，坐上那辆该死的小四轮拖拉机到县城的话，最晚八点也就到了。

可是，麻六到了军家屯山上便遇到了大山塌方，交通彻底中断，他干着急没办法，只能靠他的两条腿往县城走了。

本来靠两条腿走路也没什么大的关系，麻六上高中的时候，因为家境贫穷，在校上不起灶，他只能当跑路生，鸡不叫就起身，步行十五华里的路，也就用一个多钟头的时间，那时练好了他的两条腿。可是，那是过去的事，现在不行了。在西京那样的大城市里，他好的东西没学到多少，懒毛病倒是学了不少，走一会儿路就累得浑身直抖。他没想到半路上又惹出这样的麻烦，可恨的那两个小孩，偏偏把稀泥甩到了他头上，如果别甩到他头上的话，他就不会吓唬那两个小孩，也不会让那后生追着打他。

结果那后生没把他打死，甚至连打也没打上，自己却磕破了膝盖。麻六不想这些了，想也没用，归根结底一句话，要怨还是怨兰花，如果兰花不那样纠缠他，他绝对不会今天就从麻谷岔村子里离开。

干脆什么也别想，一门心思地走他的路。

刚才还端端正正走路的一个人，现在拄着柳木拐棍，一瘸一拐的，不仅样子很难看，还得忍受皮肉之苦，谁知道他那腿会不会留下什么后遗症。

通往县城那条黑漆漆的公路上，麻六像幽灵一样，拄着柳木拐棍在公路上默默地向前走着。

叮当！一声。

叮当！又是一声。

柳木拐棍的叮咚声在晴朗的夜里清脆而响亮。

麻六现在别的什么也不考虑，唯一考虑的就是到了县城该怎么办？现在半夜三更的，县城里的旅馆饭店都关了门，有谁给他开门让他住。如果没店可住，那真还不如在路上走慢一点，正好自己的腿一瘸一拐的也走不快。

麻六一边想着，一边从一个拐峁里走过去，忽然眼前灯火通明，楼房林立，公路宽畅，他这才得知，秀延县城到了。

明亮而宽畅的石板街道上相当宁静，看不到有一个人影儿晃动，也没有车辆从街上驶过，这份宁静使麻六心里增添了几分恐慌和悲哀。

麻六从东沟的公路上一瘸一瘸挪到了秀延桥头，背靠在秀延桥的石头栏杆上，望了望距桥头很近的秀延县人民医院，他茫然。

麻六不知道他该不该到医院去一趟。

麻六觉得他伤得很重，起码应该到医院包扎一下，不然他会得破伤风的。可是现在这么晚了，街上连个人影子也没有，医院能有人吗？他想医院会有人的，因为他看见医院大楼顶上“住院部”三个大字在灯光的照射下，闪闪放亮。

麻六不敢再犹豫，腿部的疼痛使他害怕起来，不说他因此而丧生，如不及时治疗落下残疾，那将会影响他的一生，他也就不会再有飞黄腾达的时候了。

麻六这样想的时候就走到了县医院的大门口。

秀延县医院的大门敞开着，没有人把守，院子里也不见有人走动。

麻六顺利地从医院的大门里走进去，一直朝门诊大楼走去。他一走进门诊大楼的大门，就看见左边一个开着门的房间门口挂着“急诊室”的牌子。

麻六爬在急诊室门口，看见有个四十多岁的中年人正坐在桌子边上看书，他看得很入迷，以至于麻六站在门口，他都不知道。

麻六走到看书的中年男人跟前，刚准备开口喊声大夫，那中年男人抬起头，猛然看见站在他跟前的麻六，惊得手里的书掉在地上，瞪起眼睛问麻六：“你这是……”

“我的腿破了，麻烦你看要紧不？”麻六看着惊呆的中年大夫说。

中年大夫惊呆的表情慢慢趋于平静，弯下腰从地上捡书的时候，看见了麻六腿上殷红的血，他这才抬起头，看了看麻六因痛苦而扭曲的脸，便让麻六坐在他身边的一个木凳上，询问麻六的腿怎成了这样。

麻六隐去了被人追赶跌破腿的细节，只说是他不小心滑倒而摔成这样。

中年大夫听着麻六说的话，弯腰挽起了麻六的裤腿，看见他的腿肿得很粗，按了按麻六的膝盖，膝盖便发出几声破碎的声响。

麻六疼得呻吟起来，他睁大眼睛问中年大夫："要紧吗？"

中年大夫看着麻六说："没有生命危险，但伤得确实不轻，膝盖可能粉碎性骨折了。"

"什么？"麻六睁大眼睛问。

"你先拍张片子看看。"中年大夫说着，便趴在桌子上开了一张检查单递给麻六。

麻六在往县城走的路上，并没有感觉到有过分疼痛，可是刚刚在中年大夫身旁的木凳了坐了一阵，忽然就有些站不起来的感觉，腿部钻心的惨疼，顿时豆大的汗珠在他的脸上川流而下。

中年大夫看见麻六痛不堪言的样子，忙把木凳前挣扎的麻六按在木凳上，让他别动，他动身到药房帮麻六买回了创伤药和止痛药，并给麻六倒了一杯水，让他把止痛药服下，然后用药棉把麻六腿上的血清理干净，敷上创伤药，让他在自己的办公室先休息一会儿。麻六看着中年大夫，觉得世上还是好人多，他遇上了这样一位好大夫是他的福分。因此他就很坦然地躺在了中年大夫用来给病人看病的那张木床上，微微合上了瞌睡的眼睛。

也许是麻六累得撑不住了，躺下刚一会儿，便鼾声如雷。

呼噜！一声。

呼噜！又一声。

呼噜声在晴朗的夜里十分嘹亮。

中年大夫看了看打着呼噜的麻六，没有叫醒他，而是摇了摇头，走出急诊室，站在夜空下的秀延县医院门诊大楼前，仰头看着天上的星星，他不知道他该做点什么。

在这时候，他什么也不知道。

第九章

麻六在秀延县医院里整整躺了八天时间。

八天时间里，麻六一直吃住在县医院，几乎花光了他身上所有的盘缠路费。幸好医院里的一位同室病友帮助了他，不然他这八天时间能不能熬过来都很难说了。

在这期间，麻六曾想到给麻谷岔的父亲和母亲捎个话，让家里来个人照料他几天，但他考虑到家里到县城里的路又是那个样子，万一让老人们在路上再出个什么事，那岂不是雪上加霜。因此他打消了给父母捎话的念头，一个人躺在医院的病床上接受医院的治疗。尽管这段日子度日如年，但他有病友们的热心照料，生活也没有什么太大的问题，不然他连最简单的吃饭问题也成问题了。

八天时间总算痛苦不堪地熬过去了，虽然麻六的腿不像过去那么灵便，但拄上拐杖勉强可以到院子里走动了。但他仍然走得很艰难，他甚至怀疑自己是不是这辈子就成一个瘸子。

麻六很担心，心里也很害怕，如果真的成了瘸子，那他这一辈子就彻底完了。

麻六忍受着身心的双重痛苦，情绪变得很坏，以至于病友帮他在医院的灶上打来饭菜，他都不想吃地搁在一边，整天躺在病床上，什么话也不说，像病得很重的样子。

有天早晨，太阳刚刚露脸，医生和护士来查房，查到了麻六跟前，看着他一脸忧愁的样子，问他感觉怎么样了？

麻六没有正面回答医生的问话，而是瞪大眼睛，着急地问医生："我的腿能不能好？"

医生说："不要紧的，过两天你就可以出院了。"

"我会不会变成瘸子？"麻六又问。

"不会。"医生说，"你的腿恢复得很好。"

麻六听了医生的话，心理负担一下就减轻了，病情也好像一下就减轻了一大半，猛然就像什么事也没有了似地可以下地行走，而且还不需要拄拐棍，甚至到了中午开饭的时候，他还亲自到医院的灶上去买饭，几乎看不出他还是个瘸了腿的病人。

这回，麻六应该说很惨，回家想清静地住一段，却遭到了因他而未嫁的兰花的纠缠不休，只好离家上路。路上又经历了塌方，说了句应该说的话却被人追赶，使他跌伤了腿，住进了医院。这么多不幸的事情一下子全落在他的身上，他觉得兆头很不好。

治腿几乎花光了麻六身上所有的钱，此时的麻六眼看就要成为一个身无分文的穷光蛋了。现在他身上虽然装着少得可怜的钱，但这钱再不敢胡乱花了，甚至连包烟也不敢买。那几天因为他腿疼得厉害，也就没了吸烟的嗜好，现在听医生说他的腿不要紧，不知怎么他一下子就特别想抽烟。可他身边没有烟可抽，心里挺难受。上厕所的时候，他看见厕所里扔有不少的烟屁股，捡起来点着吸一口几乎就能烧到嘴巴，但他还是经受不住烟的诱惑，就把那些烟屁股拣起来，偷偷地装在衣服口袋里，看见旁边没人的时候，麻利地点上一个，猛地吸上一口，那滋味竟然很享受。

苟延残喘地度过了最危难的时刻，麻六没有按照他原来想的那样尽快回到西京，却把美好的时光全花在医院给他治腿了。他的命当然没有任何问题，腿伤也治得不错，但腿再不像原来那样灵便，总觉得走路有点瘸。

麻六走起路来一趔一趔。

麻六不想再在医院呆下去，征得医生的同意后，他办完出院手续，径直去了秀延县长途汽车站。

秀延县长途汽车站距县医院不是很远，麻六没费多大劲就到了车站的候车室，看见候车室里有不少等候乘车的人，懒散地来回走着，个个看起来等得很着急，他也混杂在这样的人群里。

这是当天开往西京的最后一趟长途卧铺客车，八点始发。现在离八点还有两个小时，两个小时对于等车的人来说相当漫长。

麻六趔趄着他那条受过伤的瘸腿，拨开人群，挤在售票窗口，窗口挤着几个年轻小伙子，看样子像要买票，但不知为什么又不买地挤来挤去。他想凑到售票窗口跟前十分困难，很想发几句牢骚又没敢，害怕几个年轻小伙子揍他一顿。因此他尽量避免冲突地站在那几个小伙子身后，脖子伸得老长。身边那个小个子小伙子看见了他，挪了挪身子，让他往进挤。

麻六朝他笑笑，得意地朝前挤了一步。

麻六把头伸到售票窗口，问售票员：“有没有去西京的车票？”

售票员头也没抬地告诉他："还有，要买你赶紧买。"

麻六伸手从衣服口袋里掏那仅剩的五百来块钱时，忽然发现他的钱不见了。他记得钱是装在他上衣口袋里的，但他掏了又掏，就是没有。他又在别的口袋里一一掏过，仍然没有。此时的麻六着急得额头上冒出了层次细汗，仅这一会儿功夫，他那五百块钱就丢了？他再次去摸他所有的口袋，所有的口袋都是空空的。这时候他断定是刚才身边那几个小伙子把他的钱给偷走了，转身去找那几个小伙子，可那几个小伙子早不知跑哪里去了，他连个人影子也没见上。

麻六急得快要号哭起来了，怎么他一路上这么倒霉，好不容易节省下几个路费，竟然又让小偷给偷走了。小偷也太缺德了，不看他能有多少钱，仅仅五百来块钱还值得偷一回，这街上哪个人没五百块钱，被偷了也无所谓，可他不行，偷了他的，他就没法到西京了，而且他没办法在这个地方弄到钱，他也不可能学着小偷的样子去偷的。

麻六心里号哭着一趔一趔地走出候车室，看见候车室外的街道上，男男女女正漫不经心地走动。一晃一个小时就过去了，太阳快落下山的时候，车站楼顶上那只高音喇叭传出女播音员清脆悦耳的播报声：各位旅客请注意，开往西京的 43 次长途客车马上就要开车了，没买票的同志请抓紧时间买票，买好票的同志赶紧检票进站……

麻六眼睛直直地盯着车站楼顶上那只高音喇叭，欲哭无泪。

怎么办？麻六总不能呆呆地站在这里，在这里站上几天也不会有什么结果。但是他现在手里没有钱，拿什么去买长途客车卧铺票呢？

旅客进站的时候，麻六跟着拥挤的旅客从进站口偷偷溜进去了。他看着男女旅客们大包小包地围在客车旁等着上车，他仍然没有一点办法。虽然他混进了站，但是上车是要验票的，他没有票，当然就上不了车。他想他应该去找找站上的领导，看能不能通融一下先让他上车，到了西京，他一定想办法把车票钱补上，绝对不会耍赖。

现在麻六再不敢怠慢地走到车站办公的地方，看着车站办公室门上的门牌，敲开了站长办公室的门。站长办公室里正围着好几个人说笑话，麻六进去时，没一个人理他，他就问跟前站着的一个年轻人，哪位是站长？

那个年轻人把站长指给麻六。

那是位较年轻的站长，小平头，脸色白净，看上去很和善。麻六趔趄了几步，走到站长面前，看着站长说："站长，能不能让我坐你们的卧铺车到西京？"

站长有些惊讶地说："当然可以，我们的卧铺车专门是拉旅客的，怎能不让你坐。"

"我没钱买票。"麻六说。

“你没钱买票，那就别坐。”站长说的声音不高，也很平静。

麻六说：“我买票时，钱让小偷给偷了。”

“偷了你的钱也不能怪我。”站长笑着说，“钱又不是我偷走的。”

“我不怪你。”麻六说，“我也没说是你偷走的，我是说那个小偷。”

“那你赶快去找小偷。”

“可是小偷跑了。”

“跑了我有什么办法。”站长说，“我又不是公安局长。”

“你有办法。”麻六可怜地说，“这里你是站长，当然有这个权利，请你让我坐车到西京，钱我绝不会赖。”

“坐车买票，天经地义，你没钱买票还要坐车，这恐怕不行。”站长认真地对麻六说。

“这是特殊情况。”麻六哀求着站长。

“你特殊我不特殊。”站长一点儿都不给麻六松口。

麻六有些绝望。

麻六祈神祷告地对站长说：“好我的站长哩，我是没办法才找你，又不是有钱不买票，好歹我在西京还有一份工作，今天我是让那狗日的小偷给害成这样的，不然我不会厚着脸皮来找你给我让个方便。”

站长看着麻六，然后又看了看他房子里的那些人，显然他对麻六说的话觉得有些好笑。什么西京有一份工作？看他那瘸腿的样子，一趔一趔的，让人想同情也同情不起来。因此站长很干脆地说：“这个口子我不能给你开，车站有车站的规定，你说你在西京工作，那你没钱买票你去找政府解决。我这儿不是慈善机构，如果我这里每天来几个像你这样的人，那我这车站不是就要关门停业了。”

麻六没有足够的理由说服站长让他乘车去西京，而站长的口气又相当强硬。站在站长办公室里的麻六很无奈，脸一阵阵发烧，觉得他的脸就像让站长点了把火烧烤起来一样。

麻六感到再在站长办公室里呆下去没有丝毫意义时，便转过身走出站长办公室，来到车站的广场上。广场上聚集了好多人，大都是乘车的，也有送客的人，他们口袋里都装着买好了前往目的地的长途卧铺车票，一副兴高采烈的样子。可麻六不能像这些人那样，心里极为烦躁，很想上去跟谁吵上一架。然而这些人又没惹他，他平白无故跟人家吵什么呢？他恨那个站长，把他当救星地去找他求情，可他完全不留情面，有什么了不起的，不就是个站长嘛，我以后一定培养个站长儿子让他看，把他家的。

麻六又一次混进长途汽车站，怀有一种侥幸心理，看能不能混在人群中上车，不然他就要受困在秀延县城里了。

可是要混上车，绝不是件容易的事情，上车得接受检票员检票，他连车票都没有，怎能混得上车呢？检票在人们的吵叫声中开始了，太阳这时候像一颗红火球从山那边慢慢跌落下去。车站里渐渐暗淡下来，人群也开始骚动不安。乘客们都拼命地往车厢门口挤，就像抢购什么紧俏货物一样，有的人从车门厢口挤到了车外，有的人甚至挤掉了鞋，于是车厢门口便传出了号叫声和吵骂声。

麻六这时候远远地站在车站的拐角处，完全是个旁观者，别说他没有车票，就是有车票让他往上挤，他也根本不敢有那样的想法。是的，他现在是没这样去挤的想法了，看看他那腿，一瘸一瘸的，不挤都往倒跌哩，怎能经得住别人的挤呢？

麻六看着蜂拥般往车厢里挤的人群，心里挺不好受。想想也是，命运就是这样不大不小地跟他开了一个又一个的玩笑。还在十几天前，他的腿也不是也像别人那样很好使吗？可就在那么短暂的一瞬间，他的腿就瘸了，再也不能像原来那样快步行走。这还好，好歹留了他的一条命，当时他真的以为自己死了，而且死得很惨，没想到他还活着，他觉得自己的命真大，该死的时候都没死，只是瘸了一条腿，而瘸了的这条腿医生说过一段就会好，只是需要静心疗养一段时间。麻六觉得这不现实，现在别说疗养了，就是吃饭也成了大问题，况且他现在独自一人在秀延县城，连返回西京的车票钱也没有，恐怕只有沿街讨吃要饭了。

麻六没想到他会这么惨。他渴望的，在他心中绘制的那幅美丽的蓝图转瞬间变成了一个幻影，眨眼间就消失得无影无踪了。他沮丧得快要发疯了，站在车站拐角处不由地潸然泪下。

麻六知道悲伤是没有用的，在这里没有人会同情他，给他掏钱买一张车票，让他顺利地回西京，一切全要靠他自己。他知道上不了长途卧铺客车的严重后果。上不了车就意味着他要流落秀延街头了。

麻六不能就这样坐以待毙，得想办法混上车，这是机会，机会对他来说太重要了，门口的人差不多都上车了，他看见检票的小伙子正叼着一支烟，站在长途卧铺车的一侧跟人说闲话。没有人监视，麻六从拐角处一瘸一瘸地挪腾到客车跟前，连滚带爬地上了车，一直走到车尾的一个拐角，蜷缩着身子，就怕让人发现。

开车的时间到了，检票的小伙子扔掉嘴里的半截子烟，一脚跨上车，迅速关住了车门。

长途卧铺客车在人们的吵叫声中启动了。

麻六一声也不吭，像个偷吃的老鼠一样几乎连动也不敢动一下，两只眼睛直勾勾地盯着检票的小伙子。

长途卧铺车大概走了一个钟头后，车厢里的吵叫声渐渐降下来了，公路两边的旱塬也渐渐变得蒙眬起来。检票的小伙子并没有发现混上车的麻六，乘客们在长途卧铺车的嚷叫声中瞌睡起来。麻六这才觉得踏实了一些，不大一会儿，他也迷迷糊糊地睡着了。

那夜很平静，没有起什么风波，长途卧铺车在半夜时分到了郑川城郊的一个地方停下来，那些爱抽烟的人纷纷下车去抽烟。

这是长途卧铺车临时停车，停的时间很短，人们急匆匆地下去，又急匆匆地上来，谁也不敢放慢，生怕被落在这个地方。

这期间，并没有人发现麻六是没有买票而混上长途卧铺客车的人，就是在郑川城郊临时停那一会儿，检票的小伙子都没发现他。他觉得自己还算幸运，因而也有些自在和坦然。就这样，那趟长途夜班车在黎明时分驶进了西京的城市。

此时西京的大街上，行人虽然不多，但仍然是一片灯火辉煌，身着清洁工服的环卫工人在极认真地清扫着马路，靠街的人行道上，偶尔有骑自行车的人急匆匆地驶过，有些出租车也许是没有拉到客人的缘故，疯了一样在大街上直窜，除此而外，大部分人还在睡梦之中。

麻六这时候心里又有些惊慌，眼看长途卧铺车就要进站了，如果下车的时候要查票的话，他可怎么办呢？西京当然是到了，但他没有票，一旦查出来，他们能放他走吗？说不定还要罚他的款哩。

东方渐渐泛出了鱼肚白，麻六坐的那趟长途夜班车穿过了几座大楼，然后朝左一拐，便驶进了西京城西汽车站。

长途卧铺车刚刚停稳，人们便蜂拥般从车门里往下挤。麻六从车门里跌跤马趴溜下来，没有走正门出站，而是通过一条窄小的巷子，溜到了一个停车场。

显然，这里是临时用来停放各种车辆的，院子不是很大，只有停着十几辆车，有大货车，还有小汽车，三轮车。当然，谁也没有发现麻六没有买票而现在混到这里，他看着鱼贯而出的人群，站在车站广场的一个台子上有些得意。

麻六手里仍然提着他的那只破烂的黄帆布挎包，看着南来北往的车辆，心里突然感到有些不是滋味。虽然说他侥幸地混上车回到了西京，在这个城市里有他的家，但他知道有家不能回。这并不是说他身无分文，没脸回家见媳妇和儿子，而是自从他没了工作以后，他发现他的媳妇几乎不是他的媳妇了，觉得她有了外遇，因为这事夫妻俩大吵了一架，他便赌气地出去好长时间没有回家。曾经有那么一次，他实在想儿子了，便鼓足勇气，想回到他那个破碎的家看看儿子。然而他刚走到门口，就被房子里的嘻笑声给震慑住了。

那时候麻六几乎惊呆了，他听见房子里那个男人的声音格外熟悉，而且他还听得出他们之间的亲热劲头，那种过分亲热的说笑声刺得他两耳发怵，泪眼蒙眬。他想了又想，很想一脚踏开门，同这两个不要脸的狗男女拼个你死我活。但他没有。他伤感了一阵，悄悄从楼梯口走下去，借着月光，静静地站在他们那栋家属楼对面的一棵槐树下，想看看那人究竟会是谁，为什么这时候在他伤口上撒盐呢？

时间不慌不忙地向前滑动着，麻六在槐树下站的腿有些麻木了，索性坐在树根上，过了好久，他等待的那个人终于出现了。

麻六看见那个人同他的媳妇说笑着，勾肩搭背地从楼梯口走出来，伊然像一对明正言顺的夫妻。

麻六身上的血一涌一涌的，像一股凶猛的洪水一样。这时候，他真想扑上去搧那对狗男女几个耳光，但他身上一点力气也没有，甚至在那棵槐树下站也站不稳。

那个和麻六媳妇鬼混在一起的男人是他公司里的宣传部长，姓胡，人们习惯叫他胡部长。那时候也许是他想巴结这个胡部长，便领着胡部长到自己家吃过几回饭。慢慢地，他觉得本来是他的领导的胡部长竟然同他媳妇的关系非同一般了，他媳妇比他和胡部长之间的关系更亲密。他认为这不是胡部长的错，错就错在他把胡部长领到家里来了。他那媳妇便对胡部长喜眉笑脸，暗送秋波。渐渐地，他不必再去邀请胡部长到家里作客，胡部长就像走进自己家一样出入随便，而且常常是他不在的时候，胡部长便登门拜访。

麻六恨胡部长的同时更恨他那媳妇，恨不得把这两个狗男女剁成肉酱，甚至把那两个狗东西紧紧捆绑在一起，衣服全剥光，拉在大街上，让人们看看，他们是怎样把他好端端的家破坏掉的。然而麻六有这样的想法却没有这样的胆量，眼睁睁地看着他媳妇和胡部长有说有笑、勾肩搭背地从他的身边大摇大摆地走过去，他却连喊叫他俩站住的力气都没有。

麻六觉得自己再无法走进他的那个家了，也不知道儿子现在怎么样？在这之前，他曾经有过想把儿子送回老家的想法，可是他媳妇坚决不同意，如果他敢把儿子带走，她绝不会善罢甘休。

麻六实在没办法，只好满含着悲伤的泪水，一个人像一只流浪狗一样，离开了家，漫无目的地行走在大街上。

夜深人静，大街上再也没有多少行人了，就连行驶的大小车辆这时候也少得可怜。偶尔有一两辆出租车从街上驶过，那速度像射出的箭一样，眨眼间就连影子都看不见了，只能看见马路上扬起的阵阵灰尘。那夜，麻六在大街上行走到天亮。

天亮的时候，麻六坐了一辆公交车来到西京的东四环，他在那里租了间农民的平房住下来，心想，在城郊能不能找点活干，不说别的，他总得吃饭。

然而那几天，麻六什么事也没干，一直闷闷不乐地在那间平房的干木板床上躺着，脑子里乱七八糟地不知想了些什么事情，几乎连他自己也不知道。

几天过后，麻六觉得自己再不能这样下去了，便退掉了租赁的那间房子，决定返回老家，构思了好多好多在家乡发财致富的狂妄梦想。但是他的那些狂妄梦想没用多长时间就被现实击得粉碎，险些把他的那条瘦命也搭上。

唉！真是没有办法，看来麻六只有离家在外边闯荡的命了。

幸亏麻六没有把那些实际情况告诉他的父亲和母亲，不然说不定他那父母经受不起这样的打击会被折腾得大病一场，甚至会送命。

现在，麻六站在这空旷的大街上，再不敢想那些悲伤的事情了，如果再想下去，他会控制不住地大哭一场。

一切就像梦一样。

麻六现在确实到了走投无路的地步，像一个地地道道的流浪汉，返回西京的这天早上，他忘却了饥饿和一夜的疲劳，想回家又觉得不能回，家里是那样的情况，而且他又没有能力抚养自己的孩子，手头几乎一分钱也没有，他有什么脸面回家呢？只好随着上班的人流，漫无目的地朝西北方向走去。那么，等待麻六的又将会是什么呢？

第 十 章

麻六至今都不知道他要到西京的什么地方去。

这时候的麻六确实一片茫然，索性低着头，也不看他两边走过的行人，就这样满怀忧郁地一个人走着。天像个灰盆一样罩在麻六的头顶上。

麻六抬头看见天灰蒙蒙的，丝毫看不到一点硬汉劲。太阳没精打采的，也没有一点儿的风吹过，仿佛人们都在灰盆底下苟延残喘地生活着。

麻六整整走了一天，毫无知觉地走出了喧闹的都市，突然感觉身旁无比宁静，四周空空荡荡，好像是腿沉得再也拉不动了，他才使劲地睁了睁他那一双黏糊糊的眼睛，把手搭在额前看了看。妈呀，这是什么地方，几乎看不到头的平原上，他连个村子的影子都没看见，而且收割过的玉米地里，荒无人烟。他这才意识到，自己已经远离了城市，已经走在了城郊。这下他有些恐慌和害怕，在这没有人烟的空旷地方，他最大的困难就是吃饭和住宿的问题，甚至现在连口干净的水都喝不上。面对眼前的困境，他束手无策，痛哭流涕，心想自己这下子可玩完了，死亡对他并不遥远，仿佛就在眼前，只要他一停下来，他的生命马上就会终结一样。

天空中飞过几只老鹰凄凉地惨叫着。

麻六坐在田野的一个土台子上，用泪水模糊的双眼遥望着灰蒙蒙的天空。

天有些灰暗，看起来像要下雨的样子，但又无法落雨地沉闷着，像麻六的心境一样。麻六强支撑起他那软弱无力的躯体，稍微辨别了一下他所处的方位，便继续朝西北方向走去。

茫茫的田野里几乎无路可走，麻六踩踏着刚刚收割过不久的玉米地，深一脚浅一步地向前走着。这时候他口干舌燥，喉咙里仿佛已经冒烟，他很想找个水沟，爬下痛痛快快地喝一气。但是他找了好久都没有找到，甚至连水流动的声音也没有听见，统统是死一般的寂静。人在最危难的时候往往就是这样，本来是伸手可及的事情，可就是变得遥不可及。在这和平美好、没有战争硝烟的岁月里，麻六是艰难的跋涉者，命运施舍给他的除了苦难，再一无所有。

难道这是命运的安排吗？

当然，麻六也趾高气扬过。想当初他从令很多人难以想象的那个偏僻落后的小山沟里走出来，破天荒地走到了令多少热血青年望城兴叹的大都市，一定是麻家上辈子积了德，才有了他这样一个出人头地的人物。可是没过多少年，命运无暇顾及地跟他开了这么一个玩笑，使他无法再在这样一个无比美好的城市里待下去。是他自己把握得不好，还是有别的什么原因？当他被告知，他已经彻底丢掉了饭碗，要去另谋生路的时候，仿佛晴天一声霹雳，炸得他头晕眼花。他当时并不能接受这个事实，把它当作一场噩梦。然而当他从噩梦中清醒过来时，他只能接受这个无情现实的突然降临。他真正成了一个浪迹天涯的沦落人。现在他不愿回想这些悲惨的往事，他之所以重返西京，完全是想给家乡父老一些光彩的脸面，那脸面仿佛比残酷的现实要重要。

有一群麻雀在麻六的头顶唧唧喳喳地飞过来了，像是在天空中撒了一大把麻子，黑黑的一片，渐渐地又从他的头顶上空消失了。

田野里突然刮起了风，麻六觉得身上很冷，不由得打了几个哆嗦。肚子里空的什么东西也没有，两天多时间了，他不仅没有吃到任何东西，而且连大小便也没解过一次。由于身体没有任何抵御能力，他觉得冷得更厉害了。他意识到这样下去十分危险，差怕一旦倒下，就再也爬不起来。因此他用残存的一点力量，拼命地在玉米地里搜寻着遗留下来的一两穗玉米棒，好歹给肚子里填充一点东西。他搜寻得无比艰难，几乎把身边所有的玉米杆全摸过了，但他什么东西也没搜寻到。他开始诅咒那些收割玉米的人，怎么不给他留一穗呢？仅仅一穗，就可以救他一命。

麻六急得在玉米地里疯跑起来。

穿过了那片砍倒的玉米地，跃上一块土坎，眼前忽然一亮，一地绿油油的白菜跳入他的眼帘。此时的麻六像一头从猪圈里跑出来的猪一样，毫不犹豫地朝那块菜地疯狂扑去。

饿急了的麻六完全变成了一头猪，扑在白菜地里大口大口地吃起来。他觉得这些白菜是世界上最好的美食，再没有比这更好吃的东西了。什么鱼肉、鸡蛋、面包、牛奶统统滚一边去，那些东西吃起来从来就没有像今天吃白菜这么香甜可口过，甚至让他感到反胃和不舒服，哪能比得上这时候的白菜这么美味。

麻六躺着吃了一会儿又坐起来，满嘴的白菜帮子，嘴角里溢着鲜嫩的绿汁，嘴里的菜帮子还没有完全咽下去，又拼命地往嘴里塞一片，好像这一顿吃了再也吃不上下一顿一样的感觉。

灰盆般的天空中，太阳像位年迈的老人，慢腾腾地从西边遥远的地平线上落下去了，夜游的鸟儿开始了紧张而富有节奏的生活，怪叫着在他的头顶上飞来飞去。

麻六的胃里已经填充了不少白菜帮子，嘴唇也开始有些湿润，但他的嘴唇上不知什么时候开始脱皮了，就像老枣树皮一样，只要他轻轻地一剥就起来了，他感觉到有些疼痛，并有血水慢慢渗出。

麻六顾不得这些，他直起身子，看着这块绿油油的菜地，情不自禁地大笑起来。

麻六的身上有了力量，再不那么苟延残喘了，他再不敢在这块白菜地里久呆下去。这里并不是他的久留之地，他要尽快找到一个有人的地方，哪怕给人家打短工，或者厚着脸皮讨吃要饭，也比他这么要命的流浪要强好多。

麻六穿过了那片绿油油的白菜地，再穿过一片玉米地的时候，耳朵里突然传来了几声汽车喇叭的鸣叫。这声音听起来让他感到无比的兴奋和亲切，仿佛他从地狱之门又走向了人间，一切变得那么亲切。

麻六顿时热血沸腾，快步穿过了那片玉米地，爬上一个土坎，跨过一道水渠，看见了公路上飞奔的汽车和公路两边行走着的人影。再往前走一会儿，他清楚地看到了亮着灯光的楼房。楼房不高，大都两层三层，也有四层五层的，但极少，是什么原因，他不知道。他只知道类似此种楼房结构的地方，大都是沿公路的村镇，因此也没必要盖太高的楼房，因为盖了也没多大的用场。

麻六决定走近它。

麻六看着星星般亮起一盏盏灯光的地方，他已经走到了公路边。他稍稍停顿了一下，把一辆急驶的小车让过，这才越过马路，走到了一处只有一层平房的院子。院子里没有围墙，敞开着。他站在院子里，听见那只有微弱光亮的房子里传出音乐的旋律。麻六再仔细看看门匾，上面写着“梦沙龙歌舞厅”几个字。对于歌舞厅，麻六既向往又憎恨。

磨蹭了好长时间，麻六觉得再不敢轻易走动了，只好硬着头皮走到歌舞厅的门跟前，轻轻地推开了门。房子里很暗，麻六几乎什么也没看见，正站在门口愣神的时候，听见有人在他跟前给他打招呼。

“先生，就你一个人吗？”是个男人的声音。

“就我一个人。”麻六应答了一声。

“那你要包间，还是在大厅里玩。”那人靠近了麻六。

麻六说：“先不忙，让我看看再说。”

“先生，不要看，我们这儿的小姐，个个都非常漂亮，保证让你满意。”

麻六没说什么话，仍然在门口站着。

麻六再不能像木头一样在歌舞厅门口木呆呆地站着了，再这样站下去，人家肯定要把他赶出去的。因此他对站在他身边的那个男服务员说：“你们老板在不在？”

那个服务员扭过头，愣愣地看了几眼麻六，有些警惕地问他：“你找我们老板有什么事？”

“有很重要的事，你领我见一下你们老板。”麻六说。

那个服务员也不知道麻六是什么人，害怕他是便衣公安，便对他说：“你稍等一下，让我去看老板在不。”

“那好。”麻六说。

男服务员走了，可麻六心里却慌乱不安起来，他害怕歌厅的老板是个粗野的汉子，看见他这么不顺眼，找几个人狠狠地捶他一顿。

麻六做出了这样的判断，也做好了逃跑的准备。万一那个男服务员不仅没把老板叫来，而是领来几个壮实的男人出现在他眼前，那他一定会破门而逃的。常言道，好汉不吃眼前亏。他虽然不是什么好汉，但能不吃亏还是不要吃，吃亏总不是什么好事。麻六就在这种胆战心惊中等待了一阵，房子里也渐渐地明亮了一些，不像他刚进来时那么黑，可以辨清房子大厅进出的男人女人了。

这时候，麻六看见侧旁有扇门动了一下，随后就走出了那个男服务员，紧接着后面跟着一个女人，个头不算太高，长得还蛮秀气的。他老远就能闻见女人身上一种特有的香味，他们正缓缓地朝他站着的地方走来。

麻六心里踏实了一些，不管这个女人有多么可恶，但他想起码她不会一句话也不说就揍他一顿，这一点他还比较自信。

那个女人走到麻六跟前站住，看着麻六问：“先生，你有什么要求，尽管吩咐。”

“噢，也没什么，没什么。”麻六连连说。

“不要客气嘛，有什么要求尽管提，我们尽量满足你的要求。”那女人轻轻的话语，像鸟儿叫一样动听，使他有些拘束起来，想说的话在这时候也难以开口了，很有几分不好意思。

那女人好像很会察颜观色，看见麻六羞羞答答不自然的样子，便吩咐身旁的男服务员，给他倒杯水，然后让麻六跟她走到大厅的一个拐角处，拉开一个圈椅，让麻六坐在圈椅里，她也落落大方地在麻六的对面坐下了。

麻六觉得自己再不能这么吞吞吐吐了，看了看这个女老板，没话找话地说：“你这里生意还不错吧？”

“一般。”那女人说，”你有什么事？”

“我不知道你们这里还要人不？”麻六看着女老板的眼睛说。

“如果是长得好看一点的漂亮小姐，有多少要多少。”那女老板一下就来了兴趣，仿佛有大把大把的钞票往她口袋里装一样。

“嘿嘿。”麻六笑了一声。

“你笑什么？”

“我手头没有漂亮小姐，只有小伙，不知你这歌舞厅要不要？”麻六说。

“小伙也要。”女老板说，”我这儿正缺人手，那你就介绍两个过来。”

“你看我怎样？”麻六不失时机地问女老板。

女老板看了看麻六，有些怀疑地问他：“你能干什么事情？”

“什么都可以。”麻六说，“过去我干过这一行，手头确实有好几个漂亮小姐，只要我给她们打个招呼，她们一会儿就能到这儿。”

麻六开始吹牛了。

女老板一听说麻六手上有几个漂亮小姐，激动地几乎要在大厅里蹦跳起来了。她现在的生意虽然不错，关键的问题还是小姐太少，对来她这儿玩的客人应承不过来，现在突然有这么个人找上门来，说他手头有漂亮小姐，哪能不让她激动和兴奋呢。于是，女老板很快从圈椅旁站起来，把麻六领进一个包间，没作任何思考就把这事给答应下来，还要把麻六聘任为她公关部的副经理。

真是天上掉了馅饼，好事来得这么突然。

女老板把麻六安顿下来，忙着到外边招呼客人去了。坐在包间里的麻六却开始犯愁起来，他不知道在什么地方为女老板去找小姐。

包间里亮着一盏淡淡的壁灯，映照着麻六苍白的脸。麻六虽然没干那些拈花惹草的风流事，但并不是他不想，只是他的条件还不具备，手里紧紧巴巴的，抠不出几个钱给漂亮女人花。现在他并不想怎么样，考虑到自己无藏身之地，只好蒙哄那个见钱眼开的女老板，以便有碗饭吃，再住上一晚，然后瞅机会逃离这个鬼地方。

麻六这样想了以后，也就打消了他思想上的顾虑，身子靠在那排沙发上，眨眼间就睡得鼾声如雷。

呼噜！一声。

呼噜！又是一声。

大约过了一个小时，忙乎了一阵的女老板把所有的客人安排妥当，这才回到麻六坐的那个包间。当她推开门一看，突然看见麻六的头歪在沙发上，口角里残留着肮脏的涎水，并且打着惊天动地的呼噜声。

女老板有些生气，很快走到麻六跟前，狠劲地在麻六小腿肚上踢了一脚，凶恨恨地质问麻六：“老娘让你干什么来了？让你小子在这儿睡大觉吗？”

麻六被老板娘狠劲的一脚踢得睁开眼睛，看着站在他眼前恼汹汹的老板娘，忙向老板娘赔不是：“好我的老板娘，今天这么晚了，明天我一定把那几个小姐给你弄到这儿，并让小姐给你带来好多客人。”

老板娘一听麻六说给她往这里带小姐和客人，气顿时消了不少，也就再没发作，让麻六起来，跟她到隔壁去睡觉，天亮后一定把这事给她办好。

麻六拍着胸脯向老板娘表态说没问题。

他之所以要骗女老板，就是希望自己有个安身的地方，不然他就只能在荒郊野地里过夜了。

看来女老板经营的歌舞厅生意不错，已经是凌晨两点多钟了，还有客人推门进来。当然在这时候光顾歌舞厅的都是些过路的司机，把车停在女老板开的歌舞厅后院，几乎连把脸都顾不上洗，就跑到歌舞厅里跟那些漂亮小姐鬼混去了。

女老板觉得麻六停在包间里既占地方又碍事，就把麻六叫出包间，在后院里给他找了个十分肮脏的房间住下。临出门的时侯，她还对麻六说："明天一早，你把那些漂亮小姐给我找来。"

"没问题。"麻六应答得十分痛快。

女老板走后，麻六躺在堆满杂物的房间里，怎么也不睡不着。本来他是非常瞌睡的，但他现在不知怎么一点睡意也没有，是因为他说了谎话？还是因为女老板的这些所作所为令他生气？反正他是睡不着。睡不着的麻六觉得睡在这间肮脏的房间里很难受，便从床上爬起来，走到院子里，仰头看天，天上的星星很稠，夜很黑，没有风，很静。唯有前边那排房子里，如火如荼，如梦如幻。

麻六没有什么事，漫不经心地在这个杂乱的院子里游荡了一阵。

睛朗的夜里，麻六渐渐感到身上有些冷，便急忙走进那间肮脏而有一股恶臭味的房间，和衣入睡。

睡梦中的麻六做了一长串美好的梦。正在美好的梦靥中，他被汽车喇叭的鸣叫声惊醒。睁开眼睛一看，天已经亮了，那扇破旧的窗户上泛着白亮的光。于是他一骨碌从床上爬起来，踏上他那两只烂鞋，慌忙走到院子。

院子里没有什么人，一辆拖着红红尾灯的大卡车正要从大门口往出开。

麻六站在院子里，想跑。他知道他不跑的话能从什么地方给女老板找那几个放得很开的漂亮坐台小姐。他之所以那样给女老板说，完全是为了住一晚，别的再什么意思也没有。尽管说那间平房很肮脏很恶臭，总比他在野地里过夜强千倍万倍。那么，一夜顺利地过去了，如果还要在这里继续呆下去，就得想办法给女老板找几个漂亮小姐。他找不到漂亮小姐，女老板是绝对不会饶他的。因此他想借天还不太亮，谁也不注意他时，立马从这里溜走。

然而，麻六确实不想走，他能去什么地方呢？他一分钱也没有。

麻六考虑了再三，还是决定留下来，哪怕挨女老板的一顿臭骂，只要不撵他走，勉强地在女老板这里打扫卫生看看门都可以，起码有个吃饭和住宿的地方。他现在对脸面看得再不那么重要了，脸面是什么？脸面又不能当饭吃当房住，脸面对他来说已经成了样子货。因此他十分安然地又回到女老板安排他住的那个肮脏的平房。

磨蹭磨蹭太阳就很红了，太阳把院子里映照得一片雪亮。麻六再次走出房间，清楚地观察了这个地方的布局和结构，给他的印象是这地方既不热闹也不闭塞，一条公路从房前通过，不知延伸到什么地方。公路边上时不时停一两辆拉货的大货车，货车遮盖得严严实实，完全看不到车里装的是什么东西，显得神神秘秘的。往往在货车停放的旁边，就有那么一两个年轻的漂亮姑娘，打扮得花枝招展，脸上涂着厚厚的脂粉，惨白惨白的，大红的唇膏把嘴唇涂抹得血淋淋得瘆人。她们围着拉货的司机，拉拉扯扯，卖弄风骚。拉货的司机经不住这些风骚姑娘的引诱，如在云里雾里般飘飘然，居然身不由己地跟上这些漂亮姑娘，钻进邻近公路的平房里寻欢作乐。当然这些靠出卖肉体赚那点铜臭钱的姑娘并没有敲诈勒索之嫌，她们在货车停放的地方就讲好了价码，十分爽快，毫不抵赖。

麻六深知这里是是非之地，在这种地方落脚使他提心吊胆，但他确实没有一个可以安身的地方，他不知道到底该怎办？

这时候，已经睡足了的女老板从靠边的一间平房里走出来，眯缝着眼睛，披头散发地急匆匆跑到靠墙角的厕所。

女老板转身回来时，看见麻六呆呆地站在院子里，她便有些不高兴地大声喝斥麻六："你还站在这儿干啥？赶快给我找那几个小姐呀，你想让我白养你一天吗？"

麻六不知道怎样给女老板应答，他眨巴了一下眼睛，什么话也没说。

"你听见了没有？我给你说话呢。"

"听见了。"麻六说，"过一会儿，我就给你去找。"

女老板再没说什么话地回房间里去了。房间有与女老板相好的男人，长得当然很帅气，他不仅不用将口袋里的钱掏给女老板，而且女老板还把自己的钱掏给他花。人和人之间的差别就这么大，哪像麻六，也算是有眉有脸的堂堂大男人，比起女老板房间里养的那个小白脸就差远了。可是麻六没希望自己像那个小白脸一样让女老板养着。他对这样的男人从骨子里有种敌对的仇恨是缘于他的媳妇。过去他的媳妇不是也和他很好么，可就因为他公司那个小白脸领导，偷偷摸摸和他漂亮媳妇好上了，而且好得明目张胆，毫不害羞，还觉得是理所当然的事情。他真想一刀戳死这对狗男女。

整整一个早上，麻六什么事也没干，什么地方也没去，一直在院子的太阳底下转游。他不知道昨晚歌舞厅里那些漂亮的坐台小姐都到什么地方去了。直到现在，他连一个也没见到。

女老板显得很悠闲，跟他在院子里说了那几句话走进房间后，再连面也没闪一下。这时候整个院子里显得空荡荡的，很安静，只有那些爱吵叫的麻雀，快活地在院里院外叫个不停。

临到中午的时候，女老板同她那个相好的男人漫不经心地从房间里走出来，看见麻六还在院子里站着，便叫上麻六，到紧挨马路的一个平房里去吃饭。

麻六觉得女老板还不错，没把他当下等人看，不然他什么事也没干一件就让他吃住那是根本不可能的。吃午饭的那间小平房宽畅而明亮，麻六虽然是女老板叫去的，但他有些胆怯。特别是女老板相好的那个男人，用一种怪怪的眼光看他，但什么话也不说，好像是个哑巴，又好像是女老板的保镖，两只眼睛直勾勾的，紧紧地跟在女老板的身后，似乎生怕有人把女老板给抢走的架势。

麻六走进那间平房，不敢在女老板坐的那个桌子前去坐，而是怯生生地站在门口，时不时侧眼偷偷看看那男人再看看女老板。

女老板一派落落大方，坐在桌子边，喋喋不休地给那个男人说起来。说了些什么，麻六一句也没有听懂。只见那个男人不停地给女老板点头，像条乖顺的狗一样。

不一会儿功夫，饭菜就好了。女老板拿着筷子，抬起头见麻六站在门口，便对麻六说：“你快来吃饭。”麻六很想让女老板相好的男人给他说句话，可那男人就是不说。

麻六不知道他该不该去那个桌子边坐。

麻六痴呆着。

女老板吃了一口菜，抬起头大声对麻六说：“你听见了没有？让你快来吃饭。”

麻六不紧不慢地走到桌子跟前，慢慢地抓起了桌子上放的筷子，看了看女老板，又去看女老板相好的那个男人，正好女老板相好的男人也在看他，脸上的表情十分难看。

麻六很快低下头，在紧挨他跟前的盘子里夹了一点菜，送进嘴里，然后慢慢地吃起来。

这时候的女老板显得很兴奋，饭桌上几乎一直是她一个人在说话。看得出她生意做得很红火，挣了不少钱，正春风得意。人在得意的时候，往往说话的口气就不一样了，总是表现得痛快淋漓，毫无拘束。麻六想，自己不也风光过吗？那就是当初从农村进了城，随着环境的改变，他的状况也彻底改变了。他生得高大魁梧，相貌堂堂，为人忠厚老实，既勤快能干，又能吃苦耐劳，还很会来事，他的文笔也不错，时不时还在报刊杂志上发个小文章，有时还帮公司写个宣传稿什么的，因此深得公司领导赏识；再加上他天生一副好嗓子，在公司年终总结暨新年联欢会上演唱了一曲粗犷豪放的信天游，那荡气回肠的悠扬旋律让台下所有的人激动不已，所以很快就出人头地了，招致了好多西京姑娘的爱慕，他媳妇就是在那时候追他的，而且追他追到了疯狂的地步，所以他就忍痛与情深意重的同乡姑娘兰花断绝了关系，而与她步入了婚姻的殿堂。可是基于这样基础的婚姻根基并不牢固，当他遭遇不幸陷入逆境时，他那媳妇就再也不念夫妻之情，跟上她认为能靠得住的男人跑了。这真的是一种规律，势利的女人是不可靠的。谁能保证自己永远如日中天，不会在半路上有个闪失。唉，时势造英雄，他现在连狗熊都不是，狗熊还有人保护呢。

吃完午饭，女老板吩咐麻六尽快把那几个漂亮坐台小姐给她找来，然后她就挽着她相好的那个男人的胳膊，悠闲地从门里出去，到马路上散步去了。

麻六开始以为那男人是女老板的丈夫,但看他俩那亲热的样子就觉得不是。男人和女人一旦结合在一起，一切的幻想都变成了现实，就再也没有那样亲亲热热的劲头了，也没有了往日的浪漫情调。

饭已经吃了，站在太阳底下的麻六眼望着女老板和她相好男人的背影渐渐远去，他怅然若失。他绞尽脑汁地想着一个问题，无论如何得想办法给女老板找个坐台小姐来，不然他就会失去女老板对他的信任。然而让他去找一个坐台小姐并不是一件容易的事情，他上哪儿去找呢？

麻六为了兑现他对女老板的承诺，也为找坐台小姐，他几乎着急得山蹿下跳了。

麻六看着女老板和她相好的男人悠闲地向西边走去，他没有任何目的地朝东边的公路上急速地行走着，看见身边有骑车的女人闪过，就想把人家那女人叫住，让人家骑车的女人跟他到歌舞厅里去赚钱。但是他想是这样想了，又不敢去叫人家女人，害怕人家女人骂他是流氓。

突然，在麻六的前方朝他这边走来一位姑娘，这姑娘个头不算很高，也就是一米六左右的样子，可人长得相当漂亮，苗条的身材，水灵灵的大眼睛，白白净净的脸蛋，整齐雪白的牙齿，她在不远处一直扑闪着眼睛看麻六。

麻六也在看她，看得极为仔细认真，好像他俩以前在什么地方见过面一样，其实他俩谁也不认识谁。

麻六看见朝他跟前走来的这位漂亮姑娘，就有些心动。他心想，无论如何不能错过这次机会，一定得想办法问清楚她到什么地方去，是干什么的？因此当这个姑娘快走近他的时候，他便朝那姑娘不怀好意地笑了笑。

那姑娘也朝他笑了笑，没有说话。

麻六当然不能不说话。

麻六仍然笑着，问走近他身边的姑娘："你去什么地方呀？"

那姑娘看着麻六说："你又不认识我，问这干啥？"

"不认识也没关系。"麻六说。

姑娘说："不认识你问什么？"

麻六说："问一问也没什么。"

麻六和那姑娘就这样无聊地说着话，其实说这些话也确实无聊，没有什么实质意义。可是麻六有他的目的和想法，好不容易碰见这么一位年轻漂亮的姑娘，他要想方设法把这姑娘带给歌舞厅的女老板，而且他觉得这姑娘对他并不是很反感，甚至觉得他是一位好人，因此他的胆子就大了一些，仍然面带着微笑，向姑娘甜言蜜语夸耀自己经营一个茶座，眼下正在四处招兵买马，如果姑娘愿意，他可以让姑娘在他的茶座里当领班，基本工资两千块钱，干得好了有奖金，上不封顶。

这姑娘是外地人，她在同伴的召唤下来这里打工，因为在车上丢了和同伴联系的电话号码，并且她是初次出门，而又没有什么社会经验，自己身上带的路费也几乎花光了，基本上像麻六一样，到了走投无路的地步，只好漫无目的地沿着这条公路朝西走，看能不能顺着这条路找到她的同伴。

在这么大的一个地方要找到同伴就像大海捞针，更何况她人地两生，不仅一个人也不认识，而且连东西南北也分不清。无可奈何之下，她想要返回老家，又没有回家的路费，因此她只能在街头流浪了。

其实这个漂亮的四川姑娘一看见麻六，就感觉到麻六并不是什么好人，你看他眼睛贼溜溜地那么专注地看她，就好像是恶狼碰到了猎物一样，几乎要一口把她吃了的光景。那时候，她本来想马上躲开这种人，以防上当受骗，但她还是没有把握住自己，有些身不由己地跟他说了几句话。

"你考虑好。"麻六说，"算你幸运，碰上了这份美差。"

那姑娘说："你可不能骗人，而且也不能赖账。"

"没问题。"麻六说，"我这么大的人还能哄你们这些女娃娃吗？"

此时的太阳红得像淌血一样，没有风，路上也没有几个行走的人，偶尔会有鸟从头顶上飞过。

麻六领着这位四川姑娘，满心欢喜地朝那个歌厅里走去。他想，这下女老板一定会很感激他，他领来的这位漂亮姑娘，又不知道能给女老板赚到多少钱。当然给女老板赚到钱赚不到钱他不管，关键是他可以在女老板这里混着吃几天饭，住几天免费房。现在他身上一点精神都没有，想要到别的地方去也走不动，最重要的是他现在完全是个穷光蛋，要什么没什么。

第十一章

麻六能够在这么短的时间给女老板找到这么一位漂亮姑娘，心里非常得意。因此他有点高傲地站在歌舞厅大门口的一块平整的台子上，心情无比畅快地把歌舞厅仔细地端详了一番。

这个名叫“梦沙龙”的歌舞厅，名字倒是很现代的，不知是哪个武文弄墨的文化人，用大红油漆书写了这么几个美术大字，在太阳的光照下十分醒目。

此时麻六转过身看了看站在他身边的这位漂亮姑娘，而这位姑娘也在怯生生地看他，眼睛一眨一眨的，嘴唇也在动，好像有什么话想跟他说，但她又什么也没说出来地一直站在他跟前看他。

麻六朝她不怀好意地笑了笑。

麻六笑得很不自然，完全是龇牙咧嘴的模样。

那姑娘却没有笑，故意把头挺得很高，像见过大世面的那种强悍女人一样。

这时候，麻六害怕露出破绽，急忙走进梦沙龙歌舞厅，把姑娘领到后院，想尽快把她交给歌舞厅的女老板，这样姑娘在歌舞厅干不干就没有他的事情了。

可是麻六走到后院后，找了几遍女老板都没找见。

女老板和她相好的男人在马路上闲逛还没回来，院子里空荡荡的一个人也没有，也没有车停在院子里，看样子白天这里并没有什么生意。于是麻六就把那位姑娘领到他住的那个房子，让姑娘坐在他的那个床铺上，他则在房子的一堆杂物上坐下等女老板。

那位姑娘一直不说话地看着麻六，看得麻六心里慌慌地跳。

麻六坐在那堆杂物上，没话找话地问那姑娘：“你看我已经把你带到这儿了，还不知道你叫什么名字。”

“这很重要么？”那位姑娘反问麻六。

“重要倒不是很重要，但总得有个名字，不然我怎称呼你。”麻六如实对那姑娘说。

“那你就叫我小凤。”

“小凤？多好听的名字。”麻六夸赞着说，然后又把这位叫小凤的姑娘仔细端详了一番，他觉得小凤确实长得好看漂亮，毛格闪闪的眼睛会说话一般，薄薄的嘴唇，挺挺的鼻子，苗条的身材，他不这么看还好，他这么一看，突然有种不忍心把小凤送到这些地方的想法。

实事求是地说，让小凤来这样的地方，那么小凤一辈子的幸福也就让他给彻底毁了。

麻六看着小凤，心里展开了激烈的斗争。

此时此刻，他很想带上小凤，离开这个肮脏得连鬼都不如的地方。

“小凤……”麻六刚要表白他内心的真实想法时，女老板突然从门里进来了，看着坐在麻六床边上漂亮的姑娘小凤，激动得几乎要跳起来了。

女老板高兴地夸麻六说：“我说麻六，还真有你的，这么快就给我找来这么一位漂亮的小姐。”

女老板兴奋得满脸放光，不知道该怎样夸奖麻六才好。

麻六听了女老板夸他的这些话，并没有高兴起来，反而感到心里很难受。看来他和小凤一时半刻要想从这个鬼地方逃走是相当困难的，最关键的是女老板夸奖了麻六几句，就把小凤给带走了。

没有经过世面的小凤并不知道这是怎么回事，对于带她走的那个女人，小凤一开始就觉得有些讨厌，但她现在还能有什么办法呢。

麻六站在门口，眼睁睁地看着女老板把小凤带到前边的梦沙龙歌舞厅里去了。

麻六真想扑上去把小凤从女老板手里抢回来。

麻六知道昨晚上那几个坐台小姐此刻都在歌舞厅的一个包间里，睡觉吃饭都在那里边，几乎丧失了自由，像被软禁起来一样，白天一般是不允许她们抛头露面的，女老板害怕她们逃跑或者招风惹事。

据说跟女老板相好的那个男人，原来是女老板雇的一名打手，类似于保镖，凡是歌舞厅里的是是非非，一般都由这个男人出面解决。比如说有的过路司机玩完以后想赖账，比如说有的坐台小姐们想逃走，这个男人就会大打出手，表现得相当勇敢。慢慢女老板就和这个男人好上了，并毫无顾忌地住在了一起。

当然女老板还是很有原则的，虽然她和她雇佣的那个男人睡在了一起，可是一切都是她说了算，经济上的事绝对不允许那个男人插手。当然她也再不跟别的男人去睡，特别是那些蓬头垢面、衣着邋遢的司机，跟他们说几句俏皮话可以，若想要睡她可就不行了，那样她就会翻脸。

女老板把小凤一带走，麻六的情绪就变得很糟糕，眉头皱得像拳头那么一颗大疙瘩，话也不想说，低着头钻在脏乎乎的小房间里生闷气。

麻六觉得他做了一件有生以来最不应该做的事情，那就是把小凤带到这里。

麻六恨自己太缺德。

现在，麻六不知道小凤怎样。

小凤被女老板带到梦沙龙歌舞厅最靠边的一个包间里去了。推开包间的门，可以看见里边的长条沙发上，横七竖八地躺着好几个低眉瞌睡的坐台小姐。此时她们见包间的门被突然推开，谁也没感到惊讶，有的眯着眼睛看了看，但很快就又把眼睛闭上了。有的翻翻身看了一眼推门的人，就又转过去躺在长条沙发上睡觉去了。

女老板站在包间的门口，打开包间里的灯，看着躺在沙发上睡得正香的这些坐台小姐，吆喝着让她们都起来。

小凤呆呆地站在门口，她根本不知道这是什么阵式。

女老板朝包间中间走了一步，在躺在门边长条沙发上的一位坐台小姐的脚上踢了踢说："快起来，我有话要给你们说。"

坐台小姐们一阵让女老板吆喝起来了，她们眯缝着眼睛看着女老板，谁也不说话。

女老板看着这几个坐台小姐的懒散样，真想骂她们一顿，但她又没有。她还有些怯火这些坐台小姐，害怕做得太过分惹怒了她们，她们都从她这儿跑掉的话，那她的生意就没法做了。因此她尽量压低嗓门对她们说："这是咱们新来的员工，你们对她多关照一些。"

女老板交待了几句就走了，小小的房间里就剩下她们几个坐台小姐，年龄都跟小凤差不多，都还是一脸的稚气，却一个个无精打采，对于小凤的到来，她们既不惊讶，也不好奇，更没有多大兴趣地纷纷倒在沙发上又睡觉去了。

小凤根本睡不着。

小凤呆呆地站在歌舞厅包间门口，也不敢轻易在包间的沙发上去坐，眼巴巴地看着躺在沙发上睡觉的这些姑娘们。

过了一会儿，不知是谁把灯关了，包间里顿时黑得什么也看不见。小凤不敢吭声，也不敢从这里离开，只好悄悄地沿着墙壁在沙发上坐下。

就这样昏昏沉沉地过了一整天，小凤什么事也没干。到黄昏的时候，包间里的小姐们就全忙活开了，仿佛她们的激情一下就给调动起来了，有的忙着涂脂抹粉，有的麻利地换着衣服，就像要接待贵宾一样地都在精心打扮着。

小凤再没有见到把她带到这个地方的那个男人。小凤只是坐在一边呆呆地看着这些忙活的小姐。大约到了晚上八点多钟的时候，小凤发现歌舞厅的门口陆续走进一些客人，大都是过往的司机，也有附近机关单位的一些年轻人。看上去他们大多数都挺精神的，但也有些萎靡不振，像霜打了一样，蔫头耷脑地从门里进来，一屁股坐在歌舞厅吧台前的圈椅上，向吧台小姐要了一扎啤酒，便大口大口地往嘴里灌。在这时侯，最忙活的当然是歌舞厅的老板了，她的两条腿像上了两只风火轮，一会儿窜进包厢，一会儿又窜向大厅，脸上堆满了好看的微笑，见门里进来客人，便风一样窜至客人面前，嘀咕上几句什么话，就拉着客人的胳膊到包厢里去了。

小凤到现在还没吃饭，觉得有点饿。

小凤刚准备到门外去的时候，碰见了歌舞厅的女老板。

小凤赶紧低着头，看着女老板从她的身边走过。可是女老板走了几步，又折转身，看着微暗灯光下的小凤说："你先在包间里呆着，过会我找你。"

小凤给女老板点了点头就回到包间里去了。

包间里的那些坐台小姐，有好几个已经让女老板叫走了，现在剩下没几个，都在长条沙发上木呆呆地坐着。

小凤不知道过会儿女老板找她干什么？她路上碰见的那个男人，说是让她当服务员的，可她等了一天，什么事也没让干，而且连饭也不给她吃。小凤很生气。她生气的并不是她没吃上饭，而是在路上碰上的那个男人说得比唱得还好听，却把她扔在这儿再连面也见不上，她觉得他分明是个骗子，把她给骗到了这个地方来了。

小凤恨死了那个男人。

小凤坐在长条沙发的边上，气得快要哭起来的时候，女老板突然推开门进来了。

女老板从门里进来，看了小凤一眼说："你跟我来。"

"跟你去哪儿？"小凤眨巴着眼睛问。

"你不知道你到这儿来干什么？"女老板有些不高兴地问小凤。

"我不知道。"小凤说。

女老板狠狠地看了几眼小凤，拉长声调说："知道也好，不知道也好，过会儿你就知道了。"女老板说，"你是愿意的，谁也没强迫让你来，你既然来了，那就得听我的安排。"

"你让我干什么？"小凤从长条沙发边站起来。

"让你侍候客人。"女老板毫不客气地说。

"那事我不干。"小凤说。

"你不干来这儿干什么？"女老板生气了。

"我要找那个男人。"小凤说。

“你到底要找哪个男人？”女老板质问小凤，“我这儿男人多得是。”

“我找带我来这里的那个男人。”

“嘿嘿！”女老板干笑了一声说，“你也太天真了，不看看这是什么地方。你到我这儿来，可就由不得你了，知道吗？我告诉你，你老老实实地跟我走，不然有你的好果子吃。”女老板恶狠狠地对小凤说。

小凤知道自己再不跟女老板走，一定不会有她的好事，因此她很不情愿地跟着女老板，走进了另一间包厢。

包间里的灯光很暗，小凤几乎什么也看不见，只听到一种狂欢的音乐在耳边激荡。蒙蒙胧胧中，她才隐约地看见沙发上坐着一个年轻小伙子，嘴里叼着一支烟，一对鼠眼贼溜溜地盯着她，但他什么话也不说，脸上几乎看不出任何表情。

女老板满脸堆笑地走到那个年轻小伙子的身边，微微弯下她的细腰，看着年轻小伙子，压低嗓门说：“先生，您看这位小姐满意不？”

那个坐在沙发上抽烟的年轻小伙子始终没有挪动一下身子，只是用他那对鼠眼仔细地把小凤打量了一会儿，然后满意地给女老板点了点头。

女老板心里极为滋润，忙站起身，扭过头看着站在门口的小凤，语气生硬地对她说：“好好陪这位客人。”说着，女老板拉开门，使劲地带上门走了。

包间里只剩下小凤和那个陌生的年轻小伙子。

小凤不知道她该做什么。

包间里的灯光仍然很暗，靠墙角的电视屏幕上，有个穿泳装的漂亮女人，变幻着各种优美的姿态卖弄风骚。小凤顿时感到脸红心跳地再也不敢去看电视，悄悄地把脸转向一边。

包间里很沉默也很压抑，除了电视音乐外，再什么声音也没有。

坐在沙发上吃烟的那个年轻小伙猛吸了几口烟，便把烟屁股扔在他跟前茶几上的烟灰缸里。烟灰缸里的烟头还没有灭，一缕淡淡的烟雾在那个年轻小伙子面前悠悠地升腾。

小凤站在门口再也不敢挪动一步。

那个年轻小伙也许再也忍受不住这死一样的沉默，便从沙发边站起来，走到小凤面前，看着小凤说：“你是不是不愿意陪我？”

小凤低着头，仿佛从喉咙里哼出了几个字：“我不知怎陪你？”

“很简单。”那个年轻小伙说，“就是陪我唱唱歌跳跳舞，这太简单了。”

“我不会。”小凤说。

“不会咱们可以学嘛。”那个年轻小伙子说着就把小凤拉到沙发上，让小凤坐在他跟前，十分自然而又亲昵地搂住小凤的肩膀。

小凤有点害怕，挣扎着想躲开。

可是那个年轻小伙子搂她搂得更紧了，还使劲地把她往他怀里拉。

“你干什么？”小凤扭过头，看着搂抱她的那个年轻小伙子，生气地瞪起了眼睛。

“什么玩意儿？”那年轻小伙子一把松开了小凤的肩膀，也瞪起了眼睛问小凤，“你是真的不愿意陪我？”

“谁说我愿意了？”小凤说。

“那你来这里干什么？”年轻小伙子问。

“我来这里干什么管你什么事。”小凤说着，扭头就要从门里往出走，碰巧一头撞在女老板的怀里。女老板还不知道是怎么回事，年轻小伙子就从门里追出来了，扯起嗓门喊叫着，并指着女老板的鼻子，让女老板给他说清楚：“这到底是怎么回事？什么小姐，不懂规矩不说，还扭头就给我走了。”

女老板看见小凤和那个年轻小伙子都在气头上，忙给那个小伙子赔上好看的笑脸，并轻轻地把年轻小伙子拉进包间，让他别着急，不要大动干戈，让他先坐下喝杯啤酒，她去好好教训教训那个小姐。

年轻小伙子的火气一会儿就让女老板安抚得差不多了，然后女老板扭过头，对站在包间门口的小凤说：“你还愣着干什么？给我好好陪这位先生。”

“我不陪。”小凤说。

“不陪？”女老板恶狠狠地说，“那可由不得你。”

女老板和小凤正说话间，带小凤到这里来的麻六突然从门里闯进来。

麻六到这里来干什么，谁也不知道。然而在一般情况下包间里是不允许别人进来的，除非是端茶送水的服务员。

可是麻六突然进来，女老板和客人都不高兴了，他们甚至都有些愤怒。

然而，女老板显然现在还顾不上责备麻六，她指着小凤，让麻六好好收拾她一顿，这是些什么人？怎么一点规矩也没有，到她这里来的小姐还没一个像小凤这么牛气的。

麻六没有像女老板要求的那样动手教训小凤。

麻六看见小凤可怜兮兮的样子，像个没娘的孩子一样，头都不敢抬一下，只是一个劲地掰她的手指头。女老板站在一旁仍然催促着麻六，让麻六快点动手收拾这死丫头，到她这里来，就得按她的意图办，绝不能放肆地怠慢客人。顾客就是上帝，谁敢把上帝得罪了，那她的生意还做不做了……

麻六先是沉默，心里也不知道怎么办。过了一会儿，他朝女老板跟前走了一步，挤眉弄眼地对女老板说：“老板，您先忙，别生气，这里的事我来处理，保证不会有问题。”

女老板听麻六这么一说，心里倒是踏实了一些，便不干不净地骂了小凤几句，就从门里出去了。

麻六没有指责小凤，而是走到那个小伙子跟前，坐在了他的身边，问了一些情况，套了一些近乎，赔了些不是，说小凤刚来这里，有些规矩确实不懂，既然是这样，那就另外给他换个小姐，让他忘掉前边的不快，在这儿玩得开心一点。

那个小伙子听麻六这么一说，也就默认了，同意让麻六另外给他找一个漂亮小姐来陪他。

麻六麻利站起身，一把拉上小凤，就从包间里出去，很快走到了楼巷，但楼巷里没有灯，很黑。

麻六拉着小凤走了几步，爬在小凤耳朵上说了句悄悄话，便绕过后门偷偷地溜出了梦沙龙歌舞厅。

天上的星星很稠，一颗连着一颗在天幕上闪烁。在布满繁星的夜空下，麻六紧紧地拉着小凤的手，顺着梦沙龙歌舞厅右侧那条狭窄的巷道，一直往前跑去。

麻六感觉到小凤的心在不停地狂跳。

麻六的心也在不安地狂跳着。

小凤不知道这人又要把她带到什么地方，想问麻六几句，但她又气喘得说不出话，只好跟着麻六像逃犯一样地让他拉着跑了。

麻六大口大口地喘着粗气，几乎连扭头看一眼身后的功夫都没有，拼命地拉着小凤往前跑。已经跑出了很长一段距离，麻六和小凤来到了一片种过麦子的空地时，实在有些跑不动了，便双双栽倒在麦地里。“哎哟，累死我了。”麻六仰面朝天地在麦地里躺着，两眼瞪得像死鱼的眼睛一般。

小凤也直挺挺地躺在麦地里，有些喘不上气来。她手捂着胸口，不时咳嗽几声，却又害怕有人听见地把口捂住，因此发出的咳嗽声就像门道里夹住的猫叫一样，咦唔而凄惨。

小凤感觉不到累，关键是她已经完全麻木了，只觉得非常害怕，好像身后有一群人在拼命地追赶着她，眼看就要把她捉住的阵势。

四周黑漆漆的，看不见有人。

麻六四平八稳地躺在小凤的不远处的麦茬地里，两只眼睛仍然望着天。突然有一颗星星从天空中划过去，消失在夜色中，其余一切都很静，只有微风吹过，隐隐感觉到脸上凉嗖嗖的，特别是鼻翼两侧，像下着雨一样，其实那是小凤的泪。

小凤一直不明白，也不能理解，麻六为什么要把她从梦沙龙歌舞厅带走呢？

不是他把她领到那地方去的吗？他为什么现在又要带她跑呢？她真的不明白，甚至有些糊涂。

麻六在麦茬地里躺了一会儿，便爬起来，看着小凤，突然有些想笑。

小凤在他之前就起来坐到了麻六的身边。

小凤转过头看了看麻六，不知道该对麻六说什么。“你累了？”麻六问小凤。

小凤问麻六：“你到底是什么人？”

“你看我像什么人？”麻六说，“肯定不是女人。”

“你像个女人。”小凤说，“看你鬼鬼祟祟的样子。”

“你对我不满？”麻六问小凤。

“你心里应该明白。”小凤说，“我不知道你要干什么？把我骗到那种地方，而且你又偷偷带我跑出来，可我实在不明白，你到底想要把我怎么样？”

“我没想把你怎么样？”麻六说，“如果我想怎样你，就不会带你离开那个地方。”

“那你还算好人？”小凤看着麻六，有些讽刺的样子。

“唉，反正比坏人好一些。”麻六唉叹了一声说，“原来我也不知道那地方那么肮脏，以为歌舞厅嘛，不就是唱唱歌，跳跳舞，陪客人，喝喝茶，聊聊天，大家都高兴高兴，到这些地方来的人都是图了这个。可是我看见这歌舞厅的路数有点不对，明着说是歌舞厅，实质上是个卖淫窝点。你没看见吗？那些过路的司机，挣了几个敲狗脑钱，都塞到那黑窟窿里去了，那可是个无底洞呀，永远也填不满……”

远处传来狗叫的声音，惊天动地一般。

麻六眨巴着眼睛看了看小凤。

小凤抱着双腿坐在麻六的身旁，什么话也不说，也不看麻六，好像有什么心事一样。

这时候麻六的心里很乱，他不知道该把小凤带到什么地方。想想那个梦沙龙歌舞厅，他真还有些后怕。他想：如果他不把小凤从梦沙龙歌厅里偷偷带出来，也许这时候的小凤就不是小凤了，可能奄奄一息地躺在那个阴暗的包间沙发上，泪眼婆娑地看着黑乎乎的房顶，也许她的命运从此就是另一番景象了；说不定小凤因此而破罐子破摔，真的走上那一行，逐步变得腰缠万贯，也就说不上记恨他了，或许在某种程度上还会感激他。

可是麻六不知怎么回事，忽然间就像有道闪电在的脑子里那么忽闪了一下，他觉得这种事不应该在他的作用下而发生，因此他就冒险去营救小凤逃出魔窟。他觉得他有这种责任，他不应该把小凤这样年轻俊俏的姑娘的青春白白给葬送掉，如果那样，他就成了千古罪人。

其实麻六现在想这些事情已经没有任何实质意义了，他应该面对现实地考虑把小凤带到一个什么样的安全地方。而事实上，他也不知道什么地方比较安全，对这里的一切相当的陌生，也不知道现在该到哪里去，心里一片茫然。

远处狗咬得更加厉害了。

麻六在想，是不是那个老板娘不见他和小凤正派人到处寻找他们，如果是这样，那就更危险了，绝对不能再落到这些人手里，那是一群亡命之徒，甚至是一伙杀人不眨眼的魔鬼，如果让他们捉住，那还能有他俩的好事。

麻六想到这些，突然紧张得浑身发抖，便慌忙从麦茬地里站起来，拉了把小凤的手，看着小凤说："这地方太危险了，咱们赶紧走。"

"你看见什么了？"小凤也害怕地边说边眨动着眼睛问麻六。

麻六说："没看见什么，反正我觉得在这里不能呆得时间太长，不然就会出问题。"

这时候的夜很深，天上的星星很稠。

第十二章

麻六和小凤朝着梦沙龙歌舞厅相反的方向一直往前走，至于要到什么地方去，心里一点数也没有。

小凤觉得又饿又冷，浑身几乎没有一点力气了，而且眼前不断有金星闪烁，仿佛有种一下栽倒在地再也爬不起来的感觉。但她仍然挣扎着，跟在麻六的身后，就像一只小羊羔羔一样，她已经到了精疲力竭的地步，如果再走上一阵，她非昏倒在地上不可。

天仍然很黑，看不见有灯光闪烁的村庄或小镇，也听不到鸡鸣或狗叫，麻六和小凤漫无目的地在这荒无人烟的空旷山野里行走着，仿佛置身在茫茫大海之中一样。

风还在使劲地刮着，小凤就像山野里的一根毛草，被风刮得东摇西摆，她连站都快站不稳了。

麻六在想什么，小凤不知道。

麻六一直低着头，好像丢失了一件非常珍贵的东西一样，摸黑在地上低着头仔细地寻找着，也不去扭头看一眼小凤。

小凤已经跟麻六拉开好长一段距离，但麻六一点也没有感觉到，仍然自顾自地往前走着。

“你等一等我。”小凤看了一眼麻六，有些哀求地对麻六说。

麻六这才扭过头，惊讶地看见远远跟在他身后的小凤，感觉她仿佛像只失群的羔羊一样。不知道是怎么回事，她的一条腿好像也有点瘸了，走路一趔一趔的，样子相当痛苦。

麻六站在荒地里，静静地等着小凤走近他。

现在麻六等小凤等得实在有些不耐烦了，甚至有些着急。

其实小凤紧走几步就可以赶上麻六了，可她故意要拖延着时间，几乎像在原地踏步一样，不知她为什么要这样？

“小凤，你能不能走快一点？”麻六忍不住地喊了小凤一声。

小凤没有吭声，低着头，似走非走的样子。

夜仍然是很静的，天上的星星很稠。

没有风，但是空旷的田野里还是十分寒冷。

麻六不由得浑身哆嗦了一下。

麻六又哆嗦了一下。

小凤此时的心里相当复杂，弄不清麻六到底是什么人？她很想尽快离开麻六，可是在这茫茫的田野里，她几乎连路也找不上，还能往哪儿跑呢？再说，她现在想跑也跑不了，麻六就在她的不远处站着，如果她真的扭身去跑，麻六绝对不会放过她。

小凤现在没有任何的选择。

麻六看见小凤拖拖拉拉的样子，便开始骂小凤了，而且骂的话特别难听。但小凤就当没听见一样，权且当作身边有条狗在叫，毫不理睬麻六骂她什么。

小凤在麻六不堪入耳的咒骂声中走到麻六面前，很不情愿地抬着头，想看看麻六此时的脸。但她没能看得清楚，只看见了一种蒙眬。

麻六在小凤走近他的时候，停止了对她的辱骂，稍停了一会儿，他又怀有一种好意地对小凤说：“你看你，腰来腿不来的，你还不知道这是什么地方，咱得赶快走，万一让梦沙龙歌舞厅的人追上，那就麻烦了……”

麻六的话使小凤听了感到有些害怕。

小凤扑闪了几下眼睛，看着麻六，很可怜的样子。麻六再不说什么话了，拉起小凤的手，一直朝西走去。

小凤和麻六都累得苟延残喘了。

在这苍茫的田野里行走并不像在马路上走路那样轻松，田野里坑坑洼洼，深一脚浅一步的，稍不留神就会被玉米茬子绊倒在田野里。

在这样的夜里，而且又是这种情况，他俩感觉不到别的害怕了，唯有害怕的是碰见人，现在对他们来说，再没有比碰见人更可怕的事了。

不知走了多远，也不知走到了什么地方，刚才还能听到狗叫的声音，现在什么声音也听不见了。空旷的田野里显得分外宁静，这种宁静使小凤更加恐慌不安起来。

就这样不缓不慢地走了一段时间，小凤忽然抬起头，看见不远的地方有几束明亮的灯光，再走几步又有几束灯光突然亮起来了。

小凤紧张地快走了几步，慌忙抓住麻六的后衣襟，结结巴巴地对麻六说：“你看，你快看呀？”

麻六扭过头，惊恐地看着小凤说：“看什么？”

小凤说：“那边有灯。”

小凤眨巴着眼睛给麻六指着前边不远处有灯光的地方。

麻六这才朝着小凤指的方向看去，果然在他俩前面的不远处有几束灯光。在这之前，麻六心里不知在想什么，他根本没有去想前边会有什么情况出现。他只害怕梦沙龙歌舞厅老板不见他和小凤后，一定会打发一帮子人来追寻他俩，他就是为了逃避他们的追赶才和小凤没敢走大路地走在了空旷的田野。

应该说他和小凤这么走是不会碰见什么村镇的，因为他知道一般的村镇都靠近公路，那么会不会他和小凤走着走着就已经走到了公路边，因此他再不敢茫然地往前走了，索性站下来仔细地辨别着方向。

一切仍然是宁静的，眼前唯有的就是那几束灯光，别的他再连什么也没有看见。

小凤紧紧地抓着麻六的后衣襟，害怕把手一松开，麻六就会在她的面前消失掉一样。

麻六猜想着那几束灯光是什么地方。

小凤死死地拉着麻六的后衣襟，哭声囊气地对他说：“我实在有点害怕。”

“别怕。”麻六给小凤壮着胆。其实在这个时候，麻六心里也不踏实，他不知道会有什么事情在等待着他们，但他在小凤面前必须表现出男子汉的勇敢。

小凤说：“究竟怎办呀？”

麻六想了想说：“你跟我走，几束灯光有什么可怕的，不就是几束灯光吗……”

小凤听麻六这么一说，顿时感觉到胆子也大了一些，拉麻六后衣襟的手也渐渐松开了，可她仍然不敢离得太远，紧紧跟在麻六的身后，朝前走着。

然而麻六走着，眼睛却一直没有离开过那几束灯光。他不明白那几束灯光为什么一直亮着，如果说是走到了某个村镇，那么村镇里为什么没有人走动，也不可能仅仅有几束灯光，这会是什么地方呢？

现在麻六也顾不得考虑那么多，哪怕前边是地雷阵或万丈深渊，他也只能往前走了。他之所以要这样，不为别的，是因为他身边带着这位漂亮得让人一看就会发抖的美丽姑娘——小凤。

麻六心里这样默默地想着，眼睛仍然死鱼般地盯着前边那几束灯光。而那几束灯光距他俩越来越近越来越亮。他盯着那些亮着的灯光很想看清是怎么回事，但他根本无法看清楚。

就这样走着走着，麻六突然一脚踩空，还没反应过来是怎么回事，就一头从土台子上栽下去了。

小凤也跟着麻六从土台上栽了下去。

“哎哟哎哟哎哟……”麻六痛苦地呻吟着。

“哎哟，疼死了！哎哟，疼死我了！”小凤也在麻六身边不停地哀叫着。

麻六几乎快爬不起来了，他强忍着浑身剧烈的疼痛，扭头去看小凤时，看见小凤就躺在他的不远处，而且披散着一头乱发，不停地一声接一声地呻吟着。

“哎哟！疼死我了！”小凤喊了一声。

“哎哟！疼死我了！”小凤又喊了一声。

麻六听见小凤疼得这么喊叫，心想小凤肯定跌得不轻，说不定都不得动了。因此他尽量麻利地从泥地上爬起来，趔趄着摔疼的腿，挪动到小凤跟前，拉住小凤的胳膊，关心地问：“你要紧不要紧？”

小凤哭囔着说：“死是死不了，就是不得动。”

“是不是脚腕崴了？”

“不是。”

“那你是什么地方跌坏了？”

“头上。”

“哪里？”麻六惊得瞪大了眼睛说，“你可不敢吓人？”

“我不吓人。”小凤认真地说，“不信你摸我的头，好像还在流血。”

麻六一把松开拉小凤胳膊的手，就去摸她的头。然而他还没碰到小凤的头上，她就惊叫了起来，让麻六不敢动，再动她就没命了。

麻六只好呆呆地站在小凤跟前。

麻六不知道这时候他该怎办?

过了一会儿，麻六让小凤试着往起站。

小凤一手撑着地，一手护着她的头，慢悠悠地从泥地上站了起来。看来小凤的腰腿没有跌下问题，走路不会碍事，但她的头恐怕问题就大了。他心想，应该领小凤到医院让医生看一看，她会不会跌成脑震荡或者脑子里积了淤血?如果是这样，那麻烦可就大了。然而他上哪儿去找医院呢？现在天还这么黑，他又不知道他和小凤走到了什么地方，更重要的是即使找上医院，他也没有钱给小凤看病。

麻六觉得是他害了小凤。

麻六觉得他不应该黑天半夜带着小凤从梦沙龙歌舞厅里跑出来，如果那时候小凤不跟他跑，小凤就不会跌成这样，也许小凤还会挣到不少钱，唉……

应该说小凤从土台子上跌下去是屁股先着地的，不是说女人的屁股比头重吗？可她怎么偏偏是头先着了地，小凤怎么跟别的女人不一样？当然这样的说法是不是有道理，麻六搞不清楚，但他听人都这么说，那么说得多了，他就以为是事实，可这事实在小凤身上却一点也不能体现。

现在麻六束手无策，没有一点办法可想。

小凤手按着她的头，站在麻六跟前，呆呆地，停了片刻，她便对麻六说：“站在这里也没用，你看咱往哪里走？”

麻六也不知道往哪里走，但站在这里确实不是办法。因此他转身看了看那面土台子，土台子并不是很高，只是有点陡，如果那面土台子再高一点或者底下不是泥地而是碎石滩，那他和小凤恐怕都没命了……

眼前仍是一片黑暗，那几束灯光也因他俩跌下土台子不见了，脚下的泥地里再也没有玉米茬子，尽是些稀柴乱草，有些地方的草有一人多高。就在他俩这么走着的时候，麻六忽然听到有水流动的声响，他这才明白，他俩是走在一个河滩上，那流动的水声是河里的水传来的，那土台子是河滩被水冲积而形成的断层。因此他觉得再不敢往前走了，再走就会被那条河流挡住，他俩还要无功而返。

整整走了一夜，天渐渐开始放亮了，而且还能听到河滩里小鸟的鸣叫，那叫声清脆而嘹亮。

麻六和小凤在河滩的柴草林里呆了有一个时辰。天亮以后，他俩搞不清怎么会走到这里，再走几步就是一条河，虽然河里水不大，水流也不是很急，但要赤手空拳从河里走过去，肯定不可能。

这一刻，麻六深深地体会到什么叫做流浪。

现在河上没有船，想要从河里过去肯定不可能，而且河上也看不见有桥，他俩只能顺着河滩往上走了，看能不能在附近找到一个村子，一晚上他俩体力消耗太大，急需补充一点能量，不然就这样盲目地走下去，非饿死在路上不可。

太阳不知不觉就从河滩上冉冉升起来了，把柔和的光线洒在河滩上，河滩上便是一片光亮。

小凤在这时候突然感觉到浑身发冷，昨晚上还没有这样的感觉，现在感觉得非常明显，而且冷得她上牙关打得下牙关噼里啪啦直响。

麻六把这一切全看在眼里，急忙脱下他的外衣，关心地披在小凤的身上。

河滩里空旷而宽广，不见有人，也没有炊烟，只有汩汩流淌的河水，再杳无声息。

小凤不知是本来就没有跌疼，还是现在已经顾不上疼了，再不喊叫说她头疼地紧紧跟着麻六。

麻六心里有些歉疚，时不时扭头看一眼小凤。

麻六看见小凤怪可怜的，一夜里跟上他漫无目的地乱跑，他没有办法给她弄口饭吃，而小凤现在连句埋怨他的话都没有，看样子她确实是个好姑娘。

麻六想，如果就按照他俩现在这样走下去，恐怕再走上三天三夜也不会有什么结果，而且他估计梦沙龙歌舞厅里的人追不上他俩，已经回去了。那么，事情真是他想的这样，他俩还不如从河滩里上去，看能不能看见一些人或者村庄。因此麻六对小凤说："咱们是不是别走河滩了，到上边去看看？"

"你不怕碰见人？"小凤问麻六。

"碰见人也没关系。"麻六说，"这样咱还可以找口饭吃，不然饿得咱俩走也走不动。"

"那有人问咱俩是干什么的，你怎说？"小凤问。

"没人问咱。"麻六说。

"为什么？"小凤又问。

"现在谁还管这些闲事。"麻六很自信地说。

当然，小凤现在也没什么依靠的人，就像她头一回碰见麻六一样，把一切都依靠给他了，凡事都由他去决定，她现在连回家的路也找不见，也不知道走到了什么地方，不依靠他还能依靠谁呢。

其实，麻六这样问小凤，也只是问问，所有的主动权都在他手里捏着，哪能由得了小凤。他心里比谁都清楚，小凤还是个纯真的小姑娘，没见过什么世面，头脑也很简单，谁说的话她都相信，对谁她都不防备，觉得这个世界上一切都是非常美好的，就是跟着他，也很放心，觉得他就像个大哥哥一样，是个能够关心她的好心人。至于麻六想什么，她根本没有去想，她觉得麻六绝对不会伤害她，他让她到梦沙龙歌舞厅去，她也跟着就去了，他让她跟他走，她也跟上他走了，几乎把她所有的一切全交给了他。

现在，麻六带着小凤从河滩的一道斜坡里走上去，突然看见了那架雄伟的太行山脉的余脉，高大而雄奇的太行山余脉把他俩的视线挡回来，目光便落在了眼前的一马平川上。

然而眼前的平川再不是漫无边际，也再不是一眼望不到头的那种了，他俩站在河滩的平台上,还可以看见雄奇的山脉和山脚下公路上奔驰着的大小汽车。那么，这里到底是什么地方呢？麻六和小凤一无所知。可是话说回来，他俩知道又能怎样呢？现在只能忘掉过去的一切从头开始,不管前边是险滩还是深渊，他俩也只能向前走了。

小凤显得非常沮丧，寒冷不知不觉已经过去，迎接她的是无休无止的饥饿和绝望。她的心里又开始打鼓起来，后悔昨天夜里跟麻六从梦沙龙歌舞厅跑出来后，使她度过了有生以来最恐怖最饥饿的寒冷夜晚。她甚至怀疑麻六可能是一个人贩子，如果他真是这样的话，那她还真不如在梦沙龙歌舞厅坐台当小姐。虽然说靠出卖肉体赚钱十分肮脏，但她毕竟不需要这么东奔西跑地挨饿，好歹能有碗饭吃。可是现在，她还是仍然没有人身自由。因此她在这时候又非常恨麻六，甚至看见麻六就像看见鬼一样。

麻六并不知道小凤此时此刻又在恨他。

麻六站在并不平坦的川道上，像侦察兵一样把周围仔细地侦察了一番，觉得没什么凶险了，这才看着低头不语的小凤说："咱还是到公路上去。"

小凤抬起头，看了看麻六，什么话也没说。

当然，对于麻六这个人来说，小凤也不敢轻易相信他了，她对他什么也不了解，从昨天晚上到现在的一切迹象完全可以看出，他也不是什么好人。你看他鬼头鬼脑的样子，似乎不只是害怕梦沙龙歌舞厅里的人，好像所有的人他都害怕，如果她没有猜错的话，说不定他是个杀了人的逃犯。如果那样他真是这样的人，那她可就惨了，谁都会认为他俩是犯罪同伙，她就是跳进黄河里也洗不清。因此她要想办法尽快和他分开，免得引火烧身。可是她能有什么办法呢？这里只有他们两个人，跑是肯定跑不了，他好像也已经注意上她了，她一点也没有逃跑的机会，如果她跟他去搏斗，她当然不是他的对手，怕她还没来得及动手，他就把她放倒了。唉，看来硬来是绝对不行的。

小凤的思想进行了一场非常激烈的斗争，但她确实没有很好的办法，只能跟着他朝西山脚下的公路边上走去。

老远，小凤就看见公路上有人走动的身影，那一定是下地干活的农民。对于这些人，小凤并没寄多大的希望，她知道在这时候没有一个人会来帮她，而且任何人不会去惹这些麻烦，更何况他们之间又谁也不认识谁。

小凤还是后悔昨天夜里糊里糊涂地跟了麻六。

那时候，小凤也不知道为什么就那么相信地跟麻六走，她在当时确实什么也没想，也没考虑跟麻六会有什么后果，只想尽快逃出那个歌舞厅。

太阳已经升得很高了，小凤累得浑身一点劲儿也没有，走路也很困难，眼里不断有金星闪烁。

麻六在前边一个劲地催小凤走快一点，如果到了公路上，说不定就可以讨碗饭吃了。

小凤现在很饿，也顾不上考虑麻六是什么人了，很想能够吃上口饭，因此她的脚步本能地加快了一些。公路上有车迅速地从麻六和小凤身边擦过，看不清车里坐了些什么人，他俩行走在公路上，像什么事也没发生过一样地平静如水。

小凤看不见村镇，心里有点泄气。

麻六看出了她的情绪，就不断地鼓励小凤再坚持一会儿，车到山前必有路，只要努力，总会有好结果。小凤仍然不吭声，心里乱得像碎麻一样。

往往在没有希望的时候，希望就在眼前。麻六带着小凤走上公路，刚转过一个弯，就看见公路边有头猪在走动。

麻六看见公路边上那头猪就像哥伦布发现了新大陆一样狂喜，便扭身一把拉住小凤的胳膊，让小凤看这是什么东西。

小凤看见在公路边悠闲走动的猪，没像麻六那样狂喜，她觉得看见头猪有什么大惊小怪的，又不是在面前摆了一盘香喷喷的猪肉，可以让她饱食一顿。何况小凤的家又在农村，猪这样的动物，她见得太多了，根本不稀罕，再说她已经饿得晕头转向，那有心思去看猪不猪的，她现在什么兴趣也没有了，只想着能不能尽快吃上一顿饭。

麻六看见小凤悲观失望的样子，便拍了拍小凤的肩膀说："别这样嘛，我也是为你好，再用不了多少时间，咱们就可以走到一个安稳的地方。"

"一夜多了，你那安稳的地方在什么地方？是不是还要骗我？"小凤再也沉不住气了，冲着麻六发了一通脾气。

麻六心平气和地对小凤说："你急什么，公路边走的那头猪不就是证明，在这不远的地方肯定有人家，咱们到了有人家的地方，先吃饱肚子，然后再美美睡上一觉，然后……"

"然后再怎样？"小凤眨动着一双眼睛追问麻六。

"然后你就别问了。"麻六说，"我一个男人，有责任保护你，也会想办法让你生活得更好。"

"屁话。"小凤冒失地说了这么一句脏话，忽然觉得有些不礼貌，便装着一副笑脸对麻六说："你哄我哄得还挺有水平的。"

麻六跟着小凤爽朗地笑了。

中午时分，麻六和小凤来到祥山寺。小凤跟着麻六沿着祥山那道斜坡缓缓而上，峰峦叠翠的美景使小凤激动得大呼小叫，因此她也就暂时把饥饿和疲劳忘得一干二净。走进了南边的一个寺院，迎面走来一位看上去和小凤年龄不差上下的尼姑。小凤不知道如何称呼她，咿呀地叫唤了几声，却没说出一个字的话。那尼姑一身青衣，只用眼睛看了看麻六和小凤，就扬长而去了。

麻六看着尼姑远去的背影，感叹不止："这么漂亮的姑娘，浓眉大眼，身材高窕，做什么不好，非要来这里当尼姑，何苦呢……"

小凤却有些羡慕那尼姑，自由自在，无忧无虑，好不逍遥，不知这寺庙里能否收留她这个薄命小女子。唉，人生的命运也许就是这样。

小凤把突然产生的这个念头告诉了麻六，着实把麻六吓了一大跳，他几乎跳起来般地瞪着眼睛问小凤是不是疯了？

小凤看上去十分平静，一点疯的样子也没有，好像她来祥山就是为了当尼姑，根本不是因为梦沙龙歌舞厅的事才跟上麻六走的，仿佛麻六只是给她起了个向导或引路的作用。

当然，麻六绝对不可能由了小凤的性子。

麻六开始好言相劝，并执意让小凤跟他下山，再不要上山去了。上到祥山的山顶，说不定小凤还会生出什么鬼点子。但是小凤不听。小凤说：“麻六，要下山你自己下去，我的事不要你管，本来两个人就谁也不认识谁，这种受人干涉不是太可悲吗。”

麻六看见小凤不听他的意见，便拉上她，像劫持的人质一样，硬把她从寺院里拉出来，并凶狠狠地威胁她说：“你再不给我乖乖走，我非废了你不可。”

小凤害怕麻六把她弄成残废，死倒不怎么害怕，觉得她活成现在这个样子也没什么意思。而且她觉得现在这社会，任何人的好腿都不可能往夹缝里伸，刚才麻六那么横眉瞪眼地拉扯她，却没一个人上来劝阻，都远远地躲开了。

小凤的心完全凉了，越来越感觉到她跟麻六在一起很危险，说不定哪一天，她的一条瘦命都保不住。麻六仍然拽着小凤从祥山的斜坡里往下走。

小凤已经丝毫由不了自己，完全被控制在麻六手里，一点的自由也没有。

小凤很伤感，眼泪再也控制不住地流了下来。

小凤觉得心在这时候不住地淌血，淌了好长好长……

第十三章

麻六把小凤从祥山上拉下来，在祥山的山根下很快挡了一辆载人的电动三轮车，强行让小凤坐在三轮车上，风一样地开往有个叫昌北的地方。

小凤不知道麻六这是要干什么，心里十分紧张，便扯着嗓子大声问麻六：“你要干什么？”

麻六说：“什么也不干，你老老实实地跟我到昌北，那地方肯定比西京市里要好生存一些，而且还在西京的郊区，距离西京城也不是很远。”

小凤不知道昌北到底是一个什么地方，说什么也不想去，想回她的四川老家，但她现在回不去了。此时此刻的麻六就像暴徒一样劫持了她，使她没有一点办法地坐在那辆电动的三轮车上，手抓着冰凉的车帮，两眼含满忧伤的泪水。

开电动三轮车的是个年纪大约四十多岁的中年人，他只顾挣钱拉人却不管车上拉的是什么人。小凤几次催着让他把三轮车停下，他都不理睬。要知道麻六事先就把梦沙龙歌舞厅女老板给他的几十块钱全给了开三轮车的师傅，因此他只听麻六的话，对于小凤可怜的叫喊就像清风过耳一样，根本不当一回事。他总以为那是小俩口吵架，女的是要往娘家跑，被男的半路上挡回来了，这种事他经常碰见，他觉得他把他俩一块送回家，也是他开三轮车做的一件善事。

小凤叫喊得越来越凶越来越厉害，电动三轮车在经过一些村镇时，那些不知事情根由的人被小凤那一声声尖利的叫喊所惊呆，人们不知道发生了什么事情，纷纷驻足观望，看见卷着尘土飞奔的电动三轮车和三轮车上的那两个人，捉摸不透是怎么一回事。

此时的麻六很害怕小凤这样的叫喊。

麻六对小凤说：“你能不能给老子老实一点，我又不是拉的去杀你，你没命似地喊叫什么哩，你他妈真的是歪也不识好也不识，喂上把干草也不吃，就想出去给老子当婊子。”

小凤头一次听麻六这么凶狠粗陋地骂她，骂得她浑身起了一层鸡皮疙瘩。于是小凤就一扑沓坐在电动三轮车小小的铁皮车厢里，两只脚在车厢里蹬了几蹬，咦咦唔唔地号哭开了。

麻六不怕小凤哭，就怕小凤的喊叫。

清风在耳边刮着，公路两边的树从他们的身后一棵棵倒下，火红的太阳就像烧红的一只铁饼高高地挂在天空，仿佛要把大地烤焦的样子。

小凤的哭声被飞驰的电动三轮车碾的粉碎，耳边只有阵阵的风声。

快到昌北的时候，麻六让开电动三轮车的师傅把车停在路边。

开电动三轮车的师傅从车头边跳下来，擦着手掌，慢悠悠地走到三轮车旁边，看着车厢里躺着的小凤和车帮上坐着的麻六，讪笑着问麻六："你俩就到这儿？"麻六很麻利地从车厢里跳下来，拍了拍开电动三轮车师傅的肩膀，有种大功告成般的得意地对他说："行了，你的任务已经完成，谢谢你的帮忙。"说着，他转身走到车厢跟前，拉住小凤的手说："快下来，已经到目的地了。"

小凤眨了眨她那一双惊慌的眼睛，看了看麻六，又看了看在一旁开电动三轮车的师傅，然后哭叫着对麻六说："我又不认识你，你为啥把我拉到这里。"

"你俩不认识？"开电动三轮车的师傅有些纳闷地瞪大了眼睛。

"你别听她胡说。"麻六对开电动三轮车的师傅说，"你快走你的路，这里没你的事。"

小凤着急了，哭得很不能 厉害。她一把拉住开电动三轮车师傅的胳膊求饶似地说："大哥，你快救救我，我确实不认得他，你走了，我恐怕就活不成了。"

开电动三轮车的师傅不知道他俩谁说的对，他在这时候一点判断能力也没有，便看着拉他胳膊的小凤，然后又把目光投向麻六。

麻六知道锣鼓长了没好戏，便上前走了一步，两眼紧逼着开电动三轮车的师傅，一副凶狠狠的模样。开电动三轮车的师傅被麻六这副凶狠狠的样子给吓坏了，觉得好汉不吃眼前亏，多一事不如少一事，便使劲拨开小凤拉他胳膊的手，好像给麻六也好像给小凤说，而且也好像是给他自己说一样："那是你俩的事，只能由你俩自己去解决。"说着，他便走向电动三轮车要走了。

小凤要追开三轮车的师傅时，被麻六一把拉住。小凤看着挡在她面前的麻六说："你为什么要挡我不让我走呀？"

麻六说："你现在当然不能走。"

"你没这个权利。"小凤说。

"你绝对不能走。"麻六说。

"你是我什么人？"小凤问。

“你不要问那么多为什么。”麻六说。

“走不走那是我的自由。”小凤说。

“你就是不能走……”麻六很认真地说。

开电动三轮车的师傅觉得他应该马上走，再不走就会出问题。因此他看见麻六和小凤在公路上争执得面红耳赤时，便发动了他的电动三轮车，飞一般朝昌北的另一个方向驶去。

麻六得意地朝小凤笑着。

“哈哈！”一声。

“哈哈！”又是一声。

小凤用蒙眬的泪眼望着远去的电动三轮车，哭喊着说麻六：“你就不是一个好人……”

“嘿嘿！”麻六朝小凤干笑了一声。

“嘿嘿！”麻六朝小凤又干笑了一声。

麻六笑得极为勉强。

麻六带着小凤走进昌北县城正是万家灯火通明的那个时候。宽敞的昌北街道上，车辆穿梭，人来人往；一幢幢高楼上，彩灯高悬，美丽壮观。歌声、人声、汽车的喇叭声交汇在一起，像一台失去了指挥的大合唱，演奏出一曲杂乱无章的交响乐。

在那条灯火辉煌的建国路上，麻六和小凤漫不经心地走着。

小凤觉得麻六像幽灵一样跟随在她的身边。

当然，对于一个自己并不认识的人来说，这样行走在大街上，要说多难堪就有多难堪。现在不说麻六会不会把她害死，而是他俩根本就没必要这么走在一起。小凤觉得自己一开始就错了，现在的人，你还敢去相信谁呢？她真是太天真了，麻六给了她根麦杆，她就当拐棍拄哩，当初她就不该跟麻六到梦沙龙歌舞厅，而到了梦沙龙歌舞厅也就不该跟他走，眼下她连起码的自由也没有，哪里还能说得上安全。如果她好好地在梦沙龙歌舞厅里呆着，最差也就是沦落成一个卖淫女，绝对不会连自由也没有，可是现在……

现在麻六不知要把她带到什么地方，一天一夜了，连个落脚的地方都没有，难道就要这样永远走下去？麻六这时候也不知道该往哪里走，昌北对他来说很陌生，虽然他在西京的建筑工程公司干了十几年，而昌北他几乎没有去过，只是路过时走马观花地看过几次。现在他之所以选择来昌北，并不是昌北有多大诱惑，完全是无目的地才来到这里。

麻六心事重重地走着。

小凤心事重重地跟着麻六。

好长时间，麻六和小凤几乎连一句话也没说，像两个情人闹了别扭一样，但都不愿意伤害对方地沉默着。

沉默是残酷的敌人。

小凤实在有些走不动了，便郁闷地问麻六："你到底要把我带到什么地方去？"

"去了你就知道了。"麻六仍然胸有成竹地说。

小凤说："快把人累死了。"

"那咱歇一会儿？"麻六扭头看着小凤那一脸哭相，便对小凤说。

小凤说："好吧，歇一会儿。"

两个人就这样在昌北的建国路边找了一个台阶坐下了，可是刚刚坐下，麻六突然像触了电一样地一闪从台阶上站起来冲着小凤喊："有了。"

"有什么了？"小凤惊讶地看着麻六问。

麻六说："我原来的一个同事就在昌北，办了一个医药批发公司，咱们现在就去找他。"

"你找他干什么？"

"找到他就不是有地方了。"

小凤的嘴噘了老长，足足可以拴十几条灰毛驴，哭鼻囊屎地对麻六说："你一天光会骗人……"

"你们这些女人，真是头发长见识短，不看长远只看眼前，说不定咱的好日子就要从今晚开始了。"麻六这样得意地给小凤说着。

小凤说："你还在吹牛？"

"这次绝对不是吹牛。"

"还不吹牛？"小凤用眼睛死盯着麻六的眼睛说，"你还说你不吹，开口一个咱闭口一个咱，谁跟你了？"

"当然是你呀。"麻六调戏地对小凤说。

"天呀，我和你认也不认得，就说这话，你就不觉得脸红。"小凤说这话时咬牙切齿的。

麻六不跟小凤磨牙斗嘴得说这些了，天色已不早了，他俩得找个住的地方，总不能在大街上过夜，那样会很危险，如果在大街上碰见巡警，看见他俩这个样子，非把他俩带走不可。如果到那个时候，那他就更惨了。因此他让小凤跟着他，赶快找他的那个同事。麻六的同事确实在昌北的建国路做医药批发生意。这是五年前他那同事告诉给他的。那时候麻六并没把他同事说的话当回事，觉得他那同事这样干挺冒险的，不如在建筑工程公司牢靠，好歹靠着大集体有碗饭吃，所以他仍然在建筑工程公司当他的工人。后来他听人说，他那同事在昌北把生意做得相当红火，挣了不少钱，而且把老婆也换了。麻六不知道这话是谣传还是事实，但他一点兴趣也没有，他觉得人不敢有钱，有了钱就发烧，一发烧起来第一个遭到不幸的就是老婆或者孩子。可是麻六没想到有钱和没钱会是两个极端，都是因为钱在作怪，好好的家庭因为钱就这样轻而易举地土崩瓦解了。

麻六是因为不能吃大锅饭了才落魄成这样。

麻六再不敢想这些事情了，再想下去肯定找不到他的同事，那他和小凤真的就要在大街上过夜了。

小凤毕竟没见过大世面，尽管她白天闹着要离开麻六，可是一到晚上，你就是用棍子赶也撵不走她，她死死地跟在他身边，生怕他把她丢开。

街上仍然是一片辉煌，小凤紧紧地跟着麻六在建国路苦苦寻找那家医药批发公司，并且不断地向过路人打探医药批发公司在什么地方。

找了好长时间，找得小凤头有点头晕心慌，正要放弃时，麻六忽然在灯火闪烁中看见了一座大楼上挂着的昌北海潮医药批发公司的牌子。

麻六就像在茫茫荒原上寻找到了一块救命草地一样，因此他激动地拉着小凤，指着海潮医药批发公司的牌子让小凤好好看。

“你说，那就是？”小凤问麻六。

“哎。”麻六点了点头。显然他在这时候又神气起来了，并且滔滔不绝地给小凤吹捧他那同事海潮怎么行怎么有本事。同时，他还给小凤说他和海潮在西京的建筑工程公司时就是最要好的朋友，海潮多次请他到他的医药批发公司当副总，他都没答应。他说他认为，既然他和海潮是好朋友，就不该在一块做生意，害怕万一闹不好，朋友也做不成了。

小凤相信麻六说的是实话。

麻六和小凤说着说着，不知不觉就走到了挂有海潮医药批发公司牌子的大门口。

麻六看了看那块耀眼的牌子，犹豫了一会儿，还是从那扇半开的大门里走了进去。

然而，麻六和小凤刚走进院子，就让看门的老头给挡住了。

“你俩是干什么的？”看门的老头一脸严肃地质问麻六和小凤。

麻六笑了笑，对看门的老头说：“我找海潮。”

“找海潮干啥？”看门老头原则性很强地审问他俩。

麻六说：“海潮是我的朋友。”

看门的老头听麻六说他是海潮的朋友，就放心地放他俩进去，他转身回到门房里去了。

麻六带着小凤走进海潮医药批发公司的办公室门口，门半开着，他看见办公室里亮着灯，靠窗口坐着一位扎双辫的姑娘，大约二十多岁的样子，正低着头趴在办公桌前看电脑。

麻六走到门跟前，抬起手敲了敲门。

那姑娘抬起头，看见了麻六，便让麻六进来。

麻六走进去，站在房间的脚地上，问那姑娘："海潮在不在？"

那姑娘眨动着眼睛问麻六："你找海潮什么事？"

麻六说："海潮是我的朋友，我来看看他。"

"你稍等。"那位姑娘说了一句，就从门里出去了。

麻六看见那姑娘从门里出去，他便急忙走到门口，对站在楼道里的小凤说："快进来，那姑娘叫海潮去了。"

小凤有些胆怯地从门里进来，坐在门边的一只沙发上。

麻六一直在脚地上站着，觉得海潮确实把事弄大了，办了这么大一个公司，还有位漂亮姑娘给他当秘书，这小子真了不得。

不一会儿，那姑娘就回来了，看见麻六站在脚地，就招呼他坐下，她这才发现门边的沙发上坐着小凤，觉得有些奇怪，她出去的时候，光看见麻六，怎么现在又有个女的。因此，那姑娘问麻六："这位是……"

"哦，她是跟我一块来的，叫小凤。"麻六笑着对那姑娘说。

小凤急忙站起来，给那姑娘点了点头，也算是给她打招呼。

那姑娘给麻六和小凤倒了茶水，让麻六坐下等一会儿，海潮正和一个客户谈事，谈完就过来。

麻六说了几句感谢姑娘的话。

一杯茶水还没喝完，海潮就从门里进来了。

海潮进得门，看见是麻六，便笑着伸出手，握住他的手说："什么风把你小子给刮来了。"

麻六半开玩笑半认真地说："是狂风，很猛烈的狂风，把我昏天黑地地刮到老家，然后又昏天黑地从老家刮到你这儿来了。"

海潮仍然一脸微笑，拉着麻六的手往沙发上坐时，才看见坐在门前单人沙发上的小凤。海潮便拍着麻六的肩膀说："这位是你……嘿呀，你怎不介绍？"

"嘿嘿，忘了。"麻六笑着说，"我看见你高兴，就把她给忘了。"

"那你现在介绍也不迟。"海潮问，"什么时候换的？"

"时间不长。"麻六说，"她叫小凤，现在是临时性的，还没有转正。"

"哎呀，我没看出来，你小子还真会赶时髦啊。"

小凤一直在门前的单人沙发上默默地坐着，什么话也不说，对于海潮和麻六之间的对话，她几乎什么都听不懂，不知他俩在说什么。但她从海潮和麻六说话的表情上可以看出，他俩说话一定与她有关。那么，他俩到底在说她什么呢？小凤不知道。

海潮和麻六说笑了一阵，便问麻六："吃饭了没有？"

麻六如实对海潮说："还没有。"

海潮便对趴在办公桌上仍然看电脑的那位姑娘说："小刘，你去小食堂准备点饭。"

小刘接到海潮的命令就从门里出去了。

麻六问海潮："这位小刘是你秘书，还是……"

"哎，就算是秘书吧！"海潮笑着说。

麻六说："我看像你的小老婆。"

"不说这些。"海潮岔开话题问麻六，"你突然来昌北是不是有什么事情？"

麻六说："想在你手下混口饭吃，不知行不？"

海潮说："当然没问题，就怕你看不上。"

麻六说："这回不是跟你开玩笑，是真的。可能你还不知道，我不在建筑工程公司了，原来想回老家承包几百亩荒地，搞种植和养殖业，可是回了一趟老家，觉得还是不行，所以又跑出来了。"

海潮很痛快地说："只要你不嫌弃，就在我这里干，我这里正好人手不够，不过挺辛苦的。"海潮说着，便用眼睛不断盯着坐在门前沙发上的小凤。

其实，海潮感兴趣的并不是麻六，从他看见小凤那刻起，便对小凤产生了好感。小凤太吸引人了。你看她那一双大眼睛，像会说话一般，笔挺的鼻子再配上樱桃小口，要说多好看就有多好看，几乎就像刚刚开放的一朵鲜花一样。可惜呀，这么好的姑娘怎么跟上麻六这样的人了。他真不知道麻六这小子交了什么桃花运，怎么能让小凤这么好的一朵鲜花插在他这堆牛粪上。

海潮心里不由地开始想入非非。

海潮决定把小凤留在办公室里给他搞内勤，至于麻六么，就让他在外跑业务搞销售。

当然，海潮是江湖上混了多年的人，在这时候绝对不会在麻六跟前显山露水，因此他跟麻六东拉一句西扯一句地说了一会儿，便领上麻六和小凤到外边的小食堂里吃饭去了。

在小食堂里，小刘已经吩咐把饭菜都准备好了，很丰盛，规格是待贵宾的那种，而且还上了酒，档次挺高。

小刘看着海潮还有麻六和小凤在圆桌旁坐下，便在每人面前倒了一杯酒，酒味挺大，小凤还没喝就感觉到有些醉了。当然小凤不可能去喝酒，说她根本不会，而且喝了就过敏。海潮挺会招呼小凤的，听小凤这么一说，忙吩咐小刘，快给小凤拿一罐饮料。

小凤很感激海潮这样体贴人。

小凤觉得海潮不一样就是不一样。

吃饭的时候，小凤吃着吃着就想哭。她觉得她活了二十几年，还从来没有人这么抬举过她，可是面前这位陌生的海潮却对她这样体贴而又如此善解人意，真让她刮目相看。

麻六现在什么也顾不上了，大口大口地吃着菜，嘴里还喋喋不休地不知在嘀咕着什么，在场的人谁也没有听清他说的是什么话。

海潮不停地给小凤盘子里夹菜。

小凤不吭声，像个哑巴，只用眼睛不停地偷偷看海潮几眼。

海潮的这些举动让小刘看在眼里。很快，小刘就流露出一些不满的情绪，并且好几次，小刘故意把筷子扔在小食堂的地板上，表示出对海潮的一种抗议或者是警告。

可是海潮并没有意识到小刘对他的不满，仍然不停地给小凤盘子里夹菜。海潮对小凤热情的样子，已经远远超出了他俩之间刚刚认识，甚至已经上升到了一种亲热的程度。

小刘生怕小凤的出现会对她构成一种威胁。

晚饭很快就结束了。

一结束，海潮把麻六和小凤带到他的办公室。他的办公室很阔气，宽大漂亮的老板桌，高靠背真皮靠椅，房间很大，在房间的门跟前，摆放了一圈真皮沙发。看样子，海潮这几年的确挣了不少钱，从这些摆设上完全可以看出，海潮早已经不是他想象中的那个海潮了。

小凤对海潮办公室里的一切感到很好奇，再不像刚到海潮的医药批发公司时那样拘束和不言不语了，而且从海潮的办公室里往进一走，也不规规矩矩地在沙发上坐了，而是在海潮的办公室里仔细欣赏了一番，不断赞叹海潮的办公室阔气，像个大老板。

海潮让小凤随便去欣赏，并特意把套间里的门也拉开，让小凤进去独自参观。

麻六对小凤这种见人熟极为反感，但他又不好去说小凤。现在海潮和小凤都在兴头上，他怕制止小凤会引起海潮的不满。因此他只好坐在门前的真皮沙发上不停地抽烟喝茶。

已经快到夜里十二点了，在海潮办公室里欣赏得很尽兴的小凤，这才恋恋不舍地坐在麻六旁边的沙发上，眼睛直直地看着海潮不动。

麻六抽完一支烟，把烟屁股在烟灰缸里掐灭，站起来对海潮说："时间不早了，耽误了你这么长时间，是不是该休息了？"

"好的。"海潮看了眼小凤说，"公司有客房，我让小刘安排一下。"海潮说着，抓起老板桌上的那部电话，让小刘给他的客人安排两个房间。

海潮打完电话，忽然像记起什么似地绕到麻六跟前问："哎呀，我忘问你了，把你俩安排一起，还是……""我们分开住。"还没等麻六回答，小凤抢先回答了海潮。

麻六很重地看了小凤一眼，然后给海潮点了点头。然而小刘从他们吃饭到现在，情绪变得越来越坏。因此她走到海潮办公室门口，什么话也不说，很不友好地把小凤白了几眼，然后领上麻六和小凤到公司的客房里去了。

海潮把麻六和小凤送到了门口说了句："晚安！"

"晚安！"麻六应和了海潮一声。

小凤没吭声，临出门时还扭头看了海潮一眼。

海潮微笑着给小凤点着头。

前半夜里，并没有发生什么事情，但是他们几个人都睡不着。海潮想着怎样把小凤弄到他手里。而小凤也在想，这么好的男人，怎样才能属于她，她心里的天平已经严重倾斜了，脑子里不断闪现出海潮的身影。至于麻六，她从没有把他放在眼里。而小刘呢？此时的小刘回到她的房间连衣服也没脱就躺在床上，灯也没开，大睁着眼睛。小刘在想，她怎么想办法治一治小凤，最好撵她走。小刘已经看出来了，海潮有点喜欢小凤，那么她怎么办呢？她不能就这样让这个女人挤了她的位置，对于她来说，她已经牺牲的够多了，虽然说名不正言不顺地给海潮当秘书，她实际上是海潮包养的一个情人。因为海潮，她的家早已经破碎了，单等着海潮能够明媒正娶地把她领回家，眼看就要变成现实的事突然发生了变化，半路上又杀出个程咬金，要在她的饭碗里抢饭吃。她感觉到海潮很可能会移情别恋，所以她很苦恼。而麻六呢？此时的麻六觉得他怎么又走进狼窝了，小凤应该属于他，是他把小凤从虎口里抢回来的。可他看见海潮的眼睛就像狼的眼睛一样，贼溜溜，甚至还色眯眯的，他看见小凤就像看见了猎物一样。因此他得明确告诉海潮，小凤是他的人，不要有什么非分之想，但他不知道该怎样去给海潮讲这些话呢……

麻六睡不着，便从床上爬起来，开门走到楼道。夜已经很静，天上的星星很亮。麻六仰着头，眼望着亮着星星的天空，不知道他究竟是留在海潮的公司还是走？

可是要走，这就意味着麻六又要流浪。因为他确实没地方可去。那么留下呢？留下他就意味着要失去小凤。显然他不是海潮的对手。

麻六漫不经心地在阴暗的楼道里走着。

麻六心情沉重地想着这些事情的时候，忽然听见楼下海潮办公室的门轻轻地响了一声。

麻六不知道海潮这么晚起来干什么？说他上厕所，那根本用不着出门，他套间里有的是卫生间，城里人又不同乡下那么落后。于是他站在楼道阴暗的角落里想看个究竟，是不是海潮又要钻到他那女秘书小刘的房间里去鬼混？而且他看见海潮和小刘不是纯粹那种领导和被领导的关系，是以秘书为幌子的秘密情人，只要海潮有兴趣，他俩就会不谋而合地钻到一起。因此麻六想，海潮可能又来兴趣了，乘公司的人都不在，他又钻到小刘房间里去寻欢作乐。

麻六看见海潮很大方地走到楼下的院子，像走到自己家一样安然地在院子里站了一会儿，便上楼来了。海潮今晚没有到小刘的房间里去。

麻六看见海潮从楼里上来，忙把身子缩到楼道的一角，很害怕海潮发现他不在房间里。

海潮总以为麻六酒足饭饱以后早就睡得天塌下来都不知道了。

海潮是在麻六走后一个小时给小凤的房间里打电话。起先电话响的时候，小凤有些害怕地不敢去接，不知是什么人打的，等电话响了一会儿以后，她又害怕麻六有什么事找她，便抓起了电话，听见电话里不是麻六而是海潮的声音。

"你睡了么？"海潮在电话里笑着问小凤。

"还没。"小凤轻轻说，"你是……"

"我是海潮。"海潮说，"如果你没睡的话，我想到你房间里跟你说会话，不知你方便不方便？"

小凤一听是海潮亲自给她打来的电话，心里非常激动，便连声说："方便！方便！"

"那好。"海潮说，"再过半个小时，我到你房间里来，你可不要关门。"

"好的！好的！"小凤连声说道。

小凤挂上电话，心里突然不安地跳起来，不知是因为害怕，还是因为激动，反正她现在也说不上来。其实她在吃晚饭的时候就有一种预感，感觉到海潮对她很特别，而且这种感觉不是三言两语就能说清楚的，但是有一点，小凤觉得海潮挺不错，不是因为他是有钱的老板，而是她觉得他很会体贴人照顾人，这么好的男人对于一个女人来说，谁能不喜欢呢？她也是女人，她当然希望有个男人能够这么体贴她照顾她，这是一个人的本能，她也一样。

时间不慌不忙地过去了半个小时，小凤在房间里等得有些着急了，便走到房子的窗户跟前，隔着窗玻璃往外看。

外边有些黑，小凤什么也没看见。

就在小凤转身要回到床上去的时候，忽然听见门咯吱地响了一声，随即闪进来一个人。小凤刚要开口问进来的人是谁时，那人已经走到小凤跟前，让小凤别出声，他是海潮。

小凤低低地对海潮说："那我去开灯。"

"不要开。"海潮说，"那样会影响咱们俩的情绪。"

小凤不懂海潮的意思，海潮说不让她开灯，那她就不开地在床边坐着，很不自然的样子，连看海潮一眼的勇气也没有。其实她也看不见，房子里不开灯就显得很暗，而且她也感到有点害怕，不知道房间里会出什么事地心里特别紧张。

海潮大大方方地紧挨小凤的跟前坐下，尽量控制着他的情感地首先问小凤："麻六是你什么人？"

小凤低着头说："他什么人也不是。"

"我不信。"海潮说，"什么人也不是，你俩怎么会在一起呢？"

这时候的小凤天真地就把海潮当她的大哥哥一样，而且还把她和麻六从见面到现在的情况一一道出。说她如何到西京找她的老乡没找上，正走投无路时，突然碰见了麻六，麻六便用花言巧语把她骗到了一个叫梦沙龙的歌舞厅，说在哪里给她找份工作干。起初她还以为麻六是好人，跟着麻六到梦沙龙歌舞厅后白白呆了一天，也没让她干什么事。那时她就觉得有些不对，想走，又走不了，身上的钱早就花光了。可是到了晚上，就来了一个女老板，让她去陪客人，把她送到一个包间里，那包间里的灯光很暗，嘈音又大，她不知道在那里干什么？等她明白过来，原来是让她当三陪小姐。这事她说什么都不能干，好赖她也算是有文化的人。就在这时候，麻六又一次突然出现了，她正要骂麻六一顿时，可麻六把她从歌舞厅里带出来，跑了一天一夜才跑到了你这里……

小凤说得很凄惨，并且还嘤嘤地哭起来。

海潮又朝小凤身边挪了挪，让小凤别怕，这里有他在，就什么事也不要害怕了。

小凤在暗夜里给海潮不停地点着头。

海潮彻底挪到了小凤身边，把他一只手悄悄搭在小凤的肩膀上。突然，小凤像蝎子蛰了一下地一颤，想尽快挪开身子，可她却又没有往开挪。

其实，小凤心里非常明白，海潮之所以打电话要跟她说话并不是真心诚意关心她，而是想占她的便宜。你看他从门里进来时鬼鬼祟祟的样子，不就是怕人看见么？怕人看见就别来，她又没请他。可是小凤并没有这么想，不然海潮打电话她会拒绝的，而她不仅没有拒绝，而且还非常慷慨地答应了。

小凤知道海潮来她住的房间的用意是什么。

麻六一直在偷偷窥视着海潮。

海潮从三楼里往上走的时侯，他就悄悄地跟在海潮的身后。他不知道海潮这么晚到三楼干什么来了？应该说上楼的不应该是海潮，而应该是他，可他没来及上三楼，海潮就已经抢在他的前头上楼来了。

麻六总以为三楼上还养着海潮的另外一个情人，可是海潮却偷偷溜进小凤住的房子里去了。

麻六恨小凤为什么不把房间里的门关好，这让他怎么办呢？如果小凤把门关死的话，海潮也没那胆量把门砸开。他早就看出海潮色眯眯的样子，眼死盯着小凤不放，你他妈还是人吗？小凤可是我带来的呀。麻六站在小凤住的房间门前的窗户下咬牙切齿，他真想从门里冲进去，把海潮打个半死。

可是麻六又想，他这样冲进去后果肯定是严重的，海潮绝对会跟他翻脸，甚至会对他动手，那么小凤自然而然就成他的人了。

麻六这样胡思乱想了一会儿，忙把耳朵贴在门缝上，想听听海潮和小凤这时候到底在干什么。

起先，麻六还听见房间里叽叽咕咕地说话，但他不知海潮和小凤在说什么，是酝酿感情？还是讨价还价？可是现在突然什么声音也听不见了，是不是两个人正美滋滋地展开了一场惊心动魄的肉搏战呢？

麻六觉得他是苦命人，连个女人也拴不住。他总想慢慢来，小凤这回肯定跑不了，绝对是属于他的，可海潮这小子比他还麻利。他现在后悔得不得了，在河滩草林里，他为啥不把小凤生吞活剥了？可现在他把这么好的女人白白送给了海潮，让他小子独自享受。现在房间里听不见一点响动，好像房子里的海潮和小凤都死了一样。

麻六紧张地抖成了一团。

海潮在小凤住的房间里正诱惑和拉拢着小凤。

海潮说小凤："你这么漂亮的女子跟那么没本事的男人在一起，亏不亏？麻六是什么东西？我最清楚，那小子什么事也弄不成，咋咋唬唬的，爱骗人，说不定哪一天公安就把他拉到平古给枪毙了。"

"平古是什么地方？"小凤不解地问海潮。

海潮胡说八道地说："犯人都在那地方关着。"

小凤说："平古不是有女监吗？"

海潮问小凤："你怎知道的？"

小凤说："我们村的小兰，人长得漂亮，前几年来到西京，挣了不少钱。

一开始是在歌舞厅坐台，后来到了一个不知什么酒店的桑拿部陪客人，一天能挣好几千块钱，不久就被公安局给抓了，说是关在平古……”

“咱不管那些。”海潮心不在焉地说，“那地方说不定女人男人都关。”

小凤就不吭声了。

时间过得挺快，不知不觉就一个多小时过去了。海潮觉得他和小凤的情感比较融洽了，便把小凤的手轻轻抓到他的手里。

小凤想把手从海潮的手里抽回去，但她又没有。她觉得海潮的手像块磁铁，把她的手牢牢地吸到他手掌里动都动不了，因此她的手完全失去了任何力量地让海潮就这样轻轻捏着。

手能通心，两颗心有了感应也就失去了理智。

当然海潮是情场老手，特别像小凤这样纯真的姑娘，绝对是他的一碟小菜，想怎么吃就怎么吃。但是海潮并没有立竿见影地下手，他要把小凤的欲火撩拨得熊熊燃烧起来，让小凤忘掉一切地只想着他。

这个看上去文质彬彬的男人，把小凤那一双白净而软绵的小手捧在胸前，轻轻地吻着，并亲昵地对小凤说：“让你受罪了，以后我要好好呵护你。”

小凤知道海潮说这番话的意图，恐怕天底下所有的男人都会对他痴迷的女人说这番话的，就像麻六一样。小凤情窦初开，她身不由己地把头轻轻地靠在海潮的胸脯上，就像靠着了一座大山，什么风雨她现在都不害怕了。

海潮就势一把将小凤搂抱在怀里，仿佛搂抱住了一只小羊羔羔，在小凤那张极其标致的脸蛋上温柔地亲吻起来。

小凤哪能经得起海潮这样的折腾，不一会儿就软绵绵地倒在床上，像条小狗一样咦咦唔唔地叫唤起来，双手搂住海潮的脖子，使劲地往她身上按。

海潮正欲火烧身，恨不得一口将眼前这位美人吞进肚里。因此他此时什么也不顾，把小凤抱在床的正中，几下就把小凤的衣服脱光。顿时躺在床上的小凤就像剥了皮的水萝卜一样光滑白嫩。

小凤在海潮的身子底下嗷嗷地怪叫着。

海潮在小凤嗷嗷的叫唤声中，像猛虎下山一般猛扑在小凤的光滑身子上，在她杂草丛生的沼泽地里欢快地奔跑着，跳跃着，疯狂地扑闪着。

不知海潮是过于紧张还是太激动了，还没有在小凤那杂草丛生的沼泽地里如鱼得水的时候，就软绵绵地躺倒在小凤身边的席梦思床上，大口大口地喘着粗气，就像陷在沼泽地里快要淹死的一只旱鸭，耷拉着脑袋，再动也不动了。

然而小凤正在兴头上，她微闭着毛格闪闪的双眼，渴望着这个体格健壮的男人，不仅能够很快把她扳倒，并且还能把她彻底放平地走进她那杂草丛生的地带疯狂驰骋时，可是海潮刚走进去就栽倒了。

“哎哟，大哥！哎哟，我的大哥呀！”小凤侧过头看着躺在她身边的海潮，用她那双细嫩而白净的手不停地在海潮的胸脯上抚摸着。

海潮的胸脯上长有碗口大一滩胸毛，像一片黑黑的森林。小凤抚摸到海潮那滩茂密的胸毛便停止了。她早就听人说，有胸毛的男人干那号事特别足劲，一般女人是支撑不过来的，非让这号人折腾得半死不活不可，然而海潮怎么刚进入她的领地就不行了。

小凤不相信这个事实。

小凤再也没有了往日那种羞涩，把她竹笋般的细腿熟练地搭在海潮的肚子上，一只手搂着海潮的脖子，另一只手抚摸着海潮的胸毛，嘴里不停地发出一阵阵“哎哟，大哥！哎哟，我的亲哥哥！”的呢喃声。

海潮在小凤一阵呢喃的叫唤声中又雄心勃勃起来了。他一跃从床上弹起，把小凤瘦小的身子扣压在他的身下。心里想，我个男人，还没办法搞定一个女人。于是他再不怠慢，也不敢再去酝酿什么情绪，朝着小凤那杂草丛生的纵深地带猛刺过去，只听小凤哎哟地尖叫了一声，就再也听不见她的叫唤声了。

站在窗台下的麻六，把房间里的这一切听得清清楚楚明明白白。此时，他简直快要疯了一样，在心里高喊了一声，这回可彻底完了！然后他不知怎么就抱着他的下半身，一跷一跷地从三楼里溜下去，突然觉得自己裤裆里相当难受，用手一摸，湿湿的一片。

麻六站在院子里，瞪起他那两只血红的眼睛高高地骂了声：“海潮，我日你的亲妈……”

第十四章

现在，麻六根本不害怕海潮知道他会在半夜三更胆大地去敲小刘房间的门了。

麻六故意把小刘的门敲得震天响。

咚咚！一声。

咚咚！又是一声。

敲门声在晴朗的夜里相当嘹亮。

此时的海潮已经彻底讨得了小凤的欢心，干完那种事情，安抚好小凤，便大摇大摆地从小凤住的房间里走出来，刚走到门口还没来得及反手拉上小凤住的房间门，忽然听见楼下正有人使劲敲门的声响。

海潮觉得事情有些不对劲，楼下的房间大部分空着，只有他的秘书小刘住着一间，再不会有别人，而麻六住在四楼，今晚上又喝多了酒，说话都结结巴巴的，颠三倒四，语无论次，现在所有人都正睡得天王老子都不知道，会是谁这么使劲地敲门呢？这人真是太胆大了，不看看这里是谁的地盘？也不去问一问，还有谁敢在我的地盘上这么狂妄地胡作非为。

其实，小刘在晚上招待麻六和小凤的时候就已经生了一肚子的气，因此她按照海潮的意图安排好了麻六和小凤以后，就回到她房间里睡觉去了。但她一直睡不着地想着心事，觉得小凤就像突然从天上掉下来的妖精一样，把她平静的生活彻底打乱了，让她很不高兴，并且非常恨那个像妖精一样的小凤。

大约过了有两个多小时的时间，小刘正在迷迷糊糊想睡的时候，突然听见门上响起了一阵紧似一阵的敲门声。

咚咚！一声！

咚咚！又是一声！

这几声清脆而沉重的敲门声一下就把小刘从迷糊中惊醒了。她不知道这是什么阵候，吓得连声都不敢出，浑身不停地抖动，两只眼睛死死地盯着房间上的门，差怕有人从门里闯进来。

小刘已经蜷缩在床上抖成了一团。

海潮几乎是一路小跑地从三楼跑到一楼，看见有个人在小刘的门上使劲地敲着，但他看不清那人是谁，手里是不是还拿着凶器，因此他便站在楼梯口上大喊了一声："你是谁？想要干什么？"

麻六听见是海潮从三楼下来这样质问他。

"你是什么人？黑天半夜在这里干什么？"海潮怒气冲冲地质问着，但他仍然不敢靠近。

这回麻六再不敢那么使劲地敲门了，只是赌气地在小刘房间的门上踢了一脚，然后转过身，看着站在楼梯口的海潮，冷笑了一声说："你别怕，是我。"

"你是谁？"海潮一时还没有听出是麻六的声音。

"你不认识了？"麻六拍了拍手，仍然冷笑着说，"是不是打扰老板的好事了？"

海潮这下听清楚了，敲小刘房间门的不是别人，而是他在晚上好吃好喝招待过的麻六。于是海潮不紧不慢地走到麻六跟前，很不高兴地对他说："麻六，我待你不薄，你为什么黑天半夜跑到人家门上乱敲，你这不是在犯法吗？"

麻六冷冷地说："那个法么，别人能犯，我怎就不能犯一回呢？"

"你这是什么意思？"海潮瞪起眼睛质问麻六。

"这你还用问吗？"麻六说，"难道你是不清楚，还是故意装糊涂？"

"你这是什么话？"海潮凶狠地问麻六，但语气显得没有刚才那么凶悍强硬了，而且他在心里想，麻六这小子是不是知道他钻到小凤房间里去了，如果真的要是他知道了这事，那事情可就不好说了。因此海潮有意给了麻六一个台阶说："你小子一定是喝多了，走，跟我到我房间里去坐一会儿。"

小刘在房间里听见海潮在院子里说话，胆子一下就大起来了。于是她把房间里的灯拉亮，开门跑到院子里，看见海潮和麻六在院子里站着，便大声地号哭起来。

海潮再不敢训斥麻六了，害怕再训麻六几句，让麻六把他钻到小凤房间里的事说出来，那恐怕就很难收场了。因此他对小刘说："你哭什么，跟醉汉有啥计较的？"

"你真是引狼入室，还好酒好饭招待他们，他就这样……"小刘哭着说。

"你快回去。"海潮训斥了小刘一句，然后一把拉住麻六，赶紧就往他的办公室走。到了他的办公室，海潮把门关住，脸色就变得非常难看了。

麻六觉得海潮做了亏心事，害怕他地肯定对他百般得好。他知道，在海潮这里要干事是不可能了，说不定海潮为了糊住他的口，给他一笔钱让他走人。但他不能这样走，他担惊受怕，又黑天半夜冒着生命危险把小凤带到这里，他还没吃到小凤这棵嫩草，就这样轻而易举地让他小子给糟蹋了。因此要让他走，可以。要么，给他十万块钱，他知道海潮这几年发大财了，挣了不少钱，明里暗里养了好几个女人，再多养一个小凤也没关系。要么，他带上小凤走。这点他知道海潮不会答应他，海潮已经很看重小凤了，要不然他怎么会这么快就钻到小凤的房间里。你想想，小凤这么一位漂亮的姑娘，有谁看见她能不动心的，如果有谁对小凤这样的姑娘不动心，他敢断定这人不是生理上有问题，肯定就是白痴。因此他今晚上也不准备睡觉了，事实上他也不可能再去睡觉，只能和海潮开诚布公地谈判。

然而海潮绝对不会吃麻六这一套。

海潮之所以把麻六拉到他的办公室，是害怕麻六当着小刘的面说他到小凤房间里鬼混去了。这样，让小刘一闹，事情可就大了，不仅他在公司失去脸面，而且小刘也会小看他。当然对于小刘，他现在并不怎么害怕，行了行，不行就拉倒，可是他不能把公司的人全撵走。所以他必须采取果断措施，要么让公安局来人把这小子给拘留起来，要么让这小子连夜滚蛋。当然滚得越远越好。

其实，麻六根本不知道海潮心里在想什么，他见海潮害怕的样子，便大大咧咧地坐在海潮办公室的沙发上，眯缝起眼睛，单看海潮怎么了结这件事情。

海潮忧心忡忡地考虑了一阵，便狠狠地看了麻六一眼，这才对麻六说："麻六，我对你不错呀，可你为啥要这样对我？"

麻六看了看海潮，但他没办法给海潮回答。事实上海潮确实对他不错，在他走投无路的情况下投靠到海潮这里，他身无分文，是海潮热情招待了他和小凤，还给他安排了住的地方，并答应他和小凤在他这里做事，应该说他要好好感激一番海潮才是。可感激是一回事，你总不能乘人之危，把他领的漂亮女人从他手里抢走呀。因此麻六迟疑了一阵，便对海潮说："你对我不错，这我承认，我也很感激你，但你总不能夺人所爱呀。"

"我夺了你的什么爱？"海潮走前一步说，"我在这里巡夜那是我的职责，难道我还要向你请示不成？可是你看你，深更半夜，敲人家姑娘的门，性质是极为严重的，你要深刻认识到这一点。"

"这……"

"你不要说。"海潮打断了麻六的话继续说，"看在咱俩以前交往不错的份上，我放你一条活路，一是投案自首，尽快得到宽大处理；再一条就是立马离开这里，免得让我去报案。"

"我犯什么法了？"麻六站起来跟海潮争辩道。

“犯了什么法你自己知道。”海潮冷冷地对麻六说。

“哎呀，我还没看出来，你是这种人，海潮。”麻六瞪大了眼眼说，“你是恶人先告状，你以为我不知道，你还巡夜？”

“你知道什么？”

麻六说：“你巡夜怎巡到人家小凤房间里去了，在小凤房间里你干了什么你清楚。”

海潮听麻六说的这几句话，心里不由地打了几个冷颤。他以为麻六根本不知道他到小凤房间里去的事，没想到这小子在暗地里一直在监视着他。因此海潮心里就慌慌不安起来，等他完全冷静了，便想用大话先把麻六吓住。于是他狰狞地冷笑了一声说：“麻六，我告诉你，你不看看这是什么地方？不过，我已经说了，看在咱俩以前交往不错的份上，我让你悄悄地离开这里，如果你还要纠缠不休，那绝没有你的好下场。你听明白，只要我一个电话，别说你一个麻六，就是十个麻六也很快就到公安局的号子里去生活了。”

“你小子就这么卑鄙？”麻六骂了一句海潮。

“怎么？”海潮说，“是不是没有路费了？如果是这样的话，我可以赞助你，你说，想要多少？”

麻六一扑沓坐在海潮办公室的沙发上，痛苦地思索着。看来他得马上离开这里，他知道海潮这小子是杀人不眨眼的刽子手，说不定他真要打个电话给公安局，公安局真的会来几个人把他抓走，他就是再有理也没用，这里哪还有他讲理的地方。况且小刘又是他的人，两人合谋在一起，他真的会坐几年牢的。而且小凤也不会向他说话，一口咬定就没那回事，他不就成了栽赃陷害吗？这个道理他还懂。因此麻六这样想了一阵以后，便对海潮说：“海潮，你小子是强汉，我斗不过你，那你给我点路费，我现在就带小凤走。”

海潮说：“给你路费可以，但是要带小凤，谁知小凤会不会跟你走？我听小凤说，她是你强迫带到这里来的，你是不是人贩子还很难说。”

“那咱去问小凤。”麻六又气愤地站起来。

“可以。”海潮说，“小凤去不去那是小凤的自由，你和我谁也决定不了。”说着，海潮和麻六就要往外走，刚走到门跟前，海潮又好像想起了什么似地转过身，走到他那张老板桌旁边，拉开一个抽屉，从里边抽出二千块钱，在手掌里拍了拍，然后递给麻六。

麻六觉得那钱烫手，想接又不敢去接，最后他还是忍不住接了。

拉开门走到院子里，麻六看见天上的星星仍然很稠，城市在这时候一片宁静，偶尔会有一辆车从大街上经过，发出一声悠长的鸣叫。

麻六走到院子里站住了。他不想去找小凤，他知道小凤不会跟他走，问也是白问。你想么，这么短的时间，小凤和海潮能钻到一块，足可以说明小凤已经看上海潮了。不管小凤出于一种什么目的，他和海潮在小凤心目中严重地失去了平衡。其实他也不怪小凤，也没理由去怪她，小凤知道他是谁？他能给小凤吃饱穿好有钱花吗？不能。他现在是泥菩萨过河——自身难保，那他还有什么能力保证小凤的一切。小凤到了昌北海潮的医药批发公司，看到海潮那些家产以及海潮的潇洒，再加上海潮对她超出同志式那种细致关怀，小凤不跟海潮还能跟谁呢？麻六现在也想通了，真的。权且当他给海潮送了一件宝贵的礼物。因此麻六看着站在他面前的海潮，非常痛苦地说："海潮，咱不去小凤那里了，就当咱们什么事也没发生，拿你的两千块钱就当我借你的，以后一定还你，你告诉小凤，就说我走了，没时间给她打声招呼……"

麻六说完这些话，扭头就从大门里走出去了。

"麻六。"海潮叫住了麻六，走到麻六的跟前，又从衣服口袋里掏出一千块钱塞到麻六手里说，"钱并不多，你带着，遇个事情还能用上，咱还是好朋友。"说着，海潮伸出手，想跟麻六告别时再握一握。

可是麻六没有往出伸手，看了一眼海潮，就从大门口消失了。

海潮看着在大门口隐去背影的麻六，突然有一种沉重感，一种难以言语的苦痛使他静静地停立在夜的星空下，像被钉在那里一般，丝毫挪不开半步。

海潮觉得他对麻六太残酷了，他就不该用如此卑鄙的手段对待危难之中的麻六。小凤应该和麻六在一起，他看得出麻六在心里深深地爱着小凤。麻六是个弱者，像刚刚学步走路的孩子，要知道他是鼓起多么大的勇气来找他的，可他太冲动太自私了，为了一个女人，让他的好朋友深更半夜流落在街头。

突然得到的一切失去得也是这么突然。

麻六漫不经心地在昌北的街道上形单影只地行走着，完全是个地地道道的流浪汉。街道两旁的盏盏路灯，放射出暗淡的光芒，没有人影的晃动，显得有些冷淡和清静。街道两侧的高楼，仿佛在静静的沉睡之中，时不时会从楼房的某个房间里发出几声婴儿的啼哭和老人的咳嗽，但很快就静下来了，整个城市在此时此刻就像死去一般。

这时候，突然刮起了风，风并不大，却刮得街道上的烂纸片满街飞舞。

麻六感觉到身上有些冷，他紧紧地抱住双臂，一种失落感顿时侵袭他的心，他不知道他怎会成了这样。现在麻六很想尽快找个安身的地方，等到天亮以后再想下一步怎么办。但他走了一条大街，也没有找到这样的地方，所有街道旁大楼的门都锁着，他在这时又不便去叫门，谁知道他深更半夜想干什么。

麻六想去昌北的火车站，他知道那里一定人多，而且谁也不会认识他，在那里他还可以找个坐的地方，也不会像现在这样受冷。可是他现在根本不知道昌北火车站在什么地方，他只能站在冷清的街道上听火车发出的几声长鸣。

火车鸣叫的声音很大，几乎全昌北的人都可以听见，要不是这里的人习惯了这种声音，说不定夜夜都无法入睡，即使实在撑不住睡着了，也会在睡梦中被惊醒。

麻六听清了火车经过时鸣叫的方向，便走街过巷地朝那个方向走去。好的一点是街道里没有人，就不会有人看到他现在这副可怜的模样，因此他也不顾清风拂面的寒冷，急匆匆地寻找可以避身的火车站。

其实火车站离海潮的医药批发公司挺近的。麻六只穿过了两个拐巷，就听见火车站里人们高声的喧哗和火车轧在铁轨上的隆隆声，这声音在他听来感到有些亲切和温馨。他想，到了火车站，那就不是他一个人了，火车站里什么类型的人都有，有富人也有穷人，因此就不会有人看见他这副可怜相而歧视他嘲笑他。麻六没费多大周折就来到了火车站，看见火车站出入口，人头涌动，进进出出的非常热闹。他夹杂在进进出出的人流中，很快就走进了候车大厅。

大厅里犹如人的海洋，乱哄哄的一片，人们操着各种不同的口音，正喋喋不休地说笑着。大厅里所有的椅子，都被人占满了，有的人身边放着一堆笨重的行李，坐在椅子上低眉瞌睡。没有椅子可坐的人，或在大厅里走动，或站在人少的地方说话，也有赤手空拳的，像城市里的闲人，不紧不慢地在大厅里晃动。麻六就混在这样的人群中，内心稍感平衡一些。

那夜里，海潮怎么也睡不着，觉得自己不该深更半夜逼得让麻六离开，要是麻六出点什么事，他会后悔一辈子，毕竟他和麻六在西京市建筑工程公司交往了那么多年，两人多少还是有一些感情的。

曾经在西京市建筑工程公司的时候，他和麻六在一个宿舍里睡觉聊天，喝酒吃肉,玩牌下棋,非常开心。麻六常常把他老家给他捎来的红枣花生留给他吃。而且在工地上，麻六也像他的亲哥哥那样，把本该他去干的那些重活脏活累活都抢着干了，那时候他多感激麻六，觉得麻六就是这个世界上值得交往的一个好人。为此，他曾给麻六说过“只要我有朝一日干出名堂，绝对不会忘了你。”后来建筑工程公司不怎么景气，工资拖了又拖，奖金有一日没一日的，他干脆不在公司干了，自己干起了医药批发，干着干着，他就把生意干大了。那时，他也曾邀请麻六跟他一块干，绝对比当工人有前途，可麻六这小子守旧，脑子转不过那个弯，觉得那个建筑工程公司好歹是国有企业，牢靠一些。可是没过几年，公司负债额增大，市场竞争又激烈，公司经营不下去了，麻六也被打发回了家。就在这个时候，海潮到西京找过几次麻六，却没能找上他，打问来打问去，谁也不知道他去哪儿了。后来他听说麻六被打发回家后，老婆也跟别人跑了，生活得很惨，他无路可走地回了陕北老家，再没有人看见过他的人影。

那些日子里，海潮心里还一直惦记着麻六，很想诚心诚意帮他一把。朋友么，在关键时候不帮他再在什么时候帮他呢？还是朋友吗？

然而，麻六在海潮不知不觉中突然找他来了，应该说海潮应当抛开一切私心杂念帮麻六，可是因为一个漂亮姑娘，现在连朋友也做不成了。

海潮不知道那时候他是怎么了，仅仅因为一个漂亮的女人，就把朋友这个关系彻底给断了，而且还导演了那么一场不该发生的悲剧。

麻六呀麻六，你为什么要带小凤来找我呢？海潮呆呆地坐在办公室里，独自承受着良心的遣责。

天快要亮了，海潮还没有睡，仍然在他那高靠背真皮椅子上坐着，目光痴痴的。他不知道麻六走了以后他究竟该怎样去对待那个小凤。现在他丝毫想不出两全其美的好办法，满脑子成了一片空白，昏昏沉沉中，海潮爬在桌子上睡着了。

海潮醒来的时候，太阳把细碎的光点洒在了他的办公室里，办公室里一片鲜亮。他看着他的办公室里的一切，突然感到有些陌生，就像走到了一个完全陌生的地方。

海潮走到窗前，透过窗户上那层玻璃，看见他公司的院子里仍然像往常一样，不断有人进进出出地忙着自己的事情。唯有他，像被冷落在一边，竟然没有一个人来找他。

海潮感到有些痛苦和不安。

海潮正在窗前独自默想的时候，办公室里的电话铃声响起来了。他走到办公桌前，抓起电话，听见是他的秘书小刘打来的。

“李总，上午的例会还开吗？已经九点钟了，几个部门经理都在会议室等你。”小刘用清脆悦耳的嗓音熟练地向他请示。

“你转告他们，今天的会议取消。”海潮不假思索地回答说。

“为什么？”小刘问。

“别问为什么。”海潮说，“就这样决定了，让他们都忙自己的事去。”放下电话，海潮有些不安地在办公室里徘徊。

也许是小刘这个电话一下把他给提醒了，他不知道该怎样处理好小刘和小凤之间那种复杂关系。

小刘叫刘雯，原来并不在海潮的医药批发公司，而是海潮的一个客户。海潮和小刘做了几笔医药方面的生意，就产生了一定的感情，不管有生意没生意，海潮和小刘会经常在一起，慢慢就难舍难分地把小刘搞到了他的公司。起先，海潮让小刘在他的公司里主管对外联络，可小刘绝对不是一般女人，她能说会道，心眼也多，把生意做得十分红火。海潮看见小刘跟客户们的关系相当密切，便害怕别人把小刘从他手里挖走，他就不让小刘再干对外联络上的事了，把她安排到了他的办公室搞起了秘书工作。其实干这种工作并不是小刘的特长。但海潮对她不放心，只能委曲求全地让她先干这些事，如果有了合适的人选，他再让小刘干她的本行。

可是海潮说是这样给小刘说了，事实上他再也不会让小刘跟别的公司里的人有任何机会单独交往，哪怕他的公司少做几宗买卖，他也不能没有小刘。

海潮视小刘为他的心肝宝贝，宠着爱着护着疼着，往往海潮有了兴趣的时候，就会把小刘叫到他办公室里，无拘无束地享受鱼水之欢。

然而小凤的出现，给海潮和小刘这种浪漫的情人生活平添了一个障碍。

海潮现在不仅看出了小刘对小凤的不满，他也知道长期下去这两个女人肯定无法友好相处。但是他怎样才能让这两个女人不要在他的眼皮底上指桑骂槐争风吃醋呢？

现在海潮爱的是小凤。

海潮突然觉得小刘再不像原来那么可爱了，特别是昨天夜里的那种感觉，让海潮回味无穷。小凤还是一位情窦初开的姑娘，她的美丽，她的温柔，她那含情脉脉的眼神，她那白净完美的体肤，真的让他激动不已。他想不到世上还有这么完美的女人。因此海潮爱小凤爱得天旋地转，爱得神魂颠倒，爱得不顾一切，爱得难以自拔……

噢，对了。海潮突然想起来，他现在应该赶紧去看一看小凤。他不知道小凤现在怎么样了，会不会还在生他的气。

于是，海潮麻利地走到卫生间，急急忙忙地洗了一下脸，大步地走出了他的办公室。

此时的太阳很红，暖融融的太阳照在院子里，海潮身上也是暖融融的。他没有直接上楼找小凤，而是为了遮人耳目，他先来到小刘的办公室，看见小刘很不高兴地呆坐在沙发上，手里端着一杯茶水，也不去喝，一副傻呆呆的模样。

海潮轻轻从小刘房间里走进去，小刘只看了他一眼，并没有给他打任何招呼，仿佛海潮和小凤昨晚上那些事她都已经知道了。

海潮站在小刘房间的门口，静静地看了一会儿小刘，然后问她："公司里还有什么事没有？"

小刘这才站起身，漫不经心地把茶杯放在办公桌上，再连看也没看海潮一眼，拉着声调说："你是这里的老总，至高无上，有没有事，我们怎能知道。"

"你这是什么态度？"海潮有些生气地说小刘。

小刘说："事情本来就是这样，还什么态度不态度的呀。"

海潮不跟小刘再说什么，现在是上班时间，他跟小刘这样争争吵吵影响不好。虽然公司是他个人的，所有的人都是他招聘来的，但他也得顾及他的脸面和声誉，尽管现在还没有听到有人在他面前说三道四，他知道那是因为他们不敢，害怕他炒了他们的鱿鱼。但他心里很明白，有人早在背地里指指划划他了，说他和小刘不正常，关系暧昧，小刘在公司里什么事都不干，还挣着高工资，而且小刘盛气凌人，把谁都不放在眼里，还不是因为有他在为她撑腰。因此海潮尽量在公司员工中装出一副老总的样子，平时对待小刘也是公事公办。但是再怎么伪装，公司里的人心里都明白，老总不敢惹，小刘当然也惹不得，惹了小刘也就等于惹了老总。所以对于小刘和海潮，公司里的人都害怕，就像老鼠见了猫一样，但也不像现在的老鼠。

现在的老鼠跟以前不同了，还可以对猫发号命令，并且常常对猫说，你小子趾高气扬什么，再不要不可一世，称王称霸，想吃什么就吃什么，想走哪儿就走哪儿，还经常欺侮我们，否则我们就对你不客气之类的话。猫听了以后再不敢随心所欲了，常常睁一只眼闭一只眼，慢慢也就不捉老鼠了，但老鼠绝对不能骑到猫背上，骑到猫背上的话，猫可就要翻脸了。事实上，海潮也不敢惹小刘，不是海潮怕小刘现在离开他，如果小刘现在离开就好了，他可以大大方方地和小凤在一起。问题是小刘现在不会走，她会像哨兵一样监视着他。他到小凤那边去一回，还得先把小刘安顿好。

海潮最害怕小刘跟他闹。

现在海潮站在小刘房间里觉得很尴尬。

这是小刘头一回对海潮要态度，他尽量克制着。这时候，有人要到小刘的办公室里打电话，看见海潮在小刘房间里，就不敢进去打这个电话，悄悄地躲开了。

海潮看见了，知道是自己在这里的缘故。于是他尽量语气平缓地对小刘说："你去叫一下麻六和小凤，干的话就赶快来上班，不干就滚蛋，怎么一点规矩也没有，到什么时候了还睡觉。"海潮说这几句话的语气相当强硬。

小刘情绪归情绪，海潮说的话她还不敢不听，毕竟海潮是老板，她好歹得给他留个面子，因此她就一脸严肃地叫麻六和小凤去了。

到了三楼麻六住的房间，小刘没看见麻六，不知麻六到什么地方去了。她就到旁边几个房间去问，大家都说没有看见。她心想，麻六能到什么地方去呢？昨天晚上他喝多了酒，也许是酒精发作，深更半夜砸她的门，被海潮听见出来制止了他，会不会他觉得没脸再见人就跑了。

跑了也好，免得她心烦，最好小凤也跟麻六一块离开这里。因而小刘心里有些得意，就急急忙忙下到三楼，走到小凤的房间跟前，见小凤房间的门闭着，没有关。小刘顺手推开门，看见小凤披散着头发，坐在床上，头沉沉地低着，好像有什么心事一样。

小刘走到小凤的床跟前，也不管小凤有什么心事地对她说："老板叫你。"

小凤抬起头，看见是小刘，有些慌乱地把头发理了理，忙从床边站起来，很不自然地看着小刘。

小刘瞟了一眼小凤，然后问她："跟你一块来的那个人呢？"

小凤摇着头说："我不知道，他不在三楼吗？"

"不在。"小刘说着转过身就走了。

小凤跟着小刘来到一楼小刘的办公室。

海潮仍然在小刘的办公室里，正抽着烟，好像海潮抽了好几支烟了，房子里乌烟瘴气，非常呛人，小刘刚走到门口，便呛得她不停地咳嗽起来。

海潮把烟在烟灰缸里掐灭，走到门口，把小刘和小凤分别看了看，然后问小刘："麻六呢？"

"他不在。"小刘说。

"他哪里去了？"海潮看上去有些生气。

"谁知道他哪里去了。"小刘有些得意的样子。

"小凤，麻六哪里去了？"海潮把目光从小刘身上移到小凤的身上，装得很不高兴。

小凤摇着头说："我不知道。"

"活活的一个人么，说不见就不见了，这小子也是，走也不给我说一声，嫌我待应得不好，还是怎了？"海潮这样声东击西地说了一会儿，转身又走到小刘办公室，好像给小刘和小凤说，也好像给自己说一样，"走就走吧，小凤，我问你，你在我这里干，还是也要走？"

小刘看着小凤，自己不知怎么心跳了起来。

小凤有点害怕海潮这个样子，便低声地回答说："我不走。"

海潮说："不走也行，在我这里就要按这里的规矩来，不管是谁，上班就是上班，不能太随便。"

小凤说："我知道。"

"小刘。"海潮叫了小刘一声。

小刘听见海潮叫她，忙走进办公室，看海潮给她吩咐什么事情。

海潮说："小凤刚到公司来，公司里的事她不熟悉，你先让她到药品超市里去，适应上一段时间，至于让她具体干什么工作，以后再说。"

小刘很不高兴让小凤留在这个公司，但她又不好明说，海潮和小凤都在她跟前，给海潮说小凤不行之类的话，怕海潮听不进去，反而让海潮说她吃醋。

给小凤说公司不怎样，老板是花花公子，她又说不出口。所以她很不情愿地领着小凤从门里走出去，到大门外的药品超市里去了。

海潮医药批发公司的药品超市就设在大门口的那排平房里，营业员都是青一色的姑娘，人都长得不错，但比起小凤，那当然就逊色多了。论个头，这几位姑娘的个头没小凤高，比长相，那就更无法比了。小凤的两只眼睛，水灵灵有光，棱棱的鼻子下配了一张樱桃小口，一头乌黑亮丽的头发，像瀑布一样倾泻而下，苗条的身段，就像风摆的杨柳，婀娜多姿，美丽动人，因此她们谁敢跟她比呢。

此时，小凤跟着小刘刚走到院子，就引来了一阵阵窃窃私语，“啊，这么漂亮的姑娘呀，像电视广告上的模特一样。”小凤听见了，但她没当一回事，也不敢扭头去看一眼私语她的这些人。

小刘嫉恨小凤，扭头就冲公司里那些人大喊大叫：“看什么看，要看到药品超市里看个够。”

公司里的人不知道小刘今天为什么这么凶，因此他们再不敢多嘴多舌，也不敢站在院子里看小凤了，一个个悄悄溜回办公室。

小凤被小刘领到了公司药品超市里，小刘摆开了老板的架势，咋咋唬唬地对药品超市里的几位姑娘说：“这是李总安排到这儿来的公关小姐，你们可要小心一点，谁表现不好，老板就会炒谁的鱿鱼。”

小刘的话，明显有种挑事的味道，意思是小凤来到这里，你们的饭碗就很难保住了。

小凤听着，很不是滋味，觉得她又没得罪小刘，为啥小刘要这样对她，难道世上还真有没见过面的仇人。她想，在这里井水不犯河水，你干你的，我干我的，谁也不妨碍谁。可小刘在话言话语上，老是跟她过不去，她不知道问题出在什么地方。就说是老板对她好，那也是她和老板之间的事，与你小刘有什么相干，只要老板愿意，那你也跟老板好去，她不眼红，但你总不能这样对我。

小刘不管小凤想什么，趾高气扬地说了那几句话后，一扬头就离开药品超市。

药品超市里的这几个姑娘见小刘一走，思想上就放松了，她们不怀好意地大胆看着小凤，并对小凤评头论足，窃窃私语起来。

小凤在药品超市的一角上孤零零地站着，也不理她们对她说什么，心里突然间想起了曾带她跑到这儿来的麻六，不知道麻六现在到什么地方去了，就连老总海潮也不知道。这时候她就可怜起麻六，觉得麻六活得太难了，好不容易找着了他的朋友，却又渺无踪影地不见了。

此时的麻六正在昌北火车站的候车大厅里，像条饿狼搜寻捕获猎物一样四下里乱蹿。他现在双腿发麻，寻找了半天也没找到一个可以坐的地方。这里到处是人，仿佛全世界的人都汇集到这里来了一样，一批人刚走，又一批人涌进来，叽哩咕噜的吵叫声，几乎能把整个候车大厅的顶棚掀翻。

麻六长长地唉叹了一声，在候车大厅的拐角处找了个站立的地方，背靠着墙壁，微微闭上了眼睛。但是麻六根本睡不着，眼前不断闪现出海潮和小凤的身影。

麻六知道海潮绝对不会找他，如果他不想让他走地找他的话，到昌北火车站一定能把他找上。可是海潮不会。海潮巴不得让他早些滚蛋，这样就不会有人妨碍他和小凤之间的亲密往来了。

整整一夜，麻六就是这样在昌北火车站候车大厅里度过的。好几次，他险些一个马趴栽倒在候车大厅里，但他还是坚强地挺过来了。

天终于亮了，太阳透过玻璃顶棚，把光芒洒射在候车大厅里，大厅里显得格外明亮。

麻六知道他再不能在候车大厅里这样闲呆着了，总得找点事干才对，虽然说身上装着海潮给他的三千块钱，但那是有数的几个钱呀，花光了怎么办？可是他又不知道在什么地方才能找到可干的活。他听说广州深圳一带打工的人比较多，有的还真的挣了钱，是不是他也买张火车票到那些城市闯一闯？然而他又觉得那样太鲁莽，广州和深圳那些地方并不是人间天堂，也不会路上洒着钱，在那里他还是一个人也不认识，恐怕去了连个落脚的地方也没有，并且大城市从来就不可怜像他这样的流浪汉。

麻六真没想到他会沦落到这种地步。

广州和深圳是绝对不能去的，西京也不能去了。他想海潮不留人，自有留人处。他不想就这样轻易离开昌北，说白了他不想离开小凤。海潮能把事干大，他为什么不能。在西京建筑工程公司的时候，海潮并不比他强多少，只不过海潮会要点小聪明，其实海潮的威信还没他高，人们都说海潮是个二流子。

现在海潮活成人了，比他成功，财大气粗的，因此他小子就可以抢占别人的女人。

麻六这样走了一阵，决定不走了，他要在昌北干出些名堂让海潮和小凤看。如果他真的还能在昌北混下去，那就一定要把小凤从海潮的手里夺回来。

这么想了一阵，麻六就安心地从候车大厅里走出去，来到车站广场，抬头看了看天，天上的太阳像刚刚从睡梦中醒来一样，眨动着血红的眼睛，懒洋洋地悬在半空。

麻六没精打采地在火车站广场上看那别有一番的热闹景象。此时广场的两侧，各种早点小吃摆了一长溜，一些赶车的旅客正或蹲或坐地吃着早点，吃得津津有味，满头是汗。

麻六也像赶路人一样，选了个人少的地方，要了一碗稀饭，两颗茶叶蛋，四个酸菜包子，蹲在地上大口大口地吃起来。

这时候，旁边有人看他，就像看一个怪物，吃在嘴边的鸡蛋也停下来了，觉得他这个人真奇怪，怎这么个吃相，话也不说，仿佛几辈子没吃过饭似的。麻六根本不知道有人在他旁边这样瞪起眼看他。其实他有什么好看的，不就是人么，饿了就得吃，吃也要认真一些，他就吃得很认真，像干活一样踏实，就连掉在怀里的一点鸡蛋渣也让他拣起来塞进嘴巴里，很朴素的，像个过光景的人。吃完早餐，他用手把嘴一抹，付过钱就要走人的时侯，看他的人突然叫住了他。

麻六扭过头，看着那人，不认识，但面相很慈善，对他也好像没什么恶意，还微微地朝他笑着，并问他是干什么的。

“什么也不干。”麻六不屑一顾地回答，心里对问他的人警惕起来。当然不是麻六要神经紧张，社会上这样的事太多了，有些人装着一副慈善的面孔，骗得人如云里雾里一般，然后就会借机下手。

这人看出了麻六的心思，就从口袋里掏出香烟，牌子挺亮，“南京”牌的，市场上很叫好的那种。从这种迹象上看，此人好像很有来头。

那人十分大度地递给麻六一支，麻六接住了烟，并没有马上抽，他不知道会不会上当，害怕一旦他把那支烟抽了，昏昏沉沉的什么也不知道，那他身上的三千块钱就会被那人轻而易举地给弄走，因此他眼巴巴地看着那个人。

那人也在仔细地看着麻六，像给麻六示范一样地把烟叼在嘴里，自个儿先点着抽起来，抽得烟雾缭绕。麻六想那人能抽，他也不会有什么问题，便点着那支好烟抽起来。

“南京”牌烟确实是好烟，抽起来相当顺气，比麻六口袋里的烟强多了，也没出现头昏恶心的症状，因此他就礼貌地对那人笑了笑。

“你是不是来这里打工？”那人问麻六。

麻六说：“是的，可是现在还没找到活。”

那人说：“既然没找到，那你愿不愿意跟我干？”

麻六觉得那人还比较实在，不像他想的那样，说话也挺客气的，根本不像海潮那样口出狂言，认为自己有了几个臭钱，就不把别人往眼里放。这人不是这样，却也像个有钱人，从他抽烟的档次上就能够看出来，没钱人是不敢买得抽这种牌子的烟的。因此他就对那人说：“我愿意，活累些也不要紧。”

那人说：“我看出你是个实在人，不会要奸溜滑。”

“你怎知道的？”麻六眨了眨眼问那人。

那人说："我看见你吃饭。"

"吃饭也能看出来？"麻六问。

"当然了。"那人说。

麻六也就不考虑那人要他干什么，好歹找了个活干，就跟上那人走了。

在路上，那人告诉麻六，他姓郑，名叫郑海，人送他外号郑大头，不是昌北本地人，但在昌北生活了十几年，没开什么公司，只是一个小工头，特别爱给政府机关干些拆迁搬运之类的活，这些活虽挣不了多少大钱，但是可靠，挣一个是一个的，不像有些单位，虽然挣了不少，但很多都是空头支票，看见花不上，因此他宁可少干一些活，也要干保险的那种。

麻六觉得郑大头的做法不错，很稳妥，像他人一样质朴，虽然说得不如海潮那么花言巧语，但听起来很实在，所以麻六觉得很放心。

郑大头无意间收下了麻六，并不是他在昌北找不到人了。在这十几年里，他找了不少，有的是他找的，也有的是主动找上门来的，但这些人都不牢靠，耍奸溜滑不说，手脚还不干不净，有的就连人家办公室里的纸笔都偷偷拿走了，让他非常恼火。他发誓再也不要当地的人给他干活了，哪怕多花几个钱，也要找一些手脚干净的人。

麻六是他无意间碰上的一个。

郑大头把麻六带到他邻时租的地方，那地方不大，只有四五间房子。其中两间是郑大头和家里人住的，另外两间给他找来的工人住。麻六被郑大头安排在靠边的一个房间里，这个房间可以住八个人，上下铺，现在只住了六个人，他住进去，那就是第七个了，有一个铺现在还空着。房子里虽然拥挤一些，但毕竟不是安家，凑合着完全可以。

这几天，郑大头没有揽下什么活，就这样无所事事地在大街小巷里转悠着，同时还物色一些打工的人。前一段在他手下打工的几个人让他一杆子都撵走了，那几个人不仅身懒，还油嘴滑舌，常常给他惹出这样那样的麻烦，让他非常生气。

安顿好了麻六，郑大头又跟麻六郑重其事地谈了一次，也是给麻六约法三章，不该问的话不要问，不该说的话不要说，不该干的事不要干。他问麻六能不能做到他说的这几条，麻六满口答应没问题，郑大头也就对麻六更加放心了。

事实上麻六对这几条真还能办到，他在西京市建筑工程公司就是这样，别人的事他从来不去乱打听，因此得到过同行的齐声夸赞。现在他到了这一步，你就是不这样约束他，他也不会去问长问短。

没事闲呆了那么两天，麻六实在闲不住了，心里总好像缺少什么一样，很想让郑大头给他派点事干干，闲着无聊他会生病的。可是他又一想，不能这样要求郑大头，郑大头是他的领导，领导叫干啥再干啥，领导让他呆着他就不要动。但他这样闲呆着，觉得就很对不起人家郑大头了，世上哪有白吃白住什么事也不干的人。

好像郑大头也有些着急，常常是天不亮就独自出门，把家里的人和几个工人全留在那几间平房里，很晚才回来。

当然，麻六不知道郑大头干什么去了。

郑大头一走，他几乎连门也不出地呆在房子里，实在呆不住了，就从门里走出来溜达一圈。当然他不能到郑大头家里去，郑大头不在家，他觉得到人家家里去就是他的不对了。因此，他就在那几间平房的小院里无所事事地溜达一会儿，然后再回到他住的那间房子里睡觉。

两天之后的一个上午，没出太阳，天阴沉沉的，看样子好像要下雨，却一直也没有下。麻六在那间平房里呆得很闷，便从门里走出来，刚走到院子，他就看见郑大头从门里进来了，脸上的微笑正好和这天的天气相反。

“你回来了？”麻六很有礼貌地给郑大头打招呼。“嗯。”郑大头给麻六点点头，看着麻六说，“你把东西收拾一下，跟我走。”

麻六问：“到哪里去？”

“你别问。”郑大头说，“去了你就知道了。”

麻六没什么东西可收拾，赤手空拳站在院子里，看着郑大头从他家门里进去，好像给他老婆交待了几句什么话，然后就从门里出来了。

郑大头看着麻六说：“咱们走。”

麻六跟着郑大头，从那排平房边经过，不经意间看了看郑大头的老婆。他看见郑大头的老婆样子挺端正的，虽然说不上有多么漂亮，但从她的身段上可以看出，她年轻时一定也是出类拔萃的。特别是她那一双眼睛，多么像小凤的眼睛呀，让人看后久久不能忘怀。麻六就在心里想，这些看上去并不怎么样的男人怎么就能找上这么漂亮的女人，而这些女人也不知是怎么爱上这号男人就死心塌地地一辈子跟着他。哪像他，连个女人都笼络不住，就说他在西京建筑工程公司找的那个女人，仅仅几年的光景，就跟上人家跑了。现在他也想通了，这事不能全怪人家，应该怪自己，穷得什么也没有，老家又在农村，人家什么也图不上，能跟他那么几年也不错了。再看现在，他活到了这个份上，想入非非的，但现实却是如此残酷。

如果他仍然在建筑工程公司呆着，富不了，也不至于到了现在这种讨吃要饭的地步……

此时郑大头不知问麻六什么话，由于麻六只顾胡思乱想，根本没有听见，还不小心地一头撞在了大门口的一堵墙上。

麻六总以为郑大头没看见，麻利地抱住头，幸好没有碰出血。

“你这是怎么搞的？”郑大头站在大门口，看着麻六责备地说。

麻六没吭声，低着头偷看了一眼郑大头。

“我刚才说的话你听见了没？”郑大头问麻六。

麻六说：“你说什么了？”

“那你在想什么？”郑大头紧皱着眉头，觉得这个麻六神神鬼鬼的，不像他在火车站广场里见到的那样实在，他觉得会不会看错人了，现在这社会上什么人都有，平时你看他人模人样，可转眼就变了。那么麻六也是这样的人么？他不知道。

郑大头因此开始对麻六警觉起来，但表面上装得跟什么事也没有一样，仍然跟麻六说着话。当然现在郑大头和麻六说话就不像前两天了，他仔细地观察着麻六的一举一动，企图在麻六的言行举止中看出他的一些破绽。但是他失败了，麻六还是原来的样子，看不出他有什么不规的行为。

麻六绝对没有想到郑大头会把他领到建国路。

虽然麻六对这条街并不熟悉，但是也不陌生。特别是街道两侧的楼房以及楼房大门口的牌匾，令他眼前一亮，过目不忘。此时他几乎被眼前的这些景物所惊呆，心里就不由地慌跳了起来。

这是麻六梦想的地方，也是麻六伤心落泪的地方。麻六害怕在这条街上突然碰见海潮或小凤，在从海潮医药批发公司大门口往过走的时候，麻六尽量把头低着，害怕有人认出他，其实他这种担忧是多余的。在这里，除了海潮和小凤认识他而外，还有谁认得他呢？他又不是什么红人。

麻六就这样走过了海潮的医药批发公司的大门，也没有看见海潮和小凤，他不知道他俩这时候都干什么去了。

然而麻六从大门口往过走时却吓出了一身冷汗。郑大头把麻六带到了距海潮医药批发公司很近的一幢楼下。

这是一幢建成不久的新楼，看样子楼上的一切都已经装修好了，只有一楼和二楼还空着，郑大头就是揽下装修一二层楼的娱乐中心的工程。

麻六很不想在这里为郑大头干活。

当然麻六并不是嫌装修的活脏活累，他在西京的建筑工程公司干的时候，常常也是干的粗活脏活，累得弯腰勾背，根本比不上装修的活路轻。但这地方离海潮的公司太近，说不准哪天他就会碰上海潮和小凤，如果那样，他会非常尴尬。然而事情往往就是这么不凑巧，他确实毫无选择，只能硬着头皮，跟着郑大头在这里干活了。

好些日子，麻六总是提心吊胆，整天钻在楼里不出去，像隐居在楼里一样，就是在中午吃饭的时候，别的工人或蹲或站在大门口有说有笑地吃饭聊天，可他孤家寡人地钻在还没有装修的二楼一角，惊慌地吃着饭，睛睛还不安地朝外看。到了晚上，大部分工人都上街去转了，唯有他，门里都不出去，像大家闺秀一样死守在楼里。

郑大头觉得麻六有些怪，问他，他又什么话也不说，不然就说什么事也没有，但他干活倒是挺卖力，好像跟谁赌气一样。郑大头就有点着急，喊叫他别这样，再这样他心里会很难受。

好几天就这样过去了，麻六在这座楼里除了干活，哪里也没去过。郑大头看见麻六实在，就想方设法让麻六跟他到建材市场买些装修所需的材料，但都被麻六好言给劝住了。他说他身强力壮，在楼里多做些重活，把买材料这些苦轻的活让给别人。

郑大头不知道麻六这是因为什么。

仅仅用了半年时间，郑大头承包装修的这一二层楼就要竣工了。快交工的时候，郑大头跟房东结算了一次费用，房东欠郑大头装修费上百万元。但房东说他现在确实没钱，得等他开业以后再付给郑大头。

郑大头当然不会同意，不说这二三十人的工资他没法开，就是他十几年挣的那点钱全贴进去都不够。那么，这个问题怎么去解决呢?

其实郑大头和那个房东也是好朋友，郑大头经常去找那房东，他又撇不下那个情，只好坐下来友好协商。协商的结果是两人合伙经营，利润对半分成。

起先，郑大头不怎么愿意，觉得自己没搞过娱乐这方面的事，而且他也知道娱乐行业是是非之地，他不图挣钱多少，只想图个安逸。如果让他搞娱乐，自己什么靠山都没有，非砸锅不可。但是那个房东实话对郑大头说了，干不干那是郑大头的事情，他现在确实没钱。无奈之下，郑大头才接收了已经装修好了的娱乐中心。

这个娱乐中心起名叫千秀娱乐中心，郑大头和房东李志浩合伙经营。麻六屈指算了算，他已经在郑大头手下干了快一年的时间了，工程结束后，所有的工人都被郑大头打发走了，单单留下他。郑大头认为麻六是自己的好兄弟，话不多说，干活还实在，因此也就让麻六跟他在千秀娱乐中心继续干事。

千秀娱乐中心开业时间不长，生意十分火爆，常常是客满为患，不知是郑大头经营有方，还是李志浩生财有道，可以说是财源滚滚。

麻六没想到他跟着郑大头还干出了名堂，很快被郑大头和李志浩委任为这个娱乐中心的大堂经理，月薪由原来的三千元涨到了八千元。

麻六非常珍惜这份千载难逢的工作，觉得郑大头就是他的一个大恩人大救星。

开始的时候，麻六只在一楼履行自己的职责，那就是协调各方面的关系，他的手下还有好几个部门经理，都由他管理，有什么事情了，部门经理可以直接向他请示或者汇报，能解决的问题，他当场解决，解决不了的他再去请示郑大头或李志浩。他俩是麻六的直接顶头上司，都在二楼办公，一人一个大套间，很漂亮，比市长的办公室都阔气。

二楼上的事基本上都由别人管理，麻六从不过问。他知道每个人都有自己的工作权限和范围，他尽量把自己的事干好，争取让郑大头和李志浩满意。

一般情况下，白天没什么大的事情，客人也少，一到晚上，客人就多起来了，不同年龄层次的人都有，而且到这里来玩的人都有来头。所以麻六非常谨慎，总是站在大厅里，面带微笑，即便自己有时候不高兴，微笑也是不能少的，这是娱乐中心开业以来给每个员工定的规矩，他当然也不能例外。

现在，麻六可不像原来的麻六了，穿着也很讲究，头发常常梳得一根不乱，胡子刮得干干净净，仿佛他一下就年轻了十岁，脸上的那些皱纹也不知跑到什么地方去了，又像年轻时那么精神帅气，麻六觉得自己真的又活成个人样子了。

夜已经很深了，生活在城市里的这些人丝毫没有倦意地玩得正起兴。麻六当然这时候也不能去睡觉，他得等这些人全部走完，才能到二楼上的宿舍去休息。二楼上有郑大头特意给麻六准备的一间房子。房子很小，只能撑一支单人床，放一点简单的生活用具，再什么也没有。

麻六很知足，自己单枪匹马一个人，只要能有个睡觉的地方就可以了。

往往到了凌晨两三点钟的时候，二楼里仍然在营业着。起先麻六并不知道二楼里的人在干些什么？当然这不是他管的事，也就不该他去操心。可是他住那间房子紧挨着营业的那些房间，不知为什么，那些房间里几乎听不到任何响动，静得使人感到有些害怕。慢慢他才知道，二楼里有好几间是桑拿房，有四间是麻将室，他那间房子在桑拿房的隔壁。

二楼上的生意比一楼的生意更好，来这里消费的人都很有身份，个个都像大款，从走路的神态就可以看出来。而且这些人一般不在一楼玩，都上了二楼，要了包间，还有漂亮的小姐陪着。因此时间就不会太长，特别是星期一到星期四这几天，可以说是门庭若市，一拨人还没有离开，另一拨人就等在了休息室，常常是这样。但是到了星期五，好像这些人就不敢再那么放肆，都乖乖地回家陪老婆去了。

麻六就知道二楼在干些什么事情了。

尽管郑大头和李志浩都没给麻六说过，但他早就悟到了。而且经常来这里的人，他慢慢就跟他们熟悉了，有时候这些人还象征性地在一楼唱唱歌，眨眼就跑到楼上去了，这已经成了一种规律。

有天晚上，麻六正在一楼给几个服务员交待事情，忽然从门里进来三个人，其中有一个人他非常面熟。他好奇地睁大眼睛一看，见是海潮，领那两个人，一个是税务局的邱局长，一个是工商局的尚万明科长。这三个人他都认识，由于看海潮看得太专注，就把给邱局长和尚科长打招呼的事忘了。

麻六确实害怕海潮知道他在这里，如果让他知道，那他这碗饭有可能就不好吃了。所以他装的什么也没有看见，尽量把头迈向一边，只简单地给服务员交待了几句，就让那几个服务员快去忙他们的事，他自己借机溜进一个包间，吓得出了一身冷汗。

其实，海潮并不知道麻六没有离开昌北。

也许海潮在麻六走后的一段时间里，就已经把他忘得一干二净，至于他俩在西京时能够称兄道弟，完全是因为在西京市建筑工程公司那样的环境里。现在海潮的身份变了，成了一个名符其实的大老板，所以朋友就成扯蛋了，这一点麻六在走近海潮时就已经完全看出来了，海潮之所以能在他面前装出那一点可怜的微笑，关键是因为他领着一位能够让海潮垂涎欲滴的漂亮姑娘小凤。

海潮为了从麻六手中夺走小凤，就把朋友当仇人一样对待了。

麻六觉得海潮不是人，像条疯狗，捉住谁都咬。海潮没有看见麻六，带着邱局长和尚科长直接上了二楼的桑拿部。

看来海潮和邱局长还有尚科长都是很重要的客人，郑大头和李志浩亲自出马，把这三位贵客热情地领到贵宾休息室，上了最好的茶，并吩咐身边的服务员，热情侍应这几位贵客。

服务员当然不敢怠慢，别说是有两位老总亲自出面，就是光邱局长和尚科长来到这里，他们都会全力以赴，尽量让两位贵宾玩得开心。在生意场上，他们还得这两位领导关照。事实上这里对工商税务方面上来的人关照得也很事无具细，不仅所有的消费一分钱都不收，而且连小姐费也由娱乐中心给支付了。

这回是海潮请客，郑大头和李志浩同邱局长尚万明寒暄了一会儿，海潮就已经跟着桑拿部的主管挑选好了小姐,然后不声不响地坐在包间的沙发上等着。

郑大头和李志浩见海潮从门里进来，借故离开了。

邱局长和尚万明茶水也不喝，等郑大头和李志浩从门里往出一走，就从沙发边站起来，看着海潮，好像有种急不可待的样子。

海潮对邱局长和尚万明的态度就和对待麻六完全不同了，脸上好像有永远抹不完的微笑，看着有些猴急的坐也坐不住的邱局长和尚万明，他不慌不忙地从衣服口袋里掏出一盒软中华烟，剥去了烟上的那层塑料包装，分别给他俩一人散了一支，他把一支烟叼在嘴上，就急忙掏出打火机给邱局长和尚万明点。

邱局长和尚万明在海潮进门时刚刚掐灭了烟，把剩下的半截烟扔在烟灰缸里，心想着海潮可能把一切都安排好了。可是看海潮的样子，分明现在还不行，因此邱局长心里就有些不高兴，什么话也不说，抽着烟又一屁股坐在了沙发上。

尚万明不像邱局长那么沉稳，他吸了一口烟，看着海潮说："怎？是不是现在还不行？"

"别着急。"海潮笑了笑说，"我怕那几个包间不干净，让服务员消毒去了，你再稍等一会儿，今晚上你俩就放心地玩吧，我给你俩找了两位最好的漂亮小姐。"

邱局长仍然一声不吭地低着头坐在沙发上，只是一个劲儿地不停吸烟。

不一会儿，贵宾室外响起了敲门声，得到许可后门里走进来一个男服务员，点头哈腰的，低声下气地给他们报告包间已经准备好了，请他们过去享用。

几乎像是一声号令，海潮和他那两位客人，邱局长和尚万明，齐刷刷地把胳膊都伸向茶几上的烟灰缸，把烟灭掉，跟着那个男服务生离开了贵宾休息室，穿过一条走廊，在拐角的地方，男服务生站定，推开一间包间上的门，请他们中的一位进去。

海潮请尚万明先进去，靠里的那间留给邱局长。"那你呢？"尚万明问海潮。

海潮说，"先把您俩安排好，我就别操心了。"

尚万明看着邱局长，让邱局长先进去。

邱局长说："让你进去你就进去，还谦让什么，不是都有么。"

"就是就是。"海潮说，"邱老板的在里边，安全些，你比邱老板年轻，就用边上这间。"

尚万明觉得海潮说的也对，保护好老板是他的职责，门口就门口，门口上也挺好。再说在走廊里也不宜多说话，万一碰上熟人就不好看了，因此他就一闪身进去了。

尚万明从包间进去以后，满脑子里全是漂亮女人，赤裸裸的，很性感。此时此刻，他把邱局长和海潮早忘得一干二净，睁着一对饿狼般血红的眼睛，仔细地搜寻着他要捕捉的那只可餐猎物。

房间里灯光十分暗淡，其实根本连暗淡的灯光也没有，只有靠房子的角落处摆放着的那台电视机放射出一缕淡淡的荧光，画面是一男一女正在寻欢，那呢喃的女声，激发着尚万明的血液在头顶上猛蹿，他几乎快控制不住地要叫喊几声了。

不知什么时候，尚万明头顶上亮起了一束光，很暗淡的光直端端地照在沙发上正看着他的漂亮小姐身上。那位漂亮小姐衣着极为单薄，仿佛只穿着一件薄纱裙，再连件内衣都没穿。

漂亮小姐朝尚万明微微地笑着，好像跟尚万明很熟悉一样地点了几下头。

当然尚万明并不是初次来这些地方，对于这里的一切，他已经是轻车熟路了。于是他有些激动地坐在那位漂亮小姐的身边，手就像条水蛇一样伸到了漂亮小姐的怀里，一把抓住她那团肉乎乎的肥奶，像只饥饿的羔羊一样，很有节奏地捏揣开了。

尚万明由温柔逐渐变得粗暴，手劲也狠了起来。

那个漂亮小姐有些受不了地也由呢喃变成了一种苦苦地哀求。

也许是那位漂亮小姐的苦苦哀叫，使他很快停下手，看着漂亮小姐那满含着泪水的眼睛，他再也不忍心那么用力地捏揣她的敏感部位，而是把漂亮小姐的头扳起来，问她："你受不了了？"

漂亮小姐看着尚万明，从沙发边站起来，对尚万明说："大哥，我去放水，咱们洗澡。"

尚万明给漂亮小姐点了点头，漂亮小姐便像一股风一样溜进了卫生间放洗澡水去了。尚万明听到洗澡水的流淌声，浑身就一阵阵发热。他等不上小姐来叫他，麻利地脱去了衣服，只穿一条内裤，急不可待地推开洗澡间的门，冲了进去。

漂亮小姐半蹲在洗澡间浴盆的边沿上，身上的衣服早已脱光，赤条条的一条线都不挂。她那完美的胴体，像刚刚剥去皮的水萝卜一样，白净光亮。尚万明在心里暗暗称赞，浑身就开始不停地抖动起来，而且抖动得越来越厉害，最后便不由自主地抱住那个陪他的漂亮小姐，双双跌进浴缸里……

尚万明完事之后，抛下陪他的漂亮小姐，几乎像只被人追赶的鹿一样，疯狂地跑出浴室，用手里的那块浴巾慌忙把身子擦了一遍，动作麻利地穿好衣服，连一句话也没说，便夺门而出。

尚万明来到贵宾休息室，软绵绵地坐在沙发上，一支接一支地抽烟，五脏六腑仿佛都被掏空一样，耳边不停地回响着浴室里哗哗的流水声和小姐软软的呢喃声。他现在已经不敢相信自己的耳朵了，好像耳朵已经出了毛病，除了那些声音，再什么也听不见。

邱局长还没有从桑拿间里出来，也许他正玩得起劲。他顾不得这些了，今天是海潮请客，这才是第二个项目，下一个项目可能就是玩牌了。

邱局长是尚万明介绍给海潮的，海潮老早就想跟邱局长接近，却一时找不到合适的人引荐，碰巧那天尚万明来他公司，说他能把邱局长请来。因此海潮就拜托尚万明去请邱局长，他先给尚万明一万块钱，说这仅仅是预付金，事成之后还有重谢。

海潮当然有他自己的想法。

邱局长是税务局的头号人物，那几年只因海潮没有拉上这层关系，不知让税务部门坑了他多少回。他对税务局的人既怕又恨，曾派手下人多次拉拢几个税务人员。请他们吃喝，他们照吃照喝不误，可就是在他的税收问题上不松口，因此他挣的钱，好大一部分让税务局给拿走了，而且连个人情也没落下。

虽然海潮对税务局的人有些不满，但他还不敢硬来。

海潮要少交税，就得在税务局有靠山，特别有能够在税务局呼风唤雨的人物。

这回海潮什么也不怕了，尚万明这小子还算够朋友，他说能把邱局长给他请来，这小子果然真的就给他把邱局长请来了。

海潮知道只要能把邱局长拿下，并且有邱局长给他撑腰说话，那税务方面上的事情他就万事大吉了。海潮为自己的高明深感得意。

尚万明在贵宾休息室里等了好长时间，知道邱局长正玩在兴头上。邱局长平常很少进这种场所，恐怕一时还放不开，得先培养培养情感，哪儿像他，仿佛跑进羊群里的一条狼，几乎什么也顾不得了。

这时候，海潮也来到了贵宾休息室，看见邱局长还没有出来，便跟尚万明抽烟聊天。

海潮正得意地翘着腿坐在贵宾休息沙发上抽烟的时候，突然他看见门口有个熟悉的身影闪了一下。

西装革履的麻六，风度翩翩，头发梳得油光锃亮，正大摇大摆地从楼梯口往下走。

海潮没想到他会在这种地方见到麻六，慌得他就要躲进贵宾休息室时，已经来不及了，麻六已经看见了他，并且有种得意的样子朝他微笑着。

麻六很想给海潮打声招呼，可不知为什么，他这时候又不想跟海潮说话，便直端端地从楼里下去了。海潮坐到贵宾休息室的沙发上，实在有些坐不住了，好像屁股底下铺了一层蒺针，扎得他刚刚坐下又站起来，满脑子里想的是小凤。

当然他这时候想小凤并不是觉得对不起小凤地跟别的女人在这里鬼混，他担心的是麻六在这里的出现，会不会影响到他和小凤的关系，至于那个小刘，早在一个月前就让他从这里打发走了。小刘走的时候虽然不是很痛快，但是一拿上他给的那几十万块钱，就什么话也不说了。

小凤看样子可不同于小刘，这一点海潮心里非常清楚。别看这女人说话不多，但她有一种倔强的性格，真要是谁敢惹她，那绝对不会有好果子吃。

海潮记得有那么一回，小凤从药品超市里往回走，快走到小刘办公室的门口时，小刘就破口辱骂小凤。

小凤一声都不吭，面部表情平静地从小刘的办公室里走进去，还没等小刘反应过来是怎么回事时，她的脸上就被小凤重重地掴了几个响亮的耳光。

这一下小刘的泼妇劲耍开了，她抓住小凤的头发就要往海潮办公室里拉。

然而小刘根本不是小凤的对手，她还没走到海潮门口，小刘就被小凤给摔倒在院子里，并且狠狠地在小刘的身上踢了几脚。

小刘躺在院子里，披散着她的一头乱发，满身全是泥土，不断地号哇哭叫。

公司里的人都不知道出了什么事，纷纷跑出办公室看热闹。他们只见小刘和小凤在院子里厮打得难解难分，可小刘根本敌不过小凤，吃了不少亏，鼻子里已经流出了血，血点溅得院子里到处都是。但没有一个人前去劝架，都在置身事外地看红火，任她俩把架打得越凶越好。

起先，海潮并不知道，正坐在办公室里打电话，忽然听见院子里吵闹得乱哄哄的，还以为发生了什么事，急忙扔下电话从门里跑出去，看见小刘躺在院子里，小凤站在一旁，身上有红红的血，于是他大喊着问小凤："你们这是怎么回事？"

小凤看也没看海潮一眼，怒冲冲地站在院子里。"你哑巴了？"海潮凶狠地喊叫道，"这是怎回事？小刘为什么躺在地上？还不快把她扶起来。"

公司里看热闹的人见老板出来说话了，一个个迅速地钻进办公室，再连人影子都不见了。

海潮知道这是怎么回事。

海潮走到院子，看着躺在院子里不起来的小刘，又看了看小凤，眉头皱了几皱，铁青着脸对小刘说："起来，躺在这儿给谁看？"

小凤见海潮站在跟前，扭头就要走。

海潮叫住了小凤，让小凤把小刘从地上拉起来。小凤没按海潮说的去拉小刘，也没有走，愣愣地站在一边，好像今天的事根本与她无关。

海潮生气了，不干不净地骂了几句这两位混账的女人，便自己动手把小刘从地上拉起来，看见小刘鼻青脸肿的，身上有不少的血迹，衣服也脏兮兮的，一张好看的脸也扭曲得十分难看了。

海潮实在没有耐心了，拉着小刘往办公室走时，转身让小凤也到办公室来。这是干什么哩，两个女人光天化日在院子里打架，他还没见过。

小刘在海潮手里挣扎着，嘴里不停地骂小凤是婊子，不要脸，见了男人就想上等等的脏话。

小凤比小刘心狠，只动手不动口，小刘骂她什么，她都不吭声，然而在院子里小凤给小刘那几脚，足够小刘受了。

海潮拉着小刘，听小刘骂小凤的话很难听，就说："小刘，你看你像什么，小凤现在不吭声了，你还骂她。"

"你心疼她？"小刘转过头，狠狠地看着海潮，挖苦海潮说，"你心疼你就把那婊子领到你家里养着。"说完这句话，小刘挣脱了海潮拉她的手，一屁股坐在沙发上，扯开嗓子号哭起来了。

小凤站在小刘办公室的地上，默默地，不管小刘骂她多难听的话，她仍然一声不吭。

海潮对这两个女人爱恨有加，自从小凤来到这里，小刘就挖空心思地排挤她，不仅经常对小凤指桑骂槐，即使在海潮面前，小刘也经常辱骂小凤。

小刘和小凤的不和，公司里的人都看得非常清楚，虽然没有人当着海潮的面说她俩的长长短短，可在背后早议论成一缝水了。说他养了两个情人，轮流上岗，看来小刘是因受到小凤的威协，才恨上了小凤，甚至恨不得把小凤捏死，但她还不敢发展到打架的程度。

海潮想不到她俩会爆发这场战争，他现在说谁也不是，只好沉默了一阵，让小凤走了。

那晚上，海潮把小刘叫到他的办公室，很认真地跟小刘谈了一次话，大致意思就是让小刘走。

其实，小刘现在也不想在海潮这里待了，知道待下去也没什么结果，所以就郑重其事地跟海潮摊了牌。“让我走可以，把小凤留着，我知道你舍不得小凤，这是事实。有她没我，有我没她，她比我长得漂亮，你喜爱的是她，我早看出来了，从她到这里起，你就开始冷淡我了。但是就这样让我走那不可能，我总不能人财两空，让我的青春白白葬送在你手里……”

海潮听出小刘话里的意思，那就是向他要钱。当然他不会一毛不拔，既然小刘说出来了，那他就给她一些钱，免得她俩在他跟前争风吃醋，因此他就问小刘：“你要多少？”

小刘想狠狠地宰他一下，这几年让这小子把她快害死了，让她人不人鬼不鬼，连个对象也没有，所以她便信口开河地对海潮说：“给我一百万。”

“一百万？”海潮惊叫了一声。

海潮听了小刘给他开出的条件，心里不由地打了几个冷战，觉得这女人也太贪心了，开口就跟他要一百万，看来她非要把他这个摊子踢踏光不可。

小刘看见海潮有些惊讶，便说：“一百万也是看在咱这几年交情不错的份上，不然……”

小刘虽然没有把话继续说下去,但海潮知道这不然后边所隐藏的可怕杀机。因此海潮几乎用一种可怜的哭相，讨价还价地跟小刘讲到五十万，这才勉强了结了此事。

五十万现在对于海潮来说也不是什么大不了的事情，但他觉得小刘太狠，开口就向他要那么多。其实小刘不松口，他也会默认的，他害怕这两个女人再这样下去出个什么事，那他就更没法收拾了，也就不是钱多钱少的事情，现在小刘还跟他有商量的余地，说明小刘并不是很坏，所以海潮痛快地给了小刘五十万，让她尽快离开。

小刘就这样离开了海潮。

现在海潮看见麻六并没有离开昌北，而且在千秀娱乐中心干得如日中天，他的心里就有些不安了，他非常害怕麻六再把小凤从他手里抢走。

海潮知道，小凤可不像小刘那么百依百顺，根本不吃他那一套，他曾经问过小凤，是不是还记着麻六。小凤却恶狠狠地告诉他，对所有的男人，她都有一种刻骨铭心的仇恨。她说她从麻六和海潮身上，看出男人没几个是好东西。

小凤这句很恶毒的话，让海潮听得很不是滋味。但是不论小凤对他态度如何，他都不希望小凤再从他的身边离开。

海潮总希望身边有个漂亮女人陪着，心里就觉得舒坦。

海潮坐在沙发上骚动不安地吸了好几支烟，邱局长才慢悠悠地从贵宾休息室的门里走进来了。看见他进来，海潮忙让服务员给邱局长上茶，然后招呼邱局长坐在沙发上休息一会儿。

邱局长看来对海潮这回的招待相当满意，他还没有从沙发上坐下来，就表扬起了海潮。说海潮人实在，够朋友，以后有什么事只管向他说，海潮的事就是他的事。

尚万明不失时机地帮腔道："邱局长是痛快人，对朋友很讲义气，你海潮以后有什么事，就给邱局长直接说，没一点问题。"

海潮听到乐哈哈的，连声说谢谢两位。

在贵宾休息室里休息了一会儿，邱局长说："时间不早了，咱们赶快回去。"

海潮和尚万明说："也行，以后有的是机会。"说着，海潮和尚万明跟在邱局长的身后，一同下了楼。到了千秀娱乐中心一楼大厅，海潮有意识地看了看，但他并没有看见麻六，不知道麻六干什么去了。海潮只好陪着邱局长走出了千秀娱乐中心，把邱局长送上车，等邱局长开着车走了，他才把尚万明叫到一边，递给尚万明两万块钱，让尚万明给他在邱局长跟前多美言几句，看能不能把他今年的税少收上一些。

尚万明非常痛快地对海潮说："这事包在我身上。"说着他就把钱塞进了口袋里，再连句客气话也没说，好像那是他应该得到的酬劳，根本不需要他再去说什么，很安然的样子。

不知不觉就到了晚上十一点多了，海潮要直接回公司，但又害怕碰上公司里的人，就坐了尚万明的车到市中心广场逛了一圈，然后让尚万明开上车走，他说他在附近的朋友家去一趟，然后再回公司。

尚万明问海潮用不用让他在这儿等他一会儿。

海潮说："不用等，时间不早了，你赶紧回去，不然嫂夫人又要拷问你干什么去了。"

尚万明说："那我就走了。"

海潮说："你先走，以后多联系。"

尚万明说："没问题。"

海潮看着尚万明开着车隐入夜色中，他呆呆地站在市中心广场的马路边，眼前不断闪现着麻六的身影，怎么抹也抹不掉。这时海潮不知想到了什么，在马路边呆立了一会儿后，突然挡了一辆出租车，急速地朝他的公司飞驰而去。

第十五章

海潮回到他的医药批发公司就去看小凤在不在。

对于这个女人，海潮现在有些不放心了。

海潮不知道她会不会在暗地里还跟麻六往来，他总以为麻六在那种情况下离开他，早不知跑到什么地方去了，根本不会待在昌北。可现在他不是听人说麻六还在昌北没走，而是亲眼看见麻六，并且就在他的公司跟前。

也许麻六这小子早就跟小凤勾搭上了，海潮怎么连一点防备都没有，而且他还把小凤安排在公司大门口的药品超市，这不是他给麻六和小凤创造了一个很好的约会机会嘛。

海潮现在特别恨麻六，恨不得把他碎尸万段。

已经很晚了，海潮连他的房间里也没去，直接走到小凤住的房间的门上。

一切都是静悄悄的，偶尔还可以听到门房老头的呼噜声。

小凤已经不在三楼住了，住在跟他同一层的二楼的一个套间。这是他对小凤的特别优待，小刘没有过这样的待遇，小凤现在拥有了。可是海潮这样对小凤，小凤根本不领他的情，她觉得一个男人，绝对不能拥有两样东西，一是有权，二是有钱，如果有了这两样东西的其中一样，一个好好的人，慢慢也就变坏了。整天不是花天酒地，就是寻花问柳，把家几乎当成旅店，想住就住那么一两回，大部分时间在外边寻找那些刺激的玩意，因此小凤对海潮这样的男人从心底里就没有一点好感。

这时，海潮站在小凤住的房门跟前，手慢慢举起来，但他又没有敲，而是扭头看了看院子，院子里连个鬼影都没有。但他心里还是不踏实，总觉得好像有人在背地里窥视他一样，而窥视他的人就是麻六。

海潮一想起麻六，牙关子就咬得格巴巴响。

一切静得如死。

小凤房子里没有灯光，不知她是睡了还是跑到麻六那里去了。海潮这么一想，也就不考虑什么影响不影响地敲起了小凤的门。

咚咚！一声。

咚咚！又是一声。

敲门声在晴朗的夜里显得异常响亮。

正在睡梦中的小凤被这一阵急促的敲门声惊醒，像个机器人一样从床上弹跳起来，瞪大了她那一对好看的眼睛，惊吓得不知道是什么阵候。她把身子蜷缩在被窝里，几乎连动也不敢动一下。

咚咚咚！几声。

咚咚咚！又是几声。

海潮还在不断地敲小凤的门，但他不敢喊小凤，因为二楼上还住着公司里的其他单身职工，害怕他们听见他黑天半夜还叫小凤。可是小凤就像死了一样一点反应都没有，甚至房子里的灯也不开一下，让他站在门上很难堪。

小凤并不知道敲门的人是海潮，总以为遇上了什么麻烦，有人想报复她。特别是海潮公司里的那些人，处处刁难她，认为海潮对她已经超过了上下级关系，而且活干得不多，钱还挣了不少。因此他们对她很不满，可又没有整她的办法，所以就喜欢在半夜三更骚扰她。

海潮站在小凤的门口像条丧家犬，敲了半天小凤的门，小凤连理都不理。因此他心里很不是滋味，觉得小凤比刚来时牛气多了，不知是她故意让他站在门口难堪，还是她真的出去了，所以他试探性地趴在门上叫小凤，看她到底在不在房间里。

“小凤！”海潮叫了小凤一声。

“小凤！”海潮又悄悄地叫了小凤一声。

海潮叫小凤的声音显得苍白无力。

小凤隐约听见好像是海潮在叫她，但她听得不是很准确，因此她不敢盲目答应，而是悄悄披上衣服溜下地，蹑手蹑脚地走到门前，想听听到底是不是海潮在门外叫她。

“小凤！”海潮不甘心地趴在门上又叫了一声。

这回，小凤听得非常真切，确实是海潮在叫她。她想，海潮这么晚找她，绝对不会有什么好事，他肯定是在外边喝酒喝多了，想在她身上要耍酒疯，因此她更不敢给海潮开门地轻轻走进套间，坐到了床上。海潮又是敲门又是叫，却不见小凤应声，心想小凤可能让麻六给领走了。麻六距他这么近，他怎就一点防备都没有，让这两个人在他的眼皮底下晃来晃去。因此他说什么也咽不下这口气，就想治治麻六，特别是麻六的千秀娱乐中心。

现在他已经交往了两位很得力的朋友，一位是税务局的邱局长，再一位就是工商局的尚万明科长，有这两个人帮忙，千秀娱乐中心就别想有好日子过了。

小凤一直没有给海潮开门，海潮完全像条丧家犬一样，垂头丧气地回到他的办公室，生气地抓起他办公桌上的电话，就给工商局的尚万明打过去。

尚万明刚刚回到家里还没有睡，忽然听见电话铃响，便赤身溜下床，抓起电话问谁？打电话也不看是什么时候，这么晚让电话铃声把人惊醒，你说让人生气不生气。

海潮忙给尚万明解释说："万明，实在不好意思，我是海潮，我有非常重要的事情想跟你商量，所以这么晚了还给你打电话，实在对不起。"

尚万明不知道是海潮给他打的电话，忙堆了一副笑脸说："我不知道是你，你千万别见怪啊。"

海潮说："没什么，是我不礼貌打扰你了，但我确实有件紧要事，想跟你商量。"

"什么事这么着急？"尚万明问。

海潮问尚万明："你现在睡了没有？如果没睡的话，能不能到我办公室来一下。"

"到底是什么事？"尚万明问。

海潮听出尚万明不想到他这里来的口气，本来想狠狠骂他几句，你这没良心的东西，吃了老子的拿了老子的，老子还领你玩了女人，可关键时候叫也叫不来了，你他妈的还是人吗？以前说的跟饿狗舔过一样，光蛋蛋的，可到现在你小子就顶不上一个人使了……海潮生了一肚子气，但他还不能在电话里这样骂尚万明，尚万明这小子他现在还惹不起。因此他尽量用缓和的语气对尚万明说："事情也不是那么着急，那你先睡觉，我明天再跟你联系。"

尚万明说："明天我去找你。"

海潮应了一声，就把电话给挂了，一个人闷闷地坐在办公室里，默默地想着麻六是怎么到了千秀娱乐中心这个令他头疼的问题。

其实，麻六从离开海潮的公司也并没打算在昌北这个城市里发展，如果不是碰上郑大头，说不定他现在还在某个地方流浪。

当然麻六从内心里非常感激郑大头，是郑大头在他走投无路的关键时刻收留了他，使他不再流浪，并且还让他活得人模人样。因此麻六在千秀娱乐中心忙完以后，一个人躺在郑大头特别关照下他才拥有的那间房子里，不由得就会想起小凤。

麻六觉得小凤跟海潮这样的花花公子，将来绝对不会有好结果，别看他现在花言巧语的，事实上他对谁都是三心二意，小凤跟他一定要吃亏。

不过麻六又在心里打劝自己，小凤将来有没有好结果？那是小凤的事。小凤将来会不会吃亏？那也是小凤的事，与他一点关系也没有，人家小凤压根儿就没把他当人看，不然海潮赶他走的时侯，她心里能不明白吗？很显然，那是海潮想霸占她。

海潮这小子太阴险了，为一个漂亮女人，就把几年的友情也不要了，哪像他，把友情当作生命中最为珍贵的东西一样对待。

事实上，麻六已经有一年多时间没见到小凤了，有好多次，他悄悄爬上千秀娱乐中心的楼顶，偷偷地往海潮公司的院子里看，希望自己能够看见小凤，哪怕看上一眼，他也会心满意足。

但麻六连小凤的人影都没看见过。

那时候麻六总以为在他走了以后，小凤也一定离开了。可是不管小凤离开没离开，他还是希望能在昌北这个地方再见上小凤一面。

然而麻六想见的人没有见到，不想见的人却偏偏让他见到了。他知道见到海潮绝对不会是什么好事，海潮这人他太了解了，说不定海潮还会对他或者千秀娱乐中心耍手腕。

果不然，没过几天时间，税务局就上门来了。

那是尚万明和海潮钻在一起，整整筹谋了一天，制定出了一套周密的损人方案，由尚万明亲自出面，买通邱局长手下的几个税务人员，让他们马上到千秀娱乐中心，狠狠查一查千秀娱乐中心偷税漏税的事情。因此，他俩一来到千秀娱乐中心，麻六就知道是怎么回事了。

麻六想，在某种程度上说，是他害了郑大头，如果郑大头别让他在这里工作，也许什么事也不会发生。可是你看这两个税务人员，表面上看是依法征税，态度可绝对不像以前那样，进得门就气势汹汹的，郑大头一看就慌了手脚，忙领这两个人到客房里去，他们坚决不去，还说郑大头再不好好配合他们的工作，就要封千秀娱乐中心的门。

郑大头眼看没什么办法了，便急急忙忙打电话给邱局长，看他有什么办法。

在这之前，邱局长和郑大头也有过一些交情，但交往得不是很深。因此，他接了郑大头的电话，便支吾开了，首先说他一点也不知道，后来他又说那是履行公务，他不便插手之类的话。

郑大头越听越觉得不对头，邱局长以前可从来不是这样，只要市里风声一紧，邱局长会马上给他通风报信。至于收不收税，都由邱局长说了算，收多收少也是邱局长的一句话。可是你看看，邱局长今天拿腔扎势，摆起了臭官架子，他不知道邱局长的葫芦里到底卖的是什么药。

这样想着，郑大头就把麻六叫到他的办公室，商量这事究竟怎办？现在唯一能跟他商量事情的人只有麻六了，跟他合作经营千秀娱乐中心的李志浩去了西京市里还没有回来，千秀娱乐中心的所有事情，只能由郑大头一个人扛着。

现在，郑大头实在扛不住了，只好跟麻六商量。麻六很想给郑大头说，税务人员之所以查千秀娱乐中心，怕根子在海潮一个人身上，是海潮这小子公报私仇，故意陷害千秀娱乐中心。但他又不能这样说，说了反而不好。因此麻六就坐在郑大头的办公室里抽着烟，东拉一句西扯一句地胡乱分析税务局派人来的真正目的。

“是不是咱们给税务局的头头脑脑们敬贡得不够？”麻六这样对郑大头说。

郑大头看了麻六一眼，觉得不应该是这样。

郑大头心里比谁都清楚，无论是税务局的邱局长，还是工商局的尚万明科长，这两个人都是他心中的一号人物，敬贡的事从来没少过，可他们为什么还要这样作弄他呢。是那晚上他招待不周？还是有别的什么原因？

当然郑大头绝对不会把今天的事跟麻六联系在一起，他很气愤邱局长吃里扒外，把他当猴耍，就根本不是一个人，还当什么税务局长。

郑大头只有干着急，再没有什么办法。

麻六看见郑大头急得像只热锅上的蚂蚁，恨不得捉住海潮一把将他捏死。可是麻六只能把这种恨深深埋藏在心里，他现在还不敢直接去找海潮。当然，他并不是害怕海潮，而是害怕见到小凤。

虽然说麻六同小凤在一起的时间才仅仅一天一夜，而在这一天一夜里，他俩也根本没有很好地相处，一直在东躲西藏，完全谈不上有什么情感。可是他也说不清楚是因为什么，心里老是记挂着小凤忘不了，就好像他心爱的东西突然丢了一样，怎能说忘就忘了呢？他觉得小凤说什么也应该跟他在一起，而绝对不应该跟海潮。海潮是什么东西？不就是过河拆桥，地地道道的一个小人吗？

郑大头在他那间办公室里焦急不安地走来走去，什么办法也没有，眉头皱得很深，像用铁铧耕过的田地一样。

麻六看见郑大头这个样子就想哭。

郑大头在地上走了一会儿，猛地抬起头，看着麻六说：“你快给李志浩打个电话，让他赶紧回来。”

麻六说：“让他回来有什么办法？”

郑大头说：“那我们总不能在这里等死。人家不是说了，再不把税给交上，就要封咱的门。”

“封他娘的腿把子。”麻六骂了一声，突然又觉得他在郑大头面前是不能骂人的，忙改了口地看着郑大头说：“郑总，我看是不是再找找邱局长。”

“找邱局长有什么用？”郑大头不解地看着麻六说，“刚才我不是给他打电话了，那小子明显不给咱帮忙。”

“这我知道。”麻六说，“人家张口就要征咱八十万的税，咱是不是赶紧凑上几万块钱，送给邱局长，看他能不能把这事给咱摆平？”

郑大头看着麻六，觉得这小子的鬼点子还不错，如果邱局长敢收咱几万块钱，那这事就不会有什么问题，不信他个堂堂局长，连手下的几个毛毛兵都没办法。因此郑大头让麻六把财务部经理给他叫来，尽快想办法弄来五万块现金，马上给邱局长送去。

麻六去找财务部经理，下到一楼大厅，就看见大厅的沙发上，税务局的那两个税务人员正大腿跷在二腿上，眯着眼睛，等千秀娱乐中心给他们交八十万块钱的税款，如果仍然拖着不交，那他们就毫不客气地要封门了，绝对不允许千秀娱乐中心再营业。此时，税务局的那两个税务人员并没有看见从二楼下来的麻六。麻六这时候也不会理他俩，直接去了财务部，把郑总的意思转达给财务部的刘经理，让他尽快凑五万块现金，马上送到郑总的办公室。

刘经理当然不敢怠慢，知道事关重大，但财务部现在仅有两万块现金，远远不够。刘经理就让出纳赶快到银行里去取，自行车也不要骑了，直接坐出租车去，越快越好。

出纳是位女同志，并不知道千秀娱乐中心出了什么事。她听刘经理这么一说，立即从刘经理手里接过现金支票，盖上自己的小红印章，挎上她的小包，风一样从门里出去了。

麻六看着刘经理把这一切安排妥当，就走到二楼郑大头的办公室，突然看见税务局那两个税务人已经到郑大头办公室的沙发上坐着，一副小人得势的样子，一句话也不说地眯缝着眼睛。

麻六真讨厌这样的人，不就是来收税么，何必要摆那个谱，难道把这个谱一摆，所有的问题就都解决了？

看样子郑大头被这两个税务人员折腾得焦头烂额，眉头紧紧地皱在一起，只顾一支又一支地抽烟，再什么话也不说一声。

麻六在郑大头办公室的门口静静地站立了一会儿，也没说什么话，扭头就从门里出去了。

郑大头急忙走到楼巷，问麻六：“事情办得怎样？”

麻六说：“我已经让出纳到银行提款去了，估计还得一会儿。”

郑大头说：“把款提回来，你带上，赶快去税务局找邱局长，想尽一切办法让他把钱收下，你看税务局这两个人，像幽灵一样守在我的办公室，我就是想走现在也走不了，这事恐怕只能你去办了。”

麻六想给郑大头说这事让他去办怕有困难，因为他只见过邱局长那么两三回面，不是很熟，害怕把事情办不好。但他看见郑大头着急的样子，只好给郑大头点了点头，便到一楼去了。

由于是在白天，千秀娱乐中心基本没有什么生意，显得冷清而萧条，除了几个服务人员在清扫地板，搬动桌椅而外，再没几个人走动。

麻六坐在一楼大厅的圈椅里，想着怎样才能让邱局长收了那五万块钱的事情。

时间不长，财务部的出纳小王风尘仆仆地从门里进来了，几乎连头也没有抬，直端端地回财务部去了。麻六从大厅里站起来，走到财务部刘经理的办公室，看见出纳小王正从包里给刘经理掏钱。

刘经理看见从门外进来的麻六，招呼都没顾得上给麻六打，忙着在点钱。钱是百元面额的，在刘经理和出纳小王手里翻得哗啦啦直响。

很快，刘经理和出纳小王就把五万块钱点完交给麻六，并让麻六打了一张条。麻六拿上钱就急急忙忙到税务局去了。

麻六到了税务局，敲开了邱局长办公室的门，看见邱局长正躺在沙发上，眯缝着眼睛看报。

“邱局长，您好！”麻六站在邱局长跟前，低头哈腰地给邱局长露出十分好看的笑容，尽管他这种笑容是装出来的，但在邱局长面前也显得特别真诚。

邱局长听见麻六喊他，便从沙发上往直坐了坐身子，也不管麻六脸上的微笑是真是假，他心里非常明白麻六找他是因为什么。所以他把报纸放在一边，看了眼麻六问：“你找我有什么事？”

“嘿嘿！”麻六憨厚地笑了一声。

“嘿嘿！”麻六又憨厚地笑了一声。

麻六笑了两声，不知道怎样对邱局长说，觉得很别扭，也很不自在，就像个小偷被人抓住一样，拘束得几乎连手脚都不知道该怎么放，脸上的笑容看起来很僵硬。

邱局长看着麻六，又往直坐了坐身子，然后问麻六：“到底有什么事？”

麻六现在还不敢在邱局长跟前说税务局的人去了千秀娱乐中心，开口就要征他们八十万税的事，他转身朝邱局长办公室门上看了看，看见邱局长办公室的门让他进来时带上了，这才慌忙从随身带的包里把五万块钱掏出来，轻轻放在邱局长的办公桌上，笑着对邱局长说：“这是郑总让我送给你的，一点小意思。”

邱局长看着麻六放在他办公桌上那厚厚的几叠钞票，眼睛一下就亮了，嘴张了几张，好像想说什么，但他又什么话也没说地静静看着麻六。看了一会儿，他就从沙发边站起来，很快走到他办公桌跟前，一把拉开他办公桌的抽屉，只听哗啦一声，他就把五万块钱像扫垃圾一样扫进抽屉里，面部表情十分平静地问麻六：“你有什么事要我办？赶紧说。”

麻六看见邱局长这么痛快地把钱收了，心里就踏实多了，他要的就是这个效果，因此他也就直截了当地对邱局长说：“邱局长，我们千秀娱乐中心来了两个人，说是税务局的来征税，开口就要八十万，不知您知不知道这回事？”

“谁让去的？”邱局长显得很生气，愤愤地说，“真他妈扯蛋，千秀娱乐中心是我们的重点保护企业，是哪个小子去那里胡闹？”

麻六知道邱局长之所以能说这么几句话，完全是那五万块钱的作用，因此他便乘机对邱局长说：“邱局长，是不是麻烦您给他们打个电话，至于征税的事，以后我们再商量。”

邱局长问麻六：“他们在什么地方？”

麻六说：“就在郑总的办公室里。”

邱局长顺手从桌子上抓起电话，把电话打到郑大头的办公室。接电话的当然是郑大头，邱局长非常客气地说了几句十分道歉之类的客套话，然后让他的人马上回税务局。

邱局长挂完电话，还在他办公室里愤愤然地骂道：“这一群王八蛋，有眼无珠，不看看那是谁的地盘，回来我非收拾这帮小子不可，真他妈的无法无天了。”

麻六看着邱局长在他办公室走来走去的样子，真想上去搧他几个耳光。心想，你他妈的还是人吗，还不是一个十足的贪官，还装什么好人？那次你打电话给郑总，说要在千秀娱乐中心玩，郑总不是安排得好好的，让你吃好玩好，而且连你玩女人的小费郑总都替你掏了，可你他妈的忽然会想出这样一招，打发手下两个税务人员跑到千秀娱乐中心胡闹，郑总给你打电话，你还阴阳怪气，一推六二五，如果不是我建议郑总送你五万块钱，不知你还要把千秀娱乐中心弄成什么样子？但是，这些话，麻六只能心里想想，他还不敢把邱局长的阴谋揭穿。所以麻六强装出几分笑意对邱局长说：“邱局长，非常感谢您的帮忙，如果不是您，千秀娱乐中心恐怕麻烦就大了，真的感谢您，以后您有什么事尽管吩咐，我们一定尽力为您效劳。”

“不说那些了！不说那些了！都是自己人，客气什么。”邱局长连连摆着手，好像他为千秀娱乐中心做了一件功德无量的大好事一样。

麻六的光荣使命已经完成了，他知道他在邱局长的办公室里再不能久留，因此他给邱局长打了招呼，便匆忙离开了。

麻六漫不经心地走在建国路的大街上，车辆和行人纷纷从他身边一闪而过。他低着头，心里很不是滋味，觉得邱局长太狠，这样轻而易举地就把五万块钱搂入自己的腰包了，而且连句客气话都没有，好像千秀娱乐中心欠他的债，早就应该还他一样。麻六越想越气，一气就想骂人，幸亏他现在是在大街上，如果要他在邱局长办公室再呆上一会儿,他说不准会忍不住破口大骂邱局长几句。

麻六快到千秀娱乐中心的时候，猛然像想起了什么事似的抬起头，看见海潮医药批发公司的牌子在太阳的光照下格外刺眼。为此，他有意朝海潮医药批发公司的药品超市里看了看，药品超市的门大开着，柜台里端坐着几个姑娘，个个都是一脸漫不经心的模样。

在这几个姑娘中间，麻六一眼就看见了小凤。

小凤的头一直低着，正不知忙什么。但小凤根本没有看见他，也许小凤压根儿就不知道他现在还会在昌北，并且就在她的不远处。

麻六很想走进药品超市里跟小凤说几句话。

然而麻六没有。

麻六觉得他现在不是见小凤的时候，说不定海潮晚上回去就安排了人，正秘密地监视着他，看他和小凤还有没有来往。因此麻六马上低下头，看见海潮医药批发公司就像看见建国路上任何一家公司一样，十分平静地走过去了。

麻六回到千秀娱乐中心，径直走到郑大头的办公室，他仍然憋着一肚子气，甚至气得他连句话也没跟郑大头说，就跌坐在郑大头的沙发上了。

郑大头根本不知道麻六心里想什么，他看见麻六这个样子，以为麻六是心疼那五万块钱，便走过来，坐在麻六的身边，拍了拍麻六的肩膀，有些感激地对麻六说："好兄弟，真感谢你，要不是你出这个主意，我们千秀娱乐中心不知要倒多大的霉。"

麻六扭头看着郑大头，气愤地说："邱局长真不是东西，给咱来这一套，真他妈的活人眼里捅拳头。"

"别这样。"郑大头站起来，给麻六倒了一杯水说，"生意场上就是这样，很多事情都不是一帆风顺的，一定要学会忍受，该投入的就要投入，不然我们就要吃大亏。"

麻六听郑大头给他说这话，气稍微消了一些，便端着郑大头给他倒的茶喝起来。可是他一口水还没喝完，郑大头办公桌上的电话就响起来了。

郑大头接起电话，听见是李志浩。

李志浩问郑大头："事情处理得怎么样了？"

郑大头说："事情已经摆平了，多亏了麻六，是他出的主意。"

李志浩在电话那头说："摆平了就好。"

郑大头挂了电话，刚转过身，正准备跟麻六说一会儿工作上的事情，电话突然又响起来了。

郑大头不知道这回电话又是谁打来的？他迟疑了一会儿，看了一眼麻六，还是把电话接了。

“喂，哪位？”郑大头问。

“我是志浩。”李志浩说，“刚才挂了电话我又记起一件事，你尽快安排一下，最好在这几天，把公安上那些人也好好招待招待，先把他们的嘴捂住，咱们才刚刚开始，路实在不好走，如果哪路神敬不到，哪路神就会作怪。”

“是不是等你回来再请？”郑大头用商量的口气对李志浩说。

李志浩说：“不要等我，事情宜早不宜迟。”

“那好！”郑大头满口答应了。

郑大头虽然口头上答应了李志浩，但是请客送礼这种事并不是他的特长，他也不善于做这种事情，因此他对李志浩叮嘱的事十分犯愁，万一让他给弄砸了咋办？说实在的，搞这种事他心里一点数也没有，因此他心里很不踏实。

麻六不管这些，仍然呆呆地坐在沙发上，看着一脸无奈的郑大头，觉得活人真他妈的累。

第十六章

郑大头决定宴请几位关键性人物的前一天晚上，几乎一夜没睡，两眼死死地盯着桌面上放的一张接待方案草图在仔细研究着。

这张草图是郑大头亲自精心描画的，说明他对他所要请的这些客人的重视程度。而且在这张请客的草图上，他已经标出了他要请的客人的名字以及安排的座次。一次次描画好，一次次又让他给推翻了，翻来覆去，他的眼睛都已经快盯出血丝来了，还没有最后确定下来，实在感觉到很累了，甚至已经把他搞得有些糊涂，他便将麻六从睡梦中叫醒，把他描画的那张接待草图递给麻六，让麻六再仔细看一看，帮他好好想一想，看这样安排合适不合适。

麻六从来没做过这种事情，对郑大头递给他的那张草图上的人名也不熟悉，因此他看着那张接待方案的草图，如老虎吃天，实在无法下手。

已经过了半夜时分，千秀娱乐中心十分的宁静，就连喧嚣的大街上，也听不到什么声响了。

麻六苦思冥想了一阵，根本想不出一点头绪，便抬起头，看着趴在桌子上低眉磕睡的郑大头说："郑总，你烦不烦，请人吃顿饭，还需要那么费劲吗？"

郑大头抬起头，眨巴了几下眼睛，狠狠地看了麻六一眼说："这你就不懂了，桌面上的事情，讲究可多哩，而且我们要请的这些客人又都是有头有脸的人物，谁坐在主位，谁陪左右，那是有讲究的，一点也不敢马虎，稍有疏忽，乱子可就捅大了，好端端请来的客人，他们看见安排的座位不合适，不去坐怎么办？不是出大问题了？这些人咱可谁也得罪不起呀！"

"嘿嘿。"麻六笑了笑说，"大城市里什么都好，就这一点不好，吃饭又不是开会，还分什么官大官小，怎么那么多的讲究，真是一个个闲得无聊。"

"唉，要说无聊也真是这些人最无聊，你没听社会上流传的几句顺口溜吗？"郑大头这样问麻六。

麻六说："我不知道。"

郑大头说："那我说给你听一听，看社会上怎么评价现在这些机关干部的：

上午你看我我看你，

中午你请我我请你，

下午你赢我我赢你，

晚上你抱我我抱你。"

麻六笑着问郑大头："你说的这话是什么意思？我怎一点也听不明白。"

郑大头就给麻六解释说："这是讽刺有些政府部门人员的话，而且形容得也很形象。你看现在有些政府机关里那些上班的人，你别看他们胳膊窝里夹个包一清早都来了，可是来了也没什么特别正经的事可干，一杯清茶一支烟，一张报纸翻半天，再什么事也没有了，然后打电话去找对象。这对象不是男女朋友那种，是能够说到一块的单位同事，看着对方的眼睛胡聊。胡聊到中午，也就到了吃饭时间，今天你请他，明天他请你，吃完饭凑在一起，不是搓麻将，就是打红桃四，或者挖坑，熬到下班，纷纷走人。但他们并不是急着回家，而是一块到歌厅找小姐去了。可是眼下歌厅生意也不行了，不够刺激，关键是政府管得紧，没有人再冒那个风险，万一逮着就不好看了。更何况，现在的娱乐活动五花八门，从洗头发展到洗脚，再深入地发展到洗桑拿，慢慢发展得怕要洗心脏了，这也算是一种娱乐事业上的产业发展趋势……"

麻六听郑大头这么一说，这才心领神会，怪不得李志浩千方百计要让郑大头跟他联合起来经营这个千秀娱乐中心。

"当然，到千秀娱乐中心消费来的，都是那些有权的和有钱的人，比如海潮，他是有钱的那种。比如邱局长，他是手里有权的那种人，再比如尚万明，可以说现在他只是个中级托，还没有发展成高级别的那种，市长书记这样的人物，他还没办法请到。那么，他们之间是怎样的一种关系呢？不说你心里也明白，完全就是权钱交易的那种关系。如果海潮像你麻六一样贫穷，那么根本不可能交上像税务局邱局长这样的朋友。邱局长也不可能听你的指使，让他干什么就干什么。道理就这么简单，你能不服气？你不服气都不行。"

郑大头觉得他跟麻六的话题扯得有些太远了，忙说："不说这些了，说了让人怪生气的。"

麻六心里想，你也不必生那些气，如果社会上没有这样一群人，那你凭什么要花那么大的投资搞装修，单凭一楼歌厅里能挣回几个钱？

当然麻六知道千秀娱乐中心的生意主要在二楼的桑拿部。在桑拿部里，郑大头和李志浩白白养着十几个如花似玉的漂亮小姐。白天，千秀娱乐中心为她们管吃管住，到了晚上，这些漂亮小姐就派上用场了。有时候客人多，小姐们忙不过来，郑大头还得临时在电话里约几个，连出租车费都给小姐们报销了。

往往那些有头有脸的人来到这里，还会走走郑大头的后门，郑大头总是把最漂亮的小姐留着，以备这些关键人物来娱乐中心时急用。

郑大头看见麻六歪坐在沙发上快要睡着的样子，便过去拉起麻六，让麻六坐在他的办公桌前，指着他描绘的那张接待草图，问他这样安排究竟行不行？

麻六对这些丝毫没有兴趣，但他在郑大头面前还不敢太敷衍，因此他就把那张接待草图拿起看了看说："我看可以了。"

可是郑大头总是不放心，仔细地琢磨着，并且不断在他描画的那张接待草图上变换着人名的位置，麻六觉得有些好笑。

大约又琢磨了两个小时，郑大头也磕睡得不行了，这才扔下他手里的笔，让麻六先过去睡觉，行不行就这样子了。

宴请几位头面人物的地点在万花酒店的豪华包间里，由于李志浩在西京市里还没有回来，郑大头要麻六跟他一块去。

麻六有点不愿意，但他又没有充足的推辞理由，只好听从郑大头的安排。

快到约好时间的时候，郑大头突然接到邱局长的电话，在电话里，邱局长对他说："是不是今晚上不要请公安局的刘局长，刘局长往这伙人中间一坐，场面恐怕就热闹不起来了，而且有好几个人都给他说，如果刘局长来的话，那他们就都不来了。"

郑大头听了邱局长的话，感到十分为难，公安局的刘局长是他亲自打电话邀请的贵宾，现在让他别来参加，他怎给刘局长去解释呢？再说他也没这个胆，刘局长是什么人他很清楚。

邱局长说："不要紧，要是你觉得不好说的话，我可以给刘局长打这个电话。"

郑大头觉得这样做不妥，刘局长可不是一般人物，在某种程度上，他要比邱局长重要多了，如果让刘局长不高兴，绝对不会有千秀娱乐中心的好事。到那时候，不是几个钱能解决问题的，千秀娱乐中心非让刘局长给踏平不可。因此在这个问题上，他绝不敢让步。然而还没等郑大头想好究竟该怎么办时，邱局长就把电话打给了刘局长。

刘局长对邱局长说："那我非常感谢你的提醒，你能为我考虑，不愧是高明的税务局长，那就请你转告郑总，就说我实在忙得脱不开身，有时间我一定会亲自到千秀娱乐中心登门拜访……"

邱局长听见刘局长非常客气地答应了，高兴得就把电话给郑大头打过去，说："这事我已向刘局长说好了，就请郑总放心，都是朋友，刘局长有机会会单独到千秀娱乐中心去娱乐，郑总可要好好招待他呀。"

郑大头在电话里连连说："那当然，那当然……"但他说是这样说了，心里确实有些不踏实，仿佛头上猛然让邱局长给他罩了一层暗影，他怎么躲都躲不开。可是事情到了这一步，他总不能再去得罪邱局长，说句心里话，这些人他谁也得罪不起。

怀着惴惴不安的心情，郑大头带着麻六，在下午五点钟之前赶到了距千秀娱乐中心不远的万花酒店。包间是麻六提前预定好的，带有卡拉OK，可以边吃饭边唱歌，非常有档次。

郑大头到了万花酒店，亲自到预定好的包间里看了看，觉得麻六安排得挺不错。因此他就从包间走到大厅，在大厅里恭候他要宴请的那些尊贵的客人。

最先到来的是尚万明，这人官虽不大，只是个科长，按理说在昌北这些地方，像尚万明这样的科长在街头上随处可见。可是他这科长跟别的单位科长不同，别的科长怕抽别人根烟都有些困难，可尚万明不同，足足顶得上那些没有实权的局长。因此郑大头和麻六就不敢怠慢尚万明，把他当贵宾一样恭敬地迎到包间，递上好烟，让服务员沏上好茶，先坐下陪着他聊会儿天。

尚万明坐下还没几分钟，邱局长就坐着车来了。

郑大头忙从酒店大门里跑出去，拉开车门，扶着邱局长从车里下来，仿佛身强力壮的邱局长，腿脚怎么突然就不灵便了，下车还得有人去扶他。

其实，谁都明白，这是郑大头巴结邱局长。

麻六站在酒店的大门里没出去迎接邱局长，他看见邱局长就想到了那五万块钱，觉得邱局长这人太阴险，爱钱爱得能钻到钱眼里的光景，让这种人当局长，只能让国家受害，百姓遭殃。但他只能心里这样想，还不能说出来，说出来让邱局长知道可就麻烦了。因此麻六只好站在一边，用一种仇视的目光注视着邱局长的一举一动。

郑大头把邱局长送到预定的包间不久，他要请的客人陆续就到齐了，大家有说有笑的，气氛非常热烈，唯有麻六坐在桌前不说话。

邱局长抽着烟喝着茶，滔滔不绝地给众人讲公安局刘局长不该在这里来的种种好处，众人便迎合着邱局长，不停地给邱局长点头，说邱局长太高明了，想得真周到，如果让刘局长到场，恐怕场面就不会这么热烈了。

众人说笑了一会儿，菜就基本上齐了。

邱局长看了看桌子上的菜，都是上好的美味佳肴，让人还没吃到嘴就先流口水了。

郑大头问坐在主位的邱局长："喝点什么？"

邱局长毫不客气地说："先来两瓶五粮液，茅台咱就不喝了，市面上没几瓶是真的。"

尚万明插话说："他们不敢拿假酒来，不看我们是什么人？"

"那是，那是。"郑大头笑着说。

邱局长说："算了，咱就喝五粮液，我现在不爱喝茅台酒了，先上两瓶，不够再要。"

尚万明问邱局长："今天怎喝？"

邱局长看了看尚万明，眨巴了眨巴眼睛，然后哈哈一面大笑说："还按原来的老规矩。"

尚万明转身对站在旁边的服务生说："拿两副骰子，咱再发扬发扬革命精神。"

众人跟着大笑起来。

酒场上，邱局长老当益壮，先上庄的当然是他。他嘴里不停地说着："小尚，我吹牛可顶不上你，酒你也比我喝得好，你可要为我代酒啊。"

"嗨，邱局长的酒量谁不知道，海量呀，怎会用得着我代，我是小字辈，牛吹得也不行，酒也喝得不好。"尚万明笑着说。

"你看这小子，没开始就打上退堂鼓了。"邱局长笑着说尚万明。

尚万明也笑着说："在邱局长面前，我只能服从，哪儿敢打什么退堂鼓。"

邱局长也不管众人说什么，从桌子上抓起碗，把骰子放在碗里摇了摇，轻轻放在桌面上，一副得意洋洋的样子。

尚万明凑到邱局长面前要给他当参谋，邱局长让尚万明回到座位上，开口叫了声三个五，然后看着身边坐着的市文化局李局长。

李局长不会玩这种游戏，也不善饮酒，便推辞说他不玩，众人都说那不行，邱局长上庄，哪儿能绕过李局长一说。

李局长见推脱不了，只好学着邱局长的样子，把桌子上的碗抱在怀里，摇了几摇，然后轻轻地放在桌面上不说话。

尚万明有些着急，便跑到李局长跟前说："李局长，你快看一看，邱局长说他有三个五。"

李局长把碗掀开一条缝，见碗里的骰子，有二个五，一个六，不知道他该叫几地看着尚万明，想让尚万明给他参谋参谋。

尚万明说："李局长，你喊三个六。"

"行。"李局长说，"三个六就三个六。"

邱局长听李局长一口喊了三个六，便把他面前的碗稍微揭开看了看，见他碗里一个六也没有，便让李局长开。

李局长当然输了，邱局长不仅没有六，而且连个五也没有。李局长便说邱局长的牛吹得好，他赢不了邱局长，就让身边的尚万明替他喝酒。

尚万明看着邱局长，就要从李局长身边溜走，被李局长一把拉住说：“尚万明，你不能光替邱局长吹牛，也该替替我，说着，把酒端起递给了尚万明。”

尚万明不喝是走不了的，因此他就把李局长输了的那杯酒喝了。喝着还说他多嘴，就不该替李局长当这种参谋。

就这样一来二往，一瓶五粮液刚两个回合就光了。这瓶酒，尚万明喝得最多，他不仅自已输了喝，而且还喝了邱局长的好几杯，头也有些晕乎乎的了，嘴里还不停地叫喊着让郑大头上：“朋友么，好不容易凑在一起，凑一起一回是多么不容易，郑总今日请客，不能不来一圈。”于是郑大头就站起来，微笑着面对众人说：“今天能把各位请来，是千秀娱乐中心的荣幸，我非常高兴，但是我玩这种游戏实在是外行，嘴拙手笨……”

“别说了，你快别说了，来一圈！”尚万明几乎快趴在桌子上，有些不耐烦地打断郑大头的话。

郑大头就不能再说什么了，他抓起桌子上的小碗就摇了起来，骰子在碗里噼里啪啦直响，声音十分脆亮。摇完后，就往桌上一放，顺口说了两个六，然后便看邱局长。

邱局长说：“郑总先跟李局长来，让我稍歇一会儿。”李局长说：“那不行，不能隔山吆喝，这是规矩。”“那好。”邱局长说，“那就三个六，六六大顺。”

郑大头揭开碗看了看，他碗里的骰子一个六也没有，不信邱局长就会有三个六，便说：“邱局长，那咱就开吧。”

邱局长只好把碗揭开，碗里只平平地躺着一个六，他输了，可他还稍带说：“郑大头，你的牛吹得也不错呀。”

酒当然由尚万明替他喝了。

尚万明这时候觉得实在撑不住了，血一扑一扑地直往脑门上蹿，脸也红彤彤的，像着火了一般。

就这样喝了不到一个半钟头的时间，两瓶五粮液早已见底，又要的两瓶五粮液也快喝光了，实在冷落了桌上那些菜，几乎原封不动地放着。

麻六看了觉得可惜。

临散场的时候，邱局长仍然在兴头上，摇摇晃晃地从桌子边站起来，睁着一双血红的眼睛问郑大头：“你下来还有什么安排？”

郑大头知道光这么吃吃喝喝交待不了这伙人，便说：“如果各位还有兴趣，那就到千秀娱乐中心玩玩。”尚万明插话道：“邱局长着急什么，又不是现在就送你回家，郑总早就安排好了。”

“唉。”邱局长叹了口气说，“出门老婆有交待，少喝酒多吃菜，吃不完拿回来，路上野花不要采，回家老婆有安排。”

“免了吧！”李局长嘲笑邱局长说，“今天不用你老婆安排了，人家郑总早给你安排好了。”

“嘿嘿！”邱局长干笑了两声说，“李局长是小看我这干老汉，有枪没子弹，一旦子弹上了膛，足足比你们年轻人强。”

众人一阵哈哈大笑。

郑大头看见邱局长醉醺醺的，忙让麻六招呼好邱局长，别让邱局长在这地方跌得鼻青脸肿，那他今晚上的粉就不是抹在了邱局长脸蛋上，而是抹在了邱局长的屁股蛋上了。他现在可是忙人，不仅要招待李局长和尚万明等人，还要扶着他们跌跌撞撞地走出万花酒店，再把他们扶上车，到千秀娱乐中心去娱乐。此时昌北的街上，万家灯火通明，由于是在晚上，又是坐着出租车，因此没人能认出车上的人是谁。但是开出租车的司机看见这几个人的样子，就知道是吃公款的那种腐败分子，要是其中的某个人掏腰包，就不会吃喝得像死狗一样了。

出租车里，静悄悄的，谁也不说话，都像睡着了一样。唯有麻六，扶着像装满沙袋子般沉重的邱局长，两眼失神地想着心事。

不一会儿，车就到了千秀娱乐中心的大门口，等车刚刚停稳，郑大头就从车里跳下来，飞一样地跑进大厅，叫了几个年轻力壮的男服务生，赶快扶这几个人到二楼的贵宾休息室。

邱局长看似醉得东倒西歪，其实他心里比谁都精明。当服务生把他扶到贵宾休息室刚坐下，他就吵着让服务生快些离开，心里烦得像猫爪子抓一样。

这几个服务生听着邱局长的醉话，十分害怕他要酒疯，平白无故地在这里受些冤枉气，因此借故给邱局长去倒茶，急忙脱开身走了。

贵宾休息室里，李局长和尚万明喝着茶，抽着烟，不时把头凑在一起，不知在嘀咕什么。

喝了一阵茶，李局长和尚万明就不觉得那么难受了，在郑大头给他俩续茶水的时候，尚万明偷声缓气地对郑大说：“李局长一天工作那么辛苦，是不是让他今天好好放松一下。”

“没问题。”郑大头痛快地说。

尚万明又问郑人头：“这里有没有空房，先让邱局长躺着睡一会儿。”

邱局长听见尚万明让他去睡觉，猛地睁开他那双血红的眼睛，把尚万明狠狠地瞪了几眼，很不高兴地说：“这么早让我睡什么觉，要睡觉我不会回家去睡？”尚万明显得有些尴尬，心想这老家伙怎会喝多了，根本就是装着。因此他笑了笑对邱局长说：“领导同志的身体要紧，我不能不为领导的身体考虑啊，如果你不想睡，那就去洗个澡。”

郑大头说："洗一洗就轻松了。"

麻六本来不管二楼的经营，可今天特殊，他把几个服务生都打发到一楼去了，二楼的事情就不让他们插手，由他亲自服务，而且他还特别给那几个服务生交待说："如果有客人来，就说二楼今天停水不营业，有兴趣的就让在一楼唱唱歌跳跳舞，没兴趣的让他们改天再来。"

这几个服务生连连给麻六点着头，但弄不明白二楼为什么不营业，停水显然是在骗人。可是麻六说了，他们不能不听，别看麻六只主管着一楼的营业，可在某种程度上，他等于是这里的副总。

麻六也不理睬他们心里想什么，等他们下了楼，他就来到贵宾休息室，让邱局长一行几个人到包间里去洗澡。

李局长有些不好意思地看着麻六，口是心非地说："我就不洗了，还要回家，家里还有客人等我。"

麻六说："李局长，还是洗个澡放松一下吧，也费不了你多少时间，洗完澡回去也误不了您的事。"

尚万明接着麻六的话茬说："就是么，工作还有个完，把工作的时间最好放在白天上班的时候，晚上留给自己，这才是好领导。"

李局长就不吭声了，仍然坐在沙发上不动，一个劲低着头抽烟。

邱局长醉是没醉，但酒还是喝得大了点，刚才还高喉咙亮嗓门地跟众人说话，现在坐在沙发上竟然打起了呼噜。

呼噜！一声。

呼噜！又是一声。

邱局长的呼噜声很快就把尚万明的目光勾引过去。尚万明看着邱局长，嘲讽般地笑了笑，便走到邱局长面前，在他的胳膊上摇了一下，问："邱局长你是睡觉，还是去洗澡？"

邱局长睡梦中还回答说："我当然去洗澡。"

尚万明转身问麻六："房间都安排好了没有？"

麻六说："都安排好了。"

尚万明说："安排好了你快扶邱局长到房间里去。"

麻六不敢怠慢，搀扶着邱局长从贵宾休息室里出来，随着他一摇一晃地到包间里去了。

安排好了邱局长，李局长和尚万明等人就不用麻六领着去了。特别是尚万明，他像主人一样带着李局长等人，一直把李局长送到拐角的那个包间里，他们几人也急忙往紧挨着李局长的那几个房间里一一闪进去了。

尚万明是在晚上十二点钟送邱局长回家的。

尚万明把邱局长送到他家的门口，没敢进去，就从楼里溜下去跑了。他害怕邱局长家里的人发现他，因为邱局长经过接二连三的折腾，现在确实有些醉了，神志不清，嘴里不知含糊不清地说些什么。

那时候，邱局长并不知道是尚万明送他回家的，更不知道尚万明把他送到家门口就跑了。

邱局长推他家里的门，却怎么也推不开。

邱局长便开始使劲地踢门，随即破口大骂起来："我造你先人，给老子把门关住干什么。"

邱局长的老婆翠花正躺在床上睡觉，听见门上有人大骂，不知道是谁这么厉害，便披了件衣服下床，走到门前却听见是她男人。翠花就想，她男人从来不是这样，回来就回来了，自己带着门上的钥匙，可他今天分明是喝多了，连自己家门上的钥匙也不会掏，舌头直得光会骂人。因此翠花十分恼火地把门拉开，他男人像颗驴粪蛋一样从门外滚进来了。

"看你这副德性，没本事就别在外边喝那猫尿。"翠花也骂骂咧咧地数落着她男人。

邱局长眨开眼睛看了看，房子里灯光很刺眼，于是他从地上爬起来，喊叫着说："你把灯开这么亮干什么你？"

翠花没有理睬邱局长，使劲拉着邱局长从地上往起站。

邱局长顺势拉着他老婆翠花的手，生气地喊叫着："这个小姐年龄太大，快给我换个年轻的。"

翠花一听邱局长说这话，顿时火冒三丈，朝着邱局长的脸上就是两个响亮的耳光，并扳住邱局长的头说："你看清楚，这是家还是歌厅？老娘可不是坐台小姐。"

邱局长睁开血红的眼睛，看见是他老婆翠花，扑通一声跪在地上，让翠花饶了他，是他酒喝多了，说了些醉话。

翠花怎能饶了邱局长，以前他男人老是不按时回家，还常哄她说是他工作忙，脱不开身，原来他是跑到外边搞女人去了。翠花越想越生气，一生气便使劲地把邱局长踢了几脚，然后含着泪水回到卧室关上门，蒙住头哭了起来。

邱局长这回真的是醉了。

邱局长根本没想到他还会有醉的时候，在万花酒店喝酒时，他确实要奸溜滑，基本上没喝几口酒，只是到了千秀娱乐中心的包间，他又要了四瓶干啤，陪他的小姐喝了一瓶，剩下的三瓶他全喝光了，可他还觉得有些不过瘾，又让小姐要酒。小姐看见他的舌头都僵直了，再喝怕出问题，但是客人要，她不敢阻拦，只好从门里出去，跑到郑大头的办公室，把这事告诉了郑大头。

郑大头问陪邱局长的小姐："老板喝了几瓶？"

小姐说："那人把三瓶干啤都喝光了。"

郑大头就对小姐说："你快过去，多陪老板玩玩，酒不能让他再喝了，不然不给你小费。"

小姐什么也不看重，看重的就是那几个钱，虽然那钱上长着厚厚的一层垢痂，但唯有钱才能触动小姐的神经，要不是为钱，她连正眼也不会看你一下。至于情感，那都是些狗屁。

当小姐疾步回到那个包间时，邱局长已经躺在沙发上昏昏沉沉地睡着了。当然小姐就不像他老婆那样，她使劲地扳住邱局长的肩膀摇了摇说："老板，你要是不行的话，我让郑总送你回去。"

其实让邱局长平平地躺一会儿也许还会好些，然而让小姐这么一摇，几乎把邱局长摇得翻江倒海了。

小姐抛下邱局长，再次来到郑大头的办公室说："你那位客人喝得不行了，快让人送回去，不然死在这里可怎么办？"

这时，尚万明刚洗完澡，正从郑大头办公室里往进走，见有个小姐在郑大头办公室里站着，刚要转身离开，郑大头却把他叫住，让尚万明赶紧送邱局长回家，别人找不见他家在什么地方。

尚万明不好脱身，而且邱局长又是他最好的朋友，他送邱局长回家理所当然，但他害怕邱局长的老婆。邱局长老婆的厉害，他是领教过的。因此他把邱局长送到家门口就溜走了，让邱局长自个回家。

翠花钻在被窝里哭了一会儿，还不见她男人回卧室里来，心里有些不放心，便悄悄从床上溜下地，开门看见邱局长仍然躺在沙发了，双眼紧闭，像快没气了的样子。

翠花又气又疼，便走到她男人跟前去拉他。

此时的邱局长彻底醉了，尽说些醉话，他以为自己还在包间里，因此连眼也没睁一下，大声地说："钱不是给你了，你还拉我干什么？"

翠花狠狠地说："我拉你去火葬场。"

邱局长一听这女人说话的声调就觉得有些不对劲了，猛地睁开眼睛，这才清楚地看见是他老婆翠花站在他面前。他知道自己这下可把祸给闯大了，翠花绝对不会饶他这一回。这时，他觉得最可恨的人就是尚万明，肯定是这小子害了他，明明知道他醉成这样，还要把他送回家，就不能让他在郑大头那儿睡上一晚，哪怕半夜酒醒了再送他回家也不迟，真他妈的。

然而翠花并没有立竿见影地收拾邱局长，而是静静地站在邱局长的面前，静静地看着他，看他还有什么话要对她说。

人常说，酒后吐真言。翠花今天信了。

邱局长最害怕的就是翠花不吭声，这比搧他几个耳光都难受。

翠花还是静静地看着邱局长，忽然觉得邱局长并不是她的男人了，她的男人以前并不是这样，不知道从哪一天开始，她那男人竟然变得让她感到有些陌生了，不仅在她面前疯话连篇，还常把她当成歌厅的三陪小姐。现在翠花几乎由愤怒变成了一种麻木，这种麻木一旦苏醒，恐怕就要酿成一场意想不到的惨祸。然而翠花尽量克制着自己，强压着内心的怒火，扭过头，望着他家那扇门发愣。

邱局长还没有彻底从酒精的麻醉状态中清醒过来，一会儿鼾声如雷，一会儿不知嘴里念叨着什么，含糊不清，但有几句比较清楚，那就是不停地要酒。

"再给我倒酒！"邱局长高高地喊了一声。

"快给老子上酒！"邱局长又喊了一声。

邱局长喊要酒的时候，手在空中乱舞，不知是要抓酒瓶，还是要摸小姐的手，翠花搞不清。

翠花气得七窍生烟，扭身从酒柜里提了一瓶别人送来的茅台酒，急匆匆地走到邱局长跟前，拧开瓶盖，把一瓶茅台酒全倒在邱局长的头上，然后把空酒瓶扔到垃圾筒里。

邱局长醉得一塌糊涂，血红的眼睛扑闪了几下，头上不停地往下滴酒，可他却抱住翠花的腿，哭声祷告地还要酒。

翠花因为生气才给邱局长头上倒那瓶酒，她看见邱局长还是这样子，再也忍不住地又朝邱局长脸上搧了几个耳光。

邱局长不知道今天是怎么了，光耳光也挨了不少，脸蛋浮肿起来了，而且肿得很可怕。但是他昏昏沉沉的，接着又睡过去了。

翠花手也狠，几乎使尽她全身的力气，恨不得把邱局长当场打死。

其实翠花并不想这样对待她男人，细想想结婚几十年，哪一点不是她听邱局长的，可是翠花想不到年轻时安分守己的男人，到了中年后竟然给她拈花惹草，翠花怎能忍受得了这一切。

现在翠花彻底不理邱局长了，搧了邱局长那几个耳光以后，独自回到卧室，把门反锁上，躺在床上不动弹。但是让翠花去睡，那是不可能的，她 点睡意也没有地心明如镜，心里老是想着她男人在外面那些花花草草的事情。

"呸，恶心死人了。"翠花不由地朝地上吐了一口。

到了凌晨三点多钟的时候，房子里的温度慢慢降了下来，邱局长的酒劲也慢慢散了，渐渐地感到身上凉嗖嗖的，便睁开眼睛，看见自己是躺在自家的沙发上，房子里的灯亮着，他面前一个人也没有。

邱局长从沙发上坐起来，回想着自己是怎么回来的，可是回到家翠花为什么看见他醉成这样还不理他？难道翠花不知道他回来吗？现在他弄不清楚，只觉得头痛欲裂，口干舌燥，很想喝口水，但浑身软绵绵的，要站起来走几步都感到很吃力。他挣扎着从沙发上溜下来，摇摇晃晃地走进厨房，拿起一只碗，接了水管上的一碗凉水，头一仰，便喝了个底朝天。

这下，邱局长彻底清醒了，知道自己确实是回到家里了，可就是不知道现在是什么时候，抬腕看了看表，已经是凌晨四点钟了。

邱局长对昨晚上的事一点记忆也没有，只知道是郑大头请他吃饭，然后把他带到了千秀娱乐中心，至于以后的事他根本想不起来了。想不起来他也不去再想，便从厨房来到卧室的门口，推了几推，门却怎么也推不开，他就喊他老婆翠花。

“翠花开门！”他叫了一声。

“翠花开门！”他又叫了一声。

邱局长一连叫了好几声，不仅听不到他老婆翠花给他开门，而且连翠花的一点声音都听不到。

邱局长这时候就有些生气，不干不净地开始骂翠花：“你是不是死了，我叫你听不见啊，他娘的连点声也没有！”

翠花一直坐在床上，心里想着许许多多她不该想的事情，首先她想到她和邱三，也就是现在升任税务局长的她男人，从相识到相爱，最终走到一起的情感经历。应该说翠花对邱三还是比较了解的，邱三的为人，邱三的能力，邱三对她的那片赤诚，翠花是很满足的。可是她怎么也想不通，好好的一个人，怎么说变就变了呢？开始当税务局局长的时候，他还没有特别的事情，基本上能够按时回家吃饭，然后看电视，完了睡觉，生活很有规律。可是慢慢的，翠花就觉得邱三再不像过去那样了，总是说忙，回不来，回家总是深更半夜，有时家也不回地住在了他的办公室。

邱三的办公室在政府三楼，是个套间，翠花去过两次，套间里安着一张大床，还有整套床上用品，据说是单位上给配的，万一单位上有了什么紧急事，他就在办公室里睡觉，这无可非议，翠花也觉得挺正常，人到了一定的地位，这是应该得到的一种待遇。

邱三是局长，这样的待遇非他莫属。

然而邱三的变化就是在他当了局长半年以后，过去他那种按时回家吃饭的好传统让突飞猛进的改革之风刮得一干二净，好像局长就有永远干不完的事，所有的事情非得他去加班处理不可。

起先，翠花还有些心疼，觉得这样下去非累坏老邱的身体不可，因此看见他很晚回来，翠花总是在他面前唠叨不停，说他当局长要像当局长的样，不要事事揽在自己身上，手下有那么多人，为什么非要什么事都自己亲自去干，就不能让手下的人多干一些。

邱三回答翠花很有一套，说自己既然是局长，就要在其位谋其政，不能当甩手掌柜。

翠花信以为真。

可是翠花发现老邱后来回家，嘴上总有一股酒味，问他，他说是有客人，喝了几盅。翠花不知道邱局长的客人到底有多少，什么时候才能陪完。后来翠花知道根本不是这么回事，他能忙什么？他不是忙着喝酒就是忙着玩女人。因此老邱站在门上使劲地叫翠花给他开门，翠花完全就当没听见一样。

老邱叫喊得翠花实在有些撑不住了，便没好气地把老邱臭骂了一顿。

“你小子回来做什么，哪个你花妈好，你跑去找就是了，还回来骚情老娘干什么。”

老邱被翠花一顿骂得狗血淋头，他不知道他老婆什么时候变得这么厉害，竟然敢这么狠地骂他。因此老邱也不示弱地骂翠花：“你这个婊子养的，是吃了豹子胆了，胆敢骂老子。”

门仍然让翠花反锁着，老邱无法进去，进去恐怕就会有流血事件发生了，所以老邱背抄着双手，嘴里骂骂咧咧着，并像驴一样在客厅里不停地转圈。

天快要亮了，可老邱和翠花仍然没有一点要去睡觉的意思。

翠花躺在床上骂了半天邱三，听见他已经不在门前了，便两眼大瞪地望着窗帘发呆。

老邱的手里又点着了一支烟，已经抽了好几支烟了，他仍然抽个不停。

老邱家的房子里一直烟雾缭绕。

第 十 七 章

郑大头的千秀娱乐中心因为有邱局长这些人给他撑腰壮胆,生意十分火爆,没用太多的时间,他就把投资进去的资金基本上回收的差不多了。当然千秀娱乐中心的火爆,郑大头绝对不会忘记站在他背后的这几位关键性人物。因此他隔三过五,总要给他们打个电话,让他们抽空到千秀娱乐中心光临指导,以便使千秀娱乐中心能够更上一层楼。

然而郑大头却忽视了一个非常关键的人物,这个人物就是公安局的刘局长。

当然刘局长并没有去找千秀娱乐中心任何人的麻烦,他要等待机会,好好教训一下千秀娱乐中心,让千秀娱乐中心的头头们知道,那个姓刘的公安局长,虽然不会拿着税票来千秀娱乐中心收税,也不会吊销他们的营业执照,但只要他稍微动作一下,千秀娱乐中心恐怕就要喊爹叫娘了。

这事,千秀娱乐中心的老总们谁都没有意识到。那是一个没有太阳的早晨,天阴沉沉的,而且风也刮得挺大,整个大街上灰蒙蒙一片,上班的人不得不捂着脸,避风而行。

郑大头刚刚起床洗完脸坐在办公桌前还没来得及抽支烟,电话铃声就急促地响起来了。郑大头忙抓起电话说:“这是千秀娱乐中心,你找哪一位?”

电话里的人告诉郑大头,他是公安局的,让郑大头马上到公安局的治安科来一趟。

郑大头接完电话,心里就不由地打了几个冷战。凡是公安局找上门来的,那一定不会有什么好事,说不定有人在背地里告了他的黑状。想到这里,郑大头急忙叫来麻六,如实地给麻六说了刚才电话里公安局的人让他去的事情。

麻六觉得问题有点严重,建议郑大头赶快给邱局长打个电话,看他能不能给疏通一下,不然这事恐怕就麻烦了。

郑大头听了麻六的建议,忙抓起电话给邱局长打过去。

邱局长问郑大头是什么事。

郑大头说：“公安局的人打电话让我到治安科去一趟，我觉得肯定不会有什么好事。”

邱局长迟疑了一会儿，觉得公安局把电话打到千秀娱乐中心，说不定是他们那晚上的事情暴露了。因此他这样想了以后，便有些惊慌地对郑大头说：“你千万不要慌，既然叫你去，那你赶紧先去一趟，我现在就给刘局长打电话，问问情况。”

郑大头说：“我知道了。”便挂了电话。

麻六站在郑大头的办公室，心里也为郑大头着急，但他没有办法，只能眼巴巴地看着郑大头发呆。

郑大头不想去公安局那种地方，想让麻六去一趟，但他又说不出口，心里在琢磨着。

然而麻六已经看出来郑大头的心思了，他觉得公安局那种地方，没事谁愿意想去，去了肯定也没什么好事。虽然郑大头没有这样说，但他感觉到郑大头想让他先去探探风声的想法。

果不然，郑大头停了一会儿，看着麻六，用一种商量的口气对他说：“麻六，你是我的人，这事我只能拜托你了，你先去公安局一趟，打问一下情况，如果有什么事我再去，这样也好有个缓冲的余地。”

麻六说：“我去怕不行。”

“可以。”郑大头说，“你也算咱的副总。”

麻六还有什么话可说呢。

麻六离开郑大头的办公室，没有到他负责的一楼歌舞厅，而是回到他二楼住的那个房间，坐在床上，心里想自己去了公安局该给他们讲什么呢？事实上，这里到底经营些什么项目，他不是完全清楚，两位老总都不让他去插手，但他多多少少也知道一些，二楼之所以门庭若市，那一定与色情服务有关。而且常常是在很晚的时候，一楼歌舞大厅里的人都已经散去了，可二楼上还在营业，来这里消费的人，层次都非同一般，不是大款老板，就是有权有势的人，他们往往会玩到很晚，有时甚至到天亮。有次，他因为闹肚子，半夜起来上厕所，在二楼的走廊里，他亲眼看见好几个袒胸露背的年轻姑娘，很性感地出入于那些包间之间。他一看心里就明白了，这不就是人们所说的三陪小姐吗？再就是郑大头请邱局长和尚万明那些人那一次，麻六心里非常明白这里在干什么？麻六想，公安局打电话让千秀娱乐中心的头头去一趟，很有可能就是因为这件事，如果情况真是这样，那事情恐怕就非常严重了。

麻六在他住的那个房间里默默地坐了一会儿，害怕郑大头责怪他还没去公安局，便抽了支烟，很快从千秀娱乐中心的大门里走出去了。

麻六漫不经心地走在建国路上，由于建国路并不是一条大街，因此人就少一些。老远，他就看见海潮的医药批发公司，心就不由地猛跳了几下，也就情不自禁地想起同他一块投奔海潮的小凤。

算算，麻六和小凤快有一年多时间没有见过面了，如果他在大街上突然遇见小凤，说不定她已经不认识他了。

然而麻六对小凤仍然念念不忘。

麻六很想去找一回小凤。

可是麻六知道现在并不是找小凤的时候，上次在千秀娱乐中心，他突然碰见了海潮，尽管他和海潮没说一句话，但海潮一定知道他并没有离开昌北，而且仍然在他的眼皮底下。因此他把找小凤的欲望深深埋在心底，就当他不认识小凤一样，权且把以前的遭遇当作是人生中的一段小插曲。

在路过海潮医药批发公司大门口时，麻六低着头匆匆往过走，很害怕药品超市里的小凤看见他。

麻六到了公安局，心情就不能那么平静了，像逃犯一样地心神不安，两腿也开始不停地打颤。他走到公安局的治安科的门前，看见治安科里有两个穿警服的人正不知在说什么。他从门里颤悠悠地走进去，有点结巴地问那两位公安人员："你们是不是找千秀娱乐中心的人？"

千秀娱乐中心的名声在昌北已经很大了，两位公安人员看着门外进来的麻六，一脸严肃的表情，其中一位个子比较高挑的中年人从桌子旁站起来，看着麻六问："你是千秀娱乐中心的老板？"

麻六说："我不是。"

"那你是干什么的？"

"我是他们聘用的。"麻六如实回答了高个子公安人员的询问。

那位个子比较矮小的公安人员开始一直没有说话，等麻六回答完，矮个子公安便说："我们要你千秀娱乐中心的老板来，既然你不是老板，那你来干什么？"

"老板让我来的。"麻六说。

"你回去。"矮个子公安很干脆地对麻六说，"让你们老板来。"

麻六也不想来，这又不是什么好地方，因此他听那位矮个公安这么一说，立刻扭头就走。在回千秀娱乐中心的路上，他突然看见了海潮。

此时海潮和小凤正在一起，很亲热的样子。

麻六坐在出租车里，心里很难受，他觉得海潮这小子真不是人，谁跟他打交道都会吃亏，别看他现在对小凤很亲热，如果让他再遇上一个比小凤还漂亮的姑娘，他绝对会把小凤甩得远远的。因为海潮这小子就这德性，别人不了解他，他对他可是了如指掌。

麻六不知道海潮现在到底还有没有老婆，在西京建筑工程公司的时候，麻六见过几次海潮的老婆，他老婆人长得很端庄，一双浓眉大眼，一张樱桃小口，据说他们有一个活泼可爱的儿子。可是在昌北，麻六连海潮媳妇的影子也没见到，海潮现在仿佛过着单身汉的日子，吃住都在他的公司里。

当然，海潮绝对不像麻六那样孤单，身边会有很多女人陪着，因为他有钱，所以他就拥有女人。女人爱财爱虚荣，海潮很能够抓住女人这些特点，因此他在女人面前很会献殷勤，首饰、衣服、皮包、皮鞋，这些用不了他几个钱的东西，他都能满足她们，而且他在女人身上出手十分大方，所以他很能赢得女人对他的青睐。

也许小凤正是看中海潮是一个有钱人。

麻六可以断定那晚上海潮不知在小凤面前许了多少愿，说不定他还会说他这个医药批发公司一半的财产都归小凤了。

小凤也真傻。

小凤就这样让海潮轻而易举地占有了。

现在麻六不愿再想那么多的事情，小凤跟谁，对他来说并不重要，他只是觉得小凤迟早会毁在海潮这小子的手里不可。

出租车到了千秀娱乐中心的大门口，麻六因为一直胡思乱想，所以他根本不知道已经到了，直到开出租车的司机催他，他才知道自己已经回到千秀娱乐中心。

麻六急急忙忙走到郑大头的办公室，把他去公安局的情况原原本本地汇报给郑大头。

郑大头皱着眉头，点起一支烟，在房间里不停地转悠了起来。

郑大头转悠了一会儿，转身问麻六："怎么办？"

麻六说："你不去恐怕不行，那是公安局，怕躲是躲不过去的。"

郑大头不吭声了。

麻六问郑大头："不知道邱局长给公安局的刘局长打电话了没有？"

郑大头说："邱局长说他打过了，不知是真是假。""邱局长和刘局长的关系到底怎样？"麻六又问。

郑大头说："我也不知道。"

两人把话说到这里便停住了，一人抽一支烟，抽得很上劲。

过了一会儿，麻六对郑大头说："是不是把尚万明找来，看他有没有什么办法？这人看上去活动能力很强，也挺够哥们义气的。"

郑大头说："那你赶快把他叫来。"

麻六很快去了工商局见到尚万明，说明了来意。可尚万明一听，连连摆手说："这事我不能插手，公安局找你们，那不关我的事。"

麻六失望地看着尚万明，觉得这小子还算什么朋友，关键时候掉链子，朋友也不朋友了。没有别的办法，麻六想只好去找一下邱局长，看他能不能帮忙。尚万明看见麻六要找邱局长，一把拉住他，什么话也没说就把他拉到他办公室里，关上门，偷声缓气地对他说：“你快别找邱局长了，他家后院起火了。”

麻六不懂尚万明说的话，不知道邱局长家怎么会后院起火了呢？后院起了火他为什么不回去还在单位？这肯定是骗他。因此他有些生气地对尚万明说：“你不帮忙可以，那是你的权利，我去找邱局长帮忙又不影响你，你别拦我行不行？”

尚万明哭笑不得地对麻六说：“你不知道，邱局长那天晚上和他老婆美美吵了一架，怪就怪你们那晚上让邱局长喝多了酒。”

“喝了点酒，他俩口子吵什么架？”麻六问。

尚万明说：“本来没什么，可邱局长喝醉以后，尽说胡话，你想他老婆能饶得了他。”

“邱局长说什么了？”

“邱局长把他老婆当成三陪小姐了。”

“哎哟。”麻六叫了一声说，“这邱局长也是，什么话不能说，为啥要说那些话呢。”

“谁知道哩。”尚万明说，“那天早上邱局长扳着一副脸，把我叫到他的办公室，美美把我收拾了一顿，说他老婆这几天连饭也不给他做，而且还说要把他告到公安局去，甚至还要跟他离婚。”

“那公安局找千秀娱乐中心老板，会不会是因为这件事？”麻六问。

“这很难说。”尚万明说。

麻六知道这个情况也就不可能再去找邱局长了，他坐在尚万明办公室的椅子上，焦急地问尚万明：“公安局现在要找千秀娱乐中心的老板，你说该怎么办？”尚万明咬牙切齿地说：“不管怎样，千万不能说邱局长和我去你们千秀娱乐中心玩过。”

“那该怎么说？”麻六问尚万明。

尚万明告诉麻六：“快去找海潮，听说他和刘局长是私交，只要能把他搬动，什么问题都解决了。”

麻六听尚万明提起“海潮”两字，怒火就燃烧起来了。但他还是强压住怒火，十分为难地对尚万明说：“海潮我不认识，找也是白找，人家肯定不会帮这个忙。”

“让你们老板去找他。”尚万明说，“郑大头和海潮以前有过交往，这个我知道。我们去千秀娱乐中心，还是他介绍的，他说那个地方不错，老板是他的一个好朋友。”

“真的是这样吗？”麻六假装糊涂地问。

“你赶快去。”尚万明催着麻六说，“别让公安局把千秀娱乐中心的门给查封了，那样可就更麻烦了。”

麻六觉得他在尚万明这里呆下去也没什么意思，便告别了尚万明，从工商局的大门里出来，并没有去坐出租车，而是步行着往千秀娱乐中心走。

此时郑大头如一只热锅上爬着的蚂蚁，在他办公室里骚动不安地乱蹿着。他没想到事情会搞成这个样子，公安局怎么会盯上千秀娱乐中心，这让他一点也没有想到。

麻六不可能像尚万明说的那样直接去找海潮，如果没有前边的事情，让他去找海潮还可以，关键是海潮现在不仅把他领的姑娘霸占了，还把他扫地出门了，他怎能再去求海潮帮忙呢？

宽畅的昌北大街上，车辆如蚁，人头涌动，麻六心烦意乱地混杂在这样涌动的人群中，漫不经心地往前走着。

麻六回到千秀娱乐中心，已经快到中午了，他看着往日红火热闹的千秀娱乐中心，转瞬便变得死气沉沉，心里很不是滋味。此时千秀娱乐中心的大门紧闭着，再看不到有人急匆匆走动的身影，好像有人已经知道千秀娱乐中心出了事一样，都远远地躲开。

麻六推开千秀娱乐中心那扇旋转的玻璃门，像个疲惫不堪的重病人一样，拖着软绵绵的身子，艰难地走向二楼郑大头的办公室。

麻六绝对不会把尚万明告诉他的那些话再转达给郑大头，但他的确替郑大头着急。要知道，郑大头在千秀娱乐中心投资进去的钱，现在虽然收回不少，但确实没挣到太多，即使公安局没对郑大头怎么样，光让他停业，恐怕郑大头的损失也非常惨重，而且跟他一块合作的李志浩走了好长时间再连面都不闪一下，不知他跑到西京市里干什么去了。

麻六漫不经心地走进郑大头的办公室时，看见郑大头正不知给谁拨电话，但电话那头总是没人接听。郑大头很着急，额头上不断有细汗渗出。此时他看见麻六从门里进来了，急忙挂断电话，转身看着麻六，问他：“情况怎样？”

麻六不想让郑大头太失望，觉得郑大头毕竟对他有恩，在他走投无路的时候，是郑大头收留了他，因此他没有直接向郑大头说尚万明根本不帮千秀娱乐中心的忙，而是用委婉的口气对郑大头说：“郑总，我看您还是先到公安局去趟，把情况搞清楚，到底是怎么回事，然后我们再找关系去解决。”

郑大头从麻六的话语中已经感觉到尚万明不肯帮忙，便没好气地骂了尚万明几句：“这小子真不是东西，嘴上说得比唱得还好听，在关键时候就躲开了。”

麻六理解郑大头的心情，这事给谁遇上都会心神不安的，何况郑大头从来没干过娱乐方面的事，想不到会遇上这么大的麻烦。他后悔听了李志浩的话，把他骗得干起了娱乐行当。他心里很清楚，这事不追究那就什么事也没有，一旦追究起来，就会上纲上线。然而现在说什么都没有用了，靠谁都靠不上，只好自己亲自到公安局去一趟。

郑大头刚刚走出千秀娱乐中心的大门口，可巧碰上了海潮。也许海潮知道千秀娱乐中心遇上了麻烦，他便有些得意地笑着问郑大头：“郑总，你脸色怎么这么难看，是不是出什么事了？”

其实，海潮在这之前不止一次光顾过千秀娱乐中心，两个人慢慢就成了无话不说的朋友，可是不知因为什么，海潮后来来得越来越少了。

开始，郑大头并没把这当回事，总以为海潮做生意忙，或者最近没什么客人，不然他会隔三差五就来一回。

当然，来多来少，那是人家海潮的自由，人家不想来的时候，你总不能硬让人家来，这成什么事情了。

现在，郑大头突然在千秀娱乐中心大门口碰见海潮，就想把公安局找他的事给海潮说说，但是不知为什么，郑大头又没说，只是看着海潮，礼节性地问海潮最近忙什么，连人影都见不上。

海潮说也没忙啥，小生意么，怎能跟千秀娱乐中心比。海潮停顿了一下，看了看郑大头，然后偷声缓气地问郑大头：“你们这里是不是有个叫麻六的人？”

郑大头看着海潮说：“有呀，你认识他？”

“认识。”海潮说，“早些年我和他在一块共事，不过这人你可得小心。”

“为什么？”郑大头惊讶地问海潮。

“也不为什么。”海潮说，“这人心眼比较多，你可得防着点，本来这话我不能给你说，但是看在咱俩交往不错的份上，我就实话给你说了。”

海潮给郑大头说了这几句话，然后就急匆匆朝另一个方向走了。

郑大头望着海潮远去的背影，不明白海潮为什么要给他说这些话？其实对于麻六，他心里非常清楚，在他和麻六一年多的交往中，看不出麻六有什么太大的毛病，反而觉得麻六干事非常谨慎，遇事也冷静，不像海潮说的那样。

那么海潮为什么要这样给他说呢？

时间不早了，郑大头也顾不上想别的事情，便挡了一辆出租车，急匆匆地赶往公安局。

已经快到中午下班的时间，公安局的大院里，身着制服的公安人员正朝不同方向走着。有的去了局里的小食堂，有的朝大门外走去，郑大头知道他来得有点迟，但迟也得来，这不同于别的单位叫他。因此他到了公安局，便在公安局大楼一层的楼道里看着门牌，寻找治安科办公室是哪个房间。

在一楼的楼梯口，郑大头看见靠楼梯口的那个房间的门开着，上边挂着的门牌正是治安科办公室。郑大头急忙走进去，见有位干警正坐在办公桌前看报。

郑大头没等那位公安干警问他干什么，他便自我介绍说：“我是千秀娱乐中心的老板郑大头，你们找我？”

那位干警放下手里正看着的报纸，扭头看了看郑大头说：“你就是千秀娱乐中心的郑大头？看来你的架子不小呀，领导亲自打电话请都请不来你。”

郑大头想给这位干警解释，可是这位干警很快制止住了他，然后开门见山地对郑大头说：“有人举报你们千秀娱乐中心存在色情服务，是不是有这回事？”“没有。”郑大头惊慌地说，“这完全是造谣，千秀娱乐中心遵纪守法，绝对不会搞那样的事情。”

“真的是这样吗？”

“当然是这样。”

郑大头正和那位干警说着，门里突然走进来一个戴眼镜的中年人，年龄大约四十五六岁的样子，额头上布满了皱纹。他背抄着双手，走到郑大头和那位干警中间，有意识地回头看了看郑大头，然后问那位干警：“这位是……”

“他就是千秀娱乐中心的郑大头。”那位干警回答说。

郑大头不知道这位中年公安是谁，看他的来头，也许是个当官的。郑大头一想到这里，心里便不由得埋怨起邱局长，那晚上要是把刘局长请来，事情就不会这么麻烦，很有可能那晚上他把刘局长给得罪了。

郑大头正这么胡乱地想着，那位中年人对年轻公安干警说：“小王，你先吃饭去，让他先在这里呆着，吃完饭录他的口供。”

“刘局长，你的饭是不是我帮你打回来？”小王问。

刘局长说：“不用了，办公室的人已经给我打好了。”

这就是刘局长？看来郑大头一点也没猜错，说不定病根就出在那天晚上。其实在这之前，郑大头跟刘局长通过几次电话，可就是没有见面，因此他不认识刘局长，现在站在他面前，他突然心里有些害怕，腿不停地开始发抖，汗也从额头上渗了出来，满脑子里想的全是那晚上的事情。

刘局长并没有对郑大头讲什么，也没有让他走，看来一时半刻他是不会让他回去的，而且连中午饭也不让他吃。

郑大头从来没有遇到这样的阵势，心里特别紧张，一紧张，就想尿尿，而且感觉快要尿到裤子里了，他对刘局长说：“刘局长，我想要上趟厕所。”厕所当然是要让他上的，刘局长同意了。

郑大头几乎是一路小跑地到了楼道尽头的厕所，解下裤子，却说什么也尿不出来。

不知是厕所的缘故，还是郑大头自己生怪，裤子解下，让他怎么使劲，就是一滴尿也尿不出来。

郑大头抬起头，痛苦不堪地瞪大了双眼。

此时天空中的太阳，像一张羞得通红的女人脸，正目不转睛地看他的傻样。

郑大头麻利地拉起裤子，正要从厕所里往出走，突然又觉得想要尿了，而且憋得他小肚子疼。他返身又站在便池旁边，解开裤子小便，可还是尿不出来。就这样一连折腾了好些时间，郑大头急得汗水直淌，心想，怎么尿也跟他过不去。

郑大头在厕所里呆了好长时间，刘局长在治安科办公室里抽了几支烟还不见郑大头回来，便站在门口喊王公安，让王公安到厕所里看郑大头还在不在。

王公安以为郑大头借上厕所跑了，走进厕所一看，看见郑大头没跑，手里提着他的裤子站在便池跟前，眉头紧紧皱着，而且非常认真小便的样子，却又不见他小便。王公安就喊郑大头："这么长时间站在这里干什么，看那东西回家看去。"

郑大头扭过头，看见是治安科里那个年轻的王公安，便哭笑不得地对他说："我想尿，可是一点也尿不出来。"

"尿不出来那能怨谁？只能说明你自己无能。"王公安站在厕所门口，面部表情严肃地看着郑大头，让郑大头不要找借口在这里拖延时间，拖延也没有用。

郑大头眨巴着眼睛看着王公安，虽然嘴上没有说我不是拖延时间，但他确实是尿不出来。

当然，王公安绝对没有郑大头这种感觉。

在治安科办公室里，郑大头心里害怕得直想尿尿，可是到了厕所里，却一点也尿不出来。这个时候，郑大头钻在厕所里真想号哭一场。

王公安不动声色地看着郑大头紧好裤子，便和他一同往治安科走。此时，郑大头看见公安局的院子里，刚刚吃完午饭的公安干警们正用一种异乎寻常的目光看他，好像他真成了一名罪犯。

吃完午饭好一会儿了，麻六还不见郑大头回到千秀娱乐中心，就知道事情很麻烦了。现在他不知道该不该给郑大头家里说一声，万一郑大头真的回不来，他肯定承担不起这么严重的责任。

麻六正在犹豫，忽然听见郑大头办公室里的电话急促地响起来。他以为是郑大头打回来的，一把推开郑大头办公室的门，跑到郑大头办公桌跟前，抓起电话，急切地问："是郑总吗？"

电话那头先是一阵沉默，过了一会儿，他才听见有人问他："你是谁？"

"我是麻六。"麻六说，"你找哪一位？"

"郑总呢？"电话那头是一个男人的声音。

"郑总有事出去了，你是哪一位？"麻六又问。

"我是尚万明。"电话那头总算通报了他的姓名。

没错，麻六在尚万明报出他名字的同时，他也听出是尚万明的声音。

尚万明问麻六："郑总上哪儿去了？"

麻六说："他到公安局去了。"

"他到公安局干什么？"尚万明有些不解地问麻六。

麻六说："我不是跟你说过，公安局让他去一趟，这一走，就是大半天时间，直到现在都没回来，不知是什么事？唉，我说万明兄，你能不能给邱局长做做工作，让他向刘局长求求情，这样对大家都好。"

"这话我不能讲。"尚万明说，"邱局长现在把我当敌人一样看待，他哪里还会听我的话。"

"他怎么会呢？"麻六说，"我知道邱局长不会恨你，他跟你又没什么过节。"

"你不知道。"尚万明唉叹了一声说，"那天晚上邱局长回到家，就闯了大祸，他把他老婆当作歌厅的三陪小姐了，而且说了很多不该说的话，他老婆跟他直闹了半夜，而且还说要到公安局去告他。"

"真的。"麻六惊讶地问尚万明。

其实尚万明已经给他说过这事了，不知他在电话里又重复一遍是什么意思，所以麻六也故意装作不知道一样。

尚万明说："我什么时候哄过人，如果邱局长这回让你们的郑总给供出去，那事情可就闹大了。"

"郑总不是那种人。"麻六说。

"但愿他不是。"尚万明给麻六说，"如果郑总回来，你让他给我来个电话，我在办公室里等他。"尚万明说完，就把电话挂了。

麻六不见郑总回来，心里很着急，觉得尚万明真不是东西，还跟郑总称兄道弟，关键时候连话都不给说一声，这种人绝对不能再交往。

这样想着，麻六在房子里也呆不住，便走到大门口，看着从千秀娱乐中心大门口驶过的一辆辆出租车，企盼着郑总能够突然出现在他面前。

所有的企盼都被无望击得粉碎。

正在麻六站在千秀娱乐中心门口发呆的时候，忽然听见有人喊他。

麻六扭头一看，突然看见小凤站在他的身边。

麻六顿时感到很不自然，脸上也泛起了红晕。

"你还好吗？"麻六礼节性地问了小凤一句。

小凤给麻六点了点头，然后看了看麻六，很快又把她的头低下了，心里总觉得她很对不起麻六，麻六心里一定在恨她。

对于小凤的突然出现，麻六觉得非常惊讶，这么长时间了，曾经有多少次，麻六从海潮医药批发公司门口经过，他多么想能够看见小凤，也希望小凤能够看见他，但是不知因为什么，他们之间的相见竟然是这么艰难。可是现在麻六最怕碰上他所认识的人时，偏偏在这个时候小凤站在了他的面前，使他感到特别紧张和别扭。

麻六看看小凤，再看看四周，四周再没有他认识的人，只有小凤像他的情人一样，自然而又有些拘束地站在他的面前。

说实在的，如果不是现在这种情况，说不定麻六会想尽一切办法把小凤从这里偷偷带走，要知道他只所以现在还没有离开昌北，在某种程度上与小凤有很大的关系，甚至可以说他就是为了等小凤。可是在这时侯他不仅没有了那样的雅兴，而且几乎想也不想这个问题了。因此他轻言轻语对小凤说："如果你忙的话，你赶紧走，让海潮看见咱俩在一起，他肯定会不高兴。"

"海潮就是一个地地道道的小人，我才不怕他看见。"小凤挺了挺胸脯，愤愤不平地说。

"你怎这么说他？"麻六问小凤。

小凤说："我前几天才知道你还在昌北没走，是海潮亲口告诉我的。他说他最不想看到他不想看到的人在他面前晃来晃去，如果是这样，那就是跟他作对，他绝对不会放过他。我问他看到谁了，这样让他不高兴。海潮说他在千秀娱乐中心看见了你。"

千秀娱乐中心和海潮医药批发公司之间的距离那么近，海潮一定以为麻六是冲着小凤来的，因此他就要想尽一切办法，不择手段地置千秀娱乐中心于死地，特别是麻六。因此他就向公安局拨打了揭发千秀娱乐中心提供色情服务的匿名电话，其目的就是想让麻六坐牢，看看他的厉害。

麻六大概也知道千秀娱乐中心的问题出在什么地方，就是小凤不这样告诉他，他也早料到海潮是绝对不会放过他的。

麻六只是觉得他对不起郑大头。

现在麻六几乎是哀求着让小凤快走，如果站在这儿让海潮再看见，恐怕事情就更麻烦了。

小凤能够理解麻六此时此刻的心情，在她临走的时候，麻六又告诉她："海潮这人你得要时刻防着，他这人绝对是人面兽心，相当不地道，是什么坏事都能干得出来的一个人。"

"我知道。"小凤看着麻六，便回到海潮医药批发公司去了。

而事实上，海潮从他在千秀娱乐中心碰见麻六那天起，就已经在暗地里监视上小凤了。海潮想，麻六没有离开昌北有麻六的用意，那肯定还在盼望着能和小凤在一起，他觉得麻六这小子做事太过分，竟然欺到他的头上，那咱就对着干吧。

海潮向公安局揭发了千秀娱乐中心有色情服务的匿名电话以后，正得意地坐在他的办公室里等着看千秀娱乐中心的热闹时，在医药公司药品超市里上班的菊花慌里慌张地跑到他办公室向他报告说，小凤到千秀娱乐中心去了，她看见小凤正和一个她不认识的男人站在一个路边说话，样子看上去非常亲热。

海潮听了菊花的报告，心里突然一怔，不知小凤什么时候就和麻六勾搭上了。但他很快沉住气，只向菊花说了句“我知道了”，便悄悄走出他的办公室，来到大门外，果然看见千秀娱乐中心的大门口，小凤和麻六正不知说什么，不一会儿，小凤就风风火火回到医药批发公司的药品超市里了。

海潮在他的公司大门里面气愤地抽了一支烟，一个人很不是滋味地想着心事，想了一阵，他就走进公司的药品超市，什么话也不说，也不看小凤一眼，只在药品超市的柜台外边心事重重地走了一圈。

小凤感觉到海潮知道她和麻六见面的事了。

海潮走到药品超市柜台外的尽头，突然转身把目光投向小凤。

小凤一直低着头，像什么事也没有发生地站在药品超市的柜台里，一句话也不说地站着。

菊花不像小凤，站在柜台里探着身子想跟海潮套近乎，但海潮根本没有跟她说话的意思，而且好像对她的工作很不满意的一样。

海潮临走的时候，还是叫走了小凤。

麻六现在想的只是郑大头。

麻六这时候也突然像变成了一只热锅上的蚂蚁，一会儿走到千秀娱乐中心的二楼，一会儿又站在大门口，他这么上上下下来来回回地足足等了五个多小时，还没有看见郑大头回来。因此他就知道郑大头这回是有进难出了。此时他突然想到了一件事情，而且必须马上处理，因此他没顾上多想，立马又跑到二楼，在二楼拐角的大包间门前，使劲地敲起来。

门里传来女人的声音，问有什么事。

麻六站在门外，有些焦急地说：“快开门。”

门被一个披散着头发的小姐拉开了，麻六看见包间里的沙发上，横七竖八地躺着好几个坐台小姐。麻六看到这一切，大呼小叫地让她们赶紧离开这里，不然公安局查上门，千秀娱乐中心就彻底完了。

这些光知道钱，天塌下来都不管的坐台小姐，眯缝着瞌睡的眼睛，哪里还能听得进麻六说的话，她们以为麻六这样打发她们走，那就是要断了她们的财路。因此这几个小姐虽然从沙发上坐了起来，但眼皮依然很沉地眯着，连看麻六一眼的兴趣也没有。

麻六好说歹说，谁也不肯挪动半步。

“你们赶紧走，我求你们了。”麻六着急地求着这些小姐，“如果你们再不走，那就要出大事了。”

“我们就不走。”一个紧挨麻六身边的坐台小姐翻了几翻眼皮，看着麻六说，“看你把我怎么样？”

其他几个小姐跟着齐声说，“就是不走。”

“快走。”麻六说，“走后门，再不走就来不及了。”

这些坐台小姐好像已经铁了心，再不跟麻六多说一句话，仿佛麻六在她们面前的唠叨，全成了蚊子的一种嗡嗡鸣叫。

麻六现在生气了。

麻六真想破口大骂一顿这些混账的东西，现在到什么时候了，还连老子的几句好话都听不进去，让公安局来了人把你们全抓走，看你们还怎么得意？可是麻六很害怕公安局在这里抓人。如果真在这里把这几个小姐抓到公安局，那郑大头就彻底别想回来了。麻六想到这里，还是非常认真地对这几个小姐说：“就算我求你们了，你们赶快先躲一躲，郑老板已经让公安局的人叫走了，说不定公安局马上会来这里来抓人，到时候你们就是想跑都跑不了了。”

这几个小姐一听说公安局已经把郑老板弄走了，害怕得再不敢在麻六跟前逞能地大眼瞪小眼。当然这里的老板，这些小姐并不怎么害怕，可是公安局的人，她们就不能不害怕了。因此这些小姐听麻六这么一说，都惊慌地从沙发上弹跳到地上，看了看麻六，几乎异口同声地问麻六：“那我们怎办？”

“你们赶紧从后门离开。”麻六还是那句话。

这几个小姐再不敢无动于衷了，纷纷拉上自己换洗的衣服，跌跤马趴地从包间里跑出去，慌慌张张地从后门里溜走了。

刚刚送走这几个一直吃住在娱乐中心里的坐台小姐，麻六正要从二楼的楼梯里往下走的时侯，迎面碰上了小凤。

麻六的眼睛突然像被铁钉钉住一样地站在楼道里看着小凤不动。

小凤也这样静静地看着麻六。

麻六想不通小凤怎么又跑到这儿来了，他在这时候显得有些恐慌和不安，仿佛站在他面前的并不是小凤，而是执法的公安人员。顿时，他的脸就像燃烧起来的一把火一样，浑身上下没有一处舒服的地方。

小凤仍然什么话也不说地静静看着麻六。

沉默了一会儿，麻六便开口问小凤说：“小凤，你怎又来这里干什么来了？”

“你不欢迎我？”小凤看着麻六反问说。

“不是。”麻六说，“我不知道你来这里有什么事？”

“找你。”小凤说得十分自然。

“你找我干什么？”麻六问。

“你不想知道一件事？”小凤问麻六。

“什么事？”麻六说，“我不知道。”

小凤直截了当地说：“你们让人给告了，是海潮。”

“你是怎么知道的？”麻六问小凤。

小凤说：“是你的朋友海潮告诉我的。”

其实不用小凤给他说，他也猜出一定是海潮告了他们，事实上，他也拿海潮没办法。但他总觉得海潮搞这样的阴谋诡计，简直就是一个无赖，不像一个堂堂正正的男子汉，男子汉做事敢作敢当，你对我不满有意见那你冲着我来，哪怕上刀山下火海，我一个人顶着，可你为什么要这样去偷偷地告呢？况且你和郑大头无冤无仇，根本没有任何的利害关系，难道世界上真还有没见过面的仇人吗？麻六这样想的时候，心里就感到非常愧疚，觉得是他害了郑大头。如果他拒绝郑大头的好意不在千秀娱乐中心来干，说不定郑大头不会遭遇现在这样的事情。

现在麻六想什么都没有用了，他只能在心里上万遍地祈祷郑大头能够平安无事地从公安局回来。

此时，小凤仍然站在千秀娱乐中心楼道里看着麻六不走。

麻六让小凤赶紧离开这个地方，一个漂亮姑娘站在娱乐中心楼道里像什么，而更重要的是，他不想让小凤在这里受到任何的牵连。

然而小凤根本不听麻六的劝告，非要等公安局的人来不可，她要向公安局的人证明千秀娱乐中心完全不像海潮说的那样，根本就不是什么卖淫窝点，海潮之所以要如此血口喷人地陷害千秀娱乐中心，纯粹是公报私仇。

事情结果不管怎样，麻六很感激小凤。

麻六还是极力好言相劝小凤尽快离开这里，这地方并不是一个好姑娘呆的地方，虽然小凤现在明目张胆地跟着海潮，享受那种荣华富贵，把他像扔包袱一样扔在了一边，但他明白了一个人为财死鸟为食亡的道理。尽管如此，他仍然对小凤产生了一种说不明白的喜爱，因此他绝对不希望公安人员把小凤也从这里带去审问一番。

麻六不愿看到这样尴尬的场面。

小凤和麻六就这样在千秀娱乐中心的楼道里足足站了有半个小时，可小凤任凭麻六说什么她也不走。

小凤有小凤不走的想法和理由。

而更重要的是小凤觉得她已经很对不起麻六了，事情之所以发展到现在这样不可收拾的地步，完全是因为她的缘故，她应该承担相当大的责任。如果没有她的存在，也许事情就不会是现在这个样子，这是明摆的事实，谁清楚不清楚，她和麻六心里是再清楚不过了。

麻六看到小凤这么固执地不离开，只好把小凤领到他住的那个房间里。

尽管麻六非常喜欢小凤，可是现在他没有任何心情跟小凤说话的意思，心情相当矛盾复杂，只礼节性地给小凤倒了一杯水，放在小凤的面前，然后默不作声地想着已经去了很久还没有回来的郑大头。

小凤坐在麻六的床边上，既不说走，也不说话，木呆呆地看着麻六发愁的样子，心里也很着急。

直至现在，公安局那边的消息一点儿也不知道，麻六只能干着急没办法。

小凤端起了麻六给她倒的水喝了一口，然后轻轻地放在桌子上，扑闪了几下她那一对漂亮的眼睛对麻六说："你也真是，这种事就根本不是你们这些人干的，就说海潮不去告你们，你们迟早也会出事的……"

麻六没有吭声地在一边低着头，心想，我之所以跟着郑大头在这里搞娱乐中心，在某种程度上跟你在海潮那里有很大的关系，不然我也不可能留在这里，更不可能认识郑大头。但是麻六想是这样想了，却没有当着小凤的面说出来。

大约到了下午五点钟的时候，公安局的人果然找上门来了，而且来了好几个人，他们没有穿警服，都是便衣，直端端上了二楼，把二楼的每一个房间都仔仔细细地查了一遍，几乎什么也没有查到。

在这之前，千秀娱乐中心所有的服务人员并不知道中心出了什么事，但他们已经感觉到有些不对头了，从早上到下午，他们谁也没看见郑大头，而且中午吃饭的时候，经常在一块吃饭的那几个坐台小姐突然间都不见踪影了，都不知道去了什么地方。然而他们根本没多想地一吃完饭就去睡觉，因为晚上才是他们的主要工作时间，至于千秀娱乐中心对头不对头，跟他们关系不是特别大，所以他们根本就没有在意。

服务生们看着两位便衣公安从麻六住的房间走进去了，其中一位个子比较高一点的公安看着麻六问："这里负责的是不是还有你？"

麻六说："我算不上是负责的，但比服务员的级别好像高一点，不知你们是……"

"这位是？"矮个公安看着麻六房间里的小凤问。

这时候的麻六心里特别有些紧张，他眨巴着眼睛看着公安人员，接着又看了看小凤，结结巴巴地说："她是我的同事。"

两位便衣公安挤起眼睛看了小凤几眼，好像他俩想要在小凤身上搜寻到什么神秘的东西一样，但他们似乎什么也没有搜寻到。

此时的小凤，沉着冷静，坐姿得体，举止大方，完全不是坐台小姐那种，一脸的浓妆艳抹，一副风骚的模样。其实像小凤这样漂亮的女人，才最有可能是坐台小姐。因为小凤长得实在太好看了，杨柳般苗条的身段，水萝卜剥了皮般白净的脸蛋，虽然她没有像别的姑娘那样穿得花里花哨，但也楚楚动人。特别是现在那些有钱的男人，如果见了这样漂亮的姑娘，简直就像患上小儿麻痹似的，几乎连路都不会走了。而那些会在有钱男人面前卖弄风骚的漂亮姑娘，再不用害怕没钱花，只要她们愿意出卖自己的尊严和人格，钱就会像流水一般地从男人的口袋里流向姑娘们的口袋。

在这时候，两位公安绝对不可能就此罢休，他俩几乎眼睛珠子也没有动一下，一直盯住小凤看了一会儿，很想在小凤的身上作为突破口，彻底查清千秀娱乐中心到底搞了些什么名堂。

就这样在麻六房间站了一会儿的一位公安指着小凤说:“你跟我们走一趟。”

“为什么？”小凤问让她跟他们走的公安人员。

“别问为什么。”那位公安说，“去了你就知道了。”

小凤就要被两位公安从麻六房间里带走的时候，麻六没有犹豫地强行挡住了要带走小凤的那两位公安人员。

麻六紧张地说：“你们不能这么随便抓人。”

两位公安看着麻六，非常不高兴地说：“你怎能这么说话，这怎能是随便呢？”

“你们有什么证据吗？”麻六据理力争。

“有没有证据，那不是你说了算，对这里的任何一个人，我们都有权带去问话。”两位公安非常严肃地对麻六说。

小凤从麻六房间里的凳子边站起来，看着麻六说：“你不要说这么多的话，让我去一趟也好。”

麻六不知道小凤是什么意思，呆呆地看着小凤。小凤就这样被公安人员从千秀娱乐中心带走了。麻六眼睁睁地看着小凤被公安人员带走以后，便像堆稀泥一样跌坐在床上。

此时此刻,麻六的两眼木呆呆地瞪着窗外如血的太阳,心里到底在想什么?他也不知道，他只感觉到天在这时候就要塌下来一样。

第 十 八 章

事实上，小凤并不认识郑大头。

小凤被两位公安人员带到公安局的审讯室里的时候，正好公安局的刘局长在审问郑大头。

小凤进得门就看见了威风凛凛的刘局长。

小凤跟刘局长比较熟悉，那时候刘局长经常和海潮在一起，两人说不上是一种什么关系，倒像亲兄弟一样无话不谈，好几次海潮带着小凤请刘局长吃饭，在那种场合，刘局长从没有小看小凤的意思。

此时刘局长看见小凤从审讯室的门里进来了，急忙从椅子边站起来，带着几分惊讶和难以捉摸的微笑问小凤："你突然来我这儿干什么来了？"

小凤一本正经地说："我什么也不干，是他俩硬带我来你这里的。"

这两位公安民警看见小凤和刘局长如此熟悉的样子，显得有几分尴尬和别扭，嘴张了几张，好像想给局长解释什么又不知怎么解释。

当然，这两位公安民警绝对没有想到这位漂亮的姑娘怎么会跟他们的局长这么熟悉。很显然，他们的刘局长对待小凤的态度明显跟别人不一样，那么他俩到底是什么关系，两位民警就不好说了。因此他俩心里犯起了嘀咕，是不是他们真的带错人了？如果真是这样，他俩这回恐怕就惹下很大麻烦了，挨刘局长一顿训斥那是小事，怕在将来的前途上还要受一定的影响。但现在他俩已经把小凤带来了，说什么也得如实向刘局长把小凤带到这里的前因后果要给局长说清楚。所以那位瘦高个子公安民警，眨巴了几下眼睛，有些结结巴巴地对刘局长说："我们在千秀娱乐中心没找到其他什么坐台小姐，就在麻六的房间里找到这位姑娘，因此我们就把她给你带来了。"

"你们带她来干什么？"刘局长有些恼火地质问那位瘦高个公安人员。

瘦高个公安说："我看，我看她像坐台小姐。"

“你简直是在放屁。”刘局长狠狠地骂道，“狗嘴里吐不出象牙，她怎可能是坐台小姐呢？她哪个地方像？”

两位公安见刘局长这样袒护着小凤，也就不敢再说什么了，乖乖地低着头，站在审讯室的门口。

此时，坐在一条冷板凳上的郑大头，看着小凤，却怎么也想不起他在什么地方见过，也根本没听麻六在他面前说过有这么一位姑娘。而且他也知道，麻六虽然是一个靠体力吃饭的年轻人，可他不像别的年轻人那样，挣得几个钱就烧得不行了，把握不住自己地在外边拈花惹草。而这些日子里，他并没有发现麻六跟社会上那些不三不四的女人来往，怎么可能他刚被公安人员叫走，麻六就找了这么一位漂亮的姑娘？

郑大头这样胡思乱想的时候，小凤看了郑大头一眼地对刘局长说：“刘局长，千秀娱乐中心的事，依我看完全是有人诬陷，常言说得好，捉贼捉赃，捉奸捉双，你们就凭有人隔沟放枪地打一个小报告，而你们又不实事求是地去调查，就这样平白无故地不让人家营业了，还把人家带到这里审问来审问去，那你们知道他们到底干了些什么事情？他们究竟有没有搞那些所谓的色情服务？你们有这样的证据吗？你们这样随便抓人是不是有些太过分了？”

刘局长不明白小凤为什么要说这番话，其实千秀娱乐中心搞什么，他心里很清楚。

然而，让刘局长左右为难的是，半路上会闯进来个小凤。

刘局长从见到小凤头的那一天开始，就已经对小凤产生了一种说不上来的好感。特别是那天晚上海潮请他吃饭的时候，小凤一直坐在他的身旁陪着他，很少说话，一边给他夹菜，一边劝他少喝酒，她的一举一动，让他难以忘怀。

那时候的刘局长，把小凤当做自己的妹妹一样。

可是，刘局长遇上了海潮这个好斗分子，两个人你来我往，喝了不少酒，小凤这样一个姑娘，劝谁都没有用。

那晚上，刘局长还是喝多了。

然而海潮喝得比刘局长更多，几乎醉得像烂泥，而且借着那股酒劲，把小凤使劲地往刘局长怀里塞。

虽说刘局长有些醉，但他不像海潮那样烂醉如泥，他对小凤好感是好感，可好感不能随便胡来，他是什么人？他是公安局长，公安局长就要行得端坐得正。因此他再三警告海潮：“不要这样，咱俩是好朋友，小凤是咱妹，你小子再这样把小凤当皮球一样踢来踢去，我就对你小子不客气了。”

那时候，海潮的办法想了很多，送钱送东西这些老办法，刘局长油水不进。

真是功夫不负有心人，就在海潮请刘局长吃饭那天，他察言观色到刘局长对小凤有那么一点意思。看到这一点，海潮心里暗喜，他真还得感谢麻六，简直就是他的一个大恩人，悄悄给他送来这么一个宝贝。想到自己从今往后依靠刘局长的权势，完全可以在这个地方飞黄腾达，因此他非常爽快，也讲哥们义气，随心所欲地就把小凤恭恭敬敬地送给刘局长。

当然，像小凤这样一个举目无亲的农村姑娘，能够有一位公安局长站在自己的身边，那她在这个城市还怕什么呢？不管刘局长是种什么类型的人，只要投靠了刘局长，她就等于在这个城市拥有了一份保险。

小凤现在对海潮这个人不抱什么希望，甚至看见他有些反感和讨厌，他仗着自己有几个臭钱，就可以主宰一切。其实小凤心里十分明白，自己在海潮的眼里，只不过是一个玩物，海潮只是玩一玩，说不定海潮哪天把她玩够了，就会毫不犹豫地把她一脚踢出门外。如果有刘局长给她撑腰壮胆，那她就不怕海潮了。因此小凤看见海潮喝醉得麻糜不分的那个怂样子，她就顺势跟上刘局长走了。

刘局长心里当然希望是这样一种结果。

……

小凤从此就跟刘局长的关系非同一般了。

然而此时此刻，刘局长看见他手下的人带着小凤来到公安局，觉得他的这些人不是替他办事，而是故意拆他的台。

两位公安人员看见局长这么生气，便有口难言地悄悄离开了审讯室。

刘局长看见那两个人走了，便走到小凤跟前，陪了一副笑脸地问小凤："这到底是怎么一回事？"

小凤说："你先把这个人给我放了。"

"你认识他？"刘局长笑着问小凤。

小凤说："这个人我不认识，但千秀娱乐中心有个人我熟悉，他曾经救过我，我欠他的人情，如果你能给我个面子，就把这个人放了，也算是你送我的一份礼物。"小凤接着对刘局长说，"我不仅让你放了人，同时，我还要你保证以后再不追究千秀娱乐中心的任何责任，这样就等于是你给我的一个奖赏。"

刘局长看着小凤，笑了笑说小凤："你的要求还真不少。"

小凤说："也不是我的要求多，其实千秀娱乐中心也没什么大不了的事情，你堂堂一位公安局长，可不要听别人胡言乱语，海潮是什么东西，我不说你心里比谁都清楚，他对千秀娱乐中心的人有意见，可他又没有什么好办法去报复，因此便利用你来公报私仇，我想你这样做，完全是海潮的意图，他这是借刀杀人。"

"我不知那个人是谁？"刘局长瞪起眼睛问小凤。

“是麻六。”小凤说，“我想你认识他。”

“那你是怎认识的他？”刘局长问。

“那是我个人的私事。”小凤说，“希望你尊重我不说的权利。”

刘局长深深地吸了一口气，转身坐到他审问郑大头的那把木椅上，身子重重地靠在椅背，微微地闭上了他的眼睛。

小凤不知道刘局长会不会放郑大头走。

郑大头一直没有离开他坐的那条板凳。

当然，郑大头是被怀疑有问题的人，没有公安人员的允许，他是不能随便离开的，更况且今天审问他的人是刘局长，因此就显得问题非同一般了，不然刘局长是不会亲自出马审问一个人的。

现在郑大头看见审问他的那个刘局长把整个身子靠在椅背上眯缝起眼睛，这才壮起胆子把站在门口的小凤好好地打量了一番。

这位替千秀娱乐中心说情的姑娘，跟麻六到底是什么关系？郑大头一时半刻搞不清楚。但是，他觉得这个姑娘来头不小，而且还有些神秘，也不知道这姑娘因为什么要这样帮他，是麻六找来帮他说情的吗？

郑大头心里掀起了一阵又一阵波澜。

此时的刘局长在木椅上眯缝着眼睛抽了一支烟，想来想去，觉得自己无论从哪个方面考虑，他也要给小凤这个脸面，不给这个脸面说不过去。因此他沉默了一阵，很快坐直了身子，看了一眼仍然站在门口静静看他的小凤，便很不情愿地对郑大头说：“你现在可以走了。”

“我没什么事了？”郑大头有些不相信自己的耳朵，十分荒唐地问了这么一句。

“你再不要在这里多嘴。”小凤不满郑大头这样问话，狠狠地说，“让你走你就赶紧走，别在这里废话。”

郑大头绝对没想到刘局长会这样放他走。

郑大头非常感激小凤。

郑大头几乎是一路小跑地出了公安局的大门，在大门口挡了一辆出租车，坐着出租车急急忙忙地回到千秀娱乐中心。

此时的麻六一直在千秀娱乐中心的大门口呆呆地等着郑大头回来。就在麻六等郑大头等得心烦意乱的时候，突然看见郑大头坐着出租车回来了。

麻六激动地跑过去，一把拉开出租车的门，几乎要在大街上跟郑大头拥抱了。

“哈哈。”郑大头从出租车里下来，看着麻六得意地笑了一声。

“没事了？”麻六急不可待地问郑大头。

“没事了。”郑大头说，“多亏你那位女朋友，要不是她，刘局长怎能放我出来。哎，我说你小子艳福不浅呀，什么时候交往的这么一位漂亮姑娘？你怎连老哥都不告诉一声，如果不是有人告咱黑状，我还没机会认识你这个女朋友。嗯，你小子眼力不错嘛。”

“嗨，郑总，你不要瞎猜测了，我还有那福份，她根本就不是我的什么女朋友”。麻六跟着郑大头，一边往千秀娱乐中心的二楼上走，一边对郑大头说。

“我不相信。”郑大头说，“你哄了别人还能哄了我。喂，你给我说说她叫什么名字？”

“她叫小凤。”麻六说。

“看看看，这就对了，她就是叫小凤。她呀，跟刘局长特别熟，我看出来了，她在刘局长跟前说话相当有分量，几句话说得刘局长就把我给放了。”

“那她现在人呢？”麻六问郑大头。

“她跟刘局长走了。”

麻六再不吭声了，默默地跟着郑大头来到办公室。

郑大头走进办公室，把外套脱下挂在门跟前的衣架上，然后走到他那张老板桌跟前，一屁股坐在椅子上，大喊了一声：“我胡汉三又回来了。”

麻六在郑大头办公室里静静地站着，心里一直在想郑大头刚才给他说的那些话，很不是一种滋味，不知道自己在这里干什么，心情突然间变得非常糟糕，他很想尽快离开这个鬼都不如的地方。因此他实在无法掩饰自己此时此刻的情绪，很不高兴地对郑大头说：“郑总，如果再没什么事，我先出去了。”

“你忙什么？”郑大头问麻六，“咱这里那几个坐台小姐都没什么事吧？”

“没什么事。”麻六说，“我预感到公安局会到这里来抓人，所以我就让她们从后门跑了。”

郑大头说：“你做得对，跑了就好，如果让公安局的人抓住可就麻烦了。”

麻六现在根本不想听郑大头给他说这些话，心里老是想着小凤，觉得小凤再这样下去，肯定要毁在这几个人手里。你看看他们是一些什么人？一个个就像一条条狼一样，几乎没有一点人性，如果小凤再不走，那她就彻底完了。

然而，麻六有什么办法让小凤离开呢？

麻六心里非常清楚，小凤根本就不喜欢他，在某种程度上对他很反感，如果不是这样，小凤就不会离开他而去投奔海潮，那么，小凤会采纳他的意见吗？

小凤绝对不会采纳他的意见，这一点，麻六心里很清楚。当然，他也没有理由去怪小凤，更没有好的办法阻挡小凤跟别的男人好，他能给小凤什么呢？幸福、快乐、安全……这些东西他能给了小凤吗？他什么都给不了，而且他自己也觉得自己相当没出息，甚至活得很窝囊，一个男人活得根本不像个男人的样子，几乎人不像人鬼不像鬼的，尽管说他曾冒着生命危险带小凤从那个淫窝里逃出来，事实上还不是他把小凤害成那样？他在小凤的问题上，负有不可推卸的责任，如果不是他，小凤也不会走到现在这种地方。

尽管如此，小凤仍然没有逃出色狼的魔爪。

想到这一切，麻六深感愧疚和难过。

时间不慌不忙地过去了几天，麻六像变了一个人一样，他的性格变得有些暴躁，动不动就给手底下的人发一阵没头没脑的脾气。

麻六真有些奇怪。

郑大头搞不清楚麻六怎么会突然变成现在这个样子，是他说了什么让他不高兴的话了，还是因为他知道了麻六和小凤之间的秘密，不然就是他在麻六跟前开了那么几句玩笑，使得麻六对他产生了反感。总而言之，郑大头觉得，麻六已经变得不是过去那个麻六了。现在，麻六也不怎么到郑大头的办公室里去，关键是他去了也没什么可说的话，有些别扭，不像过去，两个人像亲兄弟一样，可现在突然没有这样的气氛了。

郑大头和麻六都感到很痛苦。

此时的千秀娱乐中心，没有了往日那种红火热闹场面，显得十分冷清，楼巷里一片死寂，仿佛有生命的东西都在这个时候停止了异常兴奋的跳动。

一切就是这么不可思议。

第十九章

海潮一直在找小凤。

海潮几乎找遍了昌北所有的地方都没找到小凤。

海潮不知道小凤跑到什么地方去了，他问公司里的人见没见小凤，都说没看见。因此海潮就动员公司里的好几个人，分头到昌北的街上去找了几个来回，仍一无所获。

然而，让海潮绝对没有想到，小凤会不告诉他一声，就偷偷摸摸地跑到刘局长的办公室。

刘局长把小凤带到他的办公室，先给小凤沏了一杯茶，然后问小凤为什么要帮千秀娱乐中心说话，要不是他看在小凤的面子上，他绝对不会饶过千秀娱乐中心这一回。

小凤对刘局长说："你现在心里也应该知道事情的真相，我已经如实告诉你了，麻六曾经救过我的命，是他把我坎坎坷坷地带到海潮的医药批发公司，是海潮那个王八蛋强行霸占了我，还处处刁难麻六，寻找一些不是，几乎让麻六走投无路。"

"你同情麻六？"刘局长问小凤。

小凤说："你说的没错，我同情他，但同情不等于爱，我和麻六没那一层关系，我只是对他感恩，其实他挺可怜的。如果你能相信我，就不要再上海潮的当，他是借你的刀，去杀麻六。海潮这人太阴险，过河拆桥，你现在是在公安局长的位置上，如果你哪天下台了，海潮还能像现在这样巴结你吗？恐怕那时候他连认也不认得你了。"

小凤和刘局长在办公室里说了好长这样知心的话，慢慢刘局长被小凤说得有些感动，他觉得小凤这样一位身处异地的农村姑娘，还有这样高的思想境界，确实不简单。

刘局长在小凤这里已经长知识了。

天快黑的时候，刘局长邀请小凤一块去吃饭。小凤说不必了，她还要回到海潮的公司，这次她知道在海潮那里肯定呆不下去，她背着海潮去找刘局长，海潮肯定不会放过她。不过也无所谓，她觉得海潮一点也不可靠，早走有早走的好处。

刘局长看见小凤不想跟他一块吃饭，知道小凤有自己的一些顾虑，害怕海潮知道他俩在一起。但是，刘局长就是这样的性格，别人认为不能干的事情，他却非要去干不可。因此他也不管小凤愿意不愿意，再三挽留小凤，不管怎样，吃点饭也没什么关系，总不能让肚子也跟着受罪。

小凤心想也是，吃顿饭有什么关系，她又不是头一回跟刘局长一起吃饭。

这回，刘局长不同往常，好像有什么预感，叫了他的司机作陪，选了距离不远的一家时代饺子馆。这家馆子不是很大，生意挺好，他们在太阳落山的时候过去，所有的包间都已经坐满了人，唯有靠窗的一张小桌空着。

司机问刘局长："是不是换个地方？"

刘局长说："不用了，靠窗就靠窗，靠窗还可以欣赏街上的风景。"

"你还有这雅兴？"小凤边朝靠窗的那个小桌旁走，边对刘局长说。

刘局长说："我今天就有这雅兴，好多年了，从来都没有的这种雅兴今天有了，真感激你。"

小凤抿着嘴笑了笑，很得意的样子。

安咐好了小凤和刘局长，司机就要走。可是不知为什么，刘局长没有同意，而且还问司机："急着走干什么，家里又不丢吃奶娃娃，那么匆匆忙忙。"

司机觉得自己坐在小凤和刘局长一块吃饭不妥当，谁知他俩是什么关系，自己何必坐在他俩之间难堪。再说刘局长往常出去应酬，从来没有带他去的习惯，今天怎么不让他走，是不是这女人把刘局长给缠住了，刘局长因为脱不开身，才想了这个办法。谁知道哩，既然刘局长不让他走，那肯定是有原因的，因此他就老老实实地坐在一旁，只顾喝服务员沏的茶，再什么话也不说，像个哑巴。

小凤和刘局长的话也很少，心里都在想着心事，即便说话，也是说一些吃吃喝喝的事，其余的事闭口不谈。

饺子还没上来，小凤和刘局长都在不声不响地品茶，不经意间，小凤扭头看见不远的拐角处海潮正坐在那边吃饭，旁边还有好几位客人，但小凤一个都不认识。

小凤害怕海潮看见她地急忙低下了头。

其实，海潮早在小凤和刘局长从门里往进走的时候，就已经看见他俩了。

好在小凤是和刘局长在一块，如果和小凤在一起的是别人抑或是麻六，那可就有好戏看了，海潮绝对会毫不客气地跟那个人干上一场，然后他再去收拾小凤。

然而，今天的对象有些非同一般。

这时候的海潮看见刘局长和小凤成双成对地从门里进来了，只好装得什么也没看见地给他那几个酒肉朋友斟满了酒，让服务员上了两斤大肉水饺，想在小凤和刘局长没有看见他时，吃完水饺赶紧离开。

然而不知怎么刘局长已经看见了海潮，他见海潮正在那个拐角处大口大口地喝酒，便让司机过去把海潮给他叫来。

海潮听说是刘局长叫他，他当然不敢不来。临走的时候，他让他那几个朋友好好喝酒，那边有朋友叫他，他去一下就来。

小凤不知道刘局长为什么要叫海潮。

小凤心里有些惊慌。

海潮提着五粮液酒来到小凤和刘局长的桌跟前，微微笑着，看了看小凤，然后对刘局长说："还需要点什么，尽管让服务员给你们上，我来埋单。"

"什么也不要。"刘局长问海潮，"你今天有客人？"

"噢。"海潮说的轻描淡写。

小凤一直低着头，好像不认识海潮一样，只顾吃菜，但她吃得一点滋味也没有。

海潮给刘局长斟了一杯酒说："刘局长，我敬你三杯，还是过去的老路数，喝完这三杯我就过去了，那几个朋友还在等我。"

"那让你朋友一块来。"刘局长说。

"算了。"海潮说，"让他们自个喝去。"

刘局长的酒量不算大，也爱叫人抬举，几句好话说的刘局长咕咚咕咚三杯酒就下肚了，特别爽快，像是江湖上的人，同时也能看出刘局长豪爽的性格。

海潮敬刘局长的酒，刘局长已经痛痛快快地喝了，现在讲究的就是礼尚往来，因此刘局长从桌子边站起来，对海潮说："咱俩再碰上两杯，两杯成双，双喜临门，这是中国人的传统。"

海潮说："当然没问题，但咱得碰六杯，六六大顺。"

刘局长说："那可不行，我已经喝了三杯，再喝六杯就要从门里往出抬了。"

海潮说："哪儿会呢？刘局长的酒量我知道，喝酒是一瓶两瓶不醉，打牌是三天五天不睡。嘿嘿，这是笑话，应该说刘局长办案是三天五天不睡。"

刘局长被海潮的话说乐了，便端着酒杯要跟海潮碰。海潮尊敬不如从命，也端起了酒杯，轻轻地和刘局长碰了一下，仰起脖子，咕咚一声，一杯酒下肚了。海潮和刘局长碰了两杯酒，刘局长坐在凳子上，让海潮坐一会儿。可海潮一直站着，根本没有坐的意思，借口说他还没跟司机小王喝酒，问小王："怎喝？"

小王忙摆手说："我喝酒不行。"

"那你什么上行？"海潮调侃着小王。

小王一时脸红，便看着刘局长，忙说："我什么上也不行。"

"那不行。"海潮说，"今晚的酒你一定要喝，不喝就是看不起我。"

"真的不行。"小王站起来，求饶似地说，"我还要开车送领导。"

"领导安全我负责。"海潮说，"局长回的时候，我专门派人开车送他。"

看来小王不喝是不行了，海潮绝对不会饶过他。

小王想的一点没错，你看海潮皮笑肉不笑的样子，肯定是心里有什么气没处撒，就在他身上撒气来了。事情果不其然，海潮找了大半天小凤没找见，突然在时代饺子馆让他给碰见了，而且他看见小凤今天跟刘局长在一起，心里说不上是一种什么滋味。当然，他现在还不清楚，不知是刘局长背着他偷偷叫走的小凤，还是小凤主动把自己送到刘局长的门上，这一点不重要，重要的是他看见小凤时，小凤跟刘局长吃饭。

海潮心里的火冒起来有十丈高，真想拿刀杀人。可是现在跟小凤在一起的是刘局长，在刘局长面前他就不敢任性了，还有些胆怯，不敢放肆，但对小王和小凤，他就不像对刘局长那么客气了。

事实上，刘局长早已经把海潮的心摸得一清二楚了，因此他让小王先跟海潮碰上两杯，然后让海潮坐下，他有话要给海潮说。

小凤这才抬头看了看海潮。

海潮仍然不看小凤一眼。

小王和海潮一连碰了两杯酒，碰完杯，海潮就要走的时候，刘局长说："海潮，你就那么忙，连说两句话的功夫也没有？"

海潮说："不是这样，我不能把朋友冷落在一边，自己找快乐。"

"那你不想跟小凤说句话？"刘局长有意识地问了海潮一句。

"没必要。"海潮冷冷地说，"小凤有人陪着吃饭，还能没人陪她说话。"

海潮完全是石狮子屁眼，就那么深浅，开始还硬装着，几句话过去，他的本性就全露出来了。

刘局长在这种场合并没有计较海潮，他是有身份的人，虽然海潮那几句话有伤他的尊严，但毕竟小凤背着海潮跟他在一起，海潮心里有气，他能理解，为人都一样，何况海潮是生意场的人。

海潮仍然没有跟小凤说一句话，红着脸大步走向那个拐角。

在拐角处，海潮请的几个朋友喝酒正在兴头上，他们见海潮回来，嚷嚷着要海潮补喝几杯。

海潮二话没说全喝了。

海潮渐渐有些醉。

海潮醉的嘴里尽说糊话，说的最多的当然是刘局长了。他认为刘局长太不够朋友，怎能把他的相好给勾引走了，还算人吗？

刘局长不想在这里跟醉如烂泥的海潮纠缠，如果两人在这里唇枪舌剑，受影响的肯定是刘局长了。特别是那些不明真相又爱起哄的人一起哄，就不是脸面上的事了，怕刘局长要脱身都有困难。因此刘局长匆忙吃了几颗水饺，像逃跑一样带上小凤和司机从时代饺子馆溜走了。

到了时代饺子馆的大门外，天色已经暗淡下来，没有风，街上就有些闷热。

小凤看出刘局长的心思，站在刘局长面前，眨巴着眼睛安慰刘局长："你别跟那种人生气，不值得。"

"这小子太嚣张了。"刘局长愤愤地说。

这时海潮被几个酒肉朋友们架扶着从时代饺子馆的那扇玻璃门里走出来的。

海潮摇摇晃晃，就像一条死狗一样，眯缝着眼睛，嘴里还不停地胡喊叫。

刘局长看见海潮从饺子馆门里走出来，跨前一步，用手指着海潮的鼻尖愤怒地骂道："海潮你这个狗杂种，喝上口猫尿就信口开河？"

架扶着海潮的那几个人并不认识刘局长，觉得刘局长并不是在骂海潮，而是往他们头上撒尿。因此他们也顾不上管海潮了，一起蜂拥而上，把刘局长按在地上，狠狠地捶了一顿。

刘局长顿时被这伙人打得鼻青脸肿血流满面。

刘队长带了一帮人赶到海潮医药批发公司，问看门的老头："海潮在哪里？"

看门老头看了看这几个人，不知道他们找海潮干啥，便有些警惕地问："你们找他有什么事？"

刘队长讨厌这种问话，对看门的老头说："我们是公安局的，执行公务，回答我，海潮在哪里？"

看门老头一听说是公安局的，就如实说："在，在，就在楼上，刚刚回来，看样子像喝多了，有几个人架扶着。"

"在楼上哪间房子？"刘队长问。

"二楼门上挂着总经理办公室牌子的就是。"看门老头说话也有些结巴了。

刘队长带了几个人上了二楼，找见了靠角处挂有总经理办公室门牌的房子，凑近门前去听，听见里边有几个人正在说话，声音不大，好像在商量什么。

刘队长害怕这几个人带有凶器，因此没有破门而入，而是先在门上敲了敲，突然间房间里什么声音也听不到了。

咚咚！刘队长在门上又敲了两声。

咚咚！刘队长又敲了两声。

过了不一会儿，房间里便有人冲着门问：“找谁？”

“海潮在不在？”刘队长尽量把声调放得很平缓，压低嗓门问。

“你是谁？”房间里的人好像有些防备地问。

“是海潮的朋友。”刘队长说。

门口已经全部安排好了，只要门一打开，先把开门的人拿下，然后一起进屋，用最快的速度将这伙人控制住，丝毫不能有半点迟疑，能不开枪，最好不开枪，这是命令，谁都不得违抗。

果不然，没用几分钟，有人开门了。

那人刚刚拉开门，刘队长眼疾手快，一个锁喉，把开门的那个人死死地卡在门槛上，其他人还没反应过来是怎么回事，几个年轻力壮的公安干警就冲进屋，高喊着不许动，像老鹰抓小鸡一样，没费吹灰之力，一副副锃亮的手铐便铐在了那几个人的手腕上。

叫喊在此时此刻已经没有任何意义了。

海潮和他那几个铁杆朋友，在短短几分钟内便被公安人员给戴着手铐，从海潮医药批发公司的大门里带出去了，公司里的人谁也不知道这是为什么。

第二十章

海潮很快就被公安局刑事拘留了。

麻六知道这事是刘局长被打的那天晚上。

那天晚上天特别的黑，千秀娱乐中心没有像往常那样灯火辉煌地人进人出，而是奇怪地在大门旁立起了“暂停营业”的牌子。由于没有什么事可干，麻六独自坐在他住的那间房子里，默默地想着心事。

这时候，小凤鬼使神差般地推门进来了。

小凤进的门便看见麻六呆呆地坐在床上。

小凤知道麻六一定是为海潮找他麻烦而发愁。因此小凤坐在麻六的跟前，看着麻六，有些得意地说：“有件事不知你想不想听？”

“什么事？”麻六问小凤。

小凤说：“海潮被刑事拘留了。”

“为什么？”

“他把刘局长给打了。”

“真的吗？”

“当然是真的。”

海潮被公安局刑事拘留对于麻六来说并不是什么好事，过几天海潮出来了，还是会找他的麻烦。所以麻六听了小凤给他说的话，并不是感到高兴，却倒有些惊慌。海潮的拘留在某种程度上讲对他构成的危险更迈进了一步，那么他就必须尽快离开这里，还有小凤。其实，这里并不是麻六该呆的地方，那时候麻六天真地以为海潮还是他最好的知心朋友，两人在西京建筑工程公司的时候，就像亲兄弟一样，几乎海潮所有的重体力活都是他帮着干的。那时海潮也很仗义，不仅在礼拜天领他到他们家好吃好喝，而且把一些很稀罕的东西也大方地送给了他，但他没想到海潮会在他最需要人帮忙的时侯蹬他一脚。

这一切都是因为小凤。

假如没有小凤的存在，海潮可能也不会这样对他。看来小凤是他俩反目的根源。

现在，郑大头知道他的千秀娱乐中心再也无法经营下去了，跟他一块合作的李志浩从千秀娱乐中心拿走五十万块钱走了以后就再没回来，起先他还可以偶然打通他的电话，他说他在西京办完事就赶回昌北，可是到后来，李志浩的手机也成空号了。

看样子李志浩早就有了这样的预感，说是到西京办事，实际上是溜走了。而且千秀娱乐中心又出了这么大的事，尽管公安局的人把他放出来了，但他身后没个靠山，确实是寸步难行。因此他就想，不管遇上骗子也好，土匪也罢，只要人不出事就好，趁早关门，重搭台子另唱戏，所以他想开诚布公地跟麻六谈一次，让他尽快走人，看他老实巴交的样子，他不能连累他。想到这里，郑大头就从千秀娱乐中心二楼寂静的楼道里走过去，推开麻六的门，突然看见麻六的房间里坐着小凤，便觉得有些不好意思地堆了一脸的微笑，说了些感激小凤的话，然后让麻六到他办公室来一下。麻六跟着郑大头来到他的办公室，郑大头开门见山地对他说："今天的事你都知道了，我就不必多说，现在我想给你说的是，咱这个娱乐中心再搞不下去了，公安局已经把咱给盯上了，关键是还有人从中作怪，要不是小凤，我不知要在号子里呆多久。"

郑大头接着说："麻六，你是个好人，心地善良，忠厚老实，我很愿意跟你这样的人打交道，但是现在情况不允许了，我不能为了我自己而害了你，请你原谅我的直爽，我想让你离开这里，尽快离开。"

郑大头这样说着，便从办公桌的抽屉里拿出五万块钱，递给麻六，让麻六不要嫌弃，他确实再没有更多的钱给他，这些钱总能解决他的一点燃眉之急。

麻六看着郑大头，什么话也说不出来。他知道之所以发生这样的事情，与他有直接的关系，如果他不在这里，也许千秀娱乐中心会经营得很好，只因为他的存在，海潮才告了黑状，使昔日红火热闹的千秀娱乐中心在眨眼的功夫，便日落西山了。

"这钱我不能要。"麻六眼含感激的泪水，饱含深情地对郑大头说，然后把郑大头递到他手里的五万块钱又放回郑大头的办公桌上。

"你快拿上，"郑大头眉头皱了皱说，"你如果再不拿就是你看不起我。"

"不行。"麻六说，"你现在的困难并不比我的小，这么大的摊子就要倒下去，我也有很大责任。"

"胡扯，"郑大头说，"你有什么责任？"

"我有责任。"麻六再也说不下去了，泪水不由自主地从眼眶里涌出来，顺着他那皱巴巴地脸上缓缓流下。

“别这样，好兄弟，有机会咱还会合作。”郑大头把桌子上放的五万块钱重新递给麻六，并走到麻六跟前，在麻六肩胛上轻轻地拍了拍，让麻六快过去，小凤还在房子里等着，别让人家等的时间太长。

麻六知道郑大头是说一不二的人，虽然经常在生意场上摸爬滚打，平常处处都省吃俭用的人，对他却这样大方，这让麻六很受感动。因此麻六只好收起了郑大头给他的钱，心情格外沉重地回到他住的那个房间。

麻六从他住的房子门里进来的一瞬间，小凤便看见麻六脸上没有揩净的泪花。于是小凤麻利从床上溜下地，走到麻六跟前，看着麻六有些红肿的眼睛，惊慌地问："又出什么事了？"

麻六面无表情地回答说："什么事也没有。"

"那你……"小凤欲言又止。

麻六没有正面回答小凤的话，而是慢腾腾地问小凤："你晚上还去不去海潮那里了？"

"不去了。"小凤说，"我讨厌那个地方。"

"海潮那里还有没有你的东西？"麻六又问。

"就有几件衣服。"小凤说，"可是那些衣服我不要了，送给海潮留个纪念。"

"那你到底准备怎办？"

"我不知道。"

"你不知道？"

"不知道。"

麻六沉默了一阵，抬起头看了看小凤说："要不你回你的老家，我送你走行不？"

"我就不麻烦你了。"小凤有些不高兴地说。

麻六看见小凤不高兴，但他也没办法。他知道他既不能给小凤带来欢乐，也无法保证小凤的安全，更不能给小凤带来幸福，自己总是像个残兵败将一样，没有一点保护别人的力量。同时，他知道自己是一个充满悲剧色彩的人物，根本不能给朋友带来好运，只能带来一些意想不到的灾难和不幸。

唉，这是麻六人生的最大悲哀。

对于这一点，麻六心里比谁都清楚。

现在小凤没有任何地方可去，麻六又不能在晚上撵小凤走，眼看时间已经不早了，估计郑大头还没有睡觉，麻六就想让小凤在他住的房间里凑合一夜，他跟郑大头去聊聊天。他知道，郑大头今晚上肯定也睡不着，心里一定很难受，他想再去陪陪他，因此麻六就把这个想法告诉了小凤。

小凤说："你如果不方便，我现在就走。"

"看你说的什么话。"麻六说，"你是生我的气？"

"我没有。"小凤说着，再连看也不看麻六一眼，赌气地转身就要从门里往出走。

麻六赶紧把小凤一把拉住，有些责备地问小凤："这么晚了，你现在要去哪里？"

"走到哪里算哪里。"小凤说，"我这种不干净的女人，别影响了你的名声。"

"你看你。"麻六说，"我是真的为你好。"

"那我就非常感谢你了。"小凤说。

麻六硬把小凤劝说得在他的房间里住下，时间确实很晚了，他漫不经心地走到楼巷里，楼巷里已经没有亮着的灯，因此很黑，也没有走动的人影，夜很静，他看见只有郑大头办公室里还亮着灯光。

麻六走到郑大头的门跟前，刚准备敲郑大头的门，突然一想，他又没有去敲。他想他进去跟郑大头说什么呢？郑大头对他确实不错，是他离开家乡遇上的头一位好人。但好人总是没有好报，坎坷太多，有些事是预想不到的，而有些事却是人为造成的，郑大头现在的下场，应该说是人为所致，他知道责任主要在他。因此他在郑大头办公室门前站了一会儿，然后不声不响地折转身，到一楼的大厅里去了。

一楼大厅里仍然没有亮着的灯，大门在这时候也紧锁着，看门的老头已经睡得天塌下来都不知道，但是在这样寂静的夜里，仍然可以听到看门老头很有节奏的香甜呼噜声。

呼噜！一声。

呼噜！又一声。

香甜而沉闷的呼噜声在晴朗的夜里，十分悠长而嘹亮。

麻六本来想自己一个人去大街上静静地走一走，但他又不愿打搅睡梦中的看门老头，只好在大厅的圈椅里呆坐了一会儿。

晚上还是有些冷，麻六在大厅的圈椅里坐不住，他便走到一楼服务生宿舍的门上，想在服务生的房间里住一晚。

咚咚！麻六轻轻地敲了一声。

咚咚！麻六又轻轻地敲了一声。

这种敲门声虽然声音很小，但在晴朗的夜里还是显得格外响亮。特别是在这个特殊的夜里，尽管麻六遮人耳目地封锁消息，谎称千秀娱乐中心检修设备，停止营业。但停止营业也太突然了，事先没有一点消息，谁也不知道。更奇怪的是拢成堆儿的那些坐台小姐，猛然间就不见一个踪影了，就连那个郑老板，平常总是走来走去地亲自督战，检查各个环节的准备情况，以便晚上接待客人，可是今天他们只在早上见了一回郑总，郑总还很像那么回事地给他们开了一次会，之后，他们谁都没再见到郑总的影子。这一切的一切迹象足以证明，千秀娱乐中心并不是设备出了毛病在检修，也许在其他方面出了更大的问题。

果不然，在太阳刚刚落山的时候，有人从街上回来说，郑大头和麻六被公安局的人叫去过，而且郑大头去的时间远比麻六的时间长。从这一现象上看，千秀娱乐中心的事可能败露了。因此麻六黑天半夜敲门，这些连风吹草动都害怕的人怎能不慌呢？他们总以为是公安局突然查夜来了。

麻六敲门之后又在门口等了好长时间，仍然不见有人给他开门，他这才压低嗓门叫了几声柳元。

柳元是千秀娱乐中心的销售部经理，如果是在省级机关单位，他也应当算一位响当当的处级干部。柳元手里有权，对手下那些员工可以随时调配，其他人见了柳元，也就像见了郑总和麻六一样。

然而柳元没有正处级干部那样的待遇，晚上只能和员工一起睡集体宿舍，和其他员工最大的区别就是那套颜色款式不同的工作服和高几个级别的薪水。

柳元在麻六头一声敲门的时候就做出了最快的反应，他迅速从床上坐起来，像荒原上一条饿狼般两只眼睛在暗夜里一闪一闪。由于他是千秀娱乐中心的部门经理，当然知道的事就比别的员工多一些，特别是麻六和郑总被公安局频繁地找来找去，他有一种从来没有过的恐慌。这种恐慌是因为他与一个服务小姐在千秀娱乐中心鬼混。他害怕事情败露，败露了他就会身败名裂。所以他听见那种轻轻的敲门声，以为是哪个服务小姐被公安人员抓走，而供出了和他有染，公安局便抓他，因此他吓得浑身直打哆嗦。

麻六连叫带敲门却听不见房子里有任何动静，心里很生气，不知道这房子里的人是不是都死了，他这么叫都没有人给他吭声。

“柳元！”麻六叫了一声。

“柳元！”麻六又大声叫了一声。

这下柳元才听清是麻六在叫他。此时此刻，柳元那颗慌跳不安的心才慢慢降到了正常，便急忙给麻六应答了一声，从床上跳下地，打开房间里的灯，然后给麻六开了门。

麻六进得门，还有些责备地说：“柳元，我还以为你睡死了。”

“我不知道是你。”柳元说。

当然，麻六深更半夜找柳元并不是讨论这个问题，关键是麻六想在宿舍里住一夜，他看见还有支空床，就脱鞋上床睡觉去了。

柳元突然看见麻六怪怪的样子，便走到麻六躺着的床前问："你有什么事？"

麻六说："没有，今晚我在你们这里睡觉。"

"房子里这么乱，你不嫌？"

"不嫌。"麻六说，"我来了个客人，住在我房间里，我只好在你这儿混一夜。"

"那人是谁？"柳元问麻六。

麻六没给柳元说，并且有点厌恶地看了柳元一眼，觉得这小子连起码的一点规矩都没有，问那么详细干什么。其实柳元根本没必要问也应该知道那位客人是谁了，不然他怎会跑到他这里过夜。

然而柳元很不识相地爬在麻六睡的床头，探着身子把脸凑在麻六跟前，讪笑着对麻六说："是不是你相好的女人来了，你不敢跟她一块睡觉？"

"闭上你的臭嘴。"麻六生气了，真的。麻六一生气，脸都变了形状，眉头皱起来，几乎能拴几头大毛驴。他现在真想爬起来，不在这儿住了，可他又没这样，直挺挺地躺在床上，两眼大睁着，样子挺可怕。

柳元看见麻六这副样子，也不敢跟麻六开玩笑了，自讨没趣地回到他的床上，悄悄地钻进被窝里再没敢动一下。

麻六顺手关了房间的灯。

夜很深，麻六睡不着觉。

当然麻六不是因为柳元烦他而睡不着，关键是他想着天亮之后，他能把小凤带到什么地方。显然在昌北这地方他和小凤谁也呆不下去，不是因为郑大头给了他五万块钱让他走，主要是因为海潮。你想想，海潮日谋夜想地要把他从昌北赶走，办法也想了好多，但是他不仅没把麻六从昌北撵走，自己还让公安局给拘留了几天，你说海潮能放过他和小凤吗？

整整一夜，麻六都在思考着这样一个问题，直到天亮，他还没有想出一个对他对小凤能够两全其美的好办法。

当太阳把细碎的光点洒向大地时，麻六才疲惫不堪地从床上爬起来，揉了揉惺忪的眼睛，听着门外再没有往日那些匆匆的脚步声响，突然间他感到内心锥刺般难受。

一切的一切就这样过去了，去得太快，令人猝不及防。

麻六看着宿舍里沉睡的柳元和另外两位员工，真不知道他们的命运会不会像他一样。他觉得自己的路走得太艰难了，几乎所有吃狗屎的事都朝他蜂拥而来，他没有丝毫的预感和任何的招架之力。

有时候麻六也这样想，自己多么像一只可怜的鸟，挣扎着飞来飞去，结果还是无法摆脱让人套在笼中的厄运。在这样胡思乱想中，麻六漫不经心地拉开门，连招呼都没有给柳元打一声，就慌慌地蹿上二楼，想让小凤赶紧跟他去火车站，他给她买一张回四川老家的火车票，让她回老家安安稳稳地好好过日子。

此时的小凤正在麻六房子的床上一直这样呆坐着，而且看上去好像刚哭过一样。

麻六从门里进来了，小凤也没有什么太大的反应，只是淡淡地看了麻六一眼，便把头扭向一边。

麻六看见小凤的眼睛有些肿胀，仿佛一夜没睡，床上的被子仍然整整齐齐地叠着，可能是她心里有事，才把她折磨成这个样子。

麻六走到小凤跟前，问小凤："是不是一晚上没睡？"

小凤说："你怎知道，你又不在我跟前。"

"我能看出来。"麻六说，"是你的眼睛告诉我的。"

"你还挺会观察的。"小凤稍微笑了笑，可笑得一点也不好看，不像以前，笑起来像花儿绽放一样灿烂。

麻六感到有些悲哀。

麻六不敢耽误时间，害怕买不到小凤回四川老家的火车票，况且他现在又非常害怕再看到郑大头。

当然害怕见到郑大头绝对不是因为郑大头要撵他走，而是因为他一看见郑大头满脸的悔丧，就想哭。因此他想尽快离开千秀娱乐中心，也许这样就会减少一些不必要的烦恼。

小凤扑闪着眼睛看着麻六，觉得麻六跟以前不一样了，根本不是她过去认为的那样，麻六光想占她的便宜。经过这几次短暂的交往和接触，小凤认为麻六并不是那样一个人，反而觉得麻六还挺厚道。

这时候，小凤的脑子里突然想起了不知在什么地方看到的一首"轻语"的诗，那首诗意味深长，让她过目不忘。现在那首诗又一次浮现在她的眼前，而且她现在对这首诗有了更深一层的理解。

诗是这样写的：

若相惜，莫相离，
有多少人，从无话不谈到无话可谈；
有多少缘，从一朝相逢到一夕离散。
缘分的深浅，总是或近或远；
人心的冷暖，总是一直在变幻。
熟悉的陌生了，

陌生的走远了；
人在情在，人走茶就凉。
其实人与人之间，全靠一颗心；
情与情之间，全凭一寸真。
将心比心，要有心，
以心换心，是交心。
若相知莫相弃，
若相惜莫相离！
人之相逢是缘，
情之相通是心。
是缘总会关爱，
是心就会动情。
每一份关爱，都含有情；
每一个牵挂，都连着心。
情不在于拥有，在于长久；
心不在于距离，在于赤诚。
相处之道在于真，
相守之程在于心。
滴水之恩，当涌泉相报；
真挚之情，当肝胆相照。
人心换人情，真心见真情。
善待之心，就是真诚之处；
守候之心，就是珍惜之情。
总有一些情，不敢去拥有，因为害怕失去。
总有一些缘，自认为刻骨铭心，而美丽难以触及。
总是不确定，是惦记还是忘记。
总是在小心地维系，怕一旦失去再也无从寻觅。
主动，是因为在乎；
不联系，是因为没有足够的勇气。
其实不能流连的并不是风景，
不能永恒的并不是诺言。
善待一个为你认真过的人，
不要等到失去了，才懂得什么是珍惜。
很多时候，

友情，经得起平淡却经不起风雨。
爱情，经得起风雨却经不起平淡。
悲欢离合间，总有想不到的再见。

茫茫人海，走进生命里的人很多，
可走进内心的人却很少；
芸芸众生，相伴一生的不计其数，
而相守一生的屈指可数
相逢是缘，驻足流连的才是风景。
擦肩是客，触动心灵的才能生情。
最真实的感动，是心灵间的相吸相映。
生命的驿站里，只要有那么一个人，
默默无言地守候，心甘情愿地陪同，
无怨地分担着忧愁，无私地给予所求。
……

不知是哪位诗人作的这首诗，如梦如幻般地在小凤的脑子里不断地闪现，它是那么的情真意切，那么的意味深长，那么的动人心魄，仿佛这首诗是专门写给他们两个人的一样。

可此时的麻六，怎么能够知道小凤心里在想什么呢？他不知道，他只能这样急躁不安地在房间里走来走去。

小凤仍然坐在床沿上，完全没有马上要走的意思。

小凤默默地看了一阵麻六，终于说话了。

“你为啥要带我走？”小凤问麻六。

“这地方呆不成。”麻六给小凤说。

“呆不成，你也不该带我走呀。”小凤平静如水地说，“你和我什么关系也没有，那你带我走像什么？”

“别这样。”麻六仍然是一脸的无奈。

“不是。”小凤说，“你对我好，这个我承认，但总不能仅仅因为你对我好就应该你让我怎样我就怎样，我的情况你也清楚，我不是一个好女人，爱钱，爱世上所有的一切，钱对于我来说，诱惑力太大了，我之所以到了今天这个地步，都是因为钱的缘故，你知道吗？我不想走，说真的，昨天夜里我已经想好了这些事情，我要去找海潮那个王八蛋，我不能就这样让他给毁了就完事，我得让他也要有所付出，他小子不该得到的全得到了，可我该得到的却什么也没有得到，因此我不能就这样离开。”说着说着，小凤已经是泪流满面了。

麻六走到小凤的面前，轻轻地拍了拍小凤的肩膀说：“小凤，别这么想，这样吃亏的只能是你，你知道吗？海潮是什么东西，就是我不说，你现在心里也应该非常清楚了。”

“我不清楚。”小凤揩了一把泪说，“是你把我带到他这里来的，他是怎样的人，你心里最清楚。”

“我没想到他会变成这样，都怪我。”麻六痛心地说，“如果我知道他是这种人，我就是死在大街上都不会去找他小子，是我害了你，一切都是我的错。”

“你别责怪自己了。”小凤看见麻六痛不堪言的样子，忙对他说，“我不怨你，是我愿意留在他这里的，这总可以了吗？”

“小凤，你一定要回答我，你到底回不回去？”麻六急切地问小凤。

小凤说：“你说？”

“我不能说。”麻六说，“得由你自己决定。”

小凤说：“我想听你的意见。”

“听我的意见，你还是回去。”麻六说，“你看这外边多复杂，好人也变成坏人了，那坏人就更更可怕。”

“你说回我就回。”小凤说着，便从床边站起来，把凌乱的头发理了理，就要从门里往出走。

麻六看见小凤很不高兴的样子，但他确实没办法，他不能再害了小凤，最好的办法是带她离开昌北。

刚要走的时候，麻六又想起了什么事地让小凤先等他一下，他想是不是应该去跟郑大头告别一声。

小凤不管这些。这是麻六自己的事情，她无权干涉，也不能发表意见，只有站在原地等着麻六。

麻六想了一阵，觉得还是不跟郑大头告别好，省得两人心里都不是滋味，何况郑大头还不知道小凤在他房间里，他要在郑大头心目中留下良好的印象。因此麻六不敢再犹豫，把他的几件旧衣服塞在挎包里，就同小凤一块离开了。

麻六到了一楼的门房，把钥匙交给看门的老头，让看门的老头把钥匙转交给郑总，然后他和小凤走出千秀娱乐中心，挡了一辆出租车，急匆匆地奔向火车站去了。

火车站里的人和往常一样，都是一副生面孔，口音五花八门的，他大部分什么都听不懂。他的首要任务是赶紧去买小凤回老家的火车票，他不知道去小凤老家的是哪次车，火车票卖完了没有，心里很着急，便先安咐好小凤，他去窗口看票。

麻六要去买火车票的时候，小凤叫住他，让他买一张火车票就行了，她一个人可以回去。

麻六说："你这是对我有意见？"

小凤说："没有。"

麻六说："那你为啥不让我去送你？"

小凤说："你没那个必要。"

麻六说："路上我还可以跟你说说话。"

小凤说："那能起什么作用？"

麻六说："能解闷。"

小凤说："没那必要。"

小凤和麻六半争执半开玩笑地说了一会儿，仍然没说出个所以然来，只好选择沉默。

沉默了一会儿，麻六想出了一个鬼点子，让小凤跟他抛硬币赌输赢，谁赢了听谁的。小凤不同意，觉得麻六无聊，在这种地方那有心情玩这种游戏。

麻六说："那你说怎办？"

小凤说："你能为我排队买火车票，我就很满足了，说明我没白认识你这个人，我不想再过多地麻烦你。"

麻六看见小凤如此执着，也就不再强求小凤了，只好尊重小凤的意见到售票窗口排队买票去了。

麻六排了好长时间的队才买到火车票，把车票恭恭敬敬地递到小凤手里，然后将郑大头给他的五万块钱，只给自己留下一万，其余四万块钱全部给了小凤。小凤死活不要，说自己没理由拿麻六的钱，拿了她会感到一辈子不安。

麻六说："小凤，你不让我送你我答应了，可是这钱你如果再不要，那就是看不起我。"

小凤说："你的路还长，要干的事也很多，我知道你正需要钱，以后还要创业，如果你把事业干大了，我有困难找你时你再给我钱，那我就拿了。"

小凤的这几句话让麻六很感动，感动得几乎想流泪。

距离火车出发的时间不多了，麻六把小凤送进站，看着小凤上了火车，他一个人在站台上呆呆地站着。

小凤趴在火车的车窗上，探着她的整个身子，泪流满面地说了好多次让麻六快走，可麻六就是站在站台上不离开。

此时，小凤的心里无比的难受和痛苦，她真想从火车的车窗里跳下来，不走了地永远跟麻六在一起。麻六看着泪流满面的小凤，他的眼泪也在尽情地流淌。突然间，麻六的耳边回响起了《相遇了》的诗句：

相遇了，
就好好珍惜吧，
谁也预料不到
明天是否还能有机会给彼此一个关心，
几百年的轮回换来今生的擦肩而过，
一个缘字，包含了多少句的偶然，
其实那不是偶然而是必然，
这世上，没有一个人是随便遇到的，
因为缘分都是上天安排的，
好好珍惜每一天，
金钱和面子代表不了你的幸福，
想念一个人是一种温馨，
被别人想念是一种幸福，
最难的是依偎，
最苦的是等待，
最美的是幸福，
缘，是天意，
份，是人为！

麻六不知道这位诗人是男是女，但这首诗写得相当精彩，相当富有激情，就好像专门给他创作的一样，他有意抄写在一张废纸上，没事的时候总要翻出来看一看，读一读，感觉挺好的。

此时，开往成都的火车马上就要开动了。

火车在人们的叫喊声中缓缓离开了昌北火车站。孤零零的火车站台上，麻六呆呆地望着远去的火车以及小凤在车窗口渐渐模糊的身影。突然，他失去控制地大声喊了一声小凤，然后像疯了一般朝着火车远去的方向飞奔而去……

第二十一章

西京确实是一座让人流连忘返的城市。

其实，麻六知道西京平安大街的时候还没来过这个平安街，而来到平安大街上又没有机会去登一回大街上的城楼，他觉得这是他人生最大的一个遗憾。

麻六没想到自己会又一次回到帝王气息非常浓厚的西京市。

那是一个非常偶然的下午，麻六送走了小凤，心情无比沉重，正迷茫不知所措时，突然在昌北一条很肮脏的小巷里，碰见了他过去的语文老师的儿子小宁。

在两人漫不经心的闲聊中，小宁告诉他："如果你实在走投无路了，或者在昌北再混不下去了的时候，可以到西京一家杂志社去帮忙当编辑。地点就在和平里东街，那里有好多大的单位，西京人都知道，一个时期挺辉煌的，可是随着各个经济开发区和核心商业区的逐渐兴起繁荣,那地方慢慢变得有些落伍，甚至有些破败，还搬进一些无关紧要的单位。"

小宁要麻六去的杂志社就在那里，位置和风水都不错，职业也还可以的。小宁问麻六："去不去？"

麻六觉得突然天上掉下了馅饼一样,怎会有这样的好事会降临到他的头上。他有些不相信小宁的话。

也许小宁看出了麻六的心思，便让麻六放心，相信他说的没错，去了就会知道是怎么一回事了。当然，麻六总觉得不太现实，尽管是让他帮忙去当编辑，可那是文人们舞文弄墨的地方，他在那种地方能干什么？他心里总担心小宁会不会在骗他。

小宁拍着胸膛说一点问题也没有。

麻六高兴得连蹦带跳，一路风尘地赶到西京市，找到了和平里东街。在和平里东街的一个十字路口，他碰到一位慈眉善目的老太太，忙向老太太打问《企业家》杂志在什么地方？老太太一听麻六是外地口音，便很热情地招着手让他走到她面前，和颜悦色地对他说：“你从这条街道上一直往前走，过下一个红绿灯向左一拐你就可以看到你要找的地方了。”

麻六觉得西京市里的老太太绝对不会哄人，便谢过老太太一直往前走了。

可是麻六走了好长时间也没有找到《企业家》杂志社的地方，他再一打听，原来那家杂志社就在他刚才问老太太的不远处，原来是那个老太太故意哄他。

麻六没有想到西京市的老太太也会骗人。

麻六掉过头再次来到和平里东街的那个十字路口，看见刚才给他指路的那个老太太正坐在一个台阶上哭得死去活来一般，她的跟前围了好多男男女女看热闹的人。麻六好奇地凑过去，这才知道那个老太太买菜的八十块钱让小偷给偷了，衣服的口袋上还让小偷割了两寸那么长的一个大口子，而且她那件衣服还是她女儿刚给她买的，花了她女儿上千块钱呢，老太太心痛得不得了。麻六那时候就想，小偷怎么不把老太太一块偷走呢？如果把老太太也偷走的话，西京城里的生态环境是不是就会更好一些？

当然这是麻六的气话，不要当真。

现在麻六好不容易找到了小宁要他去的那家杂志社，见到了在杂志社当头头的那个朱老头。朱老头的名字叫朱文，看上去也就是五十出头的样子，个头矮矮的，瘦得像只猴，因此人们都叫他朱老头。

其实朱老头只是相貌上显得老一些，年龄实际上并不算老。

朱老头听说麻六是小宁介绍来帮忙的，便把麻六从锈迹斑斑的黑色铁大门里领进去，一直把他带到厕所旁边的一间破旧平房里。

麻六跟着朱老头从那间破旧的平房里走进去，平房里面黑乎乎的，用暗无天日来形容一点也不过分。而且平房里不仅狭小，还有一股恶臭味直往人的鼻子里钻。

麻六不由地紧皱了几下眉头。

朱老头毕竟是朱老头，势扎得相当大，他进得门就把灯打开，然后背抄着双手在房间的水泥地上不停地走来走去，好像他早已经习惯了这种味儿一样，显得毫不在乎的样子。

麻六站在平房的门口，眼睛死死地看着个头矮矮的朱老头，不知道朱老头要给他说什么。他等了好长时间，朱老头仍然背抄着双手在平房里走动，就是不开门见山地对他说话。

麻六不由地又用眼睛扫视了一下这间房子，房间里除了朱老头那张半新的写字台外，再有两张破旧的办公桌，几把旧木椅子，还有两个旧沙发，其余什么都没有，暗沉沉的像一座破庙。

朱老头在平房里漫无目的地走了一阵，也许是他走累了，便坐在一把椅子上，看着麻六说："这里还有两个编辑，都到外边采访去了，现在办公室里只有你，我住在家里，也不在这里办公，只是在有事的时候才来一下。因为还有两位编辑，所以那两张办公桌都是他俩的，你现在没有。"

麻六老实地给朱老头点了点头。

朱老头说完这几句简单的话以后就走了。

那天晚上，麻六没地方可去，只好在那间潮湿肮脏而且还有股恶臭味平房的水泥地板上铺了几张旧报纸睡了一夜。

第二天，麻六起得很早，在长满杂草的庭院里散步时，他看见朱老头从锈迹斑斑的黑色铁大门里大摇大摆地走进来了。

朱老头仍然背抄着双手，嘴里还哼着小曲，低着头一个劲儿地往前走，快到麻六跟前的时候才仰起头，突然看见站在他面前的麻六，他便面无表情地对麻六说："你站在这儿干什么？跟我走。"

麻六不知道朱老头叫他干什么，扑闪着眼睛就跟朱老头去了。

麻六跟着朱老头走出和平里东街，然后朝南一拐，就能看见有幢五层高的家属楼。

朱老头住在顶层，在这院里，算是最高的楼房，住在楼房里同住在平房里的人是不同的，很有些讲究，特别像西京这样的大城市。

朱老头气喘吁吁地爬上五楼，开了西边门上的锁，就走进去了。

麻六没敢往进走地在朱老头家门口站着。

麻六看见朱老头家房子的地上铺了红红的地毯。这么好的东西铺在地上让人踩，麻六感觉有些舍不得。要知道麻六老家的土炕上都铺不上这么好的东西，何况是在地上，因此麻六怀疑西京城里的人是不是钱多得都发烧起来了。

麻六一直在朱老头家门口这样傻呆呆地站着。

朱老头穿了一双拖鞋踩着红红的地毯从一个房间里走进去，过了一会儿还没见麻六进来，便转身走到门口，探着头看着站在门外的麻六说："你愣在门口干什么？"

麻六指着红地毯对朱老头说："这么好的东西泥脚踩上去多可惜呀。"

朱老头说："你不能穿双拖鞋？真笨。"

得到朱老头的指令，麻六把自己的鞋脱在门外，从门口的鞋架上拿了双拖鞋穿上，蹑手蹑脚地从房子里走进去。

朱老头的房子不算大，但他的书房里摆了一张很大的桌子，足足占据了半个房间，一看就是有大学问的那种人。两面的墙壁上全是通顶的书架，书架里满满地摆着各种各样的书，很多书麻六听都没听说过。因此麻六就对这位瘦猴一样的朱老头佩服得五体投地，觉得一个人一生中能够读这么几架书，那就一定不是什么凡人了。

此时的朱老头坐在那张大办公桌旁边的一把转椅上，指着旁边的一个沙发让麻六坐。

麻六胆怯地往下坐时，朱老头看了他一眼，这才正儿八经地开始给他训话。

朱老头说："从现在开始，你就是给我干活的人，一切都得听我的安排，早上起来后来，先把开水打好，然后扫扫地抹抹桌子。机关里没有灶，吃饭的事自己解决，这里也挺方便，出的大门到处都是卖饭的，价钱也不贵，一碗面也就是二三十块钱的样子，一天也花不了几个碎钱。问题是现在这里还没有适合你搞的工作，先就干干这些，工资的问题以后再说，但得看你的表现。可是有一条规矩你得牢牢记住，在这里不该你知道的事你万万不要知道，不该你说的话你万万不能说，不该你问的话你万万不能问，你记住了吗？"麻六说："我记住了。"

"记住了就好。"朱老头说，"记住了就得按这个规矩来，现在你先跟那两个编辑在一块办公，他俩在的时候，你就坐在旁边椅子上，他俩不在的时候，你可以坐他们的办公桌，你听明白了吗？"

麻六说："我听明白了。"

朱老头说："你听明白了就好。"然后他从转椅边站起来，走到麻六面前，从口袋里摸了一阵，摸出了一把黄铜钥匙，然后递给麻六说："这是办公室门上的钥匙，你拿好。"

麻六把那把黄铜钥匙拿在手里，觉得沉甸甸的，而且手也有些抖，并且抖得厉害。麻六不知道他这是怎么了？手里拿着的黄铜钥匙和他原来拿过的钥匙没什么两样，可他那手为什么还要抖呢？他不知道西京这座帝王气息很浓的古都离他越来越近了，还是越来越远了？他不知道，一点都知道。

朱老头给麻六训完话，就快到中午吃饭的时候了。麻六想朱老头会不会留他在他家吃中午饭。

那时候麻六确实有些饿，从昌北到西京市和平里东街快一天一夜了，他几乎什么东西都没吃，肠肠肚肚早就闹腾开了，现在麻六不知道他是坐在朱老头家等着吃中午饭，还是该走，麻六拿不定注意。

朱老头给了他那把黄铜钥匙后便走进了厨房，不一会儿他又从厨房里走出来，看着站在房间里有些痴呆的麻六，问麻六："还有什么事？"麻六说："没有了。"朱老头说："没有了你就走。"麻六给朱老头点了点头，便从门里走出去，穿上他那两只有些破旧的皮鞋从楼里往下走时，他突然感觉到有人在他背上猛击了一掌。

麻六觉得，朱老头的家和他所属的那个杂志社编辑部，完全是两道不同的风景。

麻六从朱老头家回到设在和平里东街的编辑部，看见编辑部里那两个年轻编辑已经回来了，正趴在那两张办公桌上。麻六不知道他俩在干什么。麻六从门里进去后，他俩谁都不说话，像对哑巴，甚至连看都不看他一眼。麻六看见他俩这样，就不敢去打搅他俩地悄悄坐在靠门口的一把木椅上，心里有种说不出的难受和紧张，他根本不知道他俩晚上让不让他在这地上睡觉。显然，这是他俩对他的一种歧视。

西京的天，说黑就黑了，很快。

麻六在和平里东街的侧巷里吃完饭回到编辑部不长时间，门里突然进来了一个瘦高个子男人，眼睛很大，像牛的眼睛一样。他从门里进来，眼睛直愣愣地看了一会儿麻六，然后才把他手里提的一个红色塑料袋放在麻六身边的沙发上。

那两个年轻编辑看见门里进来的瘦高个子男人，立马笑眯眯地站起来，像两条小狗一样围在那个瘦高个子男人跟前有说有笑。

麻六看出来了，那个瘦高个子男人一定非同一般，绝对不是他这种刚到来的身份。但麻六不明白瘦高个子男人为什么手里提个塑料袋，难道他要给这两个年轻编辑们送礼不成?

由于有了那个瘦高个子男人，这间破旧的房子里顿时热闹了起来，他们叽哩咕噜地说着话，简直就像说外语一样，麻六连一句也听不懂。

麻六不太喜欢他们这种说话的方式，好像很害怕他听到一样，他们仿佛是在他面前演戏，因此他对他们的这些举动极为反感。

那个令麻六十分讨厌的高个男人没有很快要走的意思，并且十分安然地坐在沙发上，同那两个年轻的编辑说着笑话。突然，那个高个子男人沉下脸，指着麻六问那两个年轻编辑：“他是干什么的?”

还没等那两个年轻编辑回话，麻六就从门前的那把木椅上麻利站起来，笑了笑给那个瘦高个子男人说：“我是刚招聘来的编辑。”

瘦高个子男人再不说什么地看了麻六几眼，然后从沙发边站起来，动作迅速而麻利地脱开了衣服。他把脱下的衣服一件一件放在沙发上，说是去隔壁房间里冲个冷水澡。

麻六这才知道，隔壁的房间里有淋浴，由于西京市人多房少，好多普通人家里那时候还不具备洗澡的条件，而且天又这么热，人们晚上都是要冲澡的，因此这个房间就成了没地方去洗澡的那些人的澡堂。

麻六这时候口渴得厉害，很想找口水喝，可是又没有喝水的杯子。于是他顺手从一个办公桌上拿起一只杯子刚准备倒杯水喝，脸有些灰黑的年轻编辑就瞪起了眼睛，凶狠狠地叫喊着让他放下。

麻六说："我用杯子喝口水。"

那个脸有些黑的年轻编辑根本没理麻六说的话，转身走到麻六跟前，生硬地将麻六手里的水杯夺去，扔到另一张办公桌上。

麻六显得很尴尬。

麻六的脸顿时红得像块猪肝，自尊心在此时此刻受到了极大的侮辱和伤害。

麻六知道，这两个人心里都在恨他，知道他是没有任何背景的一个人，跑到这地方来跟他们争饭吃，因此他们就不会有好脸色给他看。还有很重要的一点就是，在西京这样先进文明的大城市里，那种不断弘扬的"爱国、创新、包容、厚德"这些西京精神，在一些机关单位里的极个别人身上体现得并不怎么充分，甚至消失得一点踪影也没有了，而且人和人之间的关系相当冷漠无情，有些几乎像没有见过面的仇人一样，只要他们稍稍比你有点资历，便处处想方设法地去欺压你排斥你。特别在对待某些事情上，完全是凭自己的感情去办事，想怎么搞就怎么搞，根本不讲什么原则和规定，个人的爱好就是原则，就是规定，而这种原则和规定只对别人不对自己，甚至堂而皇之地把个人的无耻行为强加在一些领导的头上，冠冕堂皇地说成是某个领导的指使，别有用心地让领导背上一种莫名其妙的黑锅，甚至有意给同志和领导之间制造一种紧张的局势，他却在一旁得意洋洋地看热闹。在麻六看来，那个脸有些黑的年轻编辑就是西京城里一个典型的势利小人。

当然，麻六没有理由怪罪他们。

麻六当初到西京市建筑工程公司的时候，就知道什么叫弱肉强食的道理。由于他没有任何强大的靠山，又是一个外地人，所以他的饭碗就让人家轻而易举地给端走了，他只好东奔西跑地找饭吃。

现在麻六想喝水都没有喝成，心里有些难受地乖乖坐在门口。此时瘦高个子男人很快冲完澡回到了房间，那两个年轻编辑就像两条小狗见到主人一样地又围在瘦高个子男人跟前，刚才还阴云密布的脸上立马就变得晴空万里了。他不知道为什么，那两个编辑不敢怠慢那个瘦高个子男人。现在他才知道，那个给麻六难堪的年轻编辑姓李，他听他俩都称呼他小李。就是这个小李从桌子上拿起了麻六刚才想喝口水用的那只杯子，热情地去给瘦高个子男人倒水喝的时候。然而水瓶里根本就没有水，于是小李就命令麻六："你快去打回开水。"

麻六只好悄悄地去了。

麻六是很不情愿这样干事的。

小李刚才对麻六的蛮横无理使麻六对他产生了很大的怨恨和不满。因此麻六去水房打开水的时候，心里还在偷偷地骂小李不是娘养的，太势利，所以他很想找机会报复一下小李，因此麻六在往开水瓶里打水的时候，故意在开水瓶里吐了一口痰。

麻六想，看你们还敢不敢欺负我？

这一切，他们谁也不知道。

麻六对他这一小小的使坏行为颇为得意。

那两个年轻编辑和瘦高个子男人在《企业家》杂志编辑部的房间里喝了一会儿水，抽了一会儿烟，那位瘦高个子男人便拍拍屁股，笑哈哈地离开了。

直到现在，麻六还不知道那个瘦高个子男人到底是干什么的，看那两个年轻编辑对他的态度，他就知道那个人绝对不是一般的人。

当瘦高个子男人一走，小李便凶狠狠地站在门口，双手叉着腰，命令似地瞪着眼珠子让麻六把他们扔在地上的烟屁股全部打扫干净，倒在洗手间的垃圾桶里。麻六当然不敢不干。

麻六知道这里是他们的天下，他们是爷，说话常常是爷对孙子那种口气，麻六知道自己得处处小心。同时，他也估计他们之间相处的肯定不会愉快，以致快到晚上十一点，小李和那个年轻编辑仍然趴在办公桌上伸着脖子说话。

麻六这时候瞌睡得厉害，但他没有睡觉的地方，西京的酒店他住不起，他想睡在办公室的沙发上，可是沙发上他都不能睡，那样会影响到他俩。只要他俩不走，他只能默默地坐在门跟前的那把木椅上。

过了好一阵，他俩还在说笑着，根本没有要走的意思。麻六实在困得不行了，这才小心地拿了几张废报纸，想铺在门前比较宽畅的地方去睡觉。可是他还没躺下，小李就生气地把灯给关了。

瞬时，房子里黑得什么也看不见。

麻六看不见铺了旧报纸的地方，便用手在地上摸，不时弄出了一阵阵声响。这时候，小李就开口了，凶狠狠地说麻六：“你这人是怎么回事？是不是存心要跟我们作对？”

麻六说：“我看不见铺了报纸的地方。”

小李恶狠狠地说：“你看不见你怨谁？只能说明你无能，西京大酒店多的是，你为什么不去住？”

小李说了这几句话，两个人就拉开房间的门走了。麻六静静地坐在地上的旧报纸上，看着窗外昏暗的灯光，眼里便有粘粘的东西想流。

朱老头是在早上八点多大摇大摆地走进杂志社编辑部办公室的。紧接着走进编辑部办公室的是个瘦小的年轻编辑，最后来的才是小李。

朱老头坐在靠窗户的桌子边，眯缝着双眼，手里拿着一支铅笔，铅笔在桌面上没有节奏地敲打着，也不看麻六和那个瘦小的年轻编辑一眼，心里好像想着什么事情一样。

那个瘦小的年轻编辑看样子还有些瞌睡，坐在沙发上发呆，还不住地张嘴打着哈欠。

麻六没有坐地在门口站着。

小李的脸色不再是昨天夜里那副模样，黑黑的脸蛋笑起来还有几分好看。他凑在了朱老头面前，一口一声“朱老师”地叫着，叫得声调很甜，然后便叽哩咕噜地不知给朱老头说着什么。

朱老头看着小李，笑得嘴都快抿不住了。

那个年轻编辑也跟着一块笑。

麻六觉得他们的笑太莫名其妙了，让他说什么都笑不起来。

早上，就这样在笑声中过去了，说是一个杂志社的编辑部，其实什么事也没干。

麻六不知道他在这里到底是一种什么角色。

朱老头离开编辑部办公室的时候，什么话也没说。

麻六想问朱老头，我干什么？但他又没敢问，因为他一来的时候，朱老头就给他立了规矩。他想，朱老头没说也可能是现在还没有他合适的工作，如果有的话，朱老头会安排的，总不能天天只让他打水扫地。

麻六总得让朱老头有考虑的时间。

语言上有些障碍，沟通起来就相当困难了。

麻六出门十几年了，还是不会说普通话，满嘴全是方言土语。中午吃饭的时候，小李叫上那个年轻编辑走了。麻六这才知道，那两个年轻编辑一个姓李一个姓刘，都是江西人，跟麻六一样，都不是地地道道的西京人，但他俩来得要早一点，因此就觉得自己的地位跟麻六不同，他俩在他面前就有一种高高在上的感觉。

朱老头在和平里东街这个地方租了一间办公室，自己办了一份叫《企业家》的杂志，两个月出一期，不是全国公开发行，是内部那种，里面专门刊登一些介绍企业家的文章，并配有好多幅好看的图片。

事实上，这本杂志是专门给花钱如流水的企业家们树碑立传的，通篇都是赞美之词，什么有功之臣，什么伟大的改革家，什么企业的领头羊，把好听的话几乎都说完了，让人看了直起鸡皮疙瘩，仿佛一夜之间有钱老板们就都成神仙了。

麻六知道，这都是钱的功劳，有钱就是爷，没钱就成王八了。麻六在西京建筑工程公司的时候，也曾兼职写过类似这样的文章，文章写好，就向企业家伸手要钱，那些厂长经理看着通篇胡言乱语吹捧他们的那些狗屁文章，脸上就露出了好看的微笑。一笑，钱就来了，他还可以从中得到可观的回报。那时候不叫回扣，叫回扣不好听，就改名叫高稿酬，其实跟回扣没一点区别。因此文章就在钱的驱使下，很快在杂志上闪亮登场了，厂长经理们看了很高兴，一高兴，他们大笔一挥就可以给你几千块甚至几万块的劳务费，并且还捎带给你些烟酒土特产之类的东西，表示对你的崇高敬意和深深感谢。其实麻六知道那些文章确实算不上是文章。就说那些企业，大部分破破烂烂，职工的工资有今天没明天，累死累活也拿不到几个钱。他再一想，职工们如果看了他写的那些狗屁文章，没准会骂得他狗血淋头。可有一次，麻六着实在他媳妇面前逞能了一回，把企业家送给他的票子在他媳妇面前点得哗啦哗啦直响，还一屁股坐在椅子上，大声喊叫让媳妇给他上茶。

时间过去很久了，现在回想起来确实有些好笑。

现在小李和小刘走了好久还没回来，办公室里显得很静。

这时候麻六突然觉得有些饿，整整一天了，他还没有吃饭。于是，他锁了门，很快走到和平里西街的玄风桥口那个夜市，这里什么吃的都有，价格也不是很贵，一顿饭二十来块钱就够了，对于打工者来说，挺实惠的。但麻六就有些不同了，大部分饭菜不合他的口味，他也不适应这里的环境，因此他只能啃干饼。麻六拿着干饼从黑漆漆的铁大门里往进走的时候，迎面碰上了看门的老头。看门老头看见他总是啃干烧饼，便开玩笑地对他说："你是在发扬延安精神？"

麻六想，我不发扬让谁去发扬呢？

麻六在《企业家》杂志社编辑部头几天的表现是相当不错的。朱老头一走进编辑部的办公室，脸上就会露出满意的微笑，表扬麻六说："编辑部自从你来以后，确实大变样了，收拾得干干净净，整整齐齐，热水瓶里开水总是满满的，好样的。"现在朱老头一来，就有热茶可喝，他很满意。

当然，麻六之所以这样做，主要是想讨好朱老头，他想给朱老头留下一个非常好的印象，而更主要的是他想在这里站住脚跟。这事对于他来说太重要了。因此他干起活来就特别卖力，光拣那两个年轻编辑不愿干的活儿干。

其实麻六心里也有很多怨气，那当然是对小李和小刘。他俩把他当作一碟小菜，想什么时候吃就什么时候吃，想怎么吃就怎么吃，完全不尊重他。他是朋友介绍到朱老头这里来当编辑的，而小李和小刘只把他当清洁工用。

麻六很想跟朱老头好好说说，再不说他们都把他当傻子了。因此他就忽视了朱老头给他立下的那些规矩，他和朱老头之间的战幕从这天也就拉开了。

时间是五月一日国际劳动节那天，一些机关事业单位都在放假，小李和小刘兴高采烈地从朱老头的手里接过工资奖金还有所谓的过节费，欢欢喜喜地结伴游山玩水去了，单单把麻六冷落到一边。

朱老头不仅没有给麻六一分一厘的工资奖金，而且连过节费都不给他发，他实在有些坐不住了，害怕朱老头忘却了他的存在，心想着他该怎样去提醒朱老头呢。可是朱老头什么话也不给他说，扭头看了他一眼，从椅子边站起来，迈着悠闲的步子，就要从门里往出走。

这时候，麻六心里有些紧张，害怕朱老头跑了似地追到门口，叫了声朱老师，急忙问他："我的工资是不是也该给发了？"

朱老头扭过头，很不高兴地看着麻六说："这个月没你的。"

麻六问朱老头："为什么？"

朱老头说麻六："你干了些什么？"

麻六说："扫地擦桌子打开水都是我干的。"

朱老头说："这能算什么？"

麻六知道这算不了什么，但并不是他不情愿干别的。其实，麻六知道朱老头这样对他的病犯在了什么地方。那是麻六到朱老头的《企业家》杂志编辑部第八天的时候，朱老头就给麻六开了一张编辑部的介绍信，让他拿上介绍信到大众百货大厦给他去拉广告。麻六去的时候，朱老头就给他说，《企业家》杂志的封面不能少于十万元，封底是八万，封二和封三相对少一些，四五万元就可以了。

麻六不是不去，他领到朱老头的指示就像领到饭碗一样欢天喜地地去了。

可是麻六去的也真不是时候，有位漂亮的像电影明星一样的姑娘捷足先登地去了大众百货大厦，凭她那张樱桃小口能说会道，硬是把广告给别的杂志拉走了。麻六没拉到广告，垂头丧气地回到和平里东街的《企业家》杂志编辑部，刚走到大门口，他就碰上了朱老头。

朱老头笑着问麻六："怎么样？"

麻六说："不怎样。"

朱老头突然变了脸色问他："为什么？"

麻六说："广告让一位漂亮小姐给拉走了。"

朱老头的脸色马上就变得更难看了，什么话也不说就走了。

麻六很不是滋味地回到《企业家》杂志编辑部的那间办公室，在办公室里他没有看见小李和小刘，房子里静得如死。他坐在办公桌跟前，呆呆地望着窗外，想着心事。

这时朱老头不知要干什么地也来到编辑部，嘴里不停地打着嘞哨，在地上转游了一阵，好像要给他说什么，但他又什么也没说。

麻六心里有些害怕。特别是朱老头不说话的时候他更加害怕，要是朱老头能够批评他几句他还能好受点。可是朱老头什么话也没有说，场面显得很尴尬。这时小刘挎着黄挎包推门进来了，也许是小刘看见朱老头此时的心情不好，又不知是因为什么，他便指着桌子上的开水瓶让麻六快点去打些开水回来。

麻六心里慌慌的，不知道朱老头要怎样处置他，便提上开水瓶急着从门里往出走，以至水瓶塞掉在地上他都不知道。

麻六快要从门里出去的时候，小刘大声喊他："你小子没长眼睛啊？水瓶塞掉地上了！"

麻六胆战心惊地转过身，拣起地上掉的水瓶塞子马上朝水房跑去。

打开水的时候，麻六的手让开水给烫了，手心手背全是水泡，钻心地疼。但麻六害怕耽误了朱老头和小刘喝水，不顾疼痛地一路小跑回到办公室，给小刘和朱老头一人面前倒了一杯茶，然后退在一旁木呆呆地站着。

朱老头狠狠地把麻六看了几眼，然后让他到传达室去取报纸和信件。麻六这才像释放了的罪犯一样，麻利从门里跑出去了。

麻六时时刻刻没有忘记让朱老头改变对他的看法，他想用他的诚实和憨厚去打动朱老头，总以为只有这样，才能换取朱老头对他的信任和赞赏。因此麻六这样想的时候，便来到了传达室，取了信件和报纸，急急忙忙地往办公室走。

麻六回到办公室，把报纸放在桌子上，将所有的信件一件一件小心递给朱老头。

朱老头拆着那些信件，脸上渐渐露出了笑容，原因是又有几家企业把肉送到了朱老头的嘴上，单等朱老头去吃了。

当然，有这样的好事，谁能不高兴呢。朱老头高兴起来，就像孩子一样，而且出手也大方，他让小刘和麻六跟他走，今天他请客。

麻六想，朱老头为什么这么高兴呢？是不是有了什么好事了？麻六真想问朱老头，但他话到嘴边猛然想起了朱老头给他立下的那些规矩，不该他问的不要问。

麻六跟着朱老头和小刘走出大门，走进和平里北街的得来喜饭馆，几位花枝招展的服务小姐面带微笑地迎上来，把他们领到靠窗的一个桌子边坐下来。

此时此刻麻六仍然没有忘记给朱老头和小刘及时沏茶，他正瞅着看什么地方有水时，服务小姐笑盈盈地给他们端来了茶水，然后递给朱老头一个菜单，让朱老头点菜。

麻六好久没有来过这样的饭馆了，因此显得诚惶诚恐，手忙脚乱，两只眼睛慌乱地四下张望。

小饭馆里装修一新，情调高雅，灯火辉煌，靠吧台的玻璃水缸里，有鱼虾戏水，大厅里人来人往，格外热闹。你再看看餐桌旁边站着的那些服务小姐，个个身着艳丽的服装，婷婷玉立，婀娜多姿。

这时候的朱老头来了兴致，大方地点了热菜凉菜，还要了扎啤饮料，一副正襟危坐、有说有笑、得意忘形的模样，麻六这才真正明白了什么叫人逢喜事精神爽的道理。

由于朱老头的得意，麻六也跟着得意起来。

饭菜很快就上来了，满满一桌，有鱼有虾，有荤有素，荤素搭配得恰到好处。但是这些菜，麻六大都叫不上名字，想问问小刘，便先看了眼朱老头。

朱老头也在看他。

麻六很快就想起了朱老头给他立下的那些规矩，那些规矩让麻六几乎快变成哑巴了，有口不能言。因此饭间的那些谈话，大都是朱老头和小刘两个人之间进行，他只管捉着筷子夹菜。

足足花了有两个小时的吃饭时间，麻六不知道他到底吃了些什么，肚子里老感觉到什么东西也没有吃一样。

吃饭结束以后，朱老头站起要走的时候，麻六看见饭桌上还有很多没吃完的菜摆在哪里。

麻六真有些舍不得。

此时此刻，麻六很想把吃剩的菜全部拿回办公室。

那些菜足够他吃两天了，特别是那条鱼，听说花了朱老头一百多块钱。天呐，一百多块，这么贵，朱老头把干怪怪的鱼头啃了，可鱼身子还剩不少。他觉得朱老头这人绝对有病，为什么光吃鱼头却不吃鱼身呢？鱼身上的肉有多厚啊？他不明白。

那时，麻六看见服务小姐把鱼端上桌，心里就有些害怕，鱼的眼睛死死地瞪着他，好像在抗议他们一样。因此他就不敢动它了。可朱老头不怕，他看见朱老头一筷子就把鱼头从脖子那个地方夹到他面前的盘子里，有滋有味地吃起来，而且把鱼的眼睛都吃了。

麻六想，朱老头这人太残忍了。

麻六从得来喜饭馆门里往出走的时侯，还扭头朝饭桌上看了一眼。

小刘轻描淡写地问麻六："看什么？"

麻六说："饭桌上还有那么多的菜没吃，多可惜。"小刘笑了。小刘笑得很不豪爽。小刘说麻六是井底里的蛤蟆没见过大天，那算什么，宾馆酒店的饭桌上，整碟的山珍海味动也没动一下的都有。

麻六惊讶地问小刘："那些东西都哪里去了？"

“倒了。”小刘痛快地说。

小刘到底是大城市里混了好多年的人，你听他说话的口气，像富豪的儿子一样，富豪的儿子当然不会把剩菜拎回家，在西京要的就是这样，豪爽。

然而麻六根本豪爽不起来，别说是过去，就是现在，他那农村父母还不知道吃鱼到底是种什么滋味，就是大饭店菜碟里剩的那油汤，也够他农村父母炒几天菜吃。

麻六知道，西京这样的大城市里，也许就是这个样子，要阔。

第二十二章

朱老头带着小刘和麻六酒足饭饱地回到和平里东街《企业家》杂志编辑部的时候，时间已经不早了。麻六回到办公室，便急急忙忙地给朱老头和小刘去沏茶，沏茶是麻六现在的正式工作，搞这种工作没钱，原因是给朱老头带不来经济效益。

这是朱老头给麻六讲的，麻六只好认了。

茶刚沏好，朱老头就把麻六叫到他跟前，让他去一趟咸阳，咸阳有家企业实在想出名，想出名就得用钱买。麻六知道，一些出不了名的企业都想这样，这样的名出得也快，只要不择手段地在报纸杂志上那么胡乱一吹，企业就很体面地脸上泛开了红光，像太阳光一样耀眼，有时仅仅一夜的功夫，不知名一下变成了知名，企业的老总也就成了什么改革家、实干家、企业风云人物等等，光环多得让你数也数不清，他们突然间就会感觉到开始红得尿血，你不佩服他们也不行，这就是钱的威力。

此时麻六领到了任务，就像从朱老头手里领到了饭碗一样。他害怕饭碗让他给砸了，激动得几乎一夜没睡。因此天刚刚亮，他就乘火车去了咸阳，住在咸阳的向阳招待所，费尽马趴地找到想要出名的咸阳纤维玻璃厂，见到了厂长刘路。

刘路厂长一听说麻六是西京市《企业家》杂志社的记者专程从西京来咸阳采访他，忙从老板桌后边弹起来，探着身子一把抓住麻六的手，使劲地摇了几摇。刘厂长摇麻六的手，摇得麻六心里直抖。

麻六知道自己是什么玩意，其实他什么也不是，只不过是西京城里被人家打发回家的人，在《企业家》杂志编辑部混饭吃，别的事狗屁不懂。就是他那个记者证也是朱老头偷偷给他伪造的，完全就是个假记者。可刘厂长不知道这些，绝对把他当人物看了，忙把他让在他办公室的牛皮沙发上坐下，还亲自给他沏了上好的茶，恭敬地把茶杯放在他面前的茶几上。

刘厂长别这样客气还好，刘厂长这么一客气，麻六就有些坐不住了。于是麻六尽量避开刘厂长的眼睛不去正视他，心慌地从包里掏出了事先早就准备好的采访本，准备正儿八经地采访刘厂长。刘厂长见状，忙说："不忙不忙，先吃饭，吃完饭再说。"刘厂长说着就站起来走出门，叫了他们的书记，还有厂里最漂亮的一位公关小姐，几个人如风一般地下了楼，钻进停在门口的奥迪小轿车里，驶进了咸阳最好的秦宝宾馆，要了一个豪华包间，打开一瓶茅台酒，上的菜不说你也知道会有多么高端大气上档次。

有漂亮姑娘陪在身边的感觉是不一样的。由于饭桌上没有朱老头，也就没有那么多的规矩，麻六一下子感觉到生活是多么的美好。因此他不再拘束，很放得开，胡七乱八地开始东拉西扯，还时不时夹杂几句西京话和刘厂长乱侃，侃得刘厂长张着大嘴直笑。而那位年轻漂亮的姑娘，不时用眼睛偷偷地看他一下，感觉就像见到大领导一样。

麻六非常得意，也大胆地看着身旁坐着的那位漂亮姑娘，只见她白格生生的脸蛋，细皮嫩肉，水格灵灵，像刚刚剥了皮的水萝卜那么白净光亮。一双明亮的大眼睛顾盼生辉，微微半张的红唇间露出几粒洁白的玉齿，不时还会露出一抹甜美的微笑。

姑娘长的太让麻六感到心猿意马了，甚至他有些魂不守舍。

麻六感觉到他跟前这位漂亮姑娘并不反感他，因此他就想在姑娘和刘厂长面前好好展示一下自己，所以他就不顾一切地更加放纵地抒发起他对企业未来的畅想，顿时抒发得天昏地暗、大雨倾盆一般。

麻六觉得刘厂长和那位漂亮姑娘以及他们厂里的书记，已经对他佩服得五体投地了。

麻六看见这几个人对他崇拜的样子，他突然感到有几分悲哀，觉得自己不就像一个高明的小偷一样，把手悄悄地伸到刘厂长的口袋里，将刘厂长口袋里的钱大把大把地掏出来，然后恭恭敬敬地送给连正眼都不看他一眼的朱老头么？

他算什么玩意？简直就不是个东西。

麻六根本不胜酒力，也经不住这几个人对他"狂轰滥炸"，刚刚几杯酒下肚，就云里雾里一般，渐渐感觉到头有些昏，走路也东倒西歪的样子。

刘厂长忙问麻六："你没什么事吧？"

麻六说："没事，我有什么事。"

就这样结束了刘厂长为麻六安排的所谓接风洗尘，比较讲究的刘厂长让麻六不要到向阳招待所去住了，那里条件不好，就住在秦宝宾馆，费用由他负担。

然后叫那位漂亮姑娘给他抱来一大堆材料，让他先看看，了解了解情况，别忙着走，他有的是钱，怕什么。

麻六害怕再次被人打发回家。

摇摇晃晃送走了刘厂长一行，麻六住在了秦宝宾馆六楼的一个高档套间里，舒舒服服地睡了一觉，然后给玻璃纤维厂“制造奇迹”。

当然，吹牛麻六还是会的，而且吹得很好。他白天大干，晚上加班，仅用了五天多一点的时间，就轻而易举地把玻璃纤维厂的奇迹给制造出来了。

麻六把写好的报告文学送给刘厂长过目。

刘厂长看后觉得非常满意，说他的玻璃纤维厂正像麻六写的那样，是在他的英明领导下，大胆改革，锐意创新，迅速扭亏为盈并连创佳绩，是在逆境中崛起的一颗闪亮明星。“很好！很好！”刘厂长在赞不绝口的同时，急忙叫来单位上的财务人员，让财务人员将一张十万元的支票交给麻六。

麻六有些不舍地离开帝王气息相当浓厚的咸阳，一路风尘地回到西京，很快把那张十万元的信汇自带支票交给朱老头。

朱老头拿着支票笑着对麻六说：“这还像回事，干事就应该这样，过几天就给你发工资。”可麻六等不上几天，因此他对朱老头说：“朱老师，能不能先借给我一点，我现在连吃饭的钱都没有了。”

朱老头看了麻六一眼说：“先把你的差旅费用报销了。”

麻六就忙着去整理票据，粘贴好递给朱老头，朱老头在条据上签了“准报”的字样，他就领到钱了。

麻六知道朱老头写的那两个“准报”的字还是相当值钱的，他写的字就产生不了朱老头这样的效果。那次，麻六总共领到两千多块钱的差旅费。

两千多块钱够麻六两个月的生活费用了。

麻六没有别的什么开支，主要是不敢胡支乱花，郑大头给他的那五万块钱，他把四万块钱给了小凤，觉得小凤挺不容易，把自己的青春白白葬送在他朋友的手里，这件事他有不可推卸的责任，那四万块钱他权且当作是对小凤的一点精神补偿。他对小凤仅仅能做的，只有这些，再什么也做不到。而且他到了这个杂志社的编辑部，朱老头又一直没给他发工资，他只能一个劲地吃老本，因此现在他手头几乎没几个钱了。现在，麻六把他从朱老头手里领到的那两千多块钱的差旅费精心地计算了一番，如果不要再有别的事情，他一天花上二十块钱，也足够他三个月的生活费了。而且让他更加期望的是，只要是在一个星期内，如果他从咸阳带回的那张支票没有大问题地顺利进了朱老头的账，朱老头就可以给他三万块钱的提成。

这是朱老头亲口给麻六讲的奖励原则，百分之三十的提成一分都不会少，就看他有没有这个能耐。

麻六企盼着这一天的到来，这一天对他来说太重要了。

两天过后的一个下午，朱老头不紧不慢地从编辑部的门里走进来，递给麻六一张发票，是给咸阳玻璃纤维厂的，他让麻六尽快通过邮局用挂号信的方式寄给刘厂长。交待完毕，朱老头又给了麻六两千块钱，说是麻六的稿费，差旅费他就不在里边扣除了。在朱老头给麻六稿费的时候，还一再表扬麻六，这次干得相当不错，不然他的差旅费要在稿费中扣除。

麻六感觉到朱老头跟他说话的话锋有些不对，因此他就不能再沉默，应该理直气壮地问朱老头了。他说："朱老师，你不是说好给我三万块钱的提成吗？你怎么只给我两千块钱的稿费。"

朱老头也好像忘记了他给麻六立下的那些规矩，见麻六这样问他，他就说："这是我派你去的，而且这家企业又是别人事先联系好的，不是你自己联系来的不能算，只能按字数给你稿酬，不能给你提成。"

朱老头不给麻六提成的道理就这么简单。

麻六实在忍受不了朱老头对他的蔑视和压制，但他在这时候并没有跟朱老头再说什么，而是拉开门走出去，漫无目的地走到西京市的和平里西街的大街上。

西京市的和平里西街，车辆和行人，各行其道，川流不息。麻六来到这个地方，就是想找一个没人的地方，因为他在这时候特别想大喊，想大哭一场。

然而，麻六找不到一处没有人的场所。

麻六觉得西京这个城市太不够意思，连这么一点可怜的条件都不给他创造，不像他那老家，他那老家想哭的时候，随便找个地方，想怎么哭就怎么哭，那怕哭的死去活来，也没人能看见。可是在西京就不行，有那么多人眼睁睁地看着，不但不会有人安慰他、同情他，甚至看见他这样哭，反而会嘲笑他是疯子，只有疯子才会跑在热闹的大街上这样大哭大叫。

麻六真后悔他再次来到西京这样的城市。

同样是老头，可是麻六觉得朱老头就不像郑大头那么厚道，关键是这个人的修养素质太差，完全是势利小人一个。

麻六真不知道朱老头把他当什么人看了。

两天过后的一个早上，麻六早早起来，连脸都没洗，木呆呆地在房子里的沙发上坐着。

这时侯小刘气喘吁吁地从门里进来了，他看见麻六这个样子，便问麻六："怎么了？"麻六把朱老头让他到咸阳写稿子以及朱老头只给他两千块钱稿费的事一五一十地说给了小刘。

小刘不动声色地把麻六看了几眼，然后对他说：“那你为什么不跟他要，他这人怎这么不要脸。”同时小刘还给麻六说，他刚来时也有过类似的情况，但他不怕朱老头，也不怕朱老头立下的那些规矩，朱老头那些规矩都是他妈的狗屁。

当然麻六不敢像小刘那样，他在西京市无依无靠，连家也没有了，哪里还敢跟朱老头硬碰硬。小刘说：“你越是怕他，他越厉害，尿在你的头上，还想在你头上拉上一泡屎。朱老头这人可是欺软怕硬，你对他厉害些，他就不敢这样对你了，你不要老这样受他的气。”

麻六觉得小刘的话有一定道理。现在的社会就是一碗强饭，你强你就会有饭吃，你弱你就得饿肚子。麻六知道朱老头对小李和小刘不敢像对他一样残酷无情，关键是因为他俩掌握着朱老头好多秘密和把柄，也许他俩以前像他一样也受过朱老头的欺压，但他俩现在翻身解放了，正好赶上他来了，于是他便成了他俩的替罪羊。但他不知道自己敢不敢像小刘说的那样去做。当然他不能跟小刘比，小刘好歹也是半个西京人，而且在政府部门还有他强硬的靠山，朱老头对他可就要悠着点。

在快吃中午饭的时候，朱老头像往常一样，打着嘫哨又到《企业家》杂志编辑部的办公室里来了。

麻六不知道朱老头又有什么开心事正等着他，他一开心，就会打嘫哨，这已经成了朱老头的一种生活规律和习惯。

朱老头不慌不忙地从编辑部办公室的门里走进来，什么话也没有说，显得有些急躁不安地在办公室的脚地上来回走动。

麻六看了看朱老头，然后又去看小刘。

小刘也在看麻六。

然而麻六在小刘的眼神里，仿佛看到一股鼓励他的强大勇气和力量，这勇气和力量激励的他热血沸腾。因此他不失时机地紧紧抓住办公室里还有小刘在的机会，大着胆子问朱老头：“朱老师，我给咸阳写的那篇报告文学你怎才给我两千块钱？”

朱老头绝对没有想到麻六会当着他的面问他这样的问题，因此他听麻六这么一问，一下就呆在了原地，突然间脸红的像猪肝，额头上也有细汗冒出，两只眼睛凶狠狠地瞪着麻六，却一句话也说不出来。

过了一会儿，朱老头好像才想起了他给麻六立下的那些规矩，因此他便很不高兴地对麻六说：“不该你问的，你就别问。”

麻六说：“我为什么不能问？”

朱老头说：“你知道。”

麻六说："我不知道。"

朱老头说："你应该知道。"

麻六说："我就是不知道。"

朱老头说："你看看你狗日的写那狗屁文章，什么玩意儿，还把你狗日的日能的想上天。"

麻六说："我写那文章怎么了，不是挺好的吗？你也不是说非常不错吗？而且人家刘厂长对我写那文章非常满意，不然他是不会给那十万块钱的。"

朱老头说："你，你，看把你日能的，给你个麦杆，你就当拐棍拄哩。你以为那是你的本事？你不看看你写那烂狗屁文章是什么样子，真他妈的词不达意，语无论次，还胡说八道，我给你两千块钱我都觉得有些多。但我完全是看在你这个人本质还不错，所以我就没扣你的差旅费，可你还蚂蚁扛把切面刀，这山看见那山高，你小子想成精呀。"

朱老头连珠炮似地把麻六美美训了一顿。

麻六让朱老头这一阵训斥，一时无话可说了。

然而就在这个时候，让麻六万万没有想到的是，在他看来并没有多少好感的小刘，不知是一种什么力量的驱使，突然从桌子边站起来，像要跟朱老头打架似地瞪双睛，大声地谴责朱老头："你做事不要太过分，你以为我们都是你的奴隶？你把我们当什么人看了，虽然我们之间地位不同，但你总得让我们也有口饭吃，麻六现在就差没上街讨吃要饭了，可你还只顾自己捞稠的吃，而且连汤都不给我们几个喝一口，难道你连一点起码的人性和同情心都让狗吃了？"

小刘的言语非常尖锐，说得朱老头嘴唇忽闪了几下，额头上的冷汗直冒，什么话都没能说出来。

好一会儿，朱老头才红脖子扎耳根地对小刘说："你小子别狗逮耗子多管闲事，想要干啥？"

小刘说："朱老头，你这人太卑鄙了。"

小刘和朱老头已经闹翻了脸，这事都因为麻六。麻六真为小刘捏一把汗，弄不好，他和小刘都会被朱老头炒鱿鱼的。他很害怕，不知道这时候该怎么办？

小刘替麻六鸣不平，麻六想朱老头肯定不会善罢甘休，肯定会在他的头上动刀，他有这个权利。可是看样子他对小刘还有几分怯火。

一场没有枪林弹雨的战争结束以后，办公室里又显得风平浪静。朱老头坐在沙发上，沉沉地低着头，过了一会儿，他很不情愿地从衣服口袋里掏出一千块钱扔给麻六，愤愤地对麻六说："看在小刘的面子上，我再给你一千块钱。"

麻六没接那一千块钱地看着小刘。

小刘低着头，面无表情，好像刚才什么事也没有发生一样，两只眼睛动都不动地盯着桌面上的一本书。麻六知道，小刘这时候肯定一个字也看不进去。朱老头在房子里磨蹭了一会儿，扭身就要从办公室的门里往出走，走到门口时，他又转过头，看着小刘说："小刘，你跟我来一下。"

麻六不知道朱老头叫小刘干什么去了。

麻六想，小刘这回一定让朱老头给炒鱿鱼了。

麻六在那间破旧的房间里实在有些坐不住地胡思乱想着。他想，朱老头炒鱿鱼的应该是他，而不是小刘，小刘没错，小刘只不过是替他说了几句公道话，要错也是他错了，可是小刘却让朱老头给叫走了，因此麻六心里很着急。

麻六知道，现在的公道话说不得也不能说，说了就会引火烧身。他恨自己无能，更恨自己让小刘因为他而丢了饭碗。

麻六想，朱老头会不会今晚就让小刘走，你看天已经黑了，小刘在天黑的时候能去什么地方呢？听说他的家离西京还很远，西京市里只有他当处长的哥哥，小刘肯定不会黑天半夜到他哥那里去，那么小刘今晚上肯定就要流落在西京市的街头了。

这不行。麻六想，我不能就这样让小刘走。

房子里寂静无比，麻六就像热锅上爬的一只蚂蚁，不停地在地上转着圈子。

这时候，麻六听见院子里传来一阵脚步声，他立即走到门口，看见是小刘回来了。

麻六看着小刘，有些内疚地对小刘说："都是我不好，是我连累了你，朱老头让走的人应该是我，而不是你……"

麻六说完这些话，眼里便含了一些泪水。

小刘回到房间，坐在沙发上，看着麻六说："你真没出息，朱老头他小子活人眼睛捅拳头哩，可你还怕他，那你来西京市干什么来了？"

麻六说："我不敢，朱老头给我立了规矩。"

"狗屁规矩。"小刘说，"活人要有骨气，是你的，一分都不能少，不是你的，一分都不能要，这是做人起码的原则，你懂吗？"

麻六给小刘点了点头，还想给小刘说几句什么话，小刘却从口袋里掏出一叠钱，放在麻六面前说："这是你的，我给你从朱老头那里要来了。"

麻六看着小刘放在他面前的这些钱，眼泪情不自禁地流了下来。

小刘走到麻六的面前，拍了拍麻六的肩膀说："坚强些麻六，你别怕他，西京这么大的城市，咱大不了不在他这儿干总可以吧。"

麻六说："不在他这儿干能去哪里呢？"

小刘说："害怕啥？车到山前必有路。"

麻六忙问小刘："朱老头是不是炒你鱿鱼了？"

小刘说："他小子现在还不敢。"

麻六就想，小刘是不是掌握着朱老头什么见不得人的证据，不然他怎敢这样对待朱老头。

小刘完全是一副不以为然的样子，让麻六快把那些钱拿上，"这本来就是你该得的，为什么不拿。"

小刘还对麻六说："凡是碰上朱老头这一类型的人，你再别害怕他，这种人最可耻最卑鄙，其实也没什么大的本事，有本事不会只在下属面前要威风，西京平安大街上那么多的外国人，为什么不去在他们头上摸几把？要是敢在外国人头上摸几下，那才是条好汉，只知道在单位里的几个人身上占便宜，他算什么东西，简直连狗都不如。"

钱当然是一分不少地拿到手里了，可是麻六老觉到头上有团暗影笼罩着他，怎么拨都拨不开。

此时麻六很害怕小刘从和平里东街这个地方离开，现在小刘对他来说太重要了，在某种程度上，小刘已经成了他在西京城市里的最大精神支柱，只要小刘在，他心里就会踏实一些。

西京市的大街上，已经是万家灯火通明。

麻六非常感激小刘，因此他想请小刘一块吃顿饭。

小刘爽快地答应了麻六的邀请。

麻六和小刘一同从和平里东街往出走时，小刘还对他说："我刚到朱老头这儿来时，朱老头对我也像对你一样，我拼命地给他组稿编稿校稿，可朱老头一分报酬都不给，挣来的钱都搂在他自己的腰包里要女人了。于是那些日子我就跟朱老头对着干，可朱老头仍然这样，根本不把我当人看，我心里十分生气。有一天正好下雨，我因没钱吃饭就向小李借了五十块钱，买了两小瓶二锅头，半斤红辣椒，一个人站在杂志社的大门口吃着辣椒喝烧酒。"

小刘说："我之所以选在杂志社的大门口，就是要让朱老头看一看我是不是他的菜。"

小刘接着说："这时候的朱老头，真的打着一把雨伞一路欢歌地朝杂志社走来了，快走到大门口时，他突然看见我站在杂志社大门口那个吓人的样子，扭头就要往回跑。嘿嘿，看你能跑到哪里？我看着朱老头的背影，对着朱老头大喊一声，'朱老头，你小子是娘养的你就给我站住，我剥不了你小子的一张人皮，我就不再姓刘。'"

朱老头突然听到我说的那个狠话，当然就不敢再跑了，害怕我追上揍他一顿，乖乖地站在原地，装出一副笑脸地对我说："你小子也是，有什么事就不能好好商量，何必要这个样子，怪吓人的。"

小刘说："你跟我回办公室。"

其实，朱老头非常不愿意跟小刘去办公室，但他在这时候不敢不去，他慢腾腾地跟着小刘来到杂志社编辑部的办公室，刚走进门，他什么话也没说，笑着就给小刘掏了一千块钱。

小刘对麻六说："朱老头从此以后再也不敢在我面前胡来了，他说我是莽汉，他有些害怕。"

麻六笑了。

麻六笑得有点难看。

麻六和小刘很快在西京鬼街的夜市上吃完饭，刚要掏钱去埋单，小刘突然挡住他说："你那点钱就别胡花了，以后用处多着哩。"

麻六很感激小刘能够这样体贴他，他觉得小刘在他心目中已经占据了很重要的位置。

然而麻六心里一直不踏实，他知道朱老头这次绝对不会放过他，他不知道以后还会有什么样的悲剧在等待着他。

麻六不知道。

次日天刚亮，麻六正要起床，朱老头就急急火火地来到了编辑部的办公室，而且很不友好地叫麻六跟他到他家里去一趟。

麻六跟着朱老头去了他家的房子，刚一进门，朱老头就凶狠狠地质问麻六："昨晚上你小子跑到什么地方去了？"

麻六眨巴着眼睛对朱老头说："昨晚上我和小刘在夜市上吃了一顿饭。"

朱老头说："你还有心情逛西京市的夜市？"

麻六说："西京市的夜市是全国出了名的，特别是那个鬼街，灯火通明，人山人海，红火热闹的就像唱大戏一样。"

朱老头并不在意麻六是不是去了鬼街，他在意的是麻六跟谁在一起，但他没有说，只是看了麻六一眼，继续问他："你觉得西京的夜市真的好吗？"

麻六说："西京市的夜市真的挺好，灯火辉煌的，感觉就像过大年一样红火热闹。"

朱老头张开嘴巴笑了。

朱老头笑着对麻六说："你觉得西京市好，那你就得给我好好干，可不敢跟着小刘胡跑，我看你还是一个老实人，不像小刘那小子，他小子可不是个东西，你可要小心，跟他跑怕你以后连裤子也穿不上。"

麻六不知道朱老头说这话是什么意思，但他不认为小刘不好，小刘替他仗义执言，在关键时候帮他说话，还给他讨回了公道，他得有良心，不能过河拆桥，跟着朱老头在背地里说小刘的坏话。

当然朱老头忌恨小刘是有原因的，可麻六不能。

麻六一直对朱老头没有好感，就像他刚见到小刘时没有好感一样。

凭心而论，小刘和朱老头究竟谁是好人，谁是坏人，他还真有些分不清。他不知道到底他俩谁说的话对。可是他俩的话，麻六都得听，一点也含糊不得。朱老头接着对麻六说："那次我让你去咸阳采访那家企业，你知道我为什么只给你两千块钱的稿费？其实我并不是针对你，而是针对小刘那小子。事实上剩余那些钱我都先替你保存着，可你看你，不识一点抬举，小刘那种人你小子也敢相信？我是害怕小刘把你的钱骗走才这样做的。"朱老头停顿了一下又说："哎，我问你，如果小刘向你借钱，你给他借不借？你总不能说你没钱，那么他借走你的钱还能还你吗？那是根本不可能的事情。我告诉你，你这个人就是这么不开窍，你以为小刘真的是为你好吗？你刚来我这里的时候，小刘就让我撵你走，是我强留住你小子的，你知道不？要不是我，你现在早就不在西京城里了。"

朱老头给麻六上了一堂非常生动的政治课，麻六不停地给朱老头点着头，并且非常感激地对朱老头说："朱老师，只要你不撵我走，那怕你让我跪着，我也绝对不会站起来，保证！"

朱老头笑了笑对麻六说："这就对了，以后你小子可要该注意的地方一定要注意。知道不？不该你小子说的话不说，不该你小子问的事不问，这是规矩。"

朱老头的规矩几乎压得麻六喘不过气来。

已经好长时间了，小李回家还没回来。

麻六听说小李现在的那个家在这个城市的六环以外，差不多就要到石家庄了，离和平里东街有很远的一段距离。突然有那么一天，小李的老婆给小李打来了一个神秘的电话，说自己身体的什么部位有了非常不舒服的毛病，让小李无论如何赶快回家一趟。

小李就这样从《企业家》杂志社编辑部走了。

自从小李那次走了以后，直至现在他都没有回来。小刘也不知是怎么回事，也是时来时走，编辑部的办公室里平时就只有朱老头和麻六在一丝不苟地工作。直至现在，朱老头还没有给麻六安排正儿八经的工作。小李走后，朱老头就让麻六坐了小李的那张办公桌，到了下午五点以后，朱老头也大摇大摆地回家去了，编辑部的办公室里就剩下麻六一个人。

麻六躺在沙发上一直在等小刘回来，可他一直没等上，直到晚上十二点了，小刘仍然没有回到和平里东街的《企业家》杂志编辑部的办公室。

小刘是跟麻六在鬼街吃完饭分开走的。

走的时候，小刘对麻六说他还有点事，让麻六先回去，他搭了一辆红色出租车，眨眼间就不见踪影了。

现在麻六有点瞌睡，刚要躺在沙发上睡觉的时候，小刘突然风风火火地从门里进来了，而且屁股后边还跟着一位很漂亮的姑娘，白格生生的脸蛋上有一对会说话般的眼睛，棱格铮铮的鼻子底下长了一张樱桃小口，小口微微地抿着，眼睛一眨一眨的，身材苗条得像马路两边的箭杆杨一样，非常笔挺，非常好看。

麻六不知道这是谁家的姑娘，长得这么惊心动魄。

这位漂亮姑娘从《企业家》杂志社编辑部的办公室门里进来，什么话也没有说，也不往沙发上坐，站在门口不停地扑闪着她那一对好看的眼睛。

麻六在这时候不知道他该怎么办？

小刘放下他的挎包，坐在沙发上，十分殷勤地给麻六递了一支烟，然后笑盈盈地对他说："麻六，你能不能到小陈那里去睡一晚，我要加班写点稿子。"

麻六不知道小刘当时说这话时脸红没红，他的脸反正突然间烧得难受。因此他忙给小刘点着头，几乎像逃跑一样，急急忙忙地从门里跑出去了。

这位漂亮姑娘在麻六从门里往出走时，仍然不动声色地看麻六，而且还非常友好地朝他笑了笑。

那姑娘笑起来比不笑要好看很多。

麻六很快从门里跑出去，再连头也没敢扭过看一下，当他刚到院子的拐角处，小刘就顺手关上门。

小刘关上门还有些不放心地又把门拉开，探着头朝院子里看了看。此时院子里没有一个人影，很黑也很静，小刘这才放心地把门关严了。

麻六站在院子拐角的一棵腊梅树下，黑乎乎的院子里，小刘根本看不见没有离开的麻六。

然而麻六现在确实有些心跳。

在晴朗的夜里，小刘的关门声是很大的。此时此刻麻六不知道自己为什么没走，一直在院子拐角的那棵腊梅树下站着，他觉得小刘和那位漂亮姑娘在一个房间里一定不会有什么好事。

麻六有些好奇，想偷听他俩在房子里到底会说些什么话。于是麻六悄悄脱了鞋，赤脚打片地轻轻走到房子的窗户底下，渴望房子里能够尽快发生那种令人心惊肉跳的事情，那事情一定会让他热血沸腾。

这时候，麻六看见《企业家》杂志编辑部办公室里的灯突然间熄了，没过一分钟又突然间亮起来。

麻六听见小刘在房间里说话的声音。

小刘说："你能不能别开灯。"

麻六知道办公室里的灯是小刘拉灭的。

“我就喜欢亮一点。”麻六一听，就是那位漂亮姑娘的说话声音，声音甜甜的，相当好听，就像花雀雀在树枝上叫一样的嘹亮而动听。

“你把灯关了。”小刘几乎在命令着那姑娘。

在办公室里一男一女的争执声中，麻六清楚地听见房间里传出的一种奇怪声音，好像是他俩已经走到门跟前，不知他俩是谁在门板上重重地撞了一下。

麻六以为小刘要开门到院子里来，害怕得额头上的汗都要流出来了。他能不害怕吗？说好他从办公室离开，可他仍然没有走地站在这里，小刘出来发现他没走，场面就绝对很不好看了。

可是庆幸的是，小刘没有从办公室的门里出来。

“你别这样。”麻六听见还是那位姑娘说话的声音，她说，“你把我当什么人了。”

“就这一回。”小刘对那位姑娘说，“我向你保证，你快把灯关了，咱就这一回，行不？”

“不行。”那姑娘说的相当干脆，“你总是说就这一回，我不知你有多少个这一回了。”

突然间，办公室里没有一点声音了，就像办公室里没有一个人一样。好一会儿，麻六再没有听到小刘和那位姑娘说什么话，俩个人都好像在房间里赌着气，他再连什么声音都听不到了。

麻六有些害怕地扭头朝院子里看了看，院子里仍然很黑，看不见有人影在院子里晃动，也没有别的声响，只有和平里东街那条并不宽展的马路上，汽车的喇叭声高昂而嘹亮。

汽车喇叭声刚刚停止了，麻六又听到那位姑娘说话的声音，那声音低沉而细长。

那姑娘说：“你得给我保证，保证以后再不缠我。”“保证你娘的腿。”小刘不知什么时候让那位姑娘给惹躁了。小刘一躁就骂人，而且骂的话很难听，声音也特别大，惊天动地一般。

麻六心想，这两个人在房子里会不会打起来。

“你怎这么骂我？”那姑娘分明是在质问小刘。

“我怎不骂你。”小刘亮着嗓门说，”你以为你是谁，你他妈的把不该得到的全得到了，还在这里装什么假正经？装正经你他妈就别跟我到这里来。”

“好呀。你骂得好。”那姑娘说，”你厉害，我怕你总可以了吧。”

“这还差不多，像人说的话。”小刘的声调降低了很多，说话的语调也不像刚才那么生硬了，而且非常温和地对那姑娘说：“我告诉你，以后再不要跟我胡来，一切你得听我的，不然我会要了你的小命。”

小刘说完这番话，房子里的灯一下就灭了。

这时，麻六听见办公室靠门跟前的沙发上，不知怎么叽叽扭扭地响起来了，而且响声越来越大，响的节奏越来越快。紧接着，麻六听见那位姑娘也不停地呻吟起来，一声接着一声，像肚子疼又不那么疼一样，这样的声响几乎听得麻六要彻底崩溃了。

麻六知道这两个人在办公室里干什么营生。

已经彻底崩溃了的麻六，说什么也在办公室门外待不住了，浑身没有一处舒服的地方，感觉到自己很快要窒息在编辑部的院子里，因此他急忙从院子里离开，慌慌张张地跑向和平里大街。

西京市的夜景是极为美好的，可麻六的心情很坏。

朱老头好像双手撑着一只毛线口袋，让那些有钱的厂长经理们笑哈哈地拿着大把大把的钞票往他那毛线口袋里装。

麻六怀疑那些厂长经理们的钱都是刮老黄风逮的，花起来就像花别人的一样，一点也不觉得可惜。

忽然有天上午，编辑部的办公室里突然来了好几位厂矿企业的头头脑脑，都是民营企业那种，他们一个比一个牛气，一个比一个势扎得大。因为他们有钱，所以屁股后边一人领着一两位花枝招展的姑娘。那些姑娘们，颜值很高，也非常任性，背着巴掌大的小包，一副洋洋得意很高傲的样子。

此时编辑部办公室里能坐人的地方都已经坐了人，麻六便站在门口的一个角上，眨着眼睛看着这些民营企业老板们淋漓尽致的精彩表演。

那位胖乎乎的光头老板，跟朱老头是同音不同姓，外号人称他是胖猪，势扎得相当大，他从门里往进一走，扑闪了几下他那两颗贼溜溜的小眼睛，转身让跟在他身后的那位漂亮姑娘从包里掏出厚厚一沓崭新的人民币，得意地往朱老头面前一放。

朱老头看着那沓崭新的连号人民币，两眼就笑成了一条缝。

胖猪的出手大方，令在座的几位企业老板再也坐不住了，他们几乎是争先恐后，纷纷让自己的漂亮女秘书兼公关部经理，迅速从皮包里掏出支票，填好数字，恭恭敬敬地递给了朱老头。

麻六看见这几个企业老板在相互较劲一样，一个比一个玩得大，不知到头来，笑得最好的人会是谁？

麻六真有些佩服个子矮矮的朱老头。

朱老头脸上的笑容像绽放的一朵花，永不凋谢。

快到吃中午饭的时候了，朱老头理所当然要请这些远道而来的民营企业的头头脑脑们吃一顿饭，问他们喜欢到西京的什么地方去。

胖猪还没等另外几位企业老板们开口，笑哈哈地抢着说："那还用问，当然是西京饭店了，在那地方吃饭，也是身份的象征。朱老师请客，我来埋单。"

看看人家胖猪，做事多么有气派。

就这样，一群人高高兴兴地吆喝着去了。

麻六和朱老头是坐着那些有来头的民营企业家的小车去的，浩浩荡荡的豪华车队，风光无限，就像迎宾车队一样驶过了十里平安街。

当这样的豪华车队驶入西京饭店的大门口，那些身着礼服的门迎不知是来了哪个国家的元首，那派头几乎就像美国总统访华一样的阵势。

在西京饭店，可不是别的地方，那是一个城市的标志和象征，虽然饭店的设施在当前来说不是尽善尽美，但它占据着优越的地理位置，仍然可以说是多少人可望不可及的地方，无论是高贵典雅的接待大厅，还是富丽堂皇的装饰，虽然没有想象中的小桥流水，仍然可以听到琴弦声声。

没有经历过世面的麻六，不知不觉走进西京饭店，感觉就像走进皇宫一样，对这里的一切都感到极其的好奇，而且他的心里也有一种不一样的滋味，眼泪在他的眼睛里不停地打转，真想痛痛快快哭一场。

这是麻六走进这个城市从来没有过这样美好感受，他甚至没有感受到西京真的这么美好，美好的能够让他睡着都可以笑醒，也就像有人把西京描述的那样无限美好一样，麻六现在把描写西京的那一段文字，原原本本地摘录在这里，也许你从中可以领略到西京到底是怎样一座美好的可以让你窒息的城市。

麻六无比庆幸自己来到这个富有激情的城市。

这时候，麻六完全忘却了自己还是一个不够格的《企业家》杂志编辑部的记者身份，跑到西京饭店大厅里，看潺潺流水，观水中游鱼。此时，他真羡慕这个城市那些有钱的老板，同时更加羡慕跟在老板身后那些花枝招展的漂亮姑娘，他们根本不像麻六，真正有种宾至如归的感觉，对大厅里这些玩意儿根本不当一回事地显得自然而大方。

麻六跟着这几位企业老板和姑娘走进宴会大厅，宴会大厅的两侧，站着一排排亭亭玉立的漂亮服务小姐，一个个简直就是出水的芙蓉，小姐们个个面带着甜蜜而好看的微笑，双手搭在前腹，微微弯着细腰，低头鞠躬行礼，欢迎光临声不断在大厅里回旋。

那时麻六怀疑这几位企业老板是不是把他们领错了地方。天呀，这地方他哪敢进去？地上铺着一种绣着大花的好像是纯羊毛的地毯，漂亮极了，踩在上面软乎乎的，麻六感觉要把他陷进去又弹起来的阵势。麻六心里觉得自己那沾满尘土的脚说什么也不敢踩在这么高档的纯羊毛地毯上面，泥脚踩上去多可惜呀。再想想朱老头家里那地毯怎能跟这里的地毯相比吗？人家这才叫真正的地毯。

麻六舍不得往绣着大花的纯羊毛地毯上走。

麻六想把自己的鞋脱下来。

可是麻六又想，他的鞋脱下来往什么地方放呢？当然，这里绝对不同朱老头家，而且人又这么多，在朱老头家门口没人拿他的鞋不证明在这里也没人拿，没准人家会给他当垃圾扔了呢。他犹豫了一下，还是没把鞋脱下来地看着老板们的样子，踩着绣花纯羊毛地毯，大摇大摆地从宴会大厅里走进去了。

麻六不知道自己的鞋什么时候已经张开了一个大口子，脚趾头露在外边，他的脚趾头也好像有些好奇地悄悄钻出来偷看这里的景致，毫不胆怯的样子。

麻六感到有些恼火，想让自己的脚趾头规矩些，他都没那么大胆，可小小的脚趾头却那么不知高低。

麻六就使劲地让他的脚趾头缩在鞋里，心想，你现在凑什么热闹，不看看这是什么地方。

坐在高档高靠背椅子上和坐在干板木椅上的感觉是完全不一样的，麻六想轻松轻松，但他这时候说什么也轻松不起来，心情感到有些沉重。

这些人刚刚坐到椅子上，漂亮服务小姐就倒好了茶水，酒盅盅大小的茶杯，麻六一口能喝四五杯。

麻六不习惯用这么小的茶杯喝茶，只要口一张，茶杯里的茶水就没有了，他却觉得连喉咙都没有润湿。朱老头对麻六相当不满，他看见麻六这个样子，就伸出脚把麻六狠狠地踢了一脚。

朱老头这一脚踢在了麻六的腿肚上，一点儿也不疼，只是感觉到麻麻的。于是麻六紧张地看了朱老头一眼。但朱老头并不看他地仍然跟那几位老板有说有笑地胡聊。

这几个人喝茶的姿势相当优美，慢慢端起茶杯，轻轻地抿上一口，根本不像麻六。

麻六不知道朱老头为什么要这样踢他，他从和平里东街坐车到西京饭店，什么话也没说过一句，可朱老头还把他踢了这么一脚。

麻六一直在想这个问题。

麻六还在思考的时候，雪白的桌面上就摆满了菜，那些菜他基本叫不上名字，但他想价格一定会很贵，绝不像街上的扯面和大肉水饺。吃扯面和水饺时没这么多的漂亮小姐在身边陪着。这些漂亮的服务小姐也是，站在身边看人吃饭多没意思，为什么不能站远一点，你们这么看着还让不让人吃饭了。

开始吃饭的时候，朱老头站起来了，端着酒杯对大伙豪迈地讲了几句开场白。

麻六看见朱老头往起站，他忙站起来，由于紧张，他把桌子上的小勺小碗碰到了桌子底下，小碗打在了朱老头的脚上，小勺砸准了胖猪领的那位漂亮姑娘，那位姑娘不知是因为被小勺砸疼了，还是因为受到了惊吓，猛地一跳，手里端着的酒全洒在了胖猪的身上。胖猪就扭头瞪了漂亮姑娘一眼，麻六看见漂亮姑娘的脸立即就像刚染出来的一块红布，红得耀眼。

麻六很尴尬，不知该怎么办。

朱老头很不高兴地放下手中的酒杯，狠狠地瞪了麻六一眼。

麻六知道气氛都让他给搅坏了。

站在胖猪旁边的漂亮服务小姐帮了麻六的大忙。麻六真感激这两位漂亮的服务小姐，她们忙着用餐巾给胖猪身上擦了又擦。

此时麻六看见胖猪有些得意地看着给他身上擦酒的漂亮服务小姐，他的身子也乘势直往那些漂亮的服务小姐身上贴。

另一位服务小姐马上给胖猪领的那位姑娘的酒杯里再次酌满了酒。

胖猪毕竟是胖猪，也够大度的，他等服务小姐从他身边离开，立即站起来跟朱老头碰杯。

众人也一起站起来碰，碰杯声中，麻六又美美挨了朱老头一脚。

朱老头的这一脚真狠，险些把他踢倒在宴会厅的地毯上。

麻六很快把酒杯放在桌上，不知看什么地方才好。

坐在麻六身边的胖猪领的那位姑娘站起来开始敬酒，她给在坐的各位敬完酒以后，略弯了一下她的细腰，碰着麻六的酒杯说：“很高兴认识你，认识你是我们的缘份。”

人还是不敢太高兴，一高兴起来就把什么都忘了。

麻六也不顾朱老头会不会再踢他一脚地端起了酒杯，跟胖猪领的那位漂亮姑娘频频碰杯，这种美好的感觉是相当惬意的。

胖猪领那位漂亮姑娘叫小翠，名字和她人一样美丽而漂亮。

小翠长了一对大大的丹凤眼，脸上总是挂着一抹恰到好处的微笑，她一笑起来，白格生生的脸蛋上就会露出两个好看的酒窝。

小翠是这几位老板领来的姑娘中最出类拔萃的一位，而且她又能说会道，很会活跃气氛，给胖猪增色不少，胖猪深深感到自豪和得意。

胖猪财大气粗，开口闭口总是带着脏字，并接二连三地让小翠给在坐的各位敬酒。

朱老头酒上不行色上行。

其实朱老头的酒量是根本上不了这种场合的。但朱老头交往的都是身后带漂亮姑娘的企业老板，他主编了《企业家》杂志，好多厂长经理都想通过他这个平台而名扬天下。

朱老头的脑子绝对不笨，只要有人给他掏钱，他完全可以满足这些人的欲望，要什么样的头衔给什么样的头衔，仿佛他这里不是杂志社，而是一个头衔批发公司，随便可以给人大量批发，在这里厂长经理们几乎一夜之间就可以成龙变虎了。

麻六觉得朱老头这一招挺灵，吸引了不少厂矿企业的老板们登门向他求情办事，因此《企业家》杂志一度时期几乎红遍了祖国的大江南北。

吃饭用了好长时间，事实上吃饭并不重要，重要的是加深感情。看着桌面上摆的那么多菜，麻六真有些嘴馋，可朱老头和那些有来头的老板们说话正在兴头上，也就顾不上专心致志地吃饭了。

此时，餐厅里用餐的人几乎走光了，也听不见了音乐的旋律，只有身边和门口的几位服务小姐仍然纹丝不动地站着。

麻六觉得这些服务小姐也怪可怜的，根本不像朱老头，朱老头可以用《企业家》杂志这个招牌，很容易地赚到大量的钱，哪像这些服务小姐，在这里站这么长时间也站不来几个钱。

拖拖拉拉地磨蹭了大半天时间，端上桌的菜原来是什么模样现在几乎还是什么模样。也许是话说得实在再没什么可说的了，朱老头眯缝着眼睛笑着说："你们的事也就是我的事，放心。"

结束的时候，朱老头顺手从口袋里拉出一沓钱让麻六去埋单。然而朱老头的这个举动很快让胖猪看到了，胖猪急忙挡住了朱老头，让坐在麻六身边的小翠去埋单。

小翠把她高傲的头一摆，对站在她身边的一位姑娘说："小姐，埋单。"

麻六不明白小翠为什么叫服务小姐去埋单，可服务小姐听小翠这么一说，挪动着轻盈的脚步就走了。

不一会儿，那位服务小姐回来了，把端在托盘里的账单递给小翠，小翠看着单子，逐一核对，觉得没什么问题了，便熟练地从小包里拿出一个高档钱夹，取了其中的一张银行信用卡，交给了服务小姐，吩咐她开发票，结完账后一行人就离开了。

麻六在西京饭店宴会大厅门里往出走的时候，扭头还把餐桌上那些没动的菜看了几眼。麻六感到实在可惜。麻六真想把这些菜全部打包带走，但他害怕朱老头，只好恋恋不舍地离开。

麻六回到《企业家》杂志社编辑部办公室时，朱老头已先他一步回到了办公室，正在沙发上静静地坐着。他以为朱老头是在等着训他，而训他的理由他也知道，所以他已经做好了挨训的思想准备，便什么话也没说地悄悄站在门口。

朱老头的气色不错，脸上乐哈哈地挂着笑容。然而他的笑让麻六生畏。麻六不知道朱老头今天为什么没有训他，还让他坐在他对面的一把木椅上对他说："麻六，你看到了吧，咱们势头不错嘛，只要干得好，别怕没钱花，别愁没房住，别愁没女人。"

麻六说："我会好好干的。"

麻六给朱老头表明了态度，仍然不忘给朱老头戴高帽子，说："朱老师确实不一样，就是不一样，那些老板们把你佩服得五体投地，真让人羡慕。"

"嘿嘿，"朱老头爱听好话，听点好话他就得意得飘飘然了。接着朱老头又对麻六说，"你可不敢像小刘那小子那样，他可不是个东西，有了钱就嫖女人，跟他跑，你小子可就完了。"

麻六给朱老头点了点头。

麻六这时候突然想起了小刘，不知小刘干什么去了还没有回来，胖猪领的那位小翠，好像就是他那晚上看见小刘领的那位姑娘，但是那天晚上他没敢仔细看，不敢确定是不是。因此麻六想问朱老头，可他又没问，他知道这样的话是不能随便问的。

那天夜里，小刘就是带着像小翠一样漂亮的姑娘离开了和平里东街。

可是麻六并不知道小刘已经离开，仍然漫无目的地在和平里东街的大街上溜了大半夜，直溜得西京城也要进入沉沉梦乡的时候，他才回到了杂志社大门口。

此时的看门老头正睡得像死人一样，仿佛用一颗炸弹也炸不醒他。

麻六没有让看门老头给他开门，而是从那扇黑色大铁门上悄悄翻过去，轻轻地推开看门老头的门，坐在看门老头经常坐的那把破藤椅上打瞌睡。

直至天亮，麻六还不敢回《企业家》杂志社编辑部的办公室，害怕小刘和那位姑娘没走，见了他俩会尴尬。因此他一直就在那个破落的东方庭院里无所事事地溜达着，直溜达到太阳红得淌血的中午。

就在这个时侯，麻六看见朱老头一摇一摆地从大门里进来了，他真为小刘捏了一把汗。

麻六跟着朱老头从院子里一直走到办公室，没看见小刘和那位姑娘，他为朱老头没碰上小刘和那姑娘而高兴。

朱老头走进办公室没看见小刘，便问麻六："小刘哪里去了？"

麻六说："我不知道。"

朱老头一下就不高兴了，眉头皱了皱，生气地说："我这里又不是旅店，想来就来，想走就走，连个招呼也不打，还有没有规矩。”

其实，朱老头嘴里这样说小刘，实际上他是让麻六听的。

麻六知道，朱老头的规矩只对别人，不对自己。

这几天，西京城里热得仿佛就地可以起火的光景。麻六感到有些难受，几乎觉得连气也喘不上来了，办公室里只有他和朱老头，他俩相对而言特别忙。

由于小李和小刘不在，朱老头就把麻六当成了骨干分子，而且这几天里，朱老头连家也顾不上回，大热天和麻六一起钻在那间似蒸笼一样的办公室里给那些企业老板们制造奇迹，佩戴花环。

麻六知道，用不了多长时间，就在这间小小的房间里，又会有几位杰出人物将要面世了。

朱老头不愧是一位能工巧匠，桌面上摆了好多各式各样的画板、剪刀、胶棒和铅笔，他在这儿剪剪，那儿画画，然后把剪画好的东西粘贴在一起让麻六迅速送印刷厂。没用一个月的时间，《企业家》杂志就印刷出来了，花花绿绿的，很像那么回事。

麻六拿着散发着油墨味的杂志，看着杂志封面上含着微笑的胖猪和介绍胖猪的那些颇具传奇色彩的文章，麻六真有几分好笑。

麻六这才得知，《企业家》杂志就是剪裁出来的一本花架绣腿。

麻六也知道朱老头的口袋里已经装了不少钱，随便抠出那么一点，也足够他享用几年。当然麻六现在还不敢贪图别的，先有口饭吃就很不错了。朱老头曾经给麻六说过：“西京城里到处都是钱，就看你会拣不会拣。”

麻六心里真感到有些高兴，觉得跟着朱老头从此以后再不会为没钱而受可怜了，朱老头吃稠的，就会有稀汤让他喝。

也许朱老头在木椅上已经坐困了，便站起来伸伸胳膊蹬蹬腿地活动着，他的脸上依然挂着得意的微笑，活动着身子对麻六说：“现在办公室里就你一个人，晚上你可以睡在沙发上。”

麻六问朱老头：“小李和小刘都到哪里去了？”

朱老头说：“他俩出去采访去了，一时半刻回不来。”

麻六又问朱老头：“他俩去了什么地方？”

朱老头说：“我也不知道他们去什么地方了，中国这么大，有钱的厂矿企业又这么多，只要肯动脑筋，钱就会往你口袋里钻，想挡也挡不住，仅西京城市里，也够咱弄十年八年的，你别害怕，要有信心。”

麻六听朱老头这么一说，心里非常踏实地笑了。

朱老头刚刚离开办公室，麻六就在他那小小的房间里美美地唱了一阵悠扬而动听的陕北信天游：

这么长的辫子哟探呀探不上个天，
这么好的个妹子哟见呀见不上面；
这么大的锅来哟下呀下不了几颗米，
这么旺的火来哟烧呀烧不热个你……

其实，麻六唱陕北信天游唱得很好听的，但由于他生活中发生的种种不幸，一直在为生存而挣扎而奔波，因此他没有一个好心情开心地唱过一回，慢慢他好像忘记了自己还会唱歌。

现在麻六忽然再唱起来，突然觉得自己跟歌唱家唱的水平也差得不是那么远，甚至快达到歌唱家们唱的那个水平了，只是没有人这样认可他发现他罢了。不过也没什么，他今天好不容易这么高兴，那就应该让他痛痛快快地再唱几句吧：

想你想你实想你，
浑身上下都想你；
头发梢梢想你哩，
红头绳绳难扎哩；
脑瓜皮皮想你哩，
榆木梳子难梳哩；
眼睫毛毛想你哩，
白天黑夜想你哩；
眼睛仁仁想你哩，
泪水蛋蛋难收哩；
舌头尖尖想你哩，
酸甜苦辣难尝哩。

这就是那个得意起来不知天高地厚的麻六！

第二十三章

朱老头的家就在离和平里东街不远的机关大院里，和杂志社的编辑部仅仅隔着一个家属院。麻六曾经去过朱老头家几回，但是他从来没有看见朱老头的老婆和孩子，也没有看见朱老头像小刘一样领着漂亮女人来过《企业家》杂志社编辑部的办公室，更不像那几位老板一样屁股后边总是有漂亮的女人跟着。

麻六认为朱老头非同一般，不拈花惹草。

麻六想，现在这个社会，人绝对不敢有两样东西，一样是手中有钱，再一样就是手中有权，手中有钱又有权的男人容易变坏，也爱养漂亮的女人。当然基本上不是固定的那种，都是转正不了的那种临时性女人。可朱老头不是这样。朱老头能把口袋里的钱捏出油的光景，连他自己也舍不得花，因此根本不会把钱花在女人身上。

由于《企业家》杂志社编辑部办公室里只有麻六和朱老头，因此麻六和朱老头的交往就比以前频繁得多了，关系也不像原来那么紧张，变得非常融洽。有一天晚上，麻六要给朱老头送一张转账支票，事先他没有给朱老头打任何招呼，拿上那张转账支票就往朱老头家里走。

朱老头的家住在顶层，而且没有电梯，麻六气喘吁吁地跑到朱老头家的家门口，刚准备抬手去敲门的时候，忽然听见朱老头家里传出一阵说笑的声音。

麻六不知道谁在朱老头的家里，这样贸然敲门进去会不会让朱老头不高兴，如果是位不相干的漂亮女人那就更不好了。麻六这样想了。便把他的把耳朵悄悄贴在朱老头家的门板上，突然听见朱老头果然正和一位女人说话，而且说话的声音不高也不低，仿佛那女人的嘴上还堵着一件什么东西一样，反正他听得不是很清楚，接着还时不时传出一阵阵放荡的笑声。

麻六不知道朱老头家里传出放荡笑声的那位女人是不是朱老头的老婆，如果是他老婆的话，他们老夫老妻的，没有什么见不得人的事情，他完全可以大胆地去敲门。那么如果不是呢？麻六想。麻六在想这个问题的时候，不由地浑身一战。可凭他对朱老头的印象，朱老头绝对不是养野女人的那种人。朱老头历来对这种人很反感。朱老头曾好几次警告他不要学小刘，小刘把钱全花在漂亮女人身上了，那可是一个填不满的黑洞。麻六不知道小刘是没注意让朱老头给发现了，还是朱老头感觉到了小刘有这样的不规行为。麻六当时听朱老头这么一说，知道朱老头很不喜欢小刘这种拈花惹草的行为，因此麻六绝对不会去怀疑朱老头，也就大胆地敲起了朱老头家的门。

麻六敲了好长时间，朱老头都没有给他开门，而且朱老头家里突然一下就什么声音也没有了。

麻六不知道他该不该再去敲门了。

麻六有些心慌。

麻六想象不到朱老头家的门开了以后会是怎样一种场面。

麻六看了看手里拿的那张转账支票,还是又轻轻地敲了几下朱老头家的门。

咚咚！一声。

咚咚！又是一声。

门终于打开了，开门的不是朱老头，而是麻六曾经见过的那位漂亮姑娘小翠。

小翠把麻六挡在朱老头家的门口，带有几分不悦的神色质问他："你到这里来干啥？"

麻六觉得小翠问他的话问的有些奇怪，他有些不高兴地说："我来找朱老师。"

小翠问麻六："你找朱老师有什么事？"

麻六说："我来给朱老师送转账支票来了。"

小翠说："那你把转账支票给我。"

麻六看了小翠一眼，没有把转账支票给小翠，而是问小翠："朱老师在不在家？"

小翠瞪了麻六一眼，狠狠地说："不在。"

麻六又问小翠："朱老师不在家，你怎么会在朱老师的家里呢？"

小翠很不高兴麻六这样问她地瞪起她那好看的眼睛，恶狠狠地说："你又不是派出所查户口的。"

麻六说："我要把支票当面交给朱老师。"

小翠说："我不是已经给你说过了，朱老师不在，你怎这么个人。"说着，小翠就要从麻六手里抢支票。

麻六说："朱老师不在，我不能把支票给你。"

小翠有些生气，脸也变得很难看了。

小翠不耐烦地说："我是他家亲戚，你相信就交给我，不相信你就拿走，别像鬼一样站在这儿。"

在麻六看来，小翠好像根本不认识他了。

麻六不知道他该不该把支票交给小翠，他还在犹豫的时候，小翠就很用力地把门给关上了。

麻六觉到朱老头家有了秘密，这秘密的发现令麻六不寒而栗。

麻六知道他再不能站在朱老头家门口了，他感觉到过一会儿小翠肯定会看他是不是还站在门口。于是麻六很快转过身，但他并没有下楼，而是站在朱老头家楼道的拐角处。在这里，他虽然看不见朱老头家的门，但可以听到朱老头家开门的声响。果不其然，麻六刚把身子在拐角处隐藏起来，就听见朱老头家的门响了一声。

麻六不知道开门的是朱老头还是小翠，但他知道朱老头一定就在他家里。

朱老头家的门响了一下又很快关上了。

麻六不知道自己当时是一种什么心情，很想知道朱老头家里将会发生什么事情，这个欲望很强烈，所以他没有从楼道里走下去地又走到朱老头家的门前。麻六害怕他的走动弄出了声响，几乎是贴着楼道的墙壁慢慢挪到朱老头的家门口。

这时候，麻六可以清楚地听见朱老头家房子里传出来的声音，那声音一听就是朱老头在说话。

朱老头说话的声音总是那么粗糙，听起来非常刺耳难听。

朱老头问小翠："麻六走了？"

"走了。"小翠生气地说，"那傻小子真不识相，尽扫人的兴。"

朱老头说："你别不高兴，我也不知道他要来，找机会我非教训他小子不可。"

麻六听朱老头这么一说，吓得美美出了一身冷汗。小翠说："看你用了些什么人？真让人讨厌。"

小翠说完这句话，麻六就听见朱老头家房子里有脚步在水泥地板上蹭的那种声响。这声音是从朱老头家卫生间里传出来的。由于朱老头家卫生间的窗户太高，小翠和朱老头不会看见麻六，当然麻六也不会看到朱老头和小翠。麻六不知道朱老头和小翠钻在卫生间里干什么。不一会儿，麻六听见一种撒尿的声响，那声响高亢而嘹亮。然而那种声响一停，麻六又听见啪啪地响了两声，声音柔软而富有弹性。然后麻六就听见小翠说："朱老头，你这人咋这么讨厌。"

朱老头在卫生间传出几声诡秘的笑声。

小翠说："我现在急着要用钱，你再不给我五万块，那咱就谁也不认得谁了。"

"你别这样嘛。"朱老头说，"你要那么多钱干什么？"

"这个你就不要问了。"小翠说，"你给不给痛快些，反正我再不能只是你的一个玩物，我也要干些事情。"

"你要干什么？"朱老头好像有些着急，问话的声调有些颤抖。

"你没权利问我这个。"小翠说。

此时麻六听见房间里有推卫生间门的声响。

麻六害怕小翠让朱老头惹恼了赌气地走出门看见他还站在楼巷里偷听他俩说话，因此他刚要溜走的时侯，又一阵乱哄哄的声音传进了他的耳朵里。那声音是蹭地跳舞的那种，不高不低，不紧不慢。由于实在有些好奇，因此麻六就没有走地仍然在朱老头家门前呆呆地站着。

"你别拉我。"小翠对朱老头说，"你拉我干什么？"

朱老头只是一个劲儿地笑，笑得人让心里有些不安和恐慌。过了一会儿，朱老头对小翠说："翠翠，你别这样，我给你五万块钱还不行吗？你们这些女人，就知道要钱。"

小翠说："那你总不能光占我的便宜。"

朱老头说："我没有占你多少便宜，你已经拿了我不少钱了。"

小翠说："那是你愿意。"

麻六听小翠和朱老头说话的声调，估计小翠是对着朱老头的脸说话的，很近，像嘴挨着嘴一样。

朱老头笑着对小翠说："我上了你的这个贼船已经下不来了。"

这时候，麻六听见朱老头家房子的门砰地一声关上了，房子里再发生了什么事，麻六就一点也不知道了。麻六料想到朱老头家里今晚上一定会发生一起惊心动魄的一幕好戏，那一幕一定会让朱老头刻骨铭心。于是麻六朝着朱老头家紧锁着的防盗门笑了笑，就从楼道里下去了。

从此以后，麻六彻底改变了对朱老头的看法，他总以为朱老头是正人君子一个，可他万万没有想到这么一个糟老头子也会耐不住寂寞地偷鸡摸狗。

麻六觉得朱老头这么一把年纪的人都这样胡搞，小刘带漂亮女人在身边就显得尤为正常了。但麻六不明白朱老头是从什么时候勾引上小翠的，小翠不是小刘相好的女人吗？他确实不明白这么大的一个西京城里，他俩为什么都抢着找小翠当情人？难道西京城里再没有比小翠漂亮的女人了吗？

麻六不明白西京城里的这些人是不是都快疯了。

小刘是在离开和平里东街一个月后的一个下午突然出现在《企业家》杂志

编辑部办公室里的。

那时候麻六像往常一样，正漫不经心地到这个东方庭院的水房里去打开水，当他提着打好的开水从办公室的门里往进走的时侯，忽然看见小刘满脸兴奋地在沙发上高傲地坐着。

麻六高兴地问小刘："你回来了？"

小刘说："回来了。"

小刘仍然笑着，再不像麻六刚来时那样岐视他了。

很快，小刘在沙发边站起来，从口袋里掏出一盒烟，递给麻六一支，然后给麻六说了一番让麻六几乎感动得热泪盈眶的知心话。

麻六不知道小刘为什么突然会对他这样？他不知道，而且他又不能去问小刘。

麻六现在牢记着朱老头给他立下的那些规矩。

这时的天空，没有云彩，在麻六和小刘的欢声笑语中不知不觉就蒙蒙黑了。

小刘去开房间灯的时候，朱老头背抄着双手从门里进来了。

朱老头在办公室门口突然看见了小刘。

当然，小刘也看见了站在办公室门口朱老头，可是两个人先是什么话也没说，过了一会儿小刘站起来，笑着叫了声朱老师，显得相当尊重朱老头的样子。

朱老头也微笑着问小刘："你刚回来？"

小刘说："我刚回来。"

小刘滔滔不绝给朱老头汇报他这一段的工作情况，而且有种自吹自擂的味道。

朱老头听得满心欢喜，但麻六却听得感到肉麻。麻六不喜欢人这样吹牛，喜欢实实在在。

麻六知道小刘和朱老头的关系究竟是怎么一回事。朱老头不就是想让小刘把那些有钱人能够放倒的全部扳倒放平，并且不择一切手段，把别人的钱很快变成朱老头的。这是朱老头的目的。朱老头达到了他的这个目的，就会很高兴，他一高兴就不会阻止小刘把钱花在脸蛋漂亮的女人身上，只要给他的不少，别的他就考虑得不是那么多了。

"小刘，这回你又给咱搂回来多少？"朱老头仍然微笑着问小刘，他的眼睛死死地盯着小刘不放。

麻六觉得小刘也是朱老头盯上的一块肉，想狠狠啃上几口。

小刘绝对不会让朱老头失望。

小刘说："这回去了不少地方，收获很大，除了带回两张转账支票外，还有三个单位很快就会把款打到咱们编辑部的账上。"小刘说着，起身就把两张信汇自带的支票从他办公桌的抽屉里拿出来，恭恭敬敬地递到朱老头的手上。

朱老头看着小刘递给他的那两张转账支票，嘴里不停地夸小刘：“不简单，有本事，真能干，要想在西京这个城市站住脚，就得像小刘这样的人。”朱老头这样夸着小刘，很快就把目光投向麻六。

麻六的目光和朱老头的目光相遇在一起，几乎能碰出一种烫人的火花一样。

当然，朱老头看麻六的眼神就不像看小刘那么温顺了，一副恶狠狠的样子，麻六尽量避开朱老头的目光。

麻六知道朱老头又要开始批评他了。

果不其然，朱老头恶狠狠地看了一会儿麻六，然后带有辱骂性的口气对他说：“你小子球事干不了，还不知逞能什么，以为在西京就这么好混吗？你小子钻在房子里钱就跟你小子来了吗？你看看人家小刘多能干，你他妈在我这儿白吃白住，创不来一点的经济效益，要不是小刘挽留着让我把你小子留下来，我早一脚把你小子踢出这个西京城了。”

那时候麻六不知道自己站着还是坐着。

麻六真的不知道。

开始的时候，麻六还能听见朱老头像狗一样地朝他乱咬，渐渐他就变得有些麻木了僵硬了，几乎什么感觉也没有地像木偶一样呆立在办公室门口。

朱老头什么时候离开办公室，麻六都不知道。

麻六不知道朱老头为什么要对他这样残酷无情，小李或小刘一回到编辑部的办公室，朱老头就不像他俩不在时那样对他，好像他就是一个出气筒，他把他所有的怨气和不满全撒在他的身上。

麻六想不明白问题出在什么地方，心里很不是一种滋味，就这样迷迷糊糊地歪倒在办公室门前的沙发上，头靠着墙壁，似睡非睡的样子。

小刘走过来轻轻地拍了拍麻六的脸蛋。

麻六一下被惊醒。

麻六这才看见办公室里只有他和小刘了。

看样子小刘非常气愤，他一屁股坐在麻六跟前，皱着一副眉头，愤愤不平地对他说：“你小子怎就这么无能，那个姓朱的王八蛋那样欺负你，你小子怎就连臭屁都不放一声。”

麻六说：“我怎敢，朱老头对我就像对一只蚂蚁，想怎么收拾我就怎么收拾我，我还敢跟他对抗。”

小刘说：“那你只能当那只蚂蚁。”

麻六说：“那我还能咋办。”

小刘跟麻六这样无能的人再没什么好说的话了，知道说了也是白话，麻六不是吃钢咬铁那种人，便失望地挎上他的包走了。

麻六没敢问小刘这么晚去什么地方？他知道他不能问这样的话。

小刘从门里往出走的时候，回过头还对麻六说："如果有人找我，你就说我出差了。"

麻六友善地给小刘点了点头。

此时的办公室里寂静无比，麻六坐在门前的沙发上，呆呆地，足足有半年多时间了，朱老头还没给他说工资的事。他一直在想，朱老头早应该给他发工资了，在这半年时间里，他觉得他没少给朱老头干活，可朱老头不说，他又怎样去跟朱老头去说这事呢？

麻六只能静静地等待。

几天后的一个早上，朱老头来到《企业家》编辑部的办公室，身后跟着一位非常漂亮的姑娘，那姑娘从办公室的门里往进一走，麻六就认出她是小翠。

小翠就是一直给胖猪当秘书的那位姑娘。

麻六实在搞不明白是怎么回事，小翠跟小刘好，怎么突然又跟朱老头明目张胆地好上了。

看样子小翠什么也不在乎，也不怕别人在背后说长论短，一副得意洋洋的样子。她跟着朱老头走进《企业家》杂志社编辑部的办公室，就像走进自己家一样自在和坦然。

小翠绝对是见过大世面那种姑娘，沉着冷静，她坐在办公桌前，把办公室里仔细地扫视了一遍，然后静悄悄地看着麻六。

麻六一看见小翠这样看他，心里就有些惊慌，脸也渐渐开始烧起来了，相当不自在，就像火烤上一样。小翠和朱老头平静如水般地面对面坐着。

麻六知道他在这时候不能无动于衷，得留空间给他俩，因此他急忙提了开水瓶从门里走出去，走到开水房，他却没有很快打水地呆呆站着。

麻六不知道能不能回到编辑部的办公室里去。

就这样，麻六在开水房里磨蹭了一阵，想了一些他不该想的事情，还是打了开水回到办公室。然而，他刚把打来的开水瓶放下，朱老头就对他说："麻六，我给你说件事，小翠是咱编辑部新来的会计。"

麻六急忙带着微笑给小翠点了点头。

小翠不像麻六那样，跟朱老头说话总是直来直去，一副盛气凌人的样子，好像来这儿打工的并不是小翠，而是麻六和朱老头。

小翠很霸道，在这里她可以主宰一切，就连朱老头都得看她的脸色行事。

麻六不知道小翠是怎样征服朱老头的，除了她那张脸蛋比别的姑娘漂亮好看而外，他再看不到小翠有什么特别的高明之处。然而，自从小翠到《企业家》

杂志编辑部搞了财务，朱老头就不像过去了，显得非常可怜，杂志社账面上的那些钱再也由不了朱老头想怎么支配就怎么支配，得由小翠说了算。好几次，他看见朱老头可怜巴巴地趴在小翠跟前，祈求似地让小翠给他取点钱用。可是小翠一见朱老头在她面前要钱，脸色马上就很难看了，眼皮常常要翻上几翻，出言不逊地质问朱老头："要钱干什么？"朱老头就给小翠说："印刷厂催得急，上一期的印刷费还没给人家付，不能再拖了，再拖下去就失去了信誉。"

小翠说："信誉是个狗屁，这么大的一座城，还怕没印刷厂。"

朱老头说："话可不能这么讲，我们是有协议的，再不给人家付印刷费，人家就要到法院起诉我们。"

当然小翠说是那么说了，还是从抽屉里拿出支票，按朱老头说的金额，哗哗地在转账支票上填好数字，盖上杂志社的财务专用章，很不情愿地递给了朱老头。朱老头接过那张转账支票，就像接到小翠给他发的奖赏一样，三蹦两跳就不见踪影了。

麻六心里非常清楚，朱老头完全是给小翠撒谎，还在小翠没来编辑部之前，朱老头就已经开了一张转账支票让他送给了印刷厂。

麻六不知道朱老头为什么怕小翠，虽然说小翠和朱老头的关系非同一般，那么小翠为什么还要这样限制朱老头呢？难道朱老头真的没有办法了吗？

麻六有些不明白。

麻六只是觉得小翠已经得意洋洋地骑在了朱老头的头上，就差没给朱老头的头上撒泡尿了。

已经到了晚上，小翠还坐在办公室不走。

麻六不知道小翠住在什么地方，他有些担心，小翠会不会今晚上不走地住在办公室，如果真的是这样，那他怎么办。

麻六有些着急地这样想着。

然而到了晚上十点的时候，看门的老大爷大声地喊麻六，让他赶紧到传达室去接一个电话。

麻六不知道这么晚是谁给他打的电话，为什么不把电话打到编辑部的办公室，而要打到传达室呢？他觉得这个电话有点奇怪，便跑到大门口的传达室，抓起电话一听，听见是小刘的声音。

小刘有些急促地问麻六："小翠在不在办公室？"

麻六说："在办公室。"

小刘又问麻六："朱老头在不在？"

麻六说："他不在。"

小刘说："那你赶紧让小翠来接电话。"

麻六放下电话跑到办公室，对坐在编辑部办公桌前的小翠说："传达室里有你的电话。"

小翠看了麻六一眼问："是谁打来的？为啥要打到传达室？"

麻六说："好像是小刘，其他事我不知道。"

"小刘？"小翠感到有些惊讶地自言自语了一句，然后很快从门里出去，到大门口的传达室接电话去了。小翠接电话离开了编辑部的办公室，麻六仍然站在办公室的脚地上不动。他觉得小刘这个电话太让人感到有些不可思议了，因为小刘从编辑部的办公室走的时候，小翠并没有到编辑部里来，可小刘怎会知道小翠在办公室里呢？是朱老头告诉给小刘的，还是小翠来之前就已经告诉给小刘了，不管是怎样一种情况，他俩一定相互掌握着对方的行踪是毫无疑问。

小翠在门房传达室接完电话，便气喘吁吁地回到编辑部的办公室，挎上她的漂亮小包，一声不吭地扭身从编辑部的办公室门里出去了。

麻六再不担心今晚上没地方住，小翠这么一走，办公室就归他一个人了。

麻六很感激小刘这个电话，如果不是小刘，他今晚上肯定在办公室里住不成。

麻六觉得小刘就是他的一个救星。

麻六悠闲地躺在沙发上，拿着一本书还没翻几页，朱老头突然开门从编辑部办公室的门里进来了。

朱老头从门里进来时已经是夜里十一点多了，他站在编辑部办公室的门口，看见办公室里只有麻六一个人躺在沙发上看书，便问麻六："小翠哪里去了？"

麻六说："我不知道。"

朱老头便把眉头皱了几皱，一把将编辑部办公室的门闭住，走到麻六躺的沙发跟前问麻六："小翠是在什么时候走的？你小子总该知道吧？"

"刚走一会儿。"麻六从沙发上坐起来对朱老头说，"还不到五分钟时间，如果你要早来一会儿，说不定还能在大门口碰上。"

朱老头问："你知道是谁来接她的吗？"

麻六说："这个我确实不知道，而且我也没看见有人接她，她只是在传达室接了一个电话就走了。"

"是谁给她打的电话？"朱老头问。

麻六说："是小刘。"

朱老头一听，脸色顿时就变得相当难看了，就像天空中翻滚的乌云一般，只是现在还没有吼雷闪电。

看到这种情形，麻六就有些惊慌，忙从沙发边站起来，给朱老头倒了一杯水，悄悄地放在朱老头面前。

朱老头没喝麻六给他倒的水，眼睛直直的看着门口，指头却使劲地在办公桌面上敲着。

麻六觉得事情有些麻烦，他真不该把小刘叫小翠的事告诉给朱老头。你看朱老头听到他说小翠让小刘叫走以后，便显得有些坐卧不安。

麻六没看见热锅上蚂蚁爬是什么样子，但他看到此时的朱老头和热锅上爬的蚂蚁可能没什么两样。

“水凉了，要不我给您换杯热的。”麻六看见朱老头拿起桌面上的水杯，以为朱老头要喝水，他就赶紧对朱老头说。

朱老头不吭声，眉头皱得很深，像几条蚯蚓爬在他的额头上一样。

朱老头沉默不语的时候，麻六再不敢去打搅他了，便悄悄站在一边，他不知道他该做点什么。

时间一分一秒地过去，眨眼就到十二点钟了。

朱老头放下手里的水杯，抬起手腕看了看表，然后问麻六：“小刘在什么地方打来的电话？”

麻六说：“我不知道。”

朱老头说：“那你没问他在什么地方？”

麻六说：“你给我讲过，不该问的不问，因此我没敢问小刘在什么地方。”

朱老头很不满地狠狠瞪了麻六一眼，生气地从编辑部办公室的门里出去了。

朱老头一走，麻六就担心起小刘来了。

麻六知道朱老头这回绝对不会放过小刘。

事实上，小刘这小子也太胆大了，胆大得敢把朱老头相好的女人拐走。你说他这个人，难道这么大的一个城市真的就再没漂亮女人了？

麻六从朱老头的表情上可以看出，他已经对小刘恨之入骨。但他现在实在没法找到小刘和小翠，如果他能找上他俩，他一定会给他俩通风报信的。而更重要的是，如果是朱老头找上他俩，那麻烦可就大了，朱老头肯定会让小刘付出沉重的代价。

可是朱老头能上什么地方找他俩呢？西京这么大的城市里，他要找上他俩，宛如大海捞针。

真是红颜祸水，这话说得一点都没错。

无论是在什么地方，很多麻烦事一般都是因为女人而惹起的。你别看朱老头平常大把大把地往自己怀里搂钞票，也不管是那些合法的还是不合法的，只要能够搂到自己腰包，他就显得春风得意，可是在这个时候，他就烦恼起来了。

当然事情也不能全怪小翠，如果朱老头和小刘都贫困潦倒地连饭都吃不上，甚至像他一样，那他俩还怎能养得起这么漂亮的女人呢。

钱这种东西，真他妈不知道是好是坏。

当然，钱可以使奋进者如日中天，但钱也能彻底毁掉一些人的一生，有了钱的男人和女人说起话来总是气吞山河，不可一世。在西京这样的城市里，其实就是有权有钱人的天下，一旦这个人有了钱甚至还有权，就什么样的事情都有可能发生了，凡是掉不了脑袋的事情，他们几乎什么事情都敢干。吃喝豪赌、寻欢作乐……行行色色的事情就像瘟疫一样慢慢侵蚀着那些有权又有钱却没有节制的人的灵魂。

麻六现在虽然很穷，但他很害怕有了钱就控制不住自己了，也会像朱老头和小刘一样，把大把大把的钱花在漂亮女人身上，如果真有那么一天，那他就没脸面回老家见他的父老乡亲了。

麻六不知道朱老头和小刘有没有他这样的感受，反正他的这种感受无比深刻。

次日，小刘和小翠还没有回来。

然而朱老头早早来到办公室，他坐在那把高靠背木椅上，什么话也不说，两只眼睛疲惫地合在一起。麻六看见朱老头的眼睛有些红肿，好像是一夜没睡的样子。

很显然，朱老头的精神垮了，而且垮得很快。

唯有麻六仍然跟过去一样，从沙发上爬起来做的头一件事就是去开水房里打开水，然后在编辑部的办公室扫地擦桌子。

朱老头现在好像失去了知觉似地靠在高靠背木椅上，一动不动。

麻六不敢去打搅朱老头，绕过他的身子把桌子上零乱的东西一件一件地收拾好。

朱老头在麻六彻底打扫完房间时才睁开眼睛问他："小刘再打电话了没有？"

麻六说："没有。"

朱老头又不吭声了，好像心里一直装着那件事，那件事已经搅得他心慌意乱，失魂落魄。

朱老头在高靠背木椅上坐了一会儿就走了。

朱老头走的时候还没给麻六说工资和补贴的事，他确实有些着急，真想去问一问朱老头，但他知道现在不是他问这话的时候，朱老头正在气头上，他现在去问，肯定不会有什么好结果。

麻六想，他应该等小刘和小翠回来，说不定朱老头已经让小翠给他准备好了，只要他在工资表上签个名什么的，他的工资就能领到手了。

那天的日子无比慢长，太阳就像睡着了醒不来一样懒洋洋地悬吊在当空。

麻六一直在编辑部办公室里无所事事地呆着，哪儿也没去，中午也没出去吃饭，死死地在办公室里守着，就像守着一座孤庙一样。

晚上开灯的时候，小刘突然回到编辑部的办公室。麻六看见小刘回来的神态很兴奋，口里不停地打着嗯哨，而且还哼唱着刚学来的两句陕北信天游：

碎格钻钻老鼠炕崖根根溜，

咱二人相好往一搭搭里凑。

小刘唱陕北信天游唱的根本不怎么好听，就像驴叫一样，一点陕北信天游的味道也没有，但他却非常得意地唱着。

然而小刘根本不知道朱老头现在已经在编辑部办公室的门口站着，脸阴沉得相当难看，就像被霜打了一般，看不到一点欢喜的表情。

小刘往木椅上坐时突然看见站在编辑部办公室门口的朱老头。

小刘什么话也没说，也不看朱老头一眼，只顾往他包里收拾他的东西。

朱老头足足在门口站了有十分钟的时间。

朱老头可能是再也站不住了才从编辑部办公室的门里走进来，一直走到小刘面前。

小刘仍不理睬朱老头，但他也不再唱陕北民歌了。麻六在这时候突然有些害怕起来，他几乎看见朱老头要掮小刘耳光的阵势。

朱老头在小刘面前默默地站了一会儿才问小刘："昨晚上你到哪里去了？"

"我去什么地方是不是还要向你报告？"显然，小刘的话中带有几分挑衅的味道。

朱老头不怕小刘对他的挑衅，仍然问小刘："你跟谁在一起呢？"

小刘倏地一下站起来，他站起来足足比朱老头高一个人头，而且居高临下地逼视着朱老头，大声地回敬了朱老头一句："无可奉告！"

朱老头再也忍不住了，以速雷不及掩耳之势地一把揪住小刘的领口，在小刘的脸上，啪地一个巴掌上去不说，嘴里还不停地骂小刘不要脸。

小刘当然比朱老头年轻力壮多了，只见小刘一把卡住朱老头的脖子，另一只手一轮，麻六还没看清是怎么回事，朱老头就仰面朝天地倒在桌子底下了。

麻六害怕小刘要二杆子地一会儿把朱老头捶死，忙挡住小刘就去拉朱老头。

可是朱老头很笨，不像年轻人一样说爬起来就能爬起来。

此时朱老头的一只手抓着桌子腿，麻六拉了他的另一条胳膊，费了好大的劲，朱老头才费尽马趴地从桌子底下爬起来，并且一只手捂着他的屁股蛋，一声接一声不停地呻吟着。

"哎哟！"一声。

“哎哟！”又是一声。

顿时，麻六看见朱老头嘴里有红红的血往出涌。小刘仍怒不可遏，手指头在朱老头的头上直晃，并不断地骂朱老头不是人，连狗都不如。

麻六站在小刘和朱老头的中间，尽量打圆场地劝了小刘又劝朱老头：“你俩有什么话不能好好说，何必要这么大动干戈，让外人知道了会笑话你俩的。”

朱老头瞪着小刘说：“把你小子日能的，我已经把狼儿子喂成虎儿子了，要知道你小子是这样，当初你他妈给我磕上一百个响头，我都不会要你这狗东西。你小子什么坏事不做，你还是一种人吗？”

“我不是人？你他妈是不是人你自己心里清楚。”小刘也破口大骂起了朱老头。

朱老头朝地上吐了一口带血的唾沫问小刘：“你小子说清楚，我什么地方对不起你小子了？”

小刘说：“你心里明白，还有脸问我。”

看来朱老头根本不是小刘的对手。

朱老头慢腾腾地走到他办公桌跟前那把高靠背木椅上坐下。

麻六想，朱老头这回绝对要使他的尚方宝剑了。朱老头就这样在高靠背木椅上静静地坐了一会儿，然后看了一眼站在脚地上的小刘说：“我告诉你，你明天就给我滚蛋。”

小刘说：“滚蛋？没那么容易。”

朱老头说：“你小子还想怎？”

小刘说：“你让我滚蛋可以，先把账给我算清楚。”朱老头一听这话，突然就不吭声了。

麻六不知道朱老头为什么害怕小刘跟他算账，还是他和小刘的账就根本无法算清楚，反正小刘这么一说，朱老头低下头再没抬起来。

正在小刘和朱老头都沉默不语的时候，小翠突然从编辑部办公室的门里进来了。

小翠并不知道小刘和朱老头因为她而刚刚在办公室里打过架，因此她便拖着她那一副有些夸张的细声腔调说：“哎呦，都在呀，你们在商议什么事情呢？是不是都快要发财了？”

“发你妈的腿。”小刘狠狠地骂了小翠一句。

小翠没想到小刘会这么骂她，她觉得小刘当着这么多人骂她是给她难堪，让她挺没脸面的，因此她便扑闪着眼睛，惊慌地看了几眼朱老头。

朱老头仍然低着头，根本不去看小翠。

小翠一看就全明白了，便开着玩笑说小刘：“快到一边刷牙去。”

朱老头还是没有吭声。

朱老头见小翠走到编辑部办公室的中间，就从高靠背木椅上离开，再连看也没看办公室里的任何人一眼就直端端地从门里出去了。

小翠不知道朱老头到底是怎么了。

小翠看了看小刘，她看见小刘仍然趴在桌子上，闷闷地低着头。

小翠扭头问麻六："他俩这是怎么了？"

麻六没给小翠说他俩怎了。

麻六就在心里这样想，你小翠也是聪明女人，应该知道为什么。可是不知道小翠是真的不知道，还是她现在开始装起了糊涂。

小翠见麻六不回答她的问话，很不满地把麻六狠狠瞪了几眼，然后走到小刘对面的桌子跟前，把她肩上挎的洋包往桌子上一放，便一屁股坐在椅子上静静地看着小刘。

然而小刘根本没有心情去看小翠。

小刘一直心不在焉地摆弄着他手里的那一支钢笔，摆弄了一会儿，他才抬起头看着小翠问："你告诉我，杂志社的账上还有多少钱？"

小翠说："你问这个干啥？"

小刘说："钱是我挣来的，我怎不能问？"

小翠说："你这是怎么了，刚才还好好的，一回来就这个样子。"

小刘说："回答我，账上到底还有多少钱？"

小翠说："账上有多少钱我怎能告诉你，你又不是这里的领导。"

其实小翠在小刘心情不好的时候就不应该说这样的话，就是因为她的这一句话很快就把小刘给惹急了。小刘一急，脏话就像火山喷发一样地飞了出来，恶狠狠地把小翠骂了一顿："你他妈怎跟朱老头一球样，几乎像条发情的母狗，见谁都想上，真他妈太不要脸了。"

小翠突然听见小刘这么狠地骂她，她便有点受不了，心里特别着急，一急就什么话也说不出来，只是不停地哭，而且哭的声调悲惨而凄怆。

麻六知道只要小翠和小刘单独在一起的时候，小刘就不会这样对小翠了，编辑部的办公室里几乎是他俩爱的天地。因此麻六看见小翠哭得那么伤心，便急忙转过身，想尽快在这里离开。

然而小刘看见麻六要从编辑部办公室的门里往出走，凶狠狠地喊着让他回来："黑天塌地出去干什么，万一有个三长两短谁负这个责任。"

当然麻六心里非常明白，小刘不让他走并不是心疼他，而是小刘和小翠现在没了打情骂俏的情趣，小刘之所以让他别走，一定有他的目的。因此麻六没敢走地乖乖站在编辑部办公室的门口。

刚才，小翠哭得还像没奶吃的娃娃一样，号哭得那么足劲，可是她哭了一会儿见没有人安慰她，她也就不哭了。

其实小翠不哭的时候还是十分可爱的。

小翠扑闪着她那一对毛格闪闪会说话般的眼睛对小刘说："你为什么要这样骂我？你把厉害事都做了，还这样骂我。"

小刘仍然有些愤怒，大声对小翠说："我告诉你，你既然跟朱老头好，那就别再来找我。"

小翠说："那是朱老头强迫我那样，又不是我愿意。再说他有钱，你知道钱现在对我来说有多么重要，你看这个城市大街上那些姑娘，哪像我现在这个样。"

"没钱就可以出卖自己的灵魂？什么玩意。"小刘质问着小翠，"那你说，朱老头到底给了你多少钱值得你这样出卖自己？"

小翠没有直接回答小刘这个比较尴尬的问题，而且在心里不知想着什么，低着头在沉默。她沉默了一阵，然后有些滑稽地问小刘："你说的是哪个朱老头？"小刘眉头皱了几皱，大声说："我说的是朱文而不是那个胖猪。"

小翠说："他现在一分也没给，但他答应我了。"

"你这个贱货！"小刘又狠狠地骂了小翠一句。

小翠当然不在乎小刘骂她怎么难听的话，她对这样的骂听得多了，因此也就像喝凉水一样不以为然。

麻六看见小刘和小翠在编辑部的办公室里再不会有大的风吹草动，便对小刘说："如果再没别的什么事，那我找个地方去住？"

小刘没有吭声，眼睛火辣辣的样子。

麻六心里感到有些害怕，而且小刘不说话，他还不敢走。但他确实不想在编辑部办公室里呆下去，因为编辑部办公室里的气氛太压抑太沉闷了。

过了一会儿，小刘才用商量的口气对麻六说："你先到外边呆一会儿，过一小时你再回来，行不？"

麻六给小刘点了点头，很快就从门里出去了。

麻六从院子里往出走的时候，忽然有种想偷听小刘和小翠在编辑部办公室里说话的念头，这个念头一萌生，他就再也没有往出走地折转身，走到他们共同拥有的那间办公室的窗户底下，屏声静气地偷听房间里的秘密，这秘密一定会让他热血沸腾。

这时候院子里已经没有什么人了，显得格外的宁静，天上黑乎乎的，只有星星没有月亮，院子里也很黑，几棵静立的树和麻六默默相伴在一起。

起先，办公室里一点声音也没有，可是过了一会儿，麻六听见小刘对小翠说："我在这里实在干不下去了。""那你准备去哪里？"小翠问小刘。

"我现在还不知道。"小刘说，"反正我得离开。"

小翠说："那我怎办？"

小刘挖苦着小翠说："你不是有朱老头吗？"

"你再别挖苦我了好不好？"小翠说，"我一看见朱老头就觉得恶心。"

"你怎会恶心他呢？"小刘说，"我怎么一点也没看出来，我看见你跟他挺亲热的呀，怎还会恶心呢。"

小翠说："小刘你怎这样，再别遭贱我了行不行？我怎知道他是那种人，要怪还不是怪你。"

"哎呦，你怎还怪上我了？"小刘说。

"我不怪你怪谁？"小翠认真地说，"如果你不去朱老板那里搞那一次宣传，我不是好好地在朱老板手下干事吗？虽然说朱老板也不是什么好东西，但他不会把主意打在朋友的身上。可是自从朱老头在西京饭店请我们一块吃了那么一次饭，我就看见朱老头色眯眯地盯上我了，而且他还经常给我打电话，多次约我出去和他一块吃饭喝茶，慢慢地朱老头便得寸进尺地把我单独领到他家里不让我走，还央求让我在杂志社里给他搞财务，并且说好给我的年薪是二十万，那时候我正急着要钱，我母亲住院花费那么大，所以……"

"所以你就跟朱老头上床了，是不是？"小刘狠狠地把小翠看了几眼。

小翠不说话地沉默着。

麻六想，小翠现在再没什么话可说了，事实上她还能说什么呢？她知道自己是怎样一种人，说穿了不就是权色交易的一个牺牲品吗？

此时麻六觉得他站在这里也没什么意义了，便走出大门，仰头望着夜空，夜空蒙蒙胧胧，月亮闪着微弱的光芒，星星一片鲜亮。

麻六在西京这个城市里知道了好多有关男人和女人之间的事情，而且那些事触目惊心，荡人心魄。同时他也知道，社会中的很多麻烦事都是和那些漂亮女人纠缠在一起的，麻六觉得很害怕，但他最感到害怕的要数胖猪找朱老头那一次。

那是一个没有太阳的早晨，胖猪再不像麻六头一次见胖猪时那样宽容和大度了，完全是一副杀气腾腾的土匪模样。

胖猪首先怒气冲冲地把门一脚踢开，面部扭曲的似乎变了形，一对牛眼睛虎视耽耽地盯着麻六看，一句话也不说。

麻六不知道胖猪这种阵势冲进《企业家》杂志编辑部的办公室要干什么。他吓得几乎连话都快说不出来了，全身开始发抖，仿佛他看见门里冲进来的并不是胖猪，而是一个土匪。

当然，麻六虽然对这阵势很恐惧，但他心里非常明白，胖猪并不是冲着他来编辑部的办公室。

胖猪撞进编辑部的办公室，看见办公室里只有麻六，便问他："朱老头那小子人呢？"

麻六说："我不知道。"

回答完胖猪，麻六就忙着给胖猪倒水。

胖猪将麻六递到他面前的水杯推到一边，仍然怒气冲冲地问麻六："你见没见小翠？"

麻六说："我前几天见过她以后再没看见。"

胖猪就不干不净地骂了一会儿朱老头又骂小翠。麻六不知道胖猪为什么要骂小翠和朱老头，朱老头一夜之间就让胖猪变成了全国明星企业家，而小翠也像影子一样跟他形影不离，那么胖猪为什么还要骂他俩呢？麻六不得其解。

看样子胖猪不会轻易就这样从这儿离开，他大骂了半天朱老头和小翠，便坐在《企业家》杂志编辑部办公室的沙发上，要等着朱老头和小翠回来。

麻六想，这下麻烦可就大了，朱老头和小翠要是不知道胖猪跑到这里寻他俩地回来，那一定会有好戏看了。你看胖猪凶狠狠的样子，几乎像要吃人的光景。麻六想，他现在应该给朱老头去通风报信的，到时候朱老头一定会很感激他。因此麻六就对胖猪说："朱老板，你先在这儿坐着等他们一会儿，我有事出去一下。"

然而麻六的诡计一下就让胖猪给识破了。

胖猪翻了几翻他的白眼珠子，出言不逊地让麻六哪儿也别去，老老实实地在这里给他呆着。

麻六看见胖猪那结实的块头，知道自己并不是胖猪的对手，因此他坐在编辑部办公室一把木椅子上，什么地方也没敢去地看着胖猪。

那时候，小翠并不知道胖猪会跑到《企业家》杂志编辑部的办公室里来找她。

小翠正春风得意地在院子里哼着流行歌曲从门里往进走的时候，麻六的心跳顿时加快起来。突然间，他感觉到他的怀里钻进了一只兔子，那兔子仿佛被人抓住了一条腿一样，拼命地要往出跑那种阵势。

麻六不知道小翠当时有没有这种感觉。

麻六想小翠肯定没有他现在这样的感觉。

麻六听见小翠走到了编辑部办公室的门跟前，轻轻地把门推开以后，她一眼就看见了坐在《企业家》杂志社编辑部办公室沙发上的胖猪。

小翠有些吃惊地先愣了一下，但她很快就平静下来，看了一眼从沙发边站起来的胖猪，没好脸色给他看地问他："你现在来这里干什么？"

胖猪说："这又不是你家的，我不能来？"

小翠说："我不是那个意思，我是说你那么忙，还有时间跑这里来看我。"

"嘿嘿！"胖猪干笑了一声。

胖猪笑得很不是滋味，像哭一样。

小翠瞪了胖猪一眼。

麻六不知道胖猪在小翠面前怎么就这么乖顺，不像刚来时那么凶，因此麻六也就不害怕了，他刚才想象的那种血腥场面也就不可能在这里发生了。

此时胖猪烦躁不安地在编辑部办公室脚地上来回走动，他走动了一会儿，便对小翠说："我不阻止你跟别的男人好，但我要告诉你，你得尊重我的感受。"

"你凭什么要我这样？"小翠扑闪了一下眼睛说。

胖猪说："这不需要我解释，你心里明白。"

"我不明白。"小翠说，"我去什么地方，那是我的自由，你没权干涉我这一切。"

"嘿嘿。"胖猪笑着说，"看来你还挺厉害的。"

麻六听出这是胖猪挖苦小翠。

小翠突然把脸一沉，显得很不高兴的样子。但她并没有反唇相讥，而是把自己肩上挎的那个洋包放在桌子上，用手理了理她的一头秀发，然后背靠在桌沿，看着胖猪说，我问你："你来这里到底想要干什么？"

胖猪说："我找不要脸的朱老头那小子，看来我非得剥他小子的一张人皮不可，我操。"

"就你？"小翠笑了笑说，"我没看出你有这能耐。"

胖猪说："你以为我不敢剥他小子皮？"

"你是好汉，你绝对敢……"

麻六看见胖猪和小翠在编辑部办公室里这样拉锯式地争吵着，他便利用这个机会，偷偷从门里溜出去，急慌慌地跑到朱老头家报信去了，可他气喘喘地爬到朱老头家门跟前，看见朱老头家的防盗门紧锁着。

麻六不知道朱老头是不是在家。

麻六顾不上多想其他事情，便在朱老头家门上使劲地敲起来。

朱老头听见有人敲门，便穿着睡衣走到门跟前，在猫眼里看见是麻六，生气地一把拉开门，狠狠地训斥麻六说："大清早的，你小子跑这里干什么？"麻六气喘吁吁地给朱老头说："不好了朱老师，胖猪已经找上门来了。"

朱老头一听胖猪找上门来，吓得浑身一颤，忙把麻六拉进他家房间里，急忙关上防盗门，迫不及待地问麻六："胖猪现在人在什么地方？"

麻六说："就在编辑部的办公室里。"

“他说什么了？”朱老头眨巴着眼睛问麻六。

麻六说：“胖猪说他要剥你的人皮蒙鼓，人肉剁成馅，然后做成人肉包子去街上卖。”

朱老头听了麻六的话，身子不由地又颤了几颤，然后急忙对麻六说：“你不能呆在我家里，赶紧回办公室去，胖猪和小翠问我在什么地方，你就说不知道。”

麻六点头答应了朱老头，便从朱老头家出来，看见太阳已经照得和平里东街一片鲜亮。

麻六不知道此时此刻在编辑部办公室里的胖猪和小翠是怎样一种场面？但麻六想，胖猪绝对不会对小翠怎么样，要不然小翠从门里进去的时候，胖猪就会一下把她打翻在地，或者一刀把她捅死。

可胖猪没有这样。

胖猪一见小翠骨头就软了。

麻六觉得西京城里的男人也真没出息，为一个女人争风吃醋，甚至反目成仇，真是太没意思了，有钱还怕没女人，西京街头漂亮女人多的是。可无论是小刘，还是朱老头，或者是那个肥头肥脑的胖猪，怎么会都缠住小翠不放。

当然对于小刘，他还是可以理解的，但朱老头和胖猪那么一把岁数还去玩女人，他就无法理解了。

麻六这样想的时候已经走到了编辑部办公室的门口，他想侧耳听一听胖猪和小翠在办公室里到底说些什么，可他听了好一会儿，却根本没有听见他俩在编辑部办公室里说话的声音。

麻六以为胖猪和小翠已经离开了办公室。

麻六开了编辑部办公室的门，突然看见胖猪紧紧地抱着小翠正在办公室的地上陶醉地摇晃。他看见这种场面，害羞的刚要低头转身离开，可小翠已经看见他从门里进来了，便一把推开紧紧抱着她的胖猪，不好意思地理了理她那一头秀发，脸上突然有些红晕。

麻六很想从这种场景中消失，根本不想看别人光天化日之下这么明目张胆地亲热，而且这样的场面对他刺激太大，他有些受不了。

然而小翠不让麻六走，她对他说：“你是个男人，就别躲躲闪闪。”

麻六被小翠说的脸红心跳。

这时候，编辑部办公室里坐着的人谁也不说话了，好像都在想着什么事一样。然而谁也不说话，麻六当然也不能说什么，这里不是他随便可以说话的地方。因此这样的场面一直延续到吃中午饭，小翠拉起放在桌子上的洋包包就要走时，却让胖猪挡住了。

胖猪问小翠："你想好了没有？"

小翠说："你别逼我行不行？"

胖猪说："不是我逼你，只要你跟我回去，秘书的位置还给你留着。"

小翠笑了笑对胖猪说："那个小妖精能饶了你吗？"

胖猪只是呵呵地笑。

麻六下意识地看了胖猪一眼，觉得西京城里有钱的男人本事就是这么大，可以同时养好几个漂亮女人，明的暗的，把钱花在女人身上像流水一样，既大方而又痛快。

麻六非常羡慕西京城里那些花枝招展却不干正事的漂亮女人，凭一张好看的脸蛋，只要肯往有钱的男人怀里钻，要什么就有什么了，就这么简单。

人常说有钱能使鬼推磨，麻六现在却认为有钱可以使磨推鬼。

麻六能够听得出来，小翠可能是因为胖猪又有了别的漂亮姑娘因此她才赌气地跑到朱老头这里来了。

看来小刘没朱老头和胖猪那么多的钱，因此他就拴不住小翠这样漂亮好看的女人。

胖猪在小翠跟前用了好长一阵时间的花言巧语，这才慢慢把小翠哄得眉开眼笑。

这时，小翠就半玩笑半认真地对胖猪说："你说了不算，但得给我保证，保证在厂里你只能跟我一个人好，再不能跟别的女人眉来眼去。"

胖猪说："我保证，以后绝对不会。"

小翠就笑着对胖猪说："看在你还有悔改之意的份上，那我就答应你这一回。"

麻六一直木呆呆地站在编辑部办公室的脚地上，可小翠和胖猪根本不考虑他的存在一样，想说什么话就说什么。其实，他俩说的这些话，麻六实根本不想去听，可是他的耳朵已经听了，他实在没办法。

麻六恨他的耳朵总是听别人这样说话。

而事实上，麻六心里非常清楚，胖猪来这里的真实意图并不是要剥朱老头的人皮，而是要找回小翠，只要小翠跟他回去，朱老头的人皮他也就不剥了。

此时的胖猪听到小翠答应跟他回去，显得像孩子得到老师的奖赏一样高兴。只要胖猪高兴起来，他就会把钱大把大把地往出花，一点也不怜惜。

现在胖猪已经把持不住自己了，变着法子表达着他对小翠的那份诚意和爱，十分大方地从皮包里掏出一叠崭新的人民币，恭恭敬敬地往小翠面前一放，而且顺手还给了麻六两张。

胖猪给麻六钱的时候，还拍了拍麻六的肩膀说："兄弟，以后如果需要我帮忙，你就大胆地说话。”

麻六没敢要胖猪的钱，虽然钱对他来说很有诱惑力，但他明白什么叫无功不受禄。可他更明白的是朱老头之所以没到编辑部办公室里来露面，那全是他给通风的报信，不然他俩会直接面对面碰在一起。

胖猪看见麻六迟迟不接他给的那两张钱，觉得他在小翠面前丢了面子，便生气地把钱扔在编辑部办公室的桌子上，嘴里不干不净地骂了麻六几句不识抬举。

麻六没听清楚胖猪骂他什么，就是听清楚他也不敢把胖猪怎么样。他知道在这样的城市里，那是有权有钱人的天下，而有权有钱人说话和没权没钱人说话的口气是完全不一样的，几乎是气吞山河的模样。

此时小翠看见胖猪生气地把钱扔在办公室的桌子上，她便走到麻六跟前，给他急急忙忙地眨了几眨眼睛，那意思分明就是对麻六的一种暗示，像胖猪这样人的钱，不拿白不拿。

小翠答应了胖猪，也拿走了胖猪一叠钱，她就不能不跟胖猪走了。然而她在收拾自己东西的时候，突然停下来，看着胖猪说：“你是不是先回去？我还得给朱老头说一声。”

胖猪问小翠：“朱老头什么时候回来。”

小翠说：“这个我不知道。”

胖猪说：“如果时间不是很长，我就在这里等你，反正我也没什么大事。”

小翠说：“你在这里让朱老头看见就不好了。”

胖猪说：“我就让他小子不高兴。”

小翠说：“这就是你的不对了，你不要得理不饶人，不然我就不跟你回去了。”

胖猪听见小翠的话头有些不对劲，忙说：“不说这些了，我晚上开车来接你。”胖猪说完话就要从编辑部办公室的门里往出走，但他走到门口还扭过头对小翠说：“下午六点，你在大门口等着我，记住。”

小翠说：“我知道了。”

胖猪一走，小翠便坐在编辑部办公室高靠背木椅上，手托着下巴，好像有什么心事一样。

麻六不知道小翠这样的女人会有什么不高兴的事情，像她这样的女人，有那么多有钱有权的男人抢着养，够多么滋润，根本用不着烦恼。那像他，就像混在这个城市大街小巷里乱蹿的一条狗，还能有谁会怀揣一颗慈善心同情他这样的人呢？

在西京这样的城市里绝对没有。

麻六算是真正意义上走进了这样一个城市，并且在这个城市里逐渐明白了这样一个道理，只要你想追求一种无实质意义的幸福，那就义无反顾地去爱一个人，哪怕这种爱本质上可能会给你带来无穷无尽的痛苦和不幸，而这种痛苦对于这个人来说，也是一种幸福的追求。同样，你在这个城市里被一个人爱着的时侯，而你又无法给他带来物质上和精神上的满足和快乐，那么你往往也会感觉到这种爱虽然幸福，但也存在一种难以言喻的痛苦，而这种痛苦一旦建立在心满意足的快乐之上时，痛苦也就变成一种没有任何实质意义的那种所谓幸福。

这究竟是一种什么样的辩证关系？麻六实在搞不清楚。

然而事实上，麻六非常反感一个女人同时跟好几个男人不明不白地纠缠在一起，那是什么事情？但是对于小翠，他慢慢对她的所作所为有些理解和同情。应该说，小翠也不想这样，甚至当初并不是她追求幸福和快乐的样子手段，也许是她被迫无奈，或者有一种难以言喻的苦痛，她才沦落到现在这样。

实事求是地讲，小翠沦落到现在这样一种情况，不能简简单单地去指责小翠一个人的错误，那些别有用心的男人责任更大。

应该说，小翠竭尽全力寻找着她意想中的快乐和幸福绝对没有错。而这种快乐和幸福对她来说似乎很遥远，但她仍在不惜付出沉重代价地寻找着。

小翠寻找到这种真正的幸福和快乐了吗？

麻六当然不能感受到这一切。

其实，麻六已经能够理解他所偶然认识的那位漂亮的四川姑娘小凤。尽管她经历了那么多不尽人意的事情，并在这样的城市里生活的如此苟延残喘，可她仍然不想回她四川的老家去，而非要在这个城市漂泊的真实意图……

或许，小凤像小翠一样，也在竭尽全力地在这个城市里苦苦寻找着她所谓的那种快乐和幸福。

那么，小凤在这个城市能寻找到吗？

也许，地球人都不知道。

第二十四章

那天中午的时候，就在胖猪刚刚离开《企业家》杂志编辑部办公室不长时间，麻六也不知是什么缘故，小翠破天荒地要请他吃一顿饭。

对于这样的邀请，麻六感到不可思议，甚至他心里还有些紧张，他不知道这个饭自己能不能去吃，思想斗争得相当激烈。

当然，小翠已经和麻六这样说了，他还不敢不去。小翠邀请麻六吃的是和平里中街的文婧烤鸭店。

在吃烤鸭的时候，麻六基本上没跟小翠说什么话，他也不知道能跟小翠说什么，就这样默默地低着头吃了一阵，小翠让麻六吃完饭就去给她叫朱老头。

麻六抬起头给小翠说："我怕叫不来他。"

小翠说："你就说胖猪已经走了，是我叫他。"

麻六知道小翠不会平白无故请他吃饭，但已经晚了，只好给她点了点头，一吃完馋嘴的烤鸭麻六就跑到朱老头家里去了。

此时朱老头家的防盗门仍然紧紧地锁着，麻六敲了很长时间门都敲不开。麻六想，朱老头一定以为敲门的人不是他，而是要剥他人皮的那个胖猪，因此朱老头有些害怕地不敢给他开门。

麻六失望地正要从楼梯里往下走的时候，忽然听到身后传出一种可怕的声音。这声音是从麻六头部上方传出来的。麻六转身一看，突然看见朱老头爬在他家卫生间的那个小窗户上，睁着一双可怕的眼睛，鬼头怪脑地窥视他，样子相当难看。同时，他看见朱老头的脸上和头上已经罩了不少的蜘蛛网，样子像个怪物，眼睛惊慌地透过那层落满灰尘的窗口朝外看着。麻六看见朱老头的这个样子就想笑，但他还是没有笑地对趴在窗户玻璃上探着头的朱老头说："胖猪已经走了，你别怕，是小翠让我来叫你。"

朱老头眨巴着眼睛，有气无力地说："我又不是怕他，你快扶我下来，我在半空里吊着。”

麻六说：“你家的防盗门锁着，我进不去。”

朱老头说：“你小子怎这么笨，就不能想一下办法，我已经快撑不住了。”

麻六说：“你撑不住也得撑，我能有什么办法。”

朱老头感到没什么希望，再不说什么话了，并微微闭上了他的眼睛，痛苦的龇牙咧嘴。

其实麻六这时候很想把朱老头从他家卫生间的玻璃窗户上扶下来，但他确实没办法进到朱老头的家里，只能站在楼道里看着朱老头干着急。

朱老头现在实在是有些撑不住了。

麻六看见朱老头的头慢慢从卫生间的玻璃窗户上往下移动。此时朱老头的脸绷得很紧，脸蛋上的颜色也成青紫色的了。不一会儿，麻六隔着卫生间那层墙听到一声闷响，他再看不见朱老头的人影子了，只能隔着墙听见卫生间里的朱老头在不停地呻吟。

“哎哟！”他叫了一声。

“哎哟！”他又叫了一声。

麻六知道朱老头是跌在他家卫生间里了，但他不知道朱老头还能不能在卫生间里很快爬起来？甚至他在想，朱老头会不会有生命危险？

开始的时候，麻六还能听见朱老头在卫生间里的呻吟，而且呻吟声渐渐变弱变细了，过了一会儿他就几乎什么声音也听不到了。

此时，麻六非常担心朱老头会不会在卫生间里窝住而憋死，因此他心里很着急，他急但又想不出好的解决办法。

也许是小翠等麻六给他叫朱老头实在等不上了，便气喘吁吁地从楼梯里爬上来，见麻六还在朱老头家门口站着，不问青红皂白就把他骂了一顿。

“我让你干什么去了？而你小子却站着，为什么不去敲门？是不是手折了？”小翠质问麻六。

麻六说：“我已经敲了，可是朱老师跌在卫生间里爬不起来。”

“他怎会跌在卫生间里呢？”小翠问麻六。

麻六说：“我也不知道是怎么回事，反正我看见他在卫生间那个窗户口子上趴着，趴了那么一会儿就跌下去了。开始的时候我还能听见他的几声呻吟，不一会儿我再连他的呻吟声也听不见了。”

麻六给小翠指着朱老头家卫生间上那个小小的玻璃窗户，把情况如实地告诉给小翠。

小翠愣愣地看了麻六几眼，然后麻利地从包里取出朱老头家门上的钥匙，急忙开了门走进去。

麻六也跟着小翠走进朱老头家的房子。

现在，朱老头家卫生间的门大敞着，小小的卫生间里，朱老头歪躺在坐便器上，他的一只手托着地，一只手按着他的腰部，龇牙咧嘴地呻吟着。

麻六想显示一下他年轻力壮，他绕过小翠就要往起拉朱老头的时候，小翠把他给挡在了一边。

小翠说："他的腰可能有了问题，你不敢使劲。"

麻六只好站在一边呆呆地看。

小翠走到朱老头面前，拍了拍朱老头的肩膀问他："你到底要不要紧？"

朱老头见小翠走到他面前，突然闭上眼睛皱起了眉头，唉声叹气地嘟囔着他的腰这下彻底完了，恐怕连命也保不住。

小翠对朱老头说："你的腰垫了一下是要不了命的，赶快站起来，再别装了。"

朱老头说："我实在站不起来呀。"

小翠这才挪开身子让麻六去搀扶朱老头。

麻六费尽马趴地把朱老头从卫生间抱到床上，朱老头刚躺到床上又龇牙咧嘴地呻吟开了。

"哎哟，我的妈呀！"他叫了一声。

"哎哟，我的妈呀！"他又这样叫了一声。

小翠看着朱老头这个样子，扭头对麻六说："这里没你什么事了，你先出去。"

麻六知道他把不该做的事情都已经做了，还站在这里看什么热闹。

快到太阳落山的时候，街道上没有足劲的风。

小翠不紧不慢地走进编辑部的办公室，一屁股坐在门跟前的沙发上，头也不往起抬地沉默着。

麻六看见小翠像刚刚哭过的样子。

麻六不知道小翠有什么伤心事要哭，像她这样有福气的漂亮女人还哭什么呢？

小翠显得很烦躁，什么话也不说，光滑的额头上皱起了几行深深的皱纹。

此时麻六想给小翠讲一个道理，漂亮女人一般情况千万不敢这样皱眉头，皱了眉头就会留下皱纹的印痕，有了皱纹印痕就吸引不了那些有权有钱的男人了，多可怕。但麻六又没敢对小翠这样说。麻六知道这时候他是不能给小翠说这样的话的，他说了反而会挨小翠的一顿臭骂。麻六转而又想，让小翠光滑而漂亮的额头上有了一层又一层的皱纹也好，好让那些有家的男人们不怎么看重她地回家好好过几天安稳的日子。

可是过了一会儿，小翠突然抬起头问麻六："你知道不知道小刘去了什么地方？"

麻六说："我不知道。"

小翠一听就不高兴地骂麻六："你爸你妈光给你小子教会个不知道，你再什么话也不会说了？"

麻六说："我真的不知道，自从你到这里搞了财务，小刘就再没来过，（之前还打了朱老头呢）因此我根本不知道他去了哪里，我要是知道，一定会告诉你的。"

小翠说："我不想听你说的那些话，小刘肯定给这里打过电话。"

麻六看着小翠没吭声。

其实小刘在几天前的一个晚上，确实把电话打到编辑部的办公室，由于编辑部的办公室里只有他一个人，电话当然是他接听的，一点也没错。

小刘在电话里问麻六："小翠在不在？"

麻六给小刘说："小翠跟朱老头走了。"

小刘一听就把电话挂了。

从此以后，小刘再也没有到编辑部来上班，可能是因为小翠在这里的缘故，所以他就不想再来了。然而编辑部里还有小刘的不少东西，难道小刘从这里离开连他的那些东西也不要了吗？

小翠没有在麻六嘴里打问到小刘的任何消息，显得愁眉苦脸。

麻六在这时候想问小翠，朱老师的腰到底要紧不要紧？但他又害怕小翠骂他狗逮老鼠多管闲事，因此他就把想问的话全装在肚子里。他的肚子也够大的，贮藏了很多不该贮藏的东西，像委屈、痛苦、泪水、烦恼、侮辱等等，全在他的肚子里贮藏着，即使他几天不吃一点东西都不会觉得饿。

麻六觉得他的承受力无比强大。

下午六点的时候，胖猪按时开车接小翠来了。

胖猪从编辑部办公室的门里满面春风地走进来，看见小翠趴在办公桌上睡觉，便走到小翠面前，轻轻扳了扳小翠的肩膀，一副亲密关心的样子。

小翠扭头看了胖猪一眼，好像不认识他一样地又趴在桌子上佯装睡觉了。

"走吧。"胖猪对小翠说，"我的车就在前边停着。"

小翠慢慢抬了抬头，看了看胖猪又看了看麻六，然后漫不经心地说："我现在不想走。"

胖猪有些着急地说："是你答应了我的。"

小翠说："答应你怎么了？我答应别人的事多着哩，现在我就是不想走，看你还能把我怎么样？"

“你这是为什么呀？”胖猪有些着急地说。

“我什么也不为。”小翠说，“我烦着呢。”

“你要为你说的话负责。”胖猪哭笑不得地说。

小翠问胖猪：“那谁为我负责呢？”

胖猪说：“当然是我了。”

“嘿嘿！”小翠冷笑了一声说，“你能负得起吗？”

胖猪说：“哎呀，我不信还能有那么严重？”

小翠和胖猪的这种说话方式，麻六一点也不喜欢，也不爱听，感到有些烦操，因此他就想赶快离开。

然而就在麻六要走的时候，小翠却把他给挡住了。小翠说：“麻六你先别走，我还有事要跟你说。”

“你跟我有什么事？”麻六不解地问小翠。

小翠说：“你着急什么。”

小翠说完这句话，便让胖猪先到外边去一下。

胖猪听小翠让他到院子里去，心里就有些不高兴了，脸很快变了颜色，灰不拉几的，两只眼睛傻傻地看着小翠，半老天才对小翠说：“什么事还怕我？”

小翠说：“我实话告诉你，不该你知道的你最好不要知道，知道了肯定对你没一点好处。”

胖猪对小翠说：“屁话。”

小翠听见胖猪这样不尊重她地对她这样说话，倏地转过身，指着胖猪大声说：“你到底出不出去？”

看来胖猪确实有些害怕小翠，他看见小翠生气的样子，便乖乖地从编辑部办公室的门里出去了。

胖猪从编辑部办公室的门里往出一走，小翠就关住门，背靠在门板上，闪动着她那一对好看的眼睛对麻六说：“麻六，我托你办点事，你晚上去照顾一下朱老师，他腰垫得不轻，躺在床上动不了。”

麻六不知道给小翠回答了没有，但他对小翠这样的女人确实感到特别的反感和讨厌，不就是长了张好看的脸蛋么，有什么了不起的，你这个妖精不仅把小刘、朱老头还有胖猪的心搅乱了不说，还惹出一大摊子的麻烦事来，而且朱老头又因为你这个妖精在卫生间摔伤了腰。

麻六想，朱老头连床也下不了，那他的工资就彻底没指望了，因此他现在特别恨小翠，让他刚刚看到的那么一点希望再一次要落空了。

当然，在这个世界上他不能跟小翠相比，小翠有一张漂亮好看的脸蛋，就会有那么多有钱有权的男人抢着养，他可没人给钱供他吃供他喝。

这就是人和人之间的差别。麻六明白。

小翠见麻六不回答她的问话，便生气地质问麻六："你还活着不？我不是跟你说话吗？"

麻六说："你说的话我都听见了，可我不知道朱老师要不要我陪他？"

小翠说："他要不要你陪那是他的事，你不去陪他，那就是你的问题了。"

麻六说："那我试试看。"

小翠说："不是试，我要你到吃饭的时候在门口给他买点面条或别的饭送到他的床前。"小翠说着，便把一把黄铜钥匙递到麻六手里，义正言辞地说："你拿好，这是朱老师家门上的钥匙。"

麻六接住钥匙看了看，有些焦急地对小翠说："朱老师一分钱工资都没给我，我拿什么去给他买面条吃。"小翠狠狠地看了麻六一眼说："那你小子哑巴了，为什么不早点说。"

麻六想："给你说了有什么用。"

小翠又把麻六狠狠地白了一眼，然后走到办公桌旁，从她的小包里拿出钱夹，抽出一张一百元面额的人民币递给麻六。

麻六觉得小翠的钱是很肮脏的，他不知道小翠的钱是朱老头给她的，还是胖猪或者是小刘给的，反正那钱从小翠的手里出来，他就感到有些恶心。同时，他还是很羡慕朱老头的，腰垫了还有漂亮女人心疼，如果是他，那他可就惨了。

这时候，胖猪可能是在大门口等小翠等得有些着急了，再次跑到编辑部办公室里叫小翠。

小翠看了一眼编辑部办公室门口站的胖猪问麻六："我刚才给你说的话，你都记住了没有？"

麻六说："我都记住了。"

小翠这才好像有些放心地背上她的那个洋包包，跟上胖猪不紧不慢地走了。

麻六不敢违抗小翠的旨意，就像他不敢违抗小刘和朱老头的旨意一样，他对这些人都有些害怕。

眼看天快黑的时候，麻六从编辑部办公室里走出去，在和平里中街的小饭馆里买了一碗山西刀削面，急急忙忙地提到朱老头家里去了。

朱老头仍然躺在床上，看样子比刚垫了腰的时候好多了。

朱老头看见麻六从他家门里进来，手里还提着一袋热气腾腾的刀削面，便问麻六："小翠人呢？"

麻六说："小翠走了。"

朱老头问："小翠去了什么地方？"

麻六说："小翠走的时侯没给我说，好像……"

“好像什么？”朱老头急切地问。

麻六说：“好像是跟……”

当然，麻六不敢给朱老头说小翠让胖猪带走了的消息，那样朱老头一定受不了地会气坏的。因此麻六就没给朱老头说这个消息，权当他什么也不知道。

可是朱老头是个聪明人，麻六在朱老头的表情上可以看出，他一定知道小翠让胖猪或小刘给领走了。麻六想，朱老头心理不平衡就像小翠让朱老头带走的时候，胖猪和小刘心理不平衡一样。

麻六不知道他们心里到底是怎样一种感觉。

麻六看见朱老头躺在床上那个痛苦的样子，不知是他腰疼成那样，还是他知道小翠跟胖猪走了才流露出这种痛苦的表情。

朱老头不吃麻六给他送的那袋刀削面，紧紧地皱着眉头，好长时间他都不说让麻六走还是陪着他，麻六只好站在他的床前发呆。

这时候，麻六不知怎么又突然可怜起了朱老头，觉得朱老头就不该为小翠这种女人而愁眉苦脸。这种女人有什么可爱的地方呢？你能爱她的什么呢？无非就是爱她那一张好看的脸蛋。其实他觉得小翠倒像是一只苍蝇，专爱往有权有钱的男人怀里钻，如果朱老头像他一样贫困潦倒，那么小翠还能往朱老头这样的人的怀里钻吗？

麻六始终认为朱老头是个相当不错的男人，也会变着花样赚钱，只要朱老头一阵花言巧语，就能让那些有钱的老板们把自己的一部分钱心甘情愿地送到他的腰包里，但他在女人问题上就有些把握不住自己了，而且还有些钻牛角尖。

麻六不知道在西京这样大的城市里，朱老头为什么偏偏瞅住小刘和胖猪的情人不放，难道西京城里再没有比小翠更漂亮、有气质、有品味的女人了吗。

也许人就是这么不可思议。

现在，麻六一脸无奈地站在朱老头的床跟前，看着朱老头说：“朱老师，你该吃点东西了？”

朱老头睁了一下眼，看了看麻六说：“我不想吃，你快把那面吃了，吃完你回办公室去。”

麻六说：“小翠让我来陪你。”

朱老头无限悲哀地说：“不需要，我死不了，你别担心我。”

当然，麻六并不担心朱老头死得了死不了，他是担心朱老头不吃那袋刀削面倒掉太可惜。于是麻六看了看朱老头，然后提起那袋子面，几乎连眼睛都没眨一下，就狼吞虎咽地把那袋刀削面吃光了。

吃完了刀削面，麻六提着装面的塑料袋问朱老头：“我再帮你做什么？”

朱老头心里特别烦，因此他说没什么事了，让麻六赶快回办公室该忙什么忙什么去。

麻六折转身，漫不经心地从朱老头家门里走出去。

这时候的天彻底地黑了。

这天，天大的怪事可能又要在西京这个城市里发生了，已经离开《企业家》杂志编辑部的小翠不知为什么突然又来到和平里东街。

而此时的麻六因为编辑部里没有什么事可干，正在编辑部院子的大门口无聊地闲转着。

麻六确实不知道小翠在编辑部还有她什么放心不下的事又回来了。他觉得有些奇怪，甚至很难理解，也不明白和平里东街还有什么值得小翠留恋的事情。

那时候，麻六就在心里想，朱老头的钱再多也不会有胖猪的多，据说胖猪在西京五环外的那个工厂，有四五百号人的规模，而朱老头这里才有他们四个，况且小李和小刘走了以后直至现在都没见他俩的人影，谁都不知道他俩干什么去了，而且还会不会再到编辑部来。那么，无论从哪方面去衡量，朱老头都不是胖猪的对手，可小翠为什么还要回来呢？

现在《企业家》杂志编辑部里只有他和朱老头两个人半死不活地撑架着，由于朱老头这一段时间心情不是很好，所以《企业家》杂志在麻六来以后仅仅办了几期就停刊了，而朱老头不说继续办下去，也不说不办，就那样放着。

此时，小翠从那扇黑色的铁大门里走进来，一眼就看见了在院子里闲转着的麻六。

小翠问麻六：“你站在院子里干什么？”

麻六说：“我什么也不干。”

小翠说：“你什么也不干，为什么一直在院子里站着，是不是在等我？”

麻六看了一眼小翠，突然感到脸红心跳。

小翠看着麻六有些害羞的样子，然后笑了笑说：“如果你没有什么事，那咱回办公室。”

麻来没想到小翠会用“咱”这个暧昧的词对他说话，心里有点害怕，甚至感到有些紧张，他一个穷小子，身无分文，现在他什么想法也不敢有。因此他不知道小翠要他回到编辑部办公室干什么。应该说，现在的《企业家》杂志编辑部的办公室，已经完全不像办公室的样子了，冷清的几乎像座古庙，再没有原来那种红火热闹的场面了。

然而小翠的性格麻六是知道的，她叫他回办公室，他还不敢不去。

两个人就这样走进办公室，还没坐下，小翠就急着问麻六：“朱老师的腰现在怎么样？”

麻六说：“不要紧，他只是颠了一下，没伤到骨头，睡上一觉就什么事也没有了。”

小翠再没问麻六什么，而是坐在编辑部办公室高靠背木椅上，呆呆地，看上去她好像很累的样子。

麻六和小翠基本上在办公室里再没说什么话，关键是麻六觉得他俩没有共同语言，就这样在办公室里默坐着的时候，不知怎么回事，朱老头却漫不经心地从编辑部办公室的门里进来了。

朱老头进得门，一眼就看见坐在办公室高靠背木椅上的小翠，显得有些激动，甚至他感到有些惊讶，就像突然看见他仰慕的电影明星出现在他面前一样，嘴唇没有规律地扑闪了几下，好像想说什么话，但他又激动得什么话也没说出来地站在门口看麻六。

麻六被朱老头看得胆战心惊，便魂不守舍地提起开水瓶就要从编辑部办公室门里出去打开水，朱老头却毫不客气地让他把开水瓶放下。

麻六不知道朱老头为什么不让他去打开水，是不是他有什么话要对他说呢？

麻六不知道。

这时候，小翠看见朱老头从编辑部办公室的门里慢悠悠地进来了，便显得十分热情，一下就从椅子边站起来，脸上堆满了微笑地问朱老头现在怎样？

朱老头说：“我的命大，死不了。”

小翠看了一眼朱老头说：“你也是，见面就挖苦人。”

朱老头笑了笑问小翠：“这回你再不会走了吧？”

小翠摇了摇头，没有说话。

朱老头说：“你既然要走，为什么还要来？”

小翠说：“你的承诺还没有兑现。”

朱老头说：“我不明白你说的是什么意思？”

小翠说：“你不要明白人装糊涂。”

朱老头说：“我真的不明白。”

小翠说：“你是不愿说还是真的不明白？如果是真的不明白的话，那我就给你直说了，你曾经承诺给我的五十万块钱，我今天来取了。”

朱老头说：“你是冲着那五十万块钱才来找我的？”

小翠说：“可以这样理解，有付出，就得有回报。”这回，朱老头彻底不吭声了。

朱老头不吭声的时候样子相当难看。

麻六不知道小翠到底为朱老头付出了多少？开口就要五十万块钱。哎呀，五十万块钱呐，这可不是一个小数字。据麻六所知，朱老头办《企业家》杂志时，小翠还在胖猪手下吃饭，那时候小翠压根儿就不认识朱老头，因为小刘去小翠工作的那个工厂采访胖猪，小刘就认识了小翠，也许是小刘想巴结朱老头的原因，就牵线搭桥地让胖猪和朱老头一起吃了一顿饭。

朱老头和胖猪一块吃饭的时候，小翠当然在场。

那时小翠是胖猪的秘书兼公关部经理，而胖猪财大气粗，很有派头，有人要想见胖猪，那先得去找小翠预约。

就这样，小翠公关来公关去，先跟小刘公关到一块了。可是不知怎么搞的，时间不长，小翠跟着胖猪同朱老头吃了那一顿饭以后，她就神不知鬼不觉地和朱老头亲密地粘贴在一起了。

麻六觉得小翠完完全全就像一条发情的母狗，只要有男人敢跟她搭茬，她就敢往上贴，一点羞耻和胆怯也没有，不然一个女人跟一个男人好就行了，为什么还要跟好几个男人好呢。

麻六不明白。

此时的朱老头一脸愁容地坐在编辑部办公室的高靠背木椅上，手按着他的腰部，好像他的腰突然间又疼得十分厉害的样子。

当然，谁心里明白不明白，朱老头心里应该是很明白的，小翠这女人绝对不是他的一碟小菜，他很可能后悔抢的吃了小刘占下的这碟豆芽菜，真是当时好吃，现在就很难消化了。

这时候麻六特别恨朱老头活该，对他那么苛刻，而对一个漂亮女人就没办法了。

其实，人是万万不敢过分张狂，过分张狂是要栽跟头的。但麻六又非常害怕小翠把朱老头瓜分光，如果小翠把朱老头瓜分的皮毛不剩一点，那他向谁讨要他的工资呢？他现在还没能力搞这样的慈善事业。因此他见朱老头不吭声，便大着胆子，冲锋陷阵地对小翠说了几句他不该说的话。

麻六直截了当地对小翠说："小翠，你刚来这么几天，该是你的，那你就全部拿走，但你也不要太过分，什么都要适可而止才对。"

小翠一听麻六对她说这样的话，脸色马上就变得相当难看了，并且恶狠狠地瞪了麻六一眼说："管你小子屁事，朱老头又不是你爸。"

麻六讨了个没趣，白白挨了小翠臭骂。

其实在那个时候，麻六还在心里想，就凭他这几句话朱老头也会勇往直前的。

可是麻六没想到的是，别看朱老头平时对他们这些人张牙舞爪的，在关键时候他却连臭屁也不敢放一声地悄悄低着头。

麻六就知道朱老头绝对是干了什么见不得人的丑事了，不然他绝对不会是现在这个样子。

因此麻六就对小翠说："你骂得好，是我多嘴。"

这时候的小翠变得更厉害了，非逼朱老头立即给她五十万块钱不可，如果朱老头再不答应给她五十万块钱的话，她非要让朱老头死得比谁都难看。而且她还扬言道，要把朱老头在这里搞的那些贪污受贿的事情原原本本地向检察院检举揭发。

朱老头觉得小翠这个女人真狠。

小翠很得意，她朝朱老头笑了笑，很快将《企业家》杂志社所有的账本全部交给朱老头，便挎上她的洋皮包从编辑部办公室的门里大摇大摆地走出去了。

小翠走得很坦然。

小翠走的时候再也没看朱老头一眼。

朱老头就像一条丧家犬一样，站在编辑部办公室的脚地上木呆呆地发愣。

朱老头这样做叫不叫鸡飞蛋打呢？

麻六不知道。

然而麻六在心里这样想，朱老头这把年纪的人还拈花惹草，实在是不应该他这样的人干的，可他却这样干了，所以说这是他自己应得的报应，也可以说是他人生中的悲哀。

朱老头就这样在编辑部办公室默默地站立了好长时间，可以看得出，这件事对他的打击不小，他现在几乎对什么事情也不感兴趣了，然后灰溜溜地从杂志社的门里走出去，没精打采地回家睡觉去了。

麻六觉得朱老头也像流蹿在城市里的一条狗。

第二十五章

好多天，麻六再连朱老头的影子也没见到。

快到中午太阳正红的时候，麻六还像往常一样，依然兴高采烈地去大门口的收发室去取《企业家》杂志社编辑部的报纸和信件。

这是麻六来到《企业家》杂志社编辑部，朱老头特别给他安排的这份工作，尽管他对这份工作不是很满意，觉得这是对他的一种排斥，但总比他什么工作也没有要强一些，起码他在这个城市还有去的地方。

然而，也就是从这天开始，麻六在传达室里再也没有收到任何一家企业给《企业家》杂志社编辑部汇来一分一厘的汇款，而且连信件也少得可怜。

麻六不知道这是什么原因。

就在麻六在大门口的收发室里拿了报纸要回编辑部办公室的时候，看门的老头突然看见了他，便有些神秘地把他拉到一边，偷声缓气地对他说："昨天晚上小李和小刘已经来过了，他俩是专门来找朱老头的，找过朱老头就从这里离开了。"

麻六知道，小李和小刘这次离开《企业家》杂志社编辑部再也不会到这里来了。其实，他俩来不来与他没有太大的关系，可他现在还没有更合适的地方可去，仍然想在朱老头这里继续干下去，虽然这里并不是他想象得那么美好，但他觉得自己毕竟在这里工作了这么长时间，对这里多少还产生了一些感情。说实在的，他在西京这个城市里还没有立足之地，能在西京城里混得有碗饭吃，能够有个住的地方，他还是挺满意的。因此他根本没有想要离开这里的意思，仍然想在这里踏踏实实地跟朱老头干下去。

应该有好多天的时间，麻六没有见到朱老头，感觉到朱老头像从这里失踪了一样。

麻六再次见到朱老头是时隔数日的一个下午。

那天的太阳红的淌血一般，蓝格莹莹的天上，看不见一点云彩，感受不到有一丝丝凉爽的风，天气相当的闷热难受。

就在这个时候，朱老头突然背抄着双手从杂志社大门里慢悠悠地走进来了，一脸漫不经心的模样。

此时，麻六看见朱老头的额头上又爬了好几条深深的皱纹，人也显得苍老了很多，但精神状态不错。他刚走进《企业家》杂志编辑部的办公室，紧跟着在他的身后走进来两位年轻漂亮水灵灵的姑娘。

麻六不知道这两位姑娘是干什么的。

走进《企业家》杂志编辑部，朱老头把麻六美美看了一眼，然后给他炫耀一般说，这两个姑娘现在是他非常得力的助手，一个叫蓝梅，另一个叫山菊。

麻六听朱老头这样介绍她俩那名字，感觉就像山坡坡上突然开放出两朵山花一样灿烂。

看样子蓝梅和山菊的年龄都不是很大，也就是二十刚出头的样子，可模样还是挺吸引人的眼球。她俩那委婉的长条型脸蛋，明亮般会说话的大眼睛，清瘦端庄的高挑个头，模样绝对不比小翠差，几乎就像电影明星一样。

也许是朱老头在女人身上吃了败仗，然后便四处招兵买马，不知道他这次是从什么地方找来这两个靓丽的美女要同他一道共赴疆场。

说句实在的话，只要《企业家》杂志编辑部的办公室里有了女人，就好比沉寂的树林中突然有了鸟儿一样不再寂寞。

毫无疑问，朱老头对这两个花枝招展的姑娘爱不释手，他从《企业家》杂志编辑部办公室的门里走进来，并没有像往常那样坐在办公桌前开始他一天的工作，而是一屁股坐在门跟前的沙发上，跷起了他的二郎腿，把蓝梅和山菊一把拉在他的怀里，一条胳膊搂着一个，相当亲热的样子，根本不顾忌麻六在他面前有什么不好意思。

此时，麻六不知道朱老头是因为跟这两个姑娘刚刚喝了酒，还是他历来就有这样的爱好，先是搂搂抱抱了一阵蓝梅和山菊，然后很快松开了蓝梅，另一只手就像水蛇一样从山菊的衣服里伸进去。可他把手伸进去还不规规矩矩，在山菊光滑起伏的胸脯上捏来捏去，并得意地大笑着说："好美的一对鸽子，肉呼呼的，眼看就要飞起来了。"

山菊感到有些不好意思了，脸蛋开始微微有些泛红，喃喃地对朱老头说："朱老师，您可别这样，把人家弄疼了，人家现在还没有找男朋友呢。"

"知道呀。"朱老头满不在乎地眯缝着眼睛说，"你以为我什么也不知道？如果你有男朋友了我还要你干什么呢？我要的就是你们这样的女孩呀。"

“你看你，一点正经也没有。”

“你给我说说，这个世界上还有几个男人正经？”

“我不知道。”

“你不知道你就不要乱说嘛。”

“那你可不要乱摸我呀。”

“我不摸你想让谁来摸？”

“当然是我男朋友了。”

“嘿嘿！”朱老头干笑了一声说，“男朋友，男朋友能给你什么？”说着，朱老头的手又像水蛇一样自由自在地在山菊连绵起伏的胸脯敏感部位摸来摸去，根本没有要停下来的意思。

山菊确实没办法阻止这个色眯眯的老不死对她的调戏，只能违心地任他蹂躏了。

蓝梅在一边只是得意地微笑着，好像这一切对她来说，早已经习以为常了，根本没必要大惊小怪。

然而，麻六实在忍受不了这样淫乱的场面，觉得非常尴尬，甚至有些脸红心跳，但他还是很不愿意离开这里，因为他现在确实没地方可去。

可是好景实在不长，刚刚过了两天时间，朱老头就把麻六毫不客气地叫到他的家里，对他非常严肃认真地说：“麻六，我现在给你一句话，你看你是回你的老家，还是到别的地方去，你自己选择，我这里已经不需要你这样的人了。”朱老头说的相当得轻描淡写。

麻六一听就有些着急了，忙问朱老头：“为什么？是我干的不好，还是……”

朱老头说：“你不要问为什么。其实你早就应该知道，不该你问的，你都已经问了，不该你知道的，你都已经知道了。”朱老头稍微停顿了那么一下又说，“依我看，你是一个挺不错的小伙子，但你还得从我这里离开。”

麻六多么不想离开这个迷恋的城市，对这个城市他已经有了深厚的感情，虽然他在这个城市里生活得很苦很累，但他仍然不想离开。因此他听朱老头这么一说，忙拍了拍自己干瘪的胸脯，挺胸抬头地向朱老头做出了非常诚恳的保证：“我今后一定要做到你所要求的那样，而且还要认真地做好以下几条。”

本来朱老头根本没有跟麻六再说什么话的意思了，甚至想让他能够离开得越快越好，然而他突然又有些好奇地问麻六：“你能给我做好那几条呢？”

麻六看见朱老头的态度有些缓和，觉得朱老头会不会改变主意把他留下来，因此他便一脸灿烂地微笑着对朱老头说，朱老师，那你听我慢慢给你说：

领导的要求就是我的追求；

领导的脾气就是我的福气；
领导的鼓励就是我的动力；
领导的想法就是我的做法；
领导的酒量就是我的胆量；
领导的表情就是我的心情；
领导的嗜好就是我的爱好；
领导的意向就是我的方向；
领导的小蜜就是我的秘密；
领导的情人就是我的亲人！

麻六的眼睛死死地盯着朱老头不放,看朱老头的脸上到底是一种什么反应,因此他几乎连口气都没敢喘一下,眉飞色舞地在朱老头面前美美地表现了一番。当然，在这个时候麻六是说什么也不能停顿的，他竭尽全力地把自己在朱老头面前表现得更加淋漓尽致，更加富有激情，更加富有新意，丝毫没有给朱老头留下任何插话的机会，只稍微停顿了那么一下，紧接着他又对朱老头美美豪言壮语了一番：

领导没来，我先来，看看谁坐主席台；
领导没讲，我先讲，拍拍话筒响不响；
领导说话，我鼓掌，带动台下一片响；
领导吃饭，我先尝，看看饭菜香不香；
领导喝酒，我来挡，誓把生命献给党；
领导受贿，我接赃，出了问题我担当；
领导睡觉，我站岗，跟谁睡觉我不讲。

然而，尽管朱老头现在已经相当不喜欢麻六这个人了，而且对他讨厌的不能再讨厌，甚至讨厌他讨厌得有些无地自容，可他听麻六在他面前这一阵子花言巧语，或者说是一种胡说八道，他心里还是非常高兴的。因此，朱老头笑着问麻六：“你小子是在什么时候从什么地方学的这些不上串的玩意儿？”

麻六听朱老头这样问他，他便高兴地说：“朱老师你是不是还不知道，我给你说的这个段子在年轻人中间早已经流传得一塌糊涂了。”

朱老头说：“那你是在他们那里学的这些玩意？”

麻六说：“朱老师你别管它哪里学的，我觉得我把这些玩意实实在在用在你身上是再恰当不过了。”

朱老头说："恐怕现在没什么意义了。"

麻六问朱老头："那你的意思是？"

朱老头说："你懂得。"

麻六无限悲伤地对朱老头说："那我在你这里白白干了这么长时间？"

朱老头说：你小子在我面前就是再说什么也没有实质意义了，知道吗？你应该牢记住我曾经给你讲过的那些规矩，可你就是不往住记。你以为西京是什么？西京不是这样就是那样，你小子还不明白吗？在这种错综复杂的环境里，本来我一分钱都可以不给你，可我看在咱们相处这些日子还比较融洽的份上，我还是给你五千块钱，权当是我给你的一点精神补偿。"

朱老头咬牙切齿地说完这几句话，便把他事先准备好的五千块钱递给麻六，然后让麻六拿钱走人。

麻六知道他在朱老头面前再说什么也没有任何意义了。他也知道在朱老头的身边，蓝梅和山菊比他更合适，更重要，更得心应手。因此他在西京的日子再次宣告结束，但他多么不甘心呀！

此时，麻六知道他再不能在朱老头家里久呆了，再这样呆下去也不会有什么好的结果，他便很不情愿地转身从朱老头家的门里走出去，看着朱老头给他那五千块钱，他真想在朱老头家门口像撒冥币一样全部撒了。

然而麻六没有这样做。

麻六知道钱是绝对没有罪的，钱能有什么罪呢？夜里，麻六一个人 脸无奈地走出和平里东街，漫不经心地来到灯火辉煌的西京平安大街上。

此时的平安大街上，便是别样的风景，一盏盏花灯绽放出耀眼的光芒，把街道两边一座座漂亮的楼房点缀得五彩缤纷、光彩夺目。而那宽展笔直的街道上，更是车水马龙，川流不息。那些成群结队并身着不同民族服装的男人女人老人小孩，脸上荡漾着一种无比欢乐和幸福的微笑，满怀豪情地欣赏着平安大街夜晚那美轮美奂的美景，有的拍照留影，有的悠闲散步，更多的在畅谈如今的美好时光。

然而，只有麻六，一个人形影单薄地行走在热闹的西京市平安大街上，他的头几乎低的不能再低了，脑子里空荡得如一潭清水，不知不觉身子重重地撞在街道护栏的一棵银杏树上，额头上很快碰起了一个大包，并有细细的血流出。

麻六一手紧紧地护着脑门，用脚狠狠地踢了街道边那棵碰了他的银杏树，他觉得银杏树显然是故意跟他作对一样，为什么要这样平白无故日弄他呢？他在这时候有些沮丧和哭笑不得，心里锥刺般难受。过了一会儿，他微微抬起了他麻木受伤的头，模糊的双眼看了看灰不拉叽的天，那一弯淡淡的月芽，静静地挂在平安门城楼翘起的东南角上。

麻六在此时此刻不知道西京市平安大街上的夜景到底有多么美好？

麻六真的一点也不知道。

麻六真的要跟这个城市说再见了。

然而，麻六多么舍不得离开，而且他融入到这个璀璨的城市里，已经到了难解难分的程度。

事实上，在西京不停奔波徘徊的麻六来说，他丝毫不知道这个城市在什么地方已经彻底地征服了他。在这个城市里，他不管经受了怎样的痛苦，经历了怎样的坎坷和怎样的磨难，甚至在这个城市里生活的怎样苟延残喘，仍然没有改变这个城市给他留下的美好印象，而且渐渐他对这个城市动了真的感情。

事情往往就是这样不可思议，尽管西京并没有给麻六带来一丝一毫的幸福和快乐，而且他在这个城市里一直流离失所地这样苟延残喘地生活，并在很大程度上，他在这个城市里活得没有一点人样子，但他仍然对西京爱得神魂颠倒。

应该说，在西京这个城市里，麻六承受了一次又一次沉重打击，受到过一次又一次不公正的对待，同时他也忍受了一件又一件难以言喻的委屈和排斥。但是无论怎么样，他仍然觉得西京是一个非常可爱的城市，因此他说什么也不想就这样从西京这个城市里离开。

毫不隐瞒地说，麻六已经死心塌地喜欢上了这个城市，就像他喜欢上的初恋情人一样。实事求是地讲，这个充满激情和梦幻的城市，并不是麻六这样的人能够生存的地方。

可怜的麻六，现在一个人行走在西京的大街上，完全就是一条无处可归的流浪狗。

对于这个城市里，“麻六只能是一个匆匆过客。”

第二十六章

麻六回到麻谷岔村正好是在晚上。

满天的星星没有月亮，他的村子里却死一般的沉寂，连狗叫声也听不到。

此时，麻六的父亲和母亲正孤单地坐在他家那孔黑乎乎的土钵钵窑洞的光板土炕上，四只眼睛痴呆地望着一个方向不动，像四盏即将快要熄灭的灯一样，什么话也不说。

他们看着突然从西京城里回来的麻六，再不像往常他回来时那样激动、惊奇和亲热。两位老人几乎谁也没有问他长短甚至给他打一声招呼，只有父亲抬起那双惶忪的眼睛把他狠狠地看了看，然后装起一锅旱烟，大口大口地吃起来。

这气氛让麻六感到有些不寒而栗。

过了好一会儿，母亲才很不情愿地挪动了几下她的身子，没精打采地看了看麻六，但仍然没有跟麻六说一句话。

麻六不知道家里出了什么事。

“知道你要回来……”父亲抽了一会儿烟，这才不紧不慢地说了这句没头没尾的话。

母亲一直坐在后炕上，不停地用手揩眼泪。

“出什么事了？到底是出什么事了？”麻六有些急切地问他亲爱的父亲和母亲。

“兰花死了。”母亲低着头有气无力地说。

“什么？”麻六突然扑在母亲面前，看着泪流满面的母亲大声问，“你说什么？妈，你再说一遍！”

“兰花死了。”父亲坐在下炕的一角，拿旱烟锅的那只手不停地抖动着，那张布满沧桑的皱纹脸上，流下了两行浑浊不堪的老泪。

“兰花死了，她真的死了，就在你离开麻谷岔第八天的那个夜黑风高的晚上。”

“谁也想不到兰花会选择这样一种死法……”父亲哽咽着对麻六说，“你那天早上离开咱村以后，兰花的魂就像让人给勾走一样，她衣不遮体地在村子里跑来跑去，完全失去理智地一边大哭大叫，一边大喊大闹，谁说什么话她都听不进去一句。”

那时兰花的父亲并不知道他的女儿这是怎么了，以为兰花是中了邪，泪流满面地央求村里几个腰腿比较灵便的年轻小伙子赶紧帮忙把他女儿找回来。

年弱的和年老的人都已经不敢轻易靠近兰花了，谁要是在这时候靠近她的话，非让她把脸给抓出几道血口子不可。而更可怕的是，只要稍不留神，你说不定还会被兰花抓住狠狠地咬上几口，因此他们只能站远一点看，再没有别的办法。

可此时的兰花完全失去了自我控制能力，就是她的父亲和母亲这时候也不敢到她跟前去。

村里的几个年轻人好不容易抓住了兰花，费劲马趴地把她拉回家，兰花的父亲只好万般无奈地把她锁在他家一孔没有人住的寒窑里。

可是谁知在半夜的时候，兰花砸烂了窑洞的窗户，从窗户里钻了出去，一个人在村子里大哭大叫地跑了一阵，然后毫不犹豫纵身从前石畔上跳下去，摔死了……

兰花就这样葬送了自己年轻的生命。

兰花死得好惨呀。

“你知道兰花是为什么死的吗？你知道她是为谁而死的吗？”父亲说着猛然抬起头，睁着一双愤恨的泪眼看着木然的麻六。

麻六木呆呆地站在脚地上，像被霜打了的菜叶一般，仿佛他现在也跟着兰花一起死去了一样……

父亲说：“兰花死得惨不忍睹，她死的时候身上赤裸裸的，连一条线都不挂，她从石畔里跳下去以后，再连动都没动一下，是她父亲眼睁睁地看着自己心爱的女儿从石畔里跳下去的……兰花可是个好娃娃，可她就这样死了……”

夜里，麻六根本没有睡觉地一直坐到天亮。

麻六觉得是他在某种程度上害死了兰花，兰花是为他而死的。尽管兰花家里没有任何人这样说，但麻六的父母和兰花的父亲知道这一切。另外还有一个人知道，那就是麻子胜。

太阳露脸的时候，麻六心事重重地站在他家的硷畔上，刚准备抽一支烟，突然他得到从西京方面传来的可怕消息，朱老头被西京市纪检委立案调查了，也就是我们常说的“双规”。据有消息说，他的案子非常大，有几千万元的经济问题，牵涉着好几个人，而且事情远远要比麻六知道和想象的严重。

朱老头的出事，跟他形影不离的那几个女人有直接关系。是小翠、蓝梅和山菊这三个女人共同检举了朱老头的犯罪事实。

朱老头贪得无厌，雁过拔毛。他背着胖猪和小刘偷偷霸占了小翠，后来又喜新厌旧地好上了蓝梅和山菊，而他这个人骗那些姑娘的手段非常高明，骗得那些姑娘云里雾里一般，那么小翠和蓝梅还有山菊这些女人，也许是被朱老头蒙骗得忍无可忍，所以才到检察院实名举报了朱老头。

其实，麻六心里也很清楚，别看朱老头整天张牙舞爪，大呼小叫，把身边任何人都不放在眼里，觉得这些人都十分无能，人人都是他的一碟小菜，可事实上就小翠这一个女人，也恐怕够他对付了。

现在，纪检委立案调查朱老头跟麻六基本上没有什么太大的关系，他对朱老头那些违法乱纪的事也不是知道的很多，即便知道一些，也只是一些鸡毛蒜皮的小事。因为朱老头这个人隐藏得比较深，很多事情不会让麻六知道，时时处处提防着麻六。但麻六心里非常清楚，朱老头出事那是迟早的事情。

应该说，朱老头就不该那么贪婪，有吃有喝有钱花就行了，要那么多钱干什么？不是一样生不带来死不带走吗？何必要自己把自己推到这个风尖浪头上。但他已经完全把持不住自己了，而且还贪婪的上瘾，把手伸得越来越长，胆大的除了害怕掉脑袋再什么事情也敢干，甚至有时候他连掉脑袋的事都已经不害怕了，因此他不出事就显得有些不正常了。

这是朱老头应得的下场。

而更让麻六感到不可思议的是小翠到纪检委举报了朱老头的当天夜里突然跳楼自杀了，有好多人亲眼目睹了这一幕。

那晚，小翠回到她住的高档商品住宅楼，小翠在这座楼的二十六层有一套面积是一百八十多平方米的漂亮房子。

小翠把这套房子装修得相当豪华气派，跟五星级酒店似的。然而只可惜这么豪华上档次的房间里，常常只住小翠一个人。据说，小翠购买的这套商品房花了将近上千万元，而且大部分钱是由胖猪和朱老头提供给她的，因为小翠跟了胖猪好多年，胖猪没少给小翠钱。当然，朱老头给小翠的更多，因为朱老头是奔着跟小翠结婚去的，眼看朱老头马上就要和小翠结婚了，估计朱老头出的钱会更多一些。但也有小刘的一部分，可同胖猪和朱老头比起来，小刘那点钱实在是微不足道，根本算不了什么，因此小刘基本上不知道小翠在这个城市里还有这么一套高档住宅，而知道的恐怕只有朱老头一个人。

此时的小翠一个人从纪检委出来，漫不经心地回到她几乎靠出卖肉体换来的这套房间里，把她心爱的高档手提包仍在客厅的沙发上，呆呆地站在宽大的客厅里，然后转身从门里走出去，顺着闪着微弱灯光的楼梯，慢腾腾地走向三十二层楼的楼顶。

站在楼顶上，看着西京繁华的街道，街道上是拥挤不堪的车流和络绎不绝的人流。此时，小翠在楼顶上心神不安地走来走去，她一会儿沉沉地低着头，一会儿又极目眺望繁花似锦的西京城。

小翠在想什么？谁也不知道。

大约一个小时以后，小翠漫不经心地从楼梯里走下来，开了自己房门上的锁，然而她刚从门里走进去，身后就突然蹿进来一个人。

从门里蹿进来的这个人是朱老头。

朱老头什么时候到来的，小翠一点也不知道。

就在这天夜里，小翠跳楼自杀了。

小翠是因什么而跳楼自杀的呢？有一种说法是朱老头知道小翠和蓝梅还有山菊到纪检委举报了他的犯罪事实，便坐卧不安地要尽快找到她们三个人，因为这三个女人知道他的事情最多最全面也最具有杀伤力，所以他绝对不会放过她们三个中的任何一个人，甚至他要让她们个个碎尸万段。因此朱老头必须想尽一切办法地首先找到小翠，而对于小翠这个女人，他非常了解，也知道小翠这时候一定在她住的那个房间里，绝对不会到别的地方去。

就这样，朱老头很快挡了一辆出租车，直接去了小翠住的那个高档小区。但他并没有从小区大门里进去，害怕门口的保安问来问去地误了他已经设计好的方案，而是从这个小区东北边绕过去，看见东北边墙旁边有一棵并不是很高的银杏树，他心想只要他从银杏树里爬上去，然后就可以翻墙跳进小区的院子。因此他偷偷摸摸地来到东北边的银杏树跟前，前后左右看了看，他没有看见什么人，非常敏捷地爬上一棵高大的银杏树，顺利地进到了小区的院子。

朱老头虽然年龄也老大不小了，可他的动作还是相当娴熟的，几乎是神不知鬼不觉地就从小翠买的高档住宅楼梯里上去，悄悄走到小翠房间的门跟前。

应该说，小翠的这个地方，朱老头还是比较熟悉。

果然，朱老头在小翠的房门跟前侧耳听房间里动静的时候，正好小翠也来到她的房间门跟前。

据居住在这个高档小区里的人讲，那天深夜在小翠的房子里，朱老头和小翠争吵得相当厉害，几乎是惊天动地，整个小区里的人都听到了，甚至两人争吵的几乎要打起来的光景，而且还听到那个叫朱老头的人，口口声声非要把小翠杀了不可。然而尽管如此，小区里没有一个人把这样的争吵当一回事，你争吵那是你的事，与小区里任何人没有关系。应该说，大城市里什么都好，就这一点使人感到无限悲哀。

小翠有可能是被朱老头逼得实在走投无路了，才选择了跳楼自杀。

也许，小翠在那时候只能走这一条路了。

这是一个比较靠谱的说法。

还有一种说法是，朱老头完全是为杀人灭口，他和小翠一同走进房间以后，跟小翠惊天动地大吵大闹了有一个多小时的时间。然而小翠完全藐视了朱老头的存在，她绝对没有想到朱老头会杀她，因此在争吵的过程中，小翠显得非常强势，几乎把朱老头骂的哑口无言。

然而小翠绝对没有想到现在的朱老头已经完全不是以前的那个朱老头了，他的脸色从小翠房间里进来那一刻开始，一直铁青着，两只眼睛就像燃烧起的两团火一样，几乎就要把小翠融化掉的架势。可小翠根本没有意识到危险正一步步朝她走近，仍然不可一世地跟朱老头针锋相对。朱老头在这时候完全失去了他以前那种正常思维的能力，一把抓住了小翠的胳膊，然后死死地卡住了小翠的脖子，直至小翠不再动弹了，便残忍地将她从二十六楼的窗户里扔下去。

那么到底是怎么一回事，麻六实在搞不清楚，不知哪个说法是真哪个说法是假。但有一点可以肯定，小翠已经过早地葬送了自己年轻而美丽的生命。

至于蓝梅和山菊，据说她俩在检举揭发了朱老头违法乱纪的事实以后，突然间在人间蒸发掉一样。据说，她俩伙同朱老头干了不少违法乱纪的事情，而且在逃跑时，她俩卷走了朱老头账上的不少钱，那么她俩现在具体藏在了什么地方，谁也不知道。。

此时麻六再也没有心思去想这些可怕可悲的事情了，想这些事情对他来说又有什么意义呢。

麻六只能长长唉叹几声。

现在，麻六的心情变得越来越坏，动不动就会莫名其妙地乱发一阵脾气，以至他连他的父母也没有告诉一声，独自向埋葬兰花的那个黄土山上走去。

站在高高的黄土山上，麻六突然又想起了小凤。

那是麻六要从西京这个城市返回麻谷岔的时候，他心里一直装着小凤，便多方打探过远在四川的小凤的消息，据反馈回来的消息说，小凤回到四川不久便嫁给了一个名叫张山疯子的人。

其实张山疯子并没有疯，他只是叫了这样一个名字。然而值得庆幸的是小凤嫁给张山疯子以后，很快就给张山疯子生了一对双胞胎的孩子，而且还是龙凤胎。麻六还在想，小凤的小日子现在一定过得相当幸福美满，起码比他现在这个样子强。

事实完全可以证明，麻六那么坚定地让小凤离开那个城市回她四川老家绝对是一种正确的选择。因为小凤的根在四川，就像他的根在陕北一样。尽管小凤当时多么不愿意离开，甚至对他多多少少有些不满，但小凤也一定为有现在这样的幸福生活而心满意足。

麻六真为小凤有现在这样的幸福生活而感到无比的欣慰和高兴。

麻六在默默祝福小凤的同时，他还想好好稳定一下自己的情绪，换一种积极向上的心态，尽快去四川一趟，再亲眼看一看他仍然日思夜想的小凤。

麻六不知道他为什么心里仍然装着小凤。

事情往往就是这么的不可思议。

遥望着曾经骨瘦如柴般一架连着一架的黄土山，现在已经被绿茵茵的草和树遮掩着，时不时会有成群结队的百灵鸟从草丛和树林中欢快地飞来飞去，并不时传出一串串无比动听的鸣叫。忽然间，那些欢快的百灵鸟儿又一只只顽皮地隐入草丛和树林之中，像捉迷藏一样不见了踪影，树林中顿时显得很静。

远处，忽然传来一首悠扬而委婉的陕北信天游《谈不成恋爱交朋友》。

你给谁纳的一双牛鼻鼻鞋，
你的那个心事我猜不出来。
麻柴棍棍顶门风刮开，
你有那个心事把鞋拿来。
一座座山来一道道沟，
照不见那妹妹我不想走。
远远的看见你不敢吼，
我扬了一把黄土让风刮走。
山挡不住云彩树挡不住风，
连神仙也挡不住个人想人。
长不过五月短不过个冬，
难活不过那个人想人。
你在那山来我在那个沟，
咱啦不上话儿招一招手。
捞不成那捞饭焖成粥，
咱谈不成恋爱交朋友。

秋风在《谈不成恋爱交朋友》的悠扬歌声中，非常足劲地刮起来了。风不是很大，却刮得树梢迎风招展，也卷起了地上不少的枯枝败叶，使人忽然感觉到身上凉飕飕的。

头顶上空有一只鹰在静静地盘旋着。

太阳在这时候也失去了往日那股的热情，显得有些疲惫不堪，再不像夏天那么火爆热烈了。

此时此刻，麻六脑子里一片空白，他悄无声息地走到兰花的墓前，眼看着埋葬兰花的那堆黄土，回想自己走过的路以及他所经历过的那些心酸和坎坷的日日夜夜，他不知道自己生命的长河中得到了什么又失去了什么？

往事就是这样不堪回首。

突然，麻六跪在黄土地上，双手紧紧地抓起两把黄土，仰头望着灰蒙蒙的天，泪流满面地喊了声：我的那个亲人呐——

后记

开始的时候，我将我的这个小说取名为《西京是个城》，大致用了一年多的时间创作完成，前后修改了好多次，又用去了一年多，在快要完稿的时候，不知是什么原因，突然不喜欢这个名字，干脆把它改成《麻六的城》。

也许，这个书名更适合这部小说的意境。

这里特别需要说明的是，这部小说没有特定的人物原型，也没有真实的故事情节，所有的故事都是虚构的。我在小说的开头就已经声明过了，因为它是一个小说，小说有小说的基本创作规律，我仍然采用的是虚构的表现手法，虚虚实实，实实虚虚，真真假假，假假真真，你看到什么就是什么，你感受到什么就是什么，你认为什么就是什么。

我十分清楚我所要完成的并不是纪实文学，也不是在真实地记录某个人或某件事，更不是什么自传之类的东西，它就是小说，万万不要对号入座。

书中我着重描写了一个叫麻六的小人物，那是基层社会的产物，他从一个比较闭塞的农村走来，一不留神地走进了大城市，成为我们经常所说的北漂。在城市那些飘荡的日子里，麻六经历了一个又一个意想不到的人生中的悲欢离合。他总以为走进大城市就像走进了天堂，可以过上荣华富贵的幸福生活。然而他根本没有想到等待他的会是一种悲惨结局，他的人生轨迹不就像城市中的环城路上行走的车一样，绝对不可能一直笔直行走，也不可能一直在弯道上行驶，绕来绕去，不是仍然回到原点吗？

麻六就是这样。

在当今有多少年轻人不正像麻六那样，随着社会的不断发展进步，大量的年轻人拥进了大小城市，在城市的边缘地带苟延残喘地生活着，竭尽全力地苦苦挣扎着，可以说这些人就是这个时代的真实写照。

再说小说中的朱老头，他同样是这个时代的产物，也是这个时代极为典型的代表。

当然，朱老头的行为只是这个社会阶层中的冰山一角，他的那些事也算不上惊心动魄，完全属于小儿科，因我不想也不愿在这些问题上浪费过多的笔墨，也不愿大张旗鼓地揭露社会中的阴暗面，那绝对不是我的本意。

因为我是一个作家。

作家的职责和使命就是弘扬主旋律，传递正能量。

因为你懂得。

再看看农村的一些年轻人，一个个都在钻头觅缝地走向城市，城市在这时候情愿不情愿地接纳着城外涌进来的大批人群，在他们的推动下，城市在不断扩展着，发展壮大着。而从农村涌进城市的这些大人小孩，不都是在夹缝中苦苦地挣扎着吗？

现在，城市确实是飞速发展了，与此同时，也带来了客观存在的许多社会问题，一部分农村正渐渐地在这块土地上消失，而大量涌进城市的人到底干什么？他们的生活依靠什么来维持？一系列错综复杂的社会问题对一个城市是一种严峻的考验，甚至是一项残酷的挑战。比如说这些人的生存问题，住房问题，子女的上学问题、就业问题、医疗保障问题，养老问题、社会治安问题等等……这一系列的问题一个接着一个，一个都不能忽视，而且这些问题又非常现实、非常具体、非常尖锐，如果这些问题解决不好，难免就会给这个城市埋下很多不安定的隐患。

麻六、朱老头、小凤还有小翠……这些我小说里虚拟的人物，他们的人生命运，人生际遇，其实就是一个很好的例证。

当然，这样错综复杂的社会问题绝对不是我这样的人考虑的范畴，也不是我所能解决了的问题，作为一个公民，我只是感到一些忧虑。

回想过去，我有更多的感受、感想和感慨，也许我的这些感受、感想和感慨比别的人更多更深刻更强烈更有针对性。

在这个社会里，每一个人都有自己的欢乐也有自己的烦恼，在人与人不断的交往过程中，会有很多朋友分享你的快乐，分担你的忧愁。

当然，对于朋友，我还有另一种看法和理解。

也许，朋友有多种多样的类型，有的朋友真诚，在关键时候可以为你两肋插刀；有的朋友虚伪，你落难的时候他袖手旁观。其实，真正的朋友就是在你最需要或者困难的时候，无声地站在你面前并且愿意为你分担忧愁和帮助你的那个人，他一定是你的好朋友，值得你一辈子去珍惜。而好多被称为是朋友的人，在某种意义上就是你来我往，像吃流水席一样，可天下没有不散的宴席，以前的那一伙朋友因种种原因离你而去，自然而然又会走来一些新的朋友。在这些朋友中，大部分会真心对你，你可以真心地交往。也确实有那么一些人，他们跟你交往是有目的有想法的。有的想利用，有的想巴结，有的想热闹，目的不一样，交往程度就有些不同了。

其实，这样的人，他口头上称你为朋友，其实仅仅是贴了朋友的标签罢了。

特别是想利用你的那种朋友，他们似乎看到你那时还有用，巴不得天天粘在你的身边，像狗一样，你让他叫一声爹，他也会痛痛快快地喊你一声亲爹的。而一旦达到他所想要达到的那个目的，便远你而去了，甚至装作不认识一样，完全是过河拆桥，这样的人你不觉得可恨吗？你还能认为是朋友吗？我想，有很多人或多或少都会有这样的感受和经历。

还有那么一些人，自认为是你真正的朋友，其实在这个世界上根本没有什么“真正”，说“真正”只是一种假象，或者说是一种谎言。再别听那种人说得天花乱坠，嘻嘻哈哈的，说吃就吃说喝就喝说拿就拿说唱就唱，甚至说打就打，一点正经也没有。这样的人实际上就是我们所说的酒肉朋友，热闹过后就什么事情也没有了，把一切忘得一干二净，基本上是靠不住的那种人，你只能一笑了之。

真不知道这样的人是不是朋友？而朋友又是用什么样的标准来衡量来界定？我不知道。

这只是我个人对有关朋友的一些认识和看法。

你也许会感同深受。

事实上，我在北京的这些日子里，也认识了不少让我尊敬和感动的朋友，无论是年长的还是年小的，无论是官大的还是官小的，特别是那些在朋友弟兄面前从来不把自己当领导看的那些领导，在我看来，他们就是在世的菩萨，原谅我在这里不能一一列举他们的名字。毫无疑问，这些人对朋友真诚相待，视朋友为兄弟，不分职位高低，不分贫富贵贱，没有任何私心杂念，就像上辈子结的一种缘分，同这样的人交往，你会感到很踏实很温暖也很快乐，以至他们的一丝微笑，一个眼神，一句问候，都是一种巨大的鼓舞和鞭策。我在这里只能从内心对他们说声谢谢，再就是祈求上帝保佑他们健康快乐，平步青云，幸福美满。

时间一天一天过去了，年龄也在一年一年的增大。我已经是五十来岁的人了，对那些红火热闹的事情没有什么太大的兴趣，不再贪图享受，也不再奢望有多少钱，有多大的房，想的跟过去完全大不一样了，觉得那些东西都是身外之物，可想而不可求，只求家里每个人能够多一份健康，多一份快乐，多一份幸福，多一份安逸，其余就想的没有那么多了。凡是能过去的事情就让它过去，一般不再跟人较真，觉得没什么意思，也没那个必要。

也许有的人认为我来北京是人生中的一大失误。我却不这样认为，人的一生，有得也有失，虽然我丢掉了提职的最好机会，好多人感到惋惜，甚至觉得不可思议。可我已释然了，提不提职对我来说意义不是很大，我对这些事从来看得很淡，想想还有不如我的那些人，我已经知足了。人要学会该释怀时释怀，该放弃时放弃，正确估量和看待自己，不是有句话叫知足者常乐吗？不然你会苦恼一辈子，忧愁一辈子，痛苦一辈子，何必呢。

在如此错综复杂的环境和心境中，不管是谁，不可能一辈子一帆风顺，在生命历程中，有高山也有峡谷，总会有些坎坎坷坷，因此任何人都要经得起大风大浪，经得起别人对你的排挤，经得起别人对你的误解，经得起别人对你一切不公正的对待，甚至还要经得起别人对你的攻击和不尊重。

有个十分时尚而又意味深长的词叫做换位思考，就是站在别人的角度看待和处理问题。也许，这个词对我们每一个人都适用，我们应该常怀感恩之心，忘掉过去曾经拥有的一切，忘掉伤痛，这样你的心态就会变得很坦然很阳光很健康。

我牢牢记着这样几句话，它很有哲理，也许对我们每一个人都很有启迪，现摘录如下，与朋友们共勉：

“活着，就要善待自己，别跑到别人的生活里当插曲。不管是友情还是爱情，你来，我热情相拥。你走，我坦然放手！不属于我的东西，我不要。不是真心给我的东西，我不稀罕。”

现在唯一希望的就是让我心爱的儿子能够快快乐乐健健康康地成长，并且有一个相对比较好的生活和学习环境，这样我就心满意足了。

我的全部希望就在于此。

我也非常感激我的爱人，这几年家务活我基本上什么也不干，有时候自己感觉实在不好意思了，便在星期天到菜市场上买一些菜，其实更多的是想出去抽支烟，晃荡一圈，剩余大部分时间躺在沙发上看书或者玩玩手机。现在手机把人的好多时间都给挤掉了，什么微信、游戏……这些玩意儿整天把人搞得神魂颠倒，因此我很少跟孩子一块玩，关键是我们兴趣不一样，玩不到一块；更重要的是孩子现在学的知识跟我以前学的东西完全不同，他的功课我也辅导不了，孩子就觉得很委屈，有时不怎么喜欢我。

我亏欠他们很多，深感内疚。为此我就对家人说，你们就把我当大领导看，大领导在家都是这样。

这只是一句玩笑。

《麻六的城》这部小说马上就要跟读者见面了，是好是坏，只能由读者去评判了。

我始终认为读者是我的上帝。

非常感激上帝对我的宽容和厚爱。